U0135023

診療椅上的謊言

心理治療小說

Lying on the Couch: A Novel
by Irvin D. Yalom

歐文・亞隆◆著
魯宓◆譯

導讀
臨床與診療椅上的眞誠

魯中興

艾力克森〈E.Erikson〉曾說：「臨床是指在中世紀時，若確定病人回天乏術時，需召喚神父至病床前，因其靈魂需要有人指導如何與造物主單獨接觸。」。到現代，精神官能症者其人格核心已有障礙，無法單獨面對心死的孤寂絕望，會經驗麻痺的孤單，這種孤立和解體的經驗就是神經質的焦慮。因此心理醫生的臨床其實是像神職人員一樣的悲天憫人又需兼具洞悉天機的智慧。這也是爲什麼心理醫生在歐美頗受尊敬。

要培養出一位能爲神經質的焦慮者滋育心中生機的心理醫生，其耗時耗力的難度當然不下於培養神職人員。寇克斯〈M.Cox〉認爲每一次心理治療，都是人類困局（意含危險狀態及公開地哭泣）的敘述，在肅靜的困局中鼓勵個案做認知—情感的揭露。因此需要在雙方（心理醫生與個案）的心中建立一個彈性擴展的參考架構，才有可能揭露個案的內心世界。個案的內心世界雖然混亂，其實是一種恐怖的平衡狀態。在治療中如何能促成揭露而不失衡，就相當需要嚴肅的注意不僅他所說的、如何說、在何處說、何時說、不能說的、還有在口中將說的。

因此心理治療的訓練要靠適當的學理架構、自我瞭解，和嫻熟治療策略。此外最重要的就是如何透過「時間」、「深度」、「雙向性」在雙方心中來建構一個彈性擴展的參考架構：

1.時間：準時開始結束、如何漸進、挖素材的時機（反社會人格違常者開始轉視自己內在時，是最脆弱敏感的時機）。

2.深度（有三層漸進）：第一層是談瑣事（但讓個案不覺得不被重視），第二層是中性的個人事件，第三層是具情緒的個人事件。靠傾聽與彈性的參考架構才能由外而內。

3.雙向性：若心理醫生能面對自己所有黑暗面，在眞誠及彈性的參考架構中只需少量的自我揭露，就可帶來個案最大的揭露。

當然相對的就是要減少不好的架構：

1.危險的時間安排：超時、縮時、時機不對。

2.不好的深度處理：過於小心、爲了治療師自己的目的。

3.不好的雙向性：過度你來我往（都在揭露）、雙向性不夠。

以上的訓練說來容易，做來難。假如你閉起眼睛想一想如何治療一個家暴的加害人，如何能不過早的探究，而能歡迎其來共享心理空間。治療師並非眞的原諒其犯行，但如果治療師能將案主看成他們共通的攻擊成分的替代代表，則案主較容易揭露被壓抑很久的素材。在臨床上，對這些案主最好的治療氣氛就是分享的治療空間：我們之一正在痛苦的再現他的暴力，而治療師站在他那一邊協助揭露。這樣的關係中就是典型的移情與反移情作用，如希蕊拉（Siirala）廣義定義的第一型移情作用是個人被加諸社區或家庭問題，第二型移情作用是社區透過治療師來傾聽，使這問題成爲雙方的共同責任，第三型移情作用是案主或社區開始適當分享責任。經過以上的探討，相信可初步說明心理治療及訓練的神聖與艱難度。所幸有不少專家深入淺出的寫些雋永淺顯的短文或引人入勝的教材，才能使入門者甚或一般大衆皆能一窺堂奧，亞隆就是其中一位。

亞隆是團體心理治療大師級的人物，他所提出的團體療效因子及高低功能團體的模式在美國西海岸相當有影響力，在台灣大部分的精神醫院也都普遍採用，但是他仍然是相當謙虛。因此，他會以小說體裁寫出《診療椅上的謊言》這本書，頗透露出其人本主義人性化的一面。他一向認爲治療師的主要任務職責是依個案需要而選擇恰當的方法來進行治療，而不是硬塞給個案治療師所喜歡或擅長的治療。

本書以精心設計巧妙連貫的編劇手法，探討心理治療的訓練及過程中最深奧的「改變機制」（什麼、及如何造成改變）。亞隆在書中以「心理治療倫理守則」爲經，「揭露與領悟」爲緯交互穿插治療情節。書中大量以角色互換的手法在主客易位中反覆澄清心理醫生如何看「自己」、「個案」、「自己及個案」。以相當有趣的性慾、賭博、幼時經驗的故事，敘述說明心理治療中的素材如何在認知—情感上揭露意義。結局的高潮在重量級的馬歇爾醫師居然被詐騙，且依賴律師做心理治療甚至能領悟人格弱點。在輕鬆閱讀中卻瞭解了最艱澀的移情作用、反移情作用。除此之外，本書還有一個重點伏筆：如何督導心理治療師的訓練，治療師需對人生發展過程，有足夠領悟及判斷，就是所謂的臨床智慧。威廉士〈A. Williams〉認爲督導者可從四個焦點來協助治療師將自己治療園地的每一塊土均翻過，以達到臨床智慧：

1. 教導者：提供知識、提問問題、示範、選擇方案。
2. 協助者：注意治療師本身或其身心狀態。
3. 諮詢者：注意治療師與個案的互動及釐清其間之系統關係。
4. 評估者：檢視倫理專業標準，提供回饋。

本書兼具休閒與理性，在高潮不斷的故事中，交叉驗證了如何達到心理治療彈性擴展的參考架構，及各種督導的焦點，眞可謂洗衣服，兼摸蛤蠣——一舉兩得。

（本文作者爲彰化敦仁醫院臨床心理科主任）

診療椅上的謊言

心理治療小說

Lying on the Couch: A Novel
by Irvin D. Yalom

序曲

恩尼斯熱愛當一個心理醫生。日復一日，他的病人邀請他進入生命中最隱密的角落。日復一日，他撫慰病人，照顧病人，緩解他們的絕望。他得到的回饋是崇拜與喜愛。報酬也很豐厚。恩斯特時常想，如果不需要錢，他很願意免費提供心理治療。

如果福氣就是熱愛自己的工作，恩尼斯的確感覺很有福氣。事實上比福氣還要好，他簡直是得到上天的恩寵。他找到了他的召喚，能夠信心滿滿地說，這就是我的位置，我的才能、興趣，與熱情的所在。

恩尼斯沒有宗教信仰。但當他每天早上打開記事簿，看到那八、九個預約的病人名字，他就會充滿一種非常接近宗教的情操。在這些時候，他會非常想要表達感謝，對某個人，或某種事物，帶領他找到了他的召喚。

有些早晨他抬頭仰望，透過他的寓所天窗，透過晨霧，想像他的心理治療先師們飄浮在晨曦中。

「謝謝您，謝謝您。」他會默禱。他感謝所有先師們——所有曾經對沮喪者施出援手的治療者。首先是那些最早的前輩，其形象幾乎無可辨認：耶穌，佛陀，蘇格拉底。在他們之下，比較清楚的是，那些偉大的開山始祖們：尼采、祈克果、佛洛伊德、榮格。更近一點的是心理治療的前輩們：阿德勒、霍爾奈、蘇利文、佛洛姆，以及法藍奇的甜美笑容。

幾年前，當他接受實習醫生訓練時，他遵循了所有的年輕精神心理學家的野心，投身於神經化學的研究——這是未來的黃金機會，然後陷入絕望之中，向這些前輩祖師們求救。他們知道他迷失了方向。他不屬於科學實驗室。也不屬於四處散發藥片的精神醫藥學領域。

祖師們派來一個信使——一個滑稽而有力量的信使，帶領他前往他的命運。直到今天，恩尼斯不知道自己怎麼會決定成爲一個心理醫生，但他記得是什麼時候。他記得清清楚楚。他也記得那位信使：希摩．塔特，他只見過這個人一次，卻永遠改變了他的生命。

六年前恩尼斯的主任指派他到史丹福醫院道德委員會擔任一期的委員。他的第一個懲戒對象就是塔特醫生。希摩．塔特當時七十一歲，是心理治療界的長老，也是美國心理治療協會的前主席。他被控與一位三十二歲的病人發生不正當的性關係。

當時恩尼斯是心理治療副教授，結束駐院醫生訓練才四年。身爲專職的神經化學研究者，他對於心理治療的世界一無所知，也不知道自己會接到這個案子是因爲沒有人敢碰：北加州老一輩心理醫生都仰慕敬畏希摩．塔特。

恩尼斯選擇了醫院中一間嚴肅的辦公室作爲面談的地點，他試著保持正式的態度，望著鐘等待塔特醫生，控訴的檔案放在他面前，沒有打開。爲了保持無私，恩尼斯決定先與受控者面談，不帶任何先見，傾聽他的故事。他要事後再讀檔案，必要時也許舉行第二次面談。

他聽見走廊傳來一陣輕敲聲。塔特醫生是不是個盲人？沒有人告訴過他。輕敲聲接著是衣服聲，越來越靠近。恩尼斯站起來，來到走廊。

不是盲了，而是跛了。塔特醫生在走廊中跌跌撞撞地前進，用兩根枴杖不平衡地支撐著。他彎著腰，枴杖舉得很開，雙手幾乎伸直。他的五官看起來仍然很堅強，但已經被皺紋與老人斑所侵襲。脖子皮膚鬆弛下垂，耳朵冒出白色毛髮。不過年歲並沒有打倒這個人——某種年輕，甚至孩子氣的氣質還健在。是什麼呢？也許是他的頭髮，灰而濃密，剪得很短，或者是他的穿著，藍外套下是套頭的白毛衣。

他們在走廊上彼此介紹。塔特醫生又扭了幾步走進辦公室，他舉起枴杖，猛力轉了一個圈子，彷佛完全靠運氣般，跌入他的椅子中。

「正中紅心！嚇了你一跳吧，嗯？」

恩尼斯不想被分心。「你瞭解這次面談的目的吧，塔特醫生？你瞭解我爲什麼要錄音吧？」

「我聽說醫院當局想選我爲本月最佳員工。」

恩尼斯透過厚厚的鏡片凝視他，什麼都沒說。

「對不起，我知道你有工作要做，但當你年過七十後，你會笑這種俏皮話的。不錯，上周剛好七十一歲。你幾歲，醫生？我忘了你的名字。」他敲敲自己額頭，「每一分鐘，都有好幾十個神經細胞像蒼蠅一樣死掉。諷刺的是，我發表過四篇關於老年癡呆症的論文——當然忘了登在什麼刊物，應該是很好的刊物。你知道嗎？」

恩尼斯搖搖頭。

「所以你不知道，我也忘記了。這樣我們就扯平了。你知道老年癡呆症的兩個好處嗎？你的老朋友變成了新朋友，還有你可以自己去藏復活節的彩蛋。」

儘管恩尼斯感到有點惱火，但也禁不住露出微笑。

「你貴姓大名，年齡，與信仰？」

「我是恩尼斯．拉許醫生，其他方面目前並不重要，塔特醫生。我們今天有許多事情要處理。」

「我兒子四十歲。你不可能更老。我知道你是從史丹福實習醫生計畫畢業的。去年我在會議中聽過你的演說。很不錯。非常清晰。現在是心理藥物大行其道，對不對？你們這一代接受了什麼樣的心理治療訓練？到底有沒有？」

恩尼斯把手錶脫下來放在桌上。「改天我很樂意寄給你一份史丹福實習醫生的課程，但現在請談正事，塔特醫生。你最好以自己的說法，告訴我關於費里尼小姐的事。」

「好，好，好。你要我嚴肅點。你要我告訴你我的故事。坐好了，孩子，我要告訴你一個故事。我們從頭開始說。那是在大約四年前——至少四年前……我把這個病人的病歷都放亂了……你的控訴文件上是怎麼說的？什麼？你還沒有讀過？懶惰嗎？還是想避免不科學的成見？」

「請繼續說，塔特醫生。」

「面談的首要原則就是創造溫暖互信的氣氛。現在你已經非常有技巧地做到了這一點，我感到非常自在，可以談論痛苦與難堪的事情了。啊——你聽懂了。對我得小心點，拉許醫生，我有四十年察言觀色的經驗。我非常在行。如果你不再打岔，我就要開始了。準備好了嗎？

「幾年前——讓我們說四年好了——一個叫貝拉的女子走進，或者說是強迫自己走進我的辦公室。大約三十來歲，家庭背景富裕，瑞士與義大利裔，非常沮喪。在夏天穿著一件長袖罩衫。顯然是個切腕者，手腕上都是疤痕。如果你在夏天看到穿長袖的沮喪病人，總是要先懷疑割腕或吸毒，拉許醫生。她長相美麗，皮膚白皙，目光誘人，穿著高雅。眞的很有格調，但已經快要人老色衰了。

「很長久的自我毀滅歷史。什麼都有：吸毒，依賴一切，什麼都不放過。當我第一次看到她時，她又開始酗酒，也打一點海洛因。但還沒有眞正上癮。她似乎不善於上癮——有些人是像這樣——但她很努力要上癮。還有飲食失調。主要是厭食症，但有時候是貪食症。我已經提過割腕，雙手腕上下都是疤痕——她喜歡這種痛苦與鮮血；只有在那時候她才覺得活著。你常聽病人這麼說。她住過醫院好幾次，都很短暫。總是在一、兩天後就出院。當她離開時，醫護人員會歡呼。她是製造騷動的天才。你記得艾瑞柏納（Eric Berne）的《人際遊戲》（*Games People Play*）嗎？

「沒有？大概不屬於你的年代。老天，我覺得眞老。好書——柏納一點也不笨。讀讀看——不該遺忘他。

「結了婚，沒子女。她拒絕生小孩——說世界過於殘酷，不能讓小孩來受苦。丈夫很不錯，但夫妻關係很差。他非常想要小孩，兩人常常爲此吵架。他是個投資銀行家，像她父親一樣時常出差。結婚幾年後，他的精力消耗光了，或者只是用在賺錢上——他的收入不差，但從來沒有像她父親那樣賺大錢。永遠在忙碌，陪著電腦睡覺。也許與電腦做愛也不一定，誰曉得？反正他不再與貝拉做愛就是了。她的說法是，他已經逃避與她做愛好幾年了，也許因爲氣她不生小孩。他們到底爲什麼結婚，誰也不知道。他是在基督科學教派的家庭中長大，堅決拒絕接受婚姻諮商，或任何形式的心理治療。但她承認她從來沒有眞正要求他。還有什麼呢？請指點我一下，拉許醫生。

「她以前的心理治療？好。很重要的問題。我總是在剛開始的三十分鐘就問這個問題。自從青少年起就一直沒停過的心理治療——或試圖接受心理治療。看過日內瓦的所有心理醫生，有一段時間還通車到蘇黎世接受治療。來美國上大學，也是一個一個換醫生，多半只看過一次。有三、四個醫生看了幾個月，但從來沒有跟定任何一個。貝拉非常挑剔。沒有人夠好，或適合她。在所有心理醫生身上都找到問題：太正式，太自大，太批判，太屈從，太像做生意，太老，太忙著下診斷，太重視公式。心理醫學？心理測驗？行爲準則？別提了——任何人只要提到這些字眼，就立刻出局。還有什麼呢？

「她怎麼選中我的？好問題，拉許醫生——抓住重點，而且加速我們的腳步。你會是個好心理醫生。當我聽你演說時就有這種感覺。很精確的頭腦。當你講解你的資料時就表露無遺。但我也喜歡你的個案說明，特別是你與病人的互動。我從你身上看到很正確的直覺。卡爾羅傑斯曾經說，『別花時間訓練心理醫生，而應該花時間挑選適合的人。』我一直覺得此話非常有道理。

「我說到什麼地方了？喔，她是怎麼找上我的：她的婦科醫生是我以前的病人，告訴她說我是個很實在的傢伙，不亂來，願意爲病人把手弄髒。她到圖書館查閱我的資料，喜歡我在十五年前寫的一篇文章，討論榮格的一個觀念：爲每個病人創造一套新的治療語言。你知道那篇文章嗎？不知道？刊登在『正統心理學期刊』上。我會寄給你一份。我比榮格還進一步。我建議我們爲每個病人創造一套新的治療方式，我們要認眞考慮每個病人的獨特性，爲每個病人創造出一套獨特的心理治療。

「咖啡?好，我要來一點。純咖啡。謝謝。她就是這樣找上了我。你接下來的問題應該是——爲什麼呢？一點也不錯，就是這個問題。對任何新病人都很有價值。答案是：她會從事很危險的性活動。她自己都知道。她總是會做這類的事情，但是情況越來越嚴重。譬如開車到一輛巴士或卡車旁邊，對方駕駛的高度可以看到她的車子內部，然後她拉起裙子開始自慰，時速八十哩。眞是瘋狂。然後她會下交流道。如果另一輛車的駕駛跟她一起下來，她就會停車，到另一輛車中，爲駕駛進行口交。非常危險，而且做過許多次。她是如此失去控制，當她感覺無聊時，她會去三流酒吧挑一個男人。她喜歡置身於危險的環境，被陌生而有暴力傾向的男人所包圍。不僅男人可能危險，那些被她搶走生意的妓女也仇恨她。她們威脅她，她必須不斷地搬家。至於愛滋病、泡疹、安全性交、保險套?她好像從未聽過。

「所以貝拉剛開始時就是這樣。你明白了嗎?你有什麼問題?還是要我繼續說下去?好。所以，在我們第一次會診時，我不知如何通過了她的測驗。她又回來接受第二次，然後第三次會診，於是我們開始治療，每周兩次，有時候三次。我花了一個小時記錄她與先前心理醫生的治療歷史。當你開始看一個困難的病人時，這總是個好策略，拉許醫生。查明他們怎麼治療她，然後避免他們的錯誤。忘了什麼『病人尚未準備接受治療』的鬼話!應該是『治療尚未準備好接受病人』才對。但你必須夠大膽，夠創意，才能爲每個病人創造一套新的治療方式。

「對貝拉・費里尼這樣的病人，不能使用傳統的技巧。如果我堅持平常的專業角色——詢問歷史、反思、同理心、解析——噗，她就消失不見了。相信我。沙唷娜拉。她對所有以前的心理醫生就是如此——其中不乏聲譽良好的。你知道這個老故事：手術十分成功，可惜病人死了。

「我使用什麼技巧？恐怕你沒聽懂。我的技巧就是放棄一切技巧！我不是自作聰明，拉許醫生——這是任何好治療的首要規矩。如果你要成爲一個心理醫生，這也應該成爲你的規矩。我要更有人性，更少點機械。我不會定下治療計畫——當你開業四十年後，你也不會。我只是信任我的直覺。但對於像你這樣剛入門的人來說，我想這不是很公平。回顧過去，貝拉的病狀最顯著的地方，是她的衝動。她產生了欲望——砰，她就要付之實行。我記得我想要加強她對於挫敗的容忍。那是我的起點，我在治療中的第一個，也是最主要的目標。讓我想一想，我們怎麼開始的？很難記得怎麼開始的，沒有筆記，又是這麼多年以前的事了。

「我說我的筆記掉了。我看得出你面露疑色。筆記已經沒了。兩年前我搬辦公室時不見的。你只能相信我。

「我所記得的是，開始時事情比我想像中要好很多。我不知道爲什麼，但貝拉立刻接受了我。不可能因爲我英俊吧。我那時候剛動過白內障手術，我的眼睛腫的不得了。我的運動失調對於性能力也沒有幫助……如果你想知道，那是一種家族遺傳的腦性運動失調。已經越來越糟了……未來一定要用行走支架，再一、兩年吧，三、四年後就要坐輪椅了。生命就是如此。

「我想貝拉喜歡我，因爲我把她當成一個人看待。我的作法就像你現在一樣——我要告訴你，拉許醫生，我很感激你這麼做。我沒有讀她的病歷。我矇著眼會見她，想要以全新的觀點來瞭解她。貝拉從來都不是一個診斷，或一個邊緣人格，或一個飲食失調患者，或一個衝動的反社會份子。這是我對待所有病人的方式。我也希望永遠不會成爲你的一個診斷而已。

「什麼，我是否認爲應該要有診斷？嗯，我知道你們這些畢業生，還有整個心理藥物界，都要靠診斷才能過活。心理治療期刊上充滿了無意義的討論，關於診斷的枝微末節，未來的廢物。我知道在某些精神症狀中，診斷是很重要的，但在日常生活的心理治療中，診斷的功用很小，甚至有負面的影響。有沒有想過，當你第一次看病人時往往很容易做診斷，而當你越來越認識病人後，診斷卻反而越來越困難？私底下問問任何心理醫生——他們也會告訴你同樣的話！換句話說，確定度與知識成反比。心理學眞是一門好科學，嗯？

「我要說的是，拉許醫生，我不僅不爲貝拉下診斷，我根本連診斷都不想。到現在仍是如此。儘管發生了這些事情，儘管她對我這樣子，我仍然不會。我想她也知道。我們只是兩個人進行接觸。我喜歡貝拉。一直都非常喜歡！她也知道。也許這才是重點。

「貝拉並不適合談話治療。她衝動，以行動爲主，對自己不感興趣，不會反省，無法進行自由聯想。傳統心理治療的項目如自我檢驗，反省等等，她都一敗塗地，於是對自己感到更失望。這就是爲什麼她的心理治療總是失敗。這就是爲什麼我必須以其他方式抓住她的注意力。這就是爲什麼我必須爲貝拉創造出新的治療方式。

「例如？嗯，讓我給你一個早期治療的例子，也許是在第三或第四個月。我正專注在她的自毀性的性行爲，詢問她到底希望從男人身上得到什麼，包括她生命中的頭一個男人，她的父親。但我毫無進展。她非常抗拒談論過去——她說與其他醫生討論過太多次了。而且她認爲碰觸過去只是爲了找藉口逃避責任。她讀過我所寫的心理治療書籍，逐字逐句引述我所說的話。我眞是氣得牙癢癢的。當病人用你自己的書來拒絕你，眞可算是抓到了要害。

「有一次，我要她描述早期的白日夢或性愛的幻想，最後爲了敷衍我，她談起一個從她八、九歲就不斷重複發生的幻想：外面狂風暴雨，她又冷又濕地進入屋內，一個年紀很大的人在等她。他擁抱她，脫掉她的濕衣服，用一條又大又暖的毛巾擦乾她，給她喝熱巧克力。於是我建議我們角色扮演：我要她走出辦公室，再進來時假裝又濕又冷。當然我跳過了脫衣服的部分，從浴室拿出一條大毛巾，用力擦拭她——不帶任何性意味，就像我平常一樣。我『擦乾』她的背與頭髮，然後用毛巾裹住她，讓她坐著，爲她泡了一杯即溶的熱巧克力。

「別問我爲什麼選擇在那時候這麼做。當你像我一樣有經驗後，你會信任你的直覺。這個作法改變了一切。貝拉無言地坐著，眼淚開始盈眶，然後她像個嬰兒一樣大哭。貝拉從來沒有在心理治療時哭過。她的抗拒就這樣融化了。

「我爲何說她的抗拒融化了？我的意思是，她開始信任我，相信我們是在同一邊。專業上的字眼，拉許醫生，是「醫療上的結盟」（therapeutic alliance），之後她成爲一個眞正的病人。重要的內容開始冒出來。她開始期待下一次的診療。心理治療成爲她的生命中心。她一再告訴我，我對她有多麼重要。而我們才治療了三個月。

「我是否讓自己變得過於重要？不，拉許醫生，在心理治療剛開始時，心理醫生再怎麼重要都不爲過。甚至連佛洛伊德都使用這個策略，以一種移情的精神官能症來取代原來的症狀——這是用來控制自毀性症狀的好方法。

「你看來有點懷疑。嗯，當病人對心理醫生產生迷戀——對每次診療都充滿期待，在沒有診療時幻想與醫生對話，最後原來的症狀就會被心理治療所取代。換言之，原來由內在因素所驅使的症狀，開始隨著治療關係而消長。

「不，謝謝，不用再給我咖啡了，恩尼斯。但是你請喝一些。你不介意我叫你恩尼斯吧？好。繼續下去，我抓住這次的進展，盡力增加我對貝拉的重要性。我回答所有她問我的問題，關於我生命的種種，我鼓勵她的正面行爲。我告訴她，她是一個多麼聰明美麗的女人。我很痛恨她對待自己的態度，非常直接地告訴了她。這些都不困難。我只需要實話實說。

「稍早你問我，我的技巧是什麼。也許最好的回答只是：我說實話。漸漸地，我在她的幻想生活中扮演越來越重要的角色。她會陷入關於我們倆的幻想——只是坐在一起握著手，我陪她玩嬰兒的遊戲，餵她吃東西等等。有一次她帶了一罐果凍與湯匙，要我眞的來餵她——我照辦了，讓她非常高興。

「聽起來很無邪，是不是？但是我從一開始就知道，有一道陰影籠罩著。當時我就知道，當她說我餵她時她會感到興奮，我就知道了。當她說她要去划獨木舟，也許每周划兩、三天，這樣她就可以獨自一人，漂浮在水上，幻想與我在一起，這時候我就知道。我知道我的作法很冒險，但這是計算下的危險。我要繼續建立正面的移情，藉此來對抗她的自毀傾向。

「幾個月後，我對她變得非常重要，我可以開始探討她的病況了。首先，我專注於生死交關的項目：愛滋病、三流酒吧、公路上的口交。她接受愛滋病原檢查——沒有帶原，謝天謝地。我記得等待愛滋病檢查報告的那兩星期。讓我告訴你，我像她一樣緊張。

「你有沒有病人等待愛滋病檢查報告？沒有？嗯，恩尼斯，那段等待時間是一個好機會。你可以用來進行眞正的治療。在這幾天內，病人將面對他們自己的死亡，也許是這輩子頭一次。你可以在這時候幫助他們檢視與重新安排他們的優先順序，把生命與行爲放在眞正重要的事物上。有時候我稱之爲存在主義式震撼治療法。但貝拉沒有受影響。她太過於否認了。就像許多其他自毀性的病人，貝拉對外人一點也不畏懼。

「我教導她關於愛滋病與泡疹的知識——她很奇蹟地都沒有感染，還有安全性交。怕她實在忍不住，我教她到更安全的地方找男人：網球俱樂部、學校父母會、書店。貝拉眞是有一手！她能在五、六分鐘內與英俊的陌生人搭上線，有時候毫無覺察的妻子就在十尺之外。我必須承認我嫉妒她。大多數女人不會欣賞她們在這方面的運道。你能想像一個男人，特別是像我這樣的糟老頭，如此隨心所欲地接觸異性嗎？

「除了我所告訴你的一切，貝拉還有一點讓人驚訝的地方，就是她的絕對誠實。在我們頭幾次會診時，我們決定要開始進行治療，我說出了我的基本條件：完全誠實。她必須承諾分享生命中所有重要的事件：吸毒、衝動的性行爲、割腕、幻想等等，所有事情。否則我們就是在浪費她的時間。但如果她坦誠相告一切，她就可以相信我會陪她到底。她答應了，我們愼重地握手表示達成約定。

「而據我所知，她遵守她的承諾。事實上，部分是由於我的緣故，因爲如果發生了嚴重的失常行爲——例如她又割了手腕或上酒吧——我就會分析到死爲止。我會堅持冗長而深入地調查出事前所發生的一切。『拜託，貝拉，』我會說，『我必須要聽妳說明出事前的一切，讓我能夠瞭解。當天稍早的事件，妳的想法，妳的感覺，妳的幻想。』這會逼得貝拉受不了——她還有其他事情想談，不願意把診療時間花在這上面。光是這樣就能夠幫她控制住衝動。

「內省？貝拉的治療並不注重內省。喔，她開始明白她在衝動行爲之前多半會體驗非常空虛死寂的感覺，在剛開始時，冒險與割腕與性都是爲了想要填補空虛，掌握生命。

「但貝拉不明白的是，這些嘗試都沒有用。每一項舉動都有反效果，都會導致更深的恥辱與更瘋狂，更自毀的嘗試。貝拉總是無法瞭解她的行爲會有後果。

「所以內省沒有幫助。我必須想別的辦法——我試了書中所有的作法，來幫助她控制衝動。我們寫下了一張關於她的自毀衝動清單，她同意在她再犯之前會先打電話給我，讓我有機會勸她不要去。但她很少打電話——她不願意打擾我。她內心相信我對她的承諾很薄弱，我很快就會厭倦她，把她甩了。我無法讓她打消這種想法。她要我給她某個具體的事物，讓她隨身帶在身上，這樣她就更能控制自己。我叫她在辦公室中選一樣東西。她從我口袋抽出手帕。我給了她，但是先在上面寫下了一些她的衝動動機：

我感覺好像死了，所以要傷害自己來感覺活著。

我必須冒險才能感覺生命。

我感覺空虛，所以用藥物、食物與精液來填滿自己。

但這都是暫時的快感。結果我會更羞愧，更空虛，更死氣沈沈。

「我要貝拉每次感到衝動時，就拿出手帕來沈思靜默。

「你看來好像很懷疑，恩尼斯，你不贊同嗎？為什麼？太過於花招？不見得。我同意看起來很花招，但在緊急狀況需要非常手段。對於無法客觀自省的病人，我發現具體的事物很有幫助。我的一位老師路易斯希爾是個天才，當他要去度假時，他會對一個小瓶子吐氣，然後把小瓶子交給嚴重的精神分裂病人，要病人掛在胸前。

「你認為那也是花招吧，恩尼斯？讓我用另一個更適當字眼來形容：創意。記得我說過為每個病人創造一套新的治療嗎？這正是我的意思。你還沒有提出最重要的問題。

「有沒有效？沒錯，就是這個問題。唯一正確的問題。忘記所有規則。是的，有效！對希爾醫生的病人有效，對貝拉也有效，她隨身帶著我的手帕，逐漸能夠控制住她的衝動。她的『出軌』漸漸越來越少發生，不久我們便能在診療時轉移注意力到別的地方。

「什麼？只是移情性的治療？顯然你很不以為然，恩尼斯，這樣很好——能產生好問題。你很能夠抓住真正的重點。讓我告訴你，你目前的方向錯誤——你不應該當一個精神化學家。嗯，佛洛伊德對於「移情治療」的批評已經有一百年老了。雖然他的見解有些地方成立，但基本上是錯誤的。

「相信我：只要你能切入自毀行為，不管你是怎麼做的，都算是可觀的成就。第一步就是要打破自我仇恨與毀滅的惡性循環，然後是羞愧所帶來的更多恨意。雖然貝拉從來沒有表達，但是她的墮落行為所帶來的羞愧與恨意是難以想像的。心理醫生要扭轉這種過程。凱倫・荷內（Karen Horney）曾經說……你讀過荷內的書嗎，恩尼斯？

「可惜，但這似乎是我們領域中主要理論家的命運——他們的教誨只能流傳一代。荷內是我最喜愛的理論家之一。我在學習時讀過她所有的著作。她最好的一本，《精神官能症與人性成長》（*Neuroses and Human Growth*），已經有五十年了，但那是關於心理治療最好的一本書——而且沒有任何專門術語。我要把我的那本給你讀。在那本書的某處，她指出很簡單而有力量的觀點：『如果你想要對自己感到自豪，就去做能讓你驕傲的事情。』」

「我已經不知道說到哪裡去了。請幫助我回到正題，恩尼斯。我與貝拉的關係？當然，那就是我們今天眞正要談的，對不對？在那方面有很多有趣的發展。但我知道你的委員會最感興趣的就是肉體上的接觸。貝拉從一開始就很在意。我習慣觸摸我所有的病人，不管男女，每次診療都會——通常在結束時握握手，或拍拍肩膀。嗯，貝拉並不喜歡這樣，她拒絕握我的手，開始說些風涼話如，『這是治療學會核准的握手嗎？』或『你能不能更正經一點？』

「有時候她會在結束時擁抱我——都是很友善，沒有性意味的。然後下一次診療時她會笑我的行爲，我的正經，當她擁抱我時，我變得僵硬起來。這裡的僵硬是指我的身體，而不是我的老二，恩尼斯——我知道你在想什麼。你一定很不會打撲克牌。我們還沒有到達情慾的階段。等我們到了，我會提醒你。

「她也抱怨我對於年歲的計較。她說如果她又老又有智慧，我就會毫不猶疑地擁抱她。她也許說得對。貝拉非常重視身體上的接觸：她堅持我們應該碰觸，一直堅持，要求，要求，從來不停止。但我可以瞭解：貝拉的成長過程缺乏觸摸。她的母親在她還是嬰兒時就死了，她是被一連串冷漠的瑞士家庭教師所扶養長大。還有她父親！這個父親有細菌恐懼症，從來不會碰她，在家中總是要戴手套，要僕人清洗與熨平所有的鈔票。

「經過一年後，我開始放輕鬆些，或被貝拉的要求所軟化，以叔父般的擁抱作爲會診的結束。但是她總是不滿足，在擁抱時總想吻我的臉頰。我總要求她尊重界線，而她總是要試探。我不知道對她說教過多少次，給她多少有關的書本與文章，要她閱讀。

「但她就像個躲在母親身體裡的小孩——一個非常迷人的母親身體——而她渴望身體的接觸。她能不能把椅子靠近些？我能不能握著她的手幾分鐘？我們能不能一起坐在沙發上？我不能只是用手摟著她，安靜地坐著，或去散步，而不是談話？

「她眞的很有說服力。『希摩，』她會說，『你很會談論關於爲每個病人創造新的治療方式，但你漏掉的是「只要是在辦公室就可以」或「只要不違反心理醫生的中年中產階級舒適感就可以」。』她嘲笑我躲在美國心理治療學會的心理治療準則後面。她知道我也參與了那些準則的制訂，因爲我曾經是治療學會的主席。她指控我被自己的規矩所限制了。她批評我沒有讀我自己寫的東西。『你強調要尊重每個病人的獨特性，然後你又假裝一套規則可以適用於所有病人。我們都被歸於一類，』她說，『彷彿所有病人都是一樣。』最後她總是這麼問：『什麼才重要？遵守規則？躲在你的辦公室？還是做對病人最有利的事？』

「其他時候她會批評我的『防衛式治療』：『你總是擔心會被人控告。你們這些心理醫生在律師前膽小如鼠，同時卻鼓勵你們的病人擁抱自由。你眞的認爲我會控告你嗎？你還不瞭解我嗎，希摩？你正在拯救我的生命，我愛你！』

「你知道的，恩尼斯，她說得不錯。我毫無招架之力。我是很膽怯。我是在防衛我的準則，即使在某些情況，我知道這些準則對治療無助。我把我的膽怯與事業上的擔心，看得比病人的利益還重要。眞的，如果你從沒有利害關係的位置來看這件事，讓她坐在我身旁，握著我的手，根本沒有什麼不對。事實上，每次我這麼做之後，都毫不例外地爲治療充了電：她比較不再防衛，比較信任我，讓我能進入她的內心世界。

「什麼？心理治療究竟需不需要嚴格的準則？當然需要。請繼續聽下去，恩尼斯。我的問題是，貝拉會攻擊任何規矩，就像牛看到紅旗子。不管何時何地，只要我設下了界線，她就要試探。她會穿很薄的衣服，裡面不穿內衣。當我對此有意見時，她又會取笑我對身體的保守態度。她說我想要知道她內心的一切，但不敢碰她的皮膚。有幾次她抱怨胸部有硬塊，要我檢查她——我當然不願意。她會述說對我的性幻想好幾個小時之久，懇求我與她做一次愛就好。她的理由之一是，與我做一次愛，就能打破她的執迷。她會發現其實沒什麼了不起的，於是就能夠轉而思索生命中其他的課題。

「她對性的露骨暗示讓我感到如何？好問題，恩尼斯，但這與調查有關嗎？

「你不確定？有關的是我的行爲——我是因此而受到批判——而不是我的感受或想法。要動用私刑時，沒人會去關心感受或想法！但如果你能關掉錄音機幾分鐘，我就告訴你。把這當成我的忠告。你讀過里爾克（Rilke）的《給年輕詩人的信》嗎？嗯，把這當成是我給年輕心理醫生的信好了。

「很好。也請你放下筆來，恩尼斯，只要聽我說就好。你想知道這對我有何影響？一個美麗的女人迷戀我，每天自慰時都想著我，懇求我與她上床，不停地談著她對我的幻想，如何用我的精液塗抹她的臉或用餅乾沾著吃——你想我會感覺如何？看看我！兩根枴杖，越來越糟糕，越來越醜——我的臉快被皺紋呑沒了，身體也快要散了。

「我承認，我只是人。我開始受到影響。如果那一天我們要診療，當天早上我穿衣服時就會想，要穿什麼樣的襯衫？她不喜歡寬紋的，她說那讓我看起來過於自足。還有要擦什麼樣的刮鬍水？她比較喜歡某一種，每次當我要考慮用哪一種時，通常會用她喜歡的。一天在她的網球俱樂部，她遇見了我的一位同事——一個自戀的書呆子，總是想與我競爭——當她得知他與我共事後，就找他談起我。他與我的關係使她興奮，於是她就跟他回家。想想看，這個蠢才與這個大美人上了床，卻不曉得完全是因爲我的緣故，而我又不能告訴他，眞是氣死我了！

「但是被病人吸引是一回事，實際付諸行動又是另一回事。我努力抗拒，不停自我分析，並且向幾位朋友諮詢，試著在診療時處理。我一再告訴她，我絕不可能與她發生性關係，如果我做了，我會遺憾終身。我說她需要一個優良的心理醫生，而不是一個殘廢的老情人。但我承認我被她所吸引。我要她不要坐得這麼靠近，因爲肉體的接觸會使我興奮，在心理治療上就會失去效果。我採取專斷的態度：我堅持我比她看得遠，知道如何治療她，她不可能比我更清楚。

「好，好，你可以再打開錄音機了。我想我已經回答了你的問題。所以，我們像這樣過了一年，努力防範症狀發生。她有很多次出軌，但整體而言我們做得不錯。我知道這不是治本之道。我只是在克制她，提供一個固定的環境，保護她從一次診療到下一次。但我可以聽見時鐘滴答作響；她越來越顯得焦躁與疲倦。

「然後有一天她進來辦公室，看起來非常狼狽。街上有些乾淨的新毒品，她承認她差一點就要去買了。『我不能一輩子生活在挫敗中，』她說，『我非常努力想要成功，但我已經沒力氣了。我知道我自己，我知道我自己，我知道我會怎麼做。你想要讓我活著，而我要與你一起努力。我想我做得到。但我需要一些報償！是的，是的，希摩，我知道你要說什麼，我已經倒背如流了。你要說我已經得到報償了，我的報償就是比較好的生活，對自己感覺好些，尊重自己，不會想要自殺。但這些東西都不夠，太遙遠了。太空虛了。我需要能摸到它。我需要摸到它！』

「我開始說些安慰的話語，但她打斷我的話。她的挫折感越來越激烈，於是提出一個絕望的請求：『希摩，配合我，用我的方式。求求你。如果我保持乾淨一整年——眞的乾淨，你知道我的意思：沒有毒品，不暴食，不上酒吧，不割手腕，什麼都不做——那麼就獎勵我！給我一些報償！答應帶我去夏威夷一個星期。我們像一對男女一樣去，而不是醫生與病人。不要笑，希摩，我是說眞的——非常認眞。我需要。希摩，只要一次，把我的需要放在規矩前面。這一次就順著我吧。』

「帶她去夏威夷一個星期！你笑了，恩尼斯，我也是。眞是荒謬！我就像你一樣：一笑置之。我想要不理會，就像以前不理會她所有的下流提議。但這次她的態度更爲急迫，更爲不祥，也更爲堅持。她不肯放過我。我無法打消她的念頭。當我告訴她不可能時，她開始討價還價：她把維持乾淨的時間延長到一年半，把夏威夷換成舊金山，把一星期的假期縮短成五天，然後是四天。

「在每次診療之間，我發現自己會去想貝拉的提議。我無法克制。我在心中玩味這個念頭。一年半——十八個月——的好行爲？不可能。荒謬。她絕對做不到。我們爲何要浪費時間談這個呢？

「但是假設——只是做個思想實驗，我告訴自己——她眞的能夠改變行爲十八個月？想想這個主意，恩尼斯。想想它的可能性。你難道不會同意，這個衝動誇張的女人能自我控制地過十八個月，沒有毒癮，不再割腕，擺脫一切自我毀滅，難道她不會變成另外一個人嗎？

「什麼？邊緣型的病人玩弄把戲？你是這麼說嗎？恩尼斯，如果你這麼想，你永遠無法成爲一個眞正的心理醫生。這就是稍早我說，診斷的危險性。邊緣型病人形形色色。標籤對人只有壞處。你治療的不是標籤；你必須治療標籤後的那個人，而不是標籤。這個貝拉，這個有血有肉的金髮女郎，如果能採取完全不同的行爲方式十八個月之久，難道不會產生本質上的改變？

「你不願意接受？我不怪你——以你現在的地位，加上那個錄音機。只要你自己在心中回答自己。不，讓我爲你回答：我相信天下所有心理醫生都會同意，如果貝拉不再受她的衝動所控制，她會成爲一個迥然不同的人。她會發展出不同的價值，不同的優先順序，不同的看法。她會清醒過來，張開她的眼睛，看到現實，也許看到她自己的美與價値。她也會對我有不同的看法，就像你看我的方式：一個糟老頭。一旦看到了現實，她的情慾移情，她的反常癖好，就會消失而去，同時也包括了她的夏威夷幻想。

「什麼，恩尼斯？我會不會懷念這種情慾移情？會不會難過？當然會！當然會！我喜愛被人愛慕。誰不會？你不會嗎？

「好啦，恩尼斯，你不會嗎？當你演講完後，你不喜歡熱烈的掌聲嗎？你不喜歡人們圍繞著你，尤其是女人嗎？

「很好！我很欣賞你的誠實。不需要感到慚愧。誰不喜歡？這是我們的天性。繼續說下去，我會懷念她的愛慕。我會覺得若有所失：但那是我的工作職責，引導她看到現實，幫助她成長，離開我。甚至忘了我。老天可憐我。

「嗯，隨著時間慢慢過去，我對貝拉的提議越來越感興趣。十八個月規規矩矩，她這麼提議。而且這還是初步的提議。我很善於討價還價，一定能得到更多，增加機會，提供更多的空間，實實在在發生改變。我想到了其他可以要求的事情：也許要她參加團體治療，還有更費力的，要求她丈夫也參加夫妻治療。

「我從早到晚都在想貝拉的提議。一刻都無法拋開。我是個愛打賭的人，而我的勝算頗大。如果貝拉賭輸了，如果她犯了規——吸毒，暴食，上酒吧，或割腕——也沒什麼損失。我們只是回到了原來的出發點。就算我只能從她身上得到幾周或幾個月的節制，也對我的治療有幫助。如果貝拉贏了，她會改頭換面，不會想要向我索取獎品。這真是太容易了。毫無風險，而且我很有機會能拯救這個女人。

「我喜愛行動，喜愛競賽，什麼都賭——棒球賽，籃球賽。高中畢業後我加入海軍，以船上玩撲克贏來的錢讀完大學；我在紐約實習時，沒事的晚上都在產科與醫生們賭錢。產房旁邊的醫生休息室中總有牌局進行。每當缺一手時，醫生就會要播音員廣播尋找『布萊克醫生』。每當我聽見廣播，就會盡快趕去。他們都是一群好醫生，但牌技其差。你知道的，恩尼斯，當時的實習醫生幾乎沒有薪水，年終時其他實習醫生都欠了一屁股債。我呢？我開著新車前往新醫院擔任駐院醫生，全都要感謝那些產科醫生。

「回到貝拉。我考慮了她的賭注好幾個星期，然後有一天，我孤注一擲了。我告訴貝拉，我能瞭解她需要獎勵，於是我開始認眞地議價。我堅持要兩年。她非常感激我如此認眞考慮，於是答應了所有的條件，我們很快草擬一份確實而清楚的合約。她要做到的是保持兩年的乾淨：不吸毒（包括酒），不割腕，不暴食暴瀉，不在酒吧或公路上勾引男人，不進行任何危險的性行爲。我想就是這樣了。喔，還有，她必須開始參加團體治療，並與她丈夫一起參加夫妻治療。我要做到的是在舊金山與她共度一個周末：一切行程細節與旅館都由她全權作主。我只能任她安排。

「貝拉非常認眞。交涉結束後，她建議我們正式立誓。她帶了一本聖經，我們都以聖經發誓要遵守這份合約。然後我們嚴肅地握手。

「我們像以前一樣會診。每星期會面兩次——三次也許更好，但她丈夫開始對診療費用發牢騷。貝拉保持潔淨後，我們就不需要多花時間分析她的『出軌』，分析更快速與深入。夢境、幻想、一切都可以拿來談。我首次看到她對自己產生好奇；她選修了大學中關於病態心理學的課程，開始寫她早年生活的自傳。漸漸地，她想起更多兒時的回憶，她如何在一連串冷淡的保母中追尋一位新的母親，大部分保母只做了幾個月就走了，因爲受不了她父親瘋狂的潔癖與規矩。他對細菌的恐懼控制了她的整個生活。想像一下：她在十四歲之前都沒有上學，完全在家中接受教育，因爲他怕她會帶細菌回家。所以她沒有什麼親密的朋友。很少有機會與朋友一起用餐；他禁止她晚上出去，她也害怕讓朋友見到她父親吃飯的儀式：帶著手套，每一道菜之間都要洗手，檢查僕人的手是否乾淨。她也不准去借書。她喜愛的一位保母由於讓她與朋友交換衣服穿，當場就被開除。她的童年與女兒身分在十四歲時驟然結束，她被送到寄宿學校就讀。之後她與父親只有零星的會晤。她父親很快就再婚了。新妻子是個美麗的女人，但以前是個妓女。根據一位老處女姑媽說，新妻子只是她父親過去十四年所結交的許多妓女之一。貝拉對此進行了她首次的精神分析嘗試，她認爲這就是爲什麼她父親會覺得骯髒，總是要洗手，不肯讓他的皮膚碰觸到她。

「在那幾個月中，貝拉若是提到有關我們賭注的事，完全只是表達她的感激。她稱之爲『前所未有的肯定』。她知道這個賭注是給予她的一個禮物；不像先前的心理醫生所給的『禮物』：口頭上的讚美，解析，承諾，『治療上的關切』……這個禮物是實質的，可碰觸的。這是我願意幫助她的確切證據。也證明了我對她的愛。她說她從來沒有這樣被愛過。從來沒有人把她放在自己的利益之前，放在規矩之前。她父親當然沒有，從來沒有脫下手套摸她，直到十年前過世，每年都送她相同的生日禮物：一捲百元大鈔，每一張代表她的一歲，每一張都洗得乾乾淨淨，熨得平平整整。

「這個賭注還有另一個意義。我願意爲她而改變規矩。她說她最喜歡的一點是，我願意冒險，面對自己的陰影。『你也有頑皮與黑暗的一面。』她說，『所以你才如此瞭解我。我覺得我們好像是雙胞胎。』

「我想可能因爲如此，我與她才一見如故。她立刻就知道我是她的心理醫生——我臉上的惡作劇神情，玩世不恭的眼神。她洞悉了我的底細。眞是個小滑頭。

「而且，我完全瞭解她的意思。我可以從其他人身上看到同樣的東西。恩尼斯，請關掉錄音機一會兒就好。謝謝。我要說的是，我也從你身上看到。你與我，我們坐在這個辦公桌的兩邊，但我們有某種東西相同。我告訴你，我很善於看人，很少出錯。

「不同意？少來！你知道我的意思！不正是因爲如此，你才如此充滿興趣聆聽我的故事？比興趣還強烈，我稱之爲著迷也不爲過。不錯，恩尼斯，你與我。你在我的情況中也會如此。你也會接下我的魔鬼賭注。

「你在搖頭。當然！但我不是對你的頭說話。我是對你的心。還有，也許你不僅從我身上看到你自己，你也從貝拉身上看到你自己。我們三個其實沒有什麼兩樣！好了，讓我們回到主題上。

「等一下！在你打開錄音機之前，恩尼斯，讓我再說一件事。你以爲我在乎這個狗屎道德委員會嗎？他們能怎麼樣？不讓我到醫院看病嗎？我已經七十歲了，我的事業已經結束了，這我很清楚。所以我爲什麼要告訴你這一切事情？爲了希望能產生一些好的結果。也許你會接受一點點的我，讓我進入你的血液中，讓我教導你。記住，恩尼斯，當我說你能面對你的陰影，我的說法是正面的——我的意思是，你有勇氣與胸襟成爲一個偉大的心理醫生。打開錄音機吧，恩尼斯，不需要回答我。當一個人七十歲時，就不需要聽回答了。

「好，說到哪裡了？嗯，第一年過去了，貝拉做得非常不錯。完全沒有出軌。她完全保持乾淨。對我只有很少的要求。有時候她會要求坐在我身邊，我伸手摟住她，我們就這樣坐著幾分鐘。這樣總能使她放鬆下來，使診療更有效果。診療結束時，我總是給她兄長般的擁抱，她會含蓄地在我臉頰上留下女兒般的親吻。她丈夫拒絕參加夫妻治療，但同意與一位基督科學教派人士會談數次。貝拉說他們的溝通有所改善，對彼此的關係都比較滿意些。

「在第十六個月的時候，一切仍然很好。沒有海洛因——沒有任何毒品——沒有割腕，沒有暴食與暴瀉，或任何自我毀滅的行爲。她參加了一些旁門左道的活動——一個通靈者，一個前世治療團體，一個海草營養學家，典型的加州騙人玩意，無傷大雅。她與她丈夫也重新開始性生活，她也與我的同事玩一點點性遊戲，那個她在網球俱樂部認識的混蛋。但至少那是安全性交，比以前的酒吧或公路尋歡要好得多了。

「那是我所見過最劇烈的治療轉變。貝拉說那是她一輩子最快樂的一段時間。我向你挑戰，恩尼斯，看你敢不敢把她列入你的後續研究，她會成爲一個明星病人！把她與任何藥物治療相比較：Risperidone，百憂解，Paxil，Effexor，Wellbutrin，隨便你舉出什麼藥物，都比不上我的治療方法。這是我所做過最棒的治療，但我卻無法發表。發表？我連告訴別人都不行。直到現在！你是我第一個眞正的聽衆。

「在第十八個月的時候，會診開始改變。剛開始很隱約。越來越多關於我們舊金山之旅的話題開始出現，不久貝拉在每次會診時都會提到。她每天早上都會賴床一個小時，做著關於我們共度周末的白日夢：像是睡在我的懷中，打電話點早餐在床上吃，然後開車到風景區吃午餐，接著是午睡。她幻想著我們結了婚，晚上迎接我回家。她說只要她知道我會回家，她就能快樂地過一輩子。她不需要佔用很多我的時間；她願意當一個小老婆，每個星期只要我陪她幾個小時——這樣她就可以永遠活得健康快樂。

「嗯，你可以想像，這時候我開始有點不安。然後非常不安。我開始收拾殘局，努力幫助她面對現實。幾乎每次會診，我都會談到我的年齡。再過三、四年我就要坐輪椅了。再過十年我就是八十歲了。我問她，她以爲我能活多久。我家族中的男性都死得很早。在我這個年紀，我父親已經入土十五年了。她至少會比我再多活二十五年。我甚至開始在她面前假裝我的神經疾病更爲嚴重。有一次我故意跌倒。我一再強調，老年人沒有什麼力氣。在晚上八點半就要上床。上次看十點新聞是在五年前。我的視力衰退，肩膀發炎，消化不良，胃腸脹氣，便祕。我甚至還想弄個助聽器來戴，只爲了製造效果。

「但這一切都是拙劣的手法。完全大錯特錯！這只使她變得更爲渴望。她很病態地渴望我衰弱或癱瘓，幻想我中了風，我妻子離開我，於是她就搬進來照顧我。她最喜歡的照顧幻想是：爲我泡茶，爲我洗澡，爲我換睡衣，爲我擦痱子粉，然後脫掉她的衣服，鑽進被單中躺在我身旁。

「到了第二十個月時，貝拉的進展更爲明顯。她參加了匿名戒毒團體，每星期三次。

她自願到學校教導女學生避孕與防範愛滋病，也得到當地大學的MBA入學許可。

「什麼，恩尼斯？我怎麼知道她說的是實話？你知道的，我從來不會懷疑她。我知道她有她的問題，但對我說實話似乎是她不得不做的一件事。我想我提過，在我們診療剛開始時，我們同意要對彼此完全誠實。在剛開始治療的幾星期，她隱藏了幾件事沒說，但是她受不了；她相信我可以看透她的內心，會不願意再治療她。她都等不到下次會診，每次結束後就會打電話給我，有一次還是在半夜，坦承一切。

「但你的問題很好。這件事情關係重大，不能只是聽信她的話，我做了你會做的：我查證了所有可能的消息來源。我也與她丈夫見過幾次面。他拒絕接受治療，但同意過來幫助貝拉，他證實了她所說的一切。他也允許我接觸他的基督科學教派指導人——很諷刺的，這位指導人正在攻讀臨床心理學博士，也讀過我的書——她也證實了貝拉的說法：為婚姻而努力，沒有割腕，沒有吸毒，參加社區工作。貝拉沒有說謊。

「所以換成你會怎麼做，恩尼斯？什麼？根本就不會置身於這種處境？是，是，我知道。現成的答案。你真讓我失望。告訴我，恩尼斯，如果你不會置身於這種處境，那麼你會到哪裡？回到你的實驗室？或進圖書館？你會很安全。正當而且舒適。但病人會如何？早就跑了！就像貝拉先前的二十位心理醫生——他們都採取安全的作法。但我不一樣。我是個迷失靈魂的拯救者。我拒絕放棄病人。我會累壞自己，冒險嘗試一切來救病人。我一輩子的事業都是如此。你知道我的名聲嗎？去問問其他人。問問你的主任。他知道。他把十幾個病人介紹給我。我是最後的救援心理醫生。別人放棄的病人都會交給我。你在點頭？你聽過有人這麼說過？很好！這樣你就知道我不是個老糊塗。

「所以請考慮我的處境！我到底應該怎麼做？我開始有點慌了。我使出一切阻止的手段：我開始瘋狂的分析，彷彿不分析就會死。我分析所有能夠分析的。我對她的幻想開始感到不耐煩。

「例如，貝拉幻想我們結了婚，然後她願意一個星期只苦等與我相處的那幾個小時。『這是什麼樣的生活？什麼樣的夫妻關係？』我問她。這根本不是夫妻關係，這是巫術。從我的觀點來想，我會說：她想從這種安排得到什麼？光靠我每星期一小時就可以治療她——這根本不切實際。這算是關係嗎？不是！我們對彼此並不實際；她把我當成一個偶像。而且她渴望與我口交，吞下我的精液，也不實際。她感覺空虛，於是希望吸收我的精華來填補她自己。難道她看不出來自己的作法？把象徵當成了現實？她以為我的精液能維持多久？只要幾秒鐘，她的胃酸就會把所有精子都殺光。

「貝拉很嚴肅地點頭同意我的分析，然後繼續她的編織。她在匿名戒毒協會學習了編織，最後幾周時她不停趕工編織一件毛衣，準備讓我在舊金山周末穿。我找不到任何方法可以動搖她。是的，她同意她也許過於依賴幻想。也許她所要的是一個原型的老智者。但有這麼糟糕嗎？除了她的企管碩士課程之外，她也旁聽了人類學的課程。她提醒我，許多人類的生活都根據不合理的觀念如圖騰，轉世，天堂與地獄，甚至治療上的移情性療法，與佛洛伊德的神化。『只要管用，就可以用，』她說，『想到我們將在一起度周末，這就很管用。這是我畢生最美好的一段時間；感覺好像我嫁給了你。我在等待，知道你很快就會回家；這使我能好好活下去，使我心滿意足。』說完後她就繼續編織。那件該死的毛衣！我很想把它從她手中搶過來。

「到了第二十四個月，我方寸大亂。我開始連哄帶騙，推託加上哀求。我對她說教愛情。『妳說妳愛我，但愛是一種關係，愛是關心對方的成長。妳關心過我嗎？關心我的感覺嗎？妳有沒有想過我的內疚，我的恐懼，這件事對我自尊上的打擊，知道我自己犯下不道德的事？還有這件事對我名譽的打擊，我所冒的危險——我的職業，我的婚姻？』

「『你有多少次提醒我，』貝拉回答，『我們只是處於人類處境中的兩個人——不多也不少？你要我信任我，我也信任你——我這輩子首次信任人。現在我要你信任我。這將是我們的祕密。我會帶到我的墳墓裡。不管發生了什麼。永遠也不洩漏！至於你的自尊與內疚與職業上的擔心，嗯，還有什麼比你這個治療者能治療我還更重要？你要讓規矩與名聲與道德優先嗎？』你有一個好答案嗎，恩尼斯？我沒有。

「她隱約地暗示，如果我反悔會有什麼影響。她爲了這趟周末活了兩年。她還能再信任任何心理醫生嗎？或任何人嗎？她讓我知道，這是足以讓我內疚一輩子的一件事。她不需要說很多。我知道我若背叛她會有什麼後果。她超過兩年沒有自我毀滅，但我一點也不懷疑，她隨時都可以再犯。坦白說，我相信如果我反悔，貝拉就會自殺。我仍然想要逃離這個陷阱，但我越來越沒力氣了。

「『我七十歲，妳三十四歲，』我告訴她，『我們睡在一起實在很不自然。』

「『卓別林，季辛吉，畢卡索，亨伯與洛麗塔（*Lolita*書中角色）。』貝拉回答，甚至沒有從編織中抬起頭來。

「『妳已經把它變成有點噁心的程度，』我告訴她，『一切都被誇張，遠離現實。這個周末可能會讓妳大失所望。』

「『大失所望將是最好的一件事，』她回答，『你知道，可以打破我對你的執迷，我的「情慾移情」。這對你的治療沒有壞處。』

「我繼續求她，『以我的年齡來說，我沒有什麼精力了。』

「『希摩，』她笑我，『你眞是讓我感到意外。你還是不懂，精力或性交根本不重要。我要你陪我，抱著我，把我當成一個人，當成一個女人，而不是病人。況且，希摩，』她舉起織了一半的毛衣放在臉前，故作害羞狀地從毛衣洞裡望著我說，『我要給你畢生最爽的性愛！』

「然後時間到了。二十四個月過去了，我別無選擇，只能還債給魔鬼。如果我反悔，我知道後果不堪設想。但如果我遵守諾言，那麼誰知道結果如何？也許她說得對，也許這會打破對我的執迷。也許沒有情慾性移情，她的能量就能用在與丈夫關係的改善上。她還會保持對治療的信心。過幾年我就會退休，她會找其他心理醫生。也許在舊金山與貝拉度周末，這會是非常好的治療步驟。

「什麼，恩尼斯？這是我的反移情？就像你一樣，我轉得天昏地亂。我試著不列入考慮，我不是在反移情——我相信我沒有其他合理的選擇。我現在仍然相信如此，即使發生了這一切事情。我能夠接受我的處境。我這麼一個快要死的老頭，每天都承受神經系統的病變，視力衰退，沒有性生活——我老婆通常不喜歡放棄東西，但早就放棄了性。而我對貝拉的著迷？我不否認：她讓我著迷。當她說她要讓我享受最棒的性愛，我可以聽見我的生殖器再次開始轉動起來。但讓我告訴你，還有這台錄音機，讓我清清楚楚地說——我不是爲了這個才這麼做！你或道德委員會也許對此不感興趣，但對我可有生死的重要。我從來沒有打破我與貝拉的協約。我從來沒有打破我與任何病人的協約。我從來沒有把自己的需要看得比他們更重要。

「至於剩下來的故事，我想你很清楚。你的文件上都有記錄。貝拉與我在周六到了舊金山的海灘旅館會面共進早餐，然後一直共處到周日黃昏。我們告訴各自的家人，我安排了一次周末的長程治療。大約每年我會與十幾個病人進行兩次這種團體聚會。事實上，貝拉在第一年治療時曾經參加過。

「你有沒有帶過這樣的團體，恩尼斯？沒有？讓我告訴你，這種團體非常有效果……瘋狂的加速治療。你應該知道這種團體。等我們再見面時，情況不同時，我會告訴你這些團體的詳情；我已經帶領這種團體三十五年了。

「回到那個周末。如果讓你聽這麼久，卻不說出高潮，未免有點不公平。我能告訴你什麼呢？我想要告訴你什麼？我要保持我的尊嚴，我的心理醫生身分，但沒有維持很久——等我們住進旅館後，貝拉立刻就解除了我的武裝，我們很快就成為男人與女人，還有其他一切，貝拉所預料的都發生了。

「我不騙你，恩尼斯。我愛死了那個周末的每一分鐘，大多數時間我們都在床上度過。我有點擔心這麼多年沒用，我的管子已經阻塞了。但貝拉是個絕佳的水管匠，一番整修之後，一切功能都恢復正常。

「三年來我嘲笑貝拉生活在幻想中，並把我的現實硬加在她身上。現在，在一個周末，我進入了她的世界，發現生活在幻想王國中並不算壞。她是我的青春之泉。我每個小時都變得更為年輕。我的步伐更為穩健，抬頭挺胸，看起來更高了。恩尼斯，我告訴你，我想要嚎叫一番。貝拉也注意到了。『這就是你需要的，希摩。這也是我希望從你身上得到的——被擁抱，擁抱你，給予我的愛。你瞭解嗎，這是我畢生首次給予愛？不可怕吧？』

「她哭了很多次。我的淚腺也打開了，我也哭了。她那個周末給予我如此多。我這一輩子職業中都在給予，這是首次我得到回饋，眞正的回饋。彷彿她爲了我所治療過的所有病人回報我。

「但是之後又回到了現實生活。周末結束了。貝拉與我又開始每星期兩次的診療。我從來沒有料到會輸掉這次打賭，所以我也沒有任何事後的應變計畫。我試著回復以往的正式作法，但是經過一、兩次診療後，我知道有了大問題。親密過的人幾乎不可能再回復客套正式的關係。儘管我努力嘗試，一種頑皮的感情取代了嚴肅的治療。有時候貝拉要求坐在我的腿上。她時常擁抱愛撫。我想要阻止她，我試著保持正經的職業倫理，但是，我不得不承認，這已經不是治療了。

「我宣布暫停，嚴肅地建議，我們有兩個選擇：我們可以恢復嚴肅的治療，非肉體的傳統關係，或者我們擺脫做治療的外表，試著建立純粹的社交關係。而『社交』並不意味著性交：我不想要增加問題。我說過，我曾經寫過指導方針，譴責醫生與病人在治療後發生性關係。我也很清楚告訴她，既然我們不再做治療，我不能再向她收錢。

「這些選擇貝拉都不接受。恢復正式的治療似乎很虛僞。治療不是應該完全不玩遊戲嗎？至於不再收費，那也不可能。她丈夫在家裡就有辦公室，大多數時間都待在家中。如果她不寫治療的支票，她要怎麼解釋每星期固定去兩次？

「貝拉笑我對於治療的狹窄定義。『我們在一起——親密地嬉戲，碰觸，有時候在你的躺椅上做愛，眞正的好愛——這才是治療。而且是很好的治療。你爲什麼看不出來，希摩？』她問。『有效的治療不就是好治療嗎？你忘了你對於治療所謂的『一個重要問題』嗎？有沒有效？我的治療不是有效嗎？我不是繼續進步嗎？我沒有亂來。沒有症狀。讀完了研究所。要開始新的生活。你改變了我，希摩，現在你只需要每星期花兩個小時與我親近，就能保持我的改變。』

「貝拉眞是個小滑頭，而且越來越厲害。我想不出什麼反對的意見來批評這不是很好的治療法。

「但是我知道這不可能是好方法。我過於喜歡這個方法。慢慢地，我明白自己遇上了大麻煩。任何人看到我們倆在一起，都會認爲是我在利用病人的移情滿足私慾。要不然我就是個高價的老牛郎！

「我不知道該怎麼辦。顯然我無法諮詢任何人——我知道人家會怎麼說，而我還不準備放棄。我也無法介紹她給其他心理醫生——她不會走。但坦白說，我也沒有堅持這個作法。我有點擔心。她會不會說我的壞話？有幾晚我睡不著，想著她告訴其他心理醫生關於我的事。你知道心理醫生們多麼愛談論先前心理醫生的閒言閒語——他們就是喜歡聽到希摩．塔特的八卦。但我無法要求她保護我——要她保密會傷害她接下來的治療。

「所以我越來越感到緊張，但是即使如此，我還是完全沒有料到最後一切爆發時的猛烈。一天晚上我回家，發現屋子一片漆黑，我的妻子走了，前門釘了四張我與貝拉的照片：一張是我們在舊金山旅館櫃檯前準備登記，另一張是我們拿著行李，一起進入房間，第三張是旅館登記簿的特寫——貝拉付了現金，並登記爲希摩夫妻。第四張是我們倆在金門大橋觀景處擁抱在一起。

「屋子裡的廚房桌上，我發現兩封信：一封是貝拉丈夫寫給我妻子，說她也許會對這些照片感興趣，讓她知道她丈夫是怎麼治療他的妻子。他說他寄了一封同樣的信給醫學道德委員會，最後威脅說如果我再去見貝拉，法律訴訟將是我最起碼要擔心的一件事。第二封信是我妻子寫的，簡單扼要，叫我不用解釋了。我要談就與她的律師談。她給我二十四小時收拾離開這個屋子。

「所以，恩尼斯，現在就到了我們這裡。我還能告訴你什麼呢？

「他怎麼會有這些照片？一定是雇用了私家偵探跟蹤我們。眞是諷刺——當貝拉開始好轉時，她丈夫卻選擇離去！但誰知道呢？也許他一直想要尋找出路。也許貝拉讓他精疲力竭了。

「我再也沒有再看過貝拉。我只知道一位老同事的傳言——而且不是很好。她丈夫離了婚，最後帶著財產溜出國。他已經懷疑貝拉好幾個月，因爲他在她皮包裡發現了保險套。當然，這更是諷刺：因爲治療才使她停止自我毀滅，願意使用保險套。

「最後我聽到的是，貝拉的情況極糟——又回到了原點。所有過去的習慣都回來了：兩次因爲自殺而住院——一次割腕，一次藥物過量。她將會毀滅自己。我知道。她又試了三位心理醫生，然後一個個開除掉，拒絕進一步的治療，現在又開始吸更強的毒品。

「你知道最糟糕的是什麼嗎？我知道我能幫助她，即使現在都能。我很確定，但是法庭禁止我見她或與她說話，否則將有嚴重的處分。她曾經留下幾個電話錄音，但我的律師警告我，如果我不想坐牢，就不要回她電話。他告訴貝拉關於法庭的禁令。最後，她不再打電話了。

「我要怎麼辦？你是說關於貝拉嗎？很困難。不能回她電話讓我痛不欲生，但我也不喜歡坐牢。我知道只要能談十分鐘，我對她能有多大的幫助。即使是現在。請關掉錄音機一下子，恩尼斯。我想我不能讓她就此沈淪。我這樣子無法面對我自己。

「所以，恩尼斯，這就是我故事的尾聲。完結了。讓我告訴你，我不想這樣結束我的事業。貝拉是這個悲劇中的主角，但這個情況對我也非常糟糕。她的律師要求她索取賠償──能拿多少就拿多少。他們會非常飢渴。醫療失當的官司將在幾個月內舉行。

「沮喪？我當然沮喪。誰不會？我稱之爲正當的沮喪：我是個可悲的老頭。失望，孤獨，充滿自疑，晚節不保。

「不，恩尼斯，這不是藥物能治療的沮喪。沒有生理上的特徵如失眠，體重減輕等等。什麼都沒有。謝謝你的建議。

「不，不想自殺，雖然我承認我受到黑暗面的吸引。但我是個求生者。我會躲到地窖中舔我的傷口。

「是的，非常孤獨。我妻子與我基於習慣而生活在一起許多年了。我一向爲了我的工作而活；我的婚姻是次要。我妻子總是說我與病人的接觸滿足了我的一切需要。她說得對。但她不是因爲這樣才離開我。我的病症惡化迅速，我想她不很希望成爲我的終生護士。我覺得她趁機擺脫了這個命運。我不怪她。

「不，我不需要看什麼心理醫生。我說過我的沮喪不是病徵。我很感激你的建議，恩尼斯，但我是個很難應付的病人。目前我在舔我自己的傷口，而我舔得很好。

「如果你打電話來察看我的狀況，我沒有問題。你的建議讓我很感動。但是請放心，恩尼斯。我是個很頑強的傢伙。我會沒事的。」

說到這裡，希摩．塔特拿起他的枴杖，離開了房間。恩尼斯仍然坐著，聆聽枴杖聲漸漸遠去。

＊　＊　＊

恩尼斯兩個星期後打電話過去，塔特醫生再度拒絕接受任何協助。幾分鐘內他就把話題轉到恩尼斯的未來前途，再次表達他深信恩尼斯當心理藥物學家是辜負了他的天賦：他生來是個心理醫生，必須達成這項使命才對。他邀請恩尼斯吃午餐來進一步討論，但恩尼斯婉拒了。

「我眞是太疏忽了，」塔特醫生的回答沒有絲毫諷刺，「對不起。我建議你轉換職業，但是如果別人看到我們在一起，你的新職業就完蛋了。」

「不，希摩，」恩尼斯首次直稱他的名字，「絕對不是這個理由。事實上，我有點難以啓齒，我準備在你的醫療失當民事訴訟中擔任專家證人。」

「不需要感到難堪，恩尼斯。作證是你的責任。換成我是你，我也會如此。我們這一行很脆弱，到處都是威脅。我們有責任維護這個行業，保持水準。就算你一點也不相信我，至少相信我珍惜這份工作。我的一輩子都奉獻給它。因此我才會詳細向你說明原委——我要你知道這不是背叛的故事。我的行爲都是出於信念。我知道聽起來很奇怪，但即使現在我都認爲我做得沒錯。命運使正確的事看起來也變成錯誤。我從來沒有背叛我的職業，也沒有背叛我的病人。不管未來如何，恩尼斯，相信我。我相信我所做的：我絕不會背叛病人。」

恩尼斯在民事訴訟中作證。希摩的律師引證了希摩已高的年事，衰退的判斷力，與行動上的缺陷，嘗試了很新鮮而絕望的辯護：律師說希摩才是受害者，而不是貝拉。但這個案子沒有希望，貝拉得到兩百萬元賠償——這是希摩的保險所能負擔的最高數目。她的律師本來可以要更多，但似乎沒什麼必要，因爲經過離婚與官司費用後，希摩的口袋已經空空了。

這就是希摩．塔特故事的公開版本結尾。審判之後沒多久，他就悄然消失，再也沒有人看到他，除了恩尼斯在一年後接到一封沒有回郵地址的信。

＊　＊　＊

恩尼斯還有幾分鐘時間，他的病人才會來。他忍不住再次拿起希摩．塔特最後的一封信把玩。

親愛的恩尼斯：

在那段醜惡的日子裡，只有你對我的情況表示過關切。謝謝你，那是非常令人感動的表示。我很好，不知身在何處，也不希望被人找到。我欠你很多——至少應該給你寫這封信，附上我與貝拉的合照。背景是她的屋子。順便一提：貝拉最近有一筆很好的進帳。

希摩

恩尼斯像平常一樣凝視著這張褪色的照片。在一個整齊的草坪上，希摩坐在一張輪椅中。貝拉站在他身後，憔悴而消瘦，雙手握著輪椅的扶手。她的眼睛朝下看。她背後是一棟優雅的房屋，然後是一個熱帶海洋的碧藍海水。希摩面露微笑——很頑皮的傻笑。他一隻手握著輪椅，另一隻手拿起枴杖，快活地指著天際。

也像平常一樣，恩尼斯研究這張照片，感到有點不自在。他仔細凝視，想要鑽進照片中，發掘任何線索能看出希摩與貝拉的眞正命運。他覺得可以從貝拉的眼睛看出端倪。看起來很憂鬱，幾乎有點消沈。爲什麼？她已經得到她想要的，不是嗎？他更靠近貝拉，想要抓住她的眼神，但她總是望向別處。

1

過去五年來，賈斯丁．艾斯卓每周三次，一早起來就去看恩尼斯．拉許醫生。今天他的會診就如過去七百次一樣：早上七點半準時到達。賈斯丁在候診室中深吸一口氣，倒了一杯咖啡，坐在沙發上，打開舊金山時報的運動版。

但賈斯丁無法閱讀昨天的賽事。今天不行。有重大的事情發生了，值得紀念的事情。他折起報紙，望著恩尼斯的門。

在八點整，恩尼斯把塔特醫生的卷夾放回檔案櫃，瞄了賈斯丁的病歷表，然後整理他的書桌，把報紙放進抽屜，咖啡杯收起來，還有玫瑰，就在打開門之前，他回顧自己的辦公室，沒有任何習慣的痕跡。很好。

他打開門，兩人面對面，治療者與病人。賈斯丁手中拿著報紙，恩尼斯的報紙藏在書桌裡。賈斯丁穿著深藍色西服與絲領帶，恩尼斯穿著海藍色外套與花領帶。兩個人都超重十五磅，賈斯丁的多餘體重在下巴與臉頰上。恩尼斯的則是突出於小腹上。恩尼斯修剪的鬍鬚是他最整齊的特徵。賈斯丁的神情不定，眼睛亂轉。恩尼斯戴著很大的眼鏡，可以不眨眼地長時間凝視。

「我離開了我妻子。」賈斯丁坐下來之後開口說：「昨天晚上。我剛搬了出來。晚上與羅拉共度。」他說這些話時平靜而無表情，然後凝視著恩尼斯。

「就像這樣？」恩尼斯安靜地問。沒有眨眼。

「就像這樣。」賈斯丁微笑說：「當我知道時候到了，我沒有浪費一點時間。」

過去幾個月，他們的互動增加了些許幽默。通常恩尼斯歡迎這種幽默，覺得很有益。但恩尼斯的「就像這樣？」問句並不是幽默。他對於賈斯丁的聲明感到不安，甚至有點生氣！他治療賈斯丁五年了——這五年來一直努力想幫助他離開妻子！今天賈斯丁卻如此稀鬆平常地宣布他離開了妻子。

恩尼斯回想他們第一次會診，賈斯丁的第一句話：「我需要幫助來離婚！」恩尼斯花了幾個月時間費心研究他的情況。最後他同意：賈斯丁應該離婚——這是恩尼斯所見過最糟糕的一樁婚姻。接下來五年，恩尼斯使盡一切心理治療的手法讓賈斯丁敢於離婚。每一項都失敗了。

恩尼斯是個不服輸的心理醫生。沒有人敢說他不夠盡力。他的同事都認爲他做得過多，治療過於積極。他的輔導醫生時常要提醒他：「喂，牛仔，慢一點！準備下馬吧。你不能強迫人們改變！」但是，最終連恩尼斯都放棄了希望。雖然他還是很喜歡賈斯丁，希望賈斯丁能改變，但他慢慢相信，賈斯丁永遠不會離開妻子，賈斯丁已經根深柢固了，他會一輩子陷於一樁折磨人的婚姻中。

恩尼斯為賈斯丁設下更短程的目標：如何改善一樁壞婚姻，如何在工作上更自主，發展更好的人際關係。恩尼斯在這方面也不輸於任何心理醫生，但實在很無聊。恩尼斯必須克制自己打哈欠，不停移動眼鏡來保持清醒。他已經不再與他的輔導醫生討論賈斯丁。他甚至考慮介紹賈斯丁看別的醫生。

但是現在，今天，賈斯丁面無表情地宣布他離開妻子了！

恩尼斯為了隱藏自己的情緒，抽出一張衛生紙開始擦拭眼鏡。

「告訴我經過，賈斯丁。」差勁的技巧！他自己立刻就知道了。他在筆記本上寫下：「錯誤——尋求資訊——反移情？」

稍後，他將與輔導醫生馬歇爾一起討論這些筆記。但他自己知道，他不應該主動要求資訊。他為什麼要鼓勵賈斯丁說下去？他不應該屈服於自己的好奇心。馬歇爾幾個星期前就說過：「要學習等待，讓賈斯丁告訴你一切，而不是你去徵詢。如果他選擇不告訴你，那麼你應該研究他為什麼要來看你，付錢給你，卻又隱瞞住事實。」

恩尼斯知道馬歇爾說得對。但是他不在乎技術上的正確與否——這不是一般的會診。沈睡的賈斯丁醒來了，離開了妻子！恩尼斯望著這個病人；是他的想像，還是賈斯丁今天看起來更有力量？不再唯唯諾諾，不再口齒不清，不再坐立不安，也不會因為報紙落在地上而道歉。

「嗯，我希望能多告訴你一些，但是沒什麼好說的。一切都非常容易。我好像在自動駕駛。我只是走出了大門！」賈斯丁只說了這些。

恩尼斯又耐不住了。「多說一些，賈斯丁。」

「這與我的年輕朋友羅拉有關。」

賈斯丁很少提到羅拉，而每次提到時，總是「我的年輕朋友」。恩尼斯很討厭這種說法，但他沒有顯露出來，只是保持沈默。

「你知道我常常見她——也許我刻意不提到她。我不知道爲何要隱瞞她，但我幾乎每天都見她，一起吃午餐，散步，或去她的住處溫存一番。我越來越習慣她。然後昨天，羅拉很理所當然地說，『是時候了，賈斯丁，你應該與我一起住了。』」

「你知道嗎？」賈斯丁繼續說：「我想她說得對，的確是時候了。」

羅拉要他離開妻子，於是他就離開妻子。恩尼斯想到了讀過的一篇文章，關於珊瑚礁魚群的交配行爲。海洋生物學家可以輕易分辨主宰的母魚與公魚：只需要觀察母魚如何游泳，母魚會打亂其他公魚的游泳路線——除了主宰的公魚之外。美麗的母魚或人類，的確擁有不凡的力量！這個羅拉，才高中畢業，只是告訴賈斯丁應該離開妻子，他就俯首聽命。而他，恩尼斯．拉許，有才華的心理醫生，浪費了五年時間卻不成功。

「然後，」賈斯丁繼續說：「昨晚卡蘿也助我一臂之力，表現出她平常的惡婆娘模樣，『你總是人在心不在，』她說，『把你的椅子拉近一點！為什麼要離這麼遠？說話！看看我們！你從來都不會主動對我或孩子說些什麼！你到底在什麼地方？你的身體在這裡——你卻不在！』吃完飯後，她正在碰碰撞撞地收拾餐盤時，她又說，『我眞不知道你爲什麼還要回家？』

「這時候突然間，恩尼斯，我想通了：卡蘿說得對。我爲什麼在乎呢？然後，就像這樣，我大聲說，『卡蘿，妳說得對。不管什麼事，妳都是對的！我不知道我爲什麼還要回家。妳眞是一點也不錯。』

「於是，不多說半句，我走上樓梯，找到一個皮箱，塞進我能找到的一切東西，然後走出屋子。我想要再回去裝一個皮箱，你知道卡蘿，她會燒了我留下的一切，我想要回去拿我的電腦；她會用搥子砸了它。但我知道如果現在不走，就再也走不成了。我告訴自己，只要回去就輸了。我瞭解我自己，我瞭解卡蘿。所以我沒有左顧右盼，直直往前走。在我要關門之前，我伸頭進去，也不知道卡蘿與孩子們聽不聽得見，我叫道，『我會打電話回來。』然後我就趕緊離開了那裡！」

賈斯丁深吸一口氣，朝後躺回椅子中說：「能說的就是這些了。」

「昨晚就是這樣？」

賈斯丁點點頭。「我直接去了羅拉那裡，我們整晚擁抱在一起。老天，今早離開時眞難過。我幾乎無法形容，眞是難受。」

「試試看。」恩尼斯鼓勵他。

「嗯，當我試著從羅拉懷中出來時，我腦中突然浮現一隻阿米巴原蟲分裂為二的畫面——從高中生物課之後我就沒有想過這個畫面。我們像是一隻阿米巴原蟲逐漸裂開，直到我們之間只有薄薄一層相連。然後，痛苦的一聲『啪』，我們分開了。我站起來穿衣服，望著鐘，心裡想，『只要十四個小時，我就可以回到床上與羅拉相擁在一起。』然後我就來這裡了。」

「昨晚與卡蘿分手的場景，你害怕了好幾年。但現在你似乎精神高昂。」

「我說過，羅拉與我彼此相屬。她是個天使下凡，我們天造地設。今天下午我們要去找公寓。她的住處太小了。」

天造地設！恩尼斯想要偷笑。

「要是，」賈斯丁繼續說：「要是羅拉早幾年出現就好了。我們談到要花多少房租。在路上我計算這些年花在心理治療上的錢。每周三次，五年之久——這樣要多少錢？七、八萬塊？請不要介意，恩尼斯，但我無法不想，要是羅拉五年前出現會是如何？也許我那時候就會離開卡蘿，結束治療。也許我就會多出八萬元來找房子！」

恩尼斯感到一陣躁熱。賈斯丁的話在他腦中迴響。八萬元！不要介意？不要介意！

但恩尼斯沒有顯露絲毫情緒。沒有眨眼或為自己辯護。沒有必要。五年前羅拉只有十四歲，而恩尼斯連擦屁股都要徵求卡蘿同意，每天都要打電話給心理醫生，點個菜都需要妻子作主，如果她在早上沒有準備好衣服，他連要穿什麼都沒個頭緒。而且都是他妻子在付錢，不是他——卡蘿賺的錢比他多三倍。如果不是五年的心理治療，他會有八萬塊錢！狗屎！五年前他連八塊錢都不知道要如何處理！

但恩尼斯沒有說這些話。他很自豪於自己的自制，顯然證明了自己身爲心理醫生的成熟。他反而若無其事地問：「你的精神一直很高昂嗎？」

「什麼意思？」

「我的意思是，這件事非常重大。你當然會有很多情緒吧？」

但賈斯丁就是不肯配合恩尼斯。他沒有透露什麼，似乎保持距離，不信任。最後恩尼斯明白，他必須專注於「過程」，而不是「內容」上——也就是說，專注於病人與醫生的關係上。

「過程」是心理醫生的護身符，遇上困難時就會派上用場，也是心理醫生的職業祕密，使病人與心理醫生的談話不同於與親密朋友的談話。學習專注於過程上——也就是病人與醫生之間的關係——是他從他的輔導醫生馬歇爾那裡學到最有價值的教誨，也是他教給學生的法寶。這些年來，他逐漸明白「過程」不僅是難關時的護身符，而是心理治療的核心。馬歇爾給他最有效的訓練，是讓他在每次會診時至少三次專注於過程上。

「賈斯丁，」恩尼斯開始嘗試，「我們能不能看看今天我們之間發生了什麼事？」

「什麼？什麼『發生了什麼事』？」

更多的抗拒。賈斯丁在裝傻。但是恩尼斯想，也許反抗，就算是被動的反抗也不算壞事。他想起了他花費多少時間在賈斯丁的迎合毛病上：他什麼事都要道歉，什麼都不敢要求，甚至不敢抱怨太陽照到眼睛，或要求把窗簾放下。基於這種背景，恩尼斯知道他該鼓勵賈斯丁堅持立場。今天的任務是幫助他把這種被動的反抗轉變成坦然的表達。

「我的意思是，你覺得今天與我的談話如何？有點不太一樣，你不覺得嗎？」

「你覺得如何呢？」賈斯丁問。

哇！又是非常不「賈斯丁」的反應。一種獨立的宣言。要快樂，恩尼斯想，別忘了老木匠第一次看到小木偶不用線就可以跳舞的心情。

「問得好，賈斯丁。嗯，我感覺有距離，被遺漏，彷彿你發生了很重要的事情——不，不對。讓我這麼說：彷彿你使很重要的事情發生，但想要與我保持距離，彷彿你不想在這裡，彷彿你要把我排除在外。」

賈斯丁很贊同地點點頭。「很正確，恩尼斯。真的很正確。我是有這種感覺。我想要與你保持距離。我想要繼續感覺很美好，不想要被人從雲端拉下來。」

「我會把你拉下來？我會把它搶走？」

「你已經試過了。」賈斯丁說，很罕見地直視恩尼斯的眼睛。

恩尼斯疑惑地昂起眉毛。

「剛才你問我是否一直精神高昂，不就是想要拉下我嗎？」

恩尼斯屏住呼吸。哇！由賈斯丁所發出的一個眞正的挑戰。看來他還是從治療中學到了一些事情！現在換恩尼斯裝傻了。「什麼意思？」

「我當然不是一直都感覺很好——對於永遠離開卡蘿與我的家人，我是有很複雜的情緒。難道你不知道？你怎麼可能不知道？我剛拋下了我所擁有的一切：我的家，我的筆記電腦，我的孩子，我的衣服，我的腳踏車，我的球拍，我的領帶，我的大螢幕電視，我的錄影帶，我的CD。你知道卡蘿，她什麼都不會給我，她會把我的所有東西都砸掉。喔……」賈斯丁發出呻吟，雙手交叉抱住肚子，彷彿被人揍了一拳。「痛苦就在這裡……我可以碰觸得到。但是今天，至少一天，我要忘掉這一切，至少幾個小時。而你不希望我忘掉。我終於離開卡蘿了，你甚至看起來不高興。」

恩尼斯有點快要撐不住了。難道他洩漏得太多了嗎？換成馬歇爾會怎麼做呢？見鬼，馬歇爾絕不會淪落到這種地步！

「你是不是呢？」賈斯丁再問一次。

「我是不是什麼？」就像個無法招架的拳擊手，恩尼斯抱住對手好喘口氣。

「對我所做的不太高興？」

「你以為……」恩尼斯拖時間，想要控制自己音調，「我對你的進展感到不高興？」

「高興嗎？看起來一點也不像。」賈斯丁回答。

「那麼你呢？」恩尼斯又在虛與委蛇，「你高興嗎？」

賈斯丁這次不理會恩尼斯的敷衍。夠了。他需要恩尼斯，而恩尼斯卻撤退了。「高興？是的，還有害怕，以及決心。還有猶疑。一切都混在一起了。現在最重要的是我決不能回去。我已經打破了束縛，現在要永遠離開。」

接下來的時間，恩尼斯試著表示支持與鼓勵作爲補償，「堅持你的立場……記住你渴望這樣做有多久了……你是爲了你自己好……這可能是你所採取過最重要的行動。」

「我應不應該回去與卡蘿談談？經過九年的婚姻，我至少應該與她談談吧？」

「讓我們演練一下，」恩尼斯建議。「如果你現在回去會發生什麼事？」

「大亂。你知道她能做出什麼事。對我或對她自己。」

恩尼斯不需要被提醒。他很清楚記得賈斯丁一年前所描述的一件事。卡蘿的幾位律師同事在周日來家裡共進輕鬆的午餐，早上賈斯丁，卡蘿與兩個孩子一起去買菜。賈斯丁負責煮菜，想要準備燻魚，圈餅，洋蔥炒蛋。卡蘿說太寒酸了，她不要。雖然賈斯丁提醒說，她的同事有半數是猶太人。賈斯丁決定堅持他的選擇，準備把車開到點心店。「不行，你這個混蛋！」卡蘿吼道，用力把方向盤扭回來。最後他們的車子撞上了一台停放在路邊的摩托車。

卡蘿是隻野貓，野狼，瘋婆娘，以非理性的態度橫行霸道。恩尼斯想起賈斯丁所描述的另一件汽車意外。幾年前的一個溫暖夏天晚上，她與賈斯丁在爭論要看什麼電影——她要看「紫屋魔戀」，而他要看「魔鬼終結者續集」。她的聲音激昂，但賈斯丁那個星期受到恩尼斯的鼓勵要堅持立場，拒絕讓步。最後她打開行駛中的車門說：「你這個可悲的笨蛋，我不願意多花一分鐘與你在一起！」賈斯丁抓住她，但她用指甲抓住他的手臂，當她跳下車時，在他手上劃出了四條血痕。

當時車子時速約十五哩。卡蘿跳下車後朝前衝了四、五步，然後撞上一輛停放在路邊的車子。賈斯丁停下車，跑過去照顧她，四周聚集了人群觀看。她躺在街上，安靜而不省人事——絲襪被扯破，膝蓋血淋淋的，手部與臉部都有擦傷，而且手腕顯然骨折。當晚成爲一場惡夢：救護車，急診室，還有被警方與醫療人員質問的羞辱。

賈斯丁深受驚嚇。他明白就算是有恩尼斯的幫助，他也贏不了卡蘿。她什麼都不在乎。跳車事件徹底打敗了賈斯丁。他再也無法反抗她，也無法離開她。她是個暴君，但他也需要暴君。就算離開一晚，都會讓他充滿焦慮。恩尼斯會叫賈斯丁練習想像離開這椿婚姻，而他都會恐懼異常。他無法想像切斷與卡蘿的關係。直到羅拉出現——十九歲，美麗，天眞，無畏暴君。

「你覺得如何呢？」賈斯丁又問：「我是否應該像個男人一樣，與卡蘿談談？」

恩尼斯衡量他的選擇。賈斯丁需要一個強勢的女性：他是否只是換了一個暴君？再過幾年，他的新關係是否會變成原樣？但是，卡蘿實在是無可救藥。也許只要離開她，即使只有很短暫的時間，賈斯丁就能夠接受治療。

「我很需要一些建議。」

就像其他心理醫生，恩尼斯很不願意提供直接建議——這種作法只輸不贏：如果建議有效，就會阻礙病人的進展；如果無效，則使醫生像個笨蛋。但是他別無選擇。

「賈斯丁，我覺得現在去見她不是很明智。給她一點時間。或者找一位心理醫生陪你去見她。我願意這麼做。但更好的作法是，我介紹你一位婚姻治療師。不是以前看過的，而是一位新的。」

恩尼斯知道他的建議不會被採納：卡蘿總是會破壞婚姻治療。但是實際的建議，也就是所謂的「內容」，在此並不重要。重要的是「過程」：言語背後的關係，他給予賈斯丁的支援，不再虛與委蛇，使治療能夠完滿。

「如果你在下次會診前覺得有壓力，需要談談，儘管打電話來。」恩尼斯又補充。

好技巧。賈斯丁看起來舒緩些。恩尼斯恢復了他的尊嚴。他拯救了這次會診。他知道他的輔導醫生會贊同這些技巧。但他自己不贊同。他覺得自己不夠清楚。他沒有對賈斯丁開誠布公。他們之間並不真誠。這就是他最欣賞希摩．塔特的地方。不管希摩犯了什麼錯，他知道如何做到眞誠。他仍然記得希摩所說的話：「我的技巧就是放棄一切技巧。我的技巧就是說實話。」

會診結束時，發生了不尋常的事情。恩尼斯習慣在每次會診時要碰觸病人的身體。他與賈斯丁通常在結束時會握手。但今天沒有：恩尼斯只是打開了門，當賈斯丁走出去時，他嚴肅地對他低下頭來。

2

午夜時分，賈斯丁．艾斯卓離家不到四小時，卡蘿．艾斯卓正在家裡把他從生命中切割出去。她先從衣櫥底層賈斯丁的鞋帶開始，四個小時後，她來到閣樓中剪掉他的高中網球衣校名。中間她一個一個房間有系統地摧毀他的衣服，床單，拖鞋，他的甲蟲標本收藏，高中與大學的文憑，他的色情錄影帶典藏。他在夏令營擔任指導員的照片，高中網球隊照片，畢業舞會照片──全都被剪成碎片。然後她打開他們的結婚相簿。她使用兒子做模型飛機的美工刀片，很快就把賈斯丁從婚禮中完全剔除掉了。

她也把所有賈斯丁的親戚照片一起割掉。如果不是他們空洞的承諾，能得到多少多少錢，她大概永遠不會嫁給賈斯丁。這些人如果想再看到他們的孫兒女，恐怕要等地獄下雪。還有她的哥哥傑布。他的照片怎麼還在？她把它割爛。她不需要他。還有賈斯丁親戚的照片，成群結隊的白癡：肥胖，傻笑，舉起杯子敬酒跳舞的蠢樣。這一切都滾蛋！賈斯丁與他的家人很快都進了火爐。現在她的婚禮與她的婚姻，全都變成灰燼了。

這本相簿只剩下幾張照片，她自己，她的母親，與幾個朋友，包括她的律師同事，諾瑪與海瑟，她準備在早上打電話給她們求助。她凝視母親的照片，很希望能得到她的幫助，但她母親已經過世十五年了。過世前飽受乳癌的折磨，卡蘿成爲了她母親的母親。卡蘿把她想留下的照片扯下，然後把整本相簿也丟進火爐。一分鐘後她想到，相簿的塑膠封面可能會產生有毒的氣體，傷害到她八歲的雙胞胎。她把相簿從火爐中搶出來，丟到垃圾桶。稍後她將裝成一包，送給賈斯丁。

接下來，賈斯丁的書桌。她碰上了好運；現在是月底，賈斯丁在他父親的連鎖鞋店中當會計，他把工作都帶回家了。所有的文件——帳目與薪資收據——很快都挨了剪刀。卡蘿知道，重要的資料都在他的筆記電腦中。她很想用榔頭砸了它，但想了一想，她可以用到這台價値五千美元的電腦。刪除檔案才是正確的作法。她想要進入他的文件檔案，但賈斯丁設了密碼。多疑的混蛋！稍後她會找人協助。她先把電腦鎖進她的木櫃，並在心中提醒自己，要換掉所有的門鎖。

天快亮時，她第三次檢查她的雙胞胎。他們的床上都是玩具與布偶。呼吸平靜。如此天眞無邪，寧靜的睡眠。天啊，她眞羨慕他們。她斷斷續續地睡了三個小時，然後被疼痛的下顎給弄醒。她在睡眠中磨牙，連現在都幾乎還可以聽到那可怕的聲音。

她望著床上空著的一邊，狠狠地說：「你這個混蛋，你不值得我磨牙！」然後她抱著膝蓋坐起來，不知道自己在什麼地方。眼淚流下她的臉頰到睡衣上，讓她嚇了一跳。

她用手指沾起淚水瞧瞧。卡蘿是個活力充沛的女子，行動迅速。她從來都不善於自省，並認爲賈斯丁這樣的人很懦弱。

但現在沒有什麼進一步的行動了：她已經毀掉了賈斯丁留下的一切，現在她感到非常沈重，幾乎無法動彈。但她仍可呼吸，她想起了在瑜珈課所學的呼吸練習，緩緩吸氣與吐氣。有點幫助。然後她又嘗試另一種練習，想像腦海是一個舞臺，她成爲一個觀衆，不帶情緒地觀看思緒上臺表演。但是沒有演員上臺，只有一連串逐漸湧上的痛苦感覺。要如何區分這些感覺？一切似乎都混在一起。

一個影像進入她心中——她憎恨的一個男人臉孔，這個人背叛了她，使她一輩子受到傷害：勞夫．庫克醫生，她在大學健康中心所見過的心理醫生。一張粉紅色的圓臉，像月亮一樣，點綴著金黃色的毛髮。她在二年級時找上這位心理醫生，都是因爲阿洛，她從十四歲就認識的青梅竹馬男友。阿洛是她交的第一個男朋友，在後來四年對她都非常好，讓她免於經歷難堪的尋找舞會伴侶階段，以及後來的性伴侶。她跟隨阿洛前往布朗大學就讀，與他一起選修同樣的課程，找到了距離很近的宿舍。但也許她過於緊抓不放：最後阿洛開始與一個美麗的中法混血女孩約會。

卡蘿從未經歷過這種痛苦。開始時她把一切藏在心裡：每晚哭泣，拒絕進食，蹺課，染上毒品。後來憤怒開始發作：她把阿洛的房間砸毀，割破他的腳踏車輪胎，跟蹤騷擾他的新女友。有一次她跟著他們進入一間酒吧，然後把一罐啤酒倒在他們身上。

起先庫克醫生有點幫助。贏得了她的信任後，他幫助她撫平傷痛。他解釋說，她會感到如此痛苦，是因為失去阿洛，打開了她生命中重大的創痛：被她的父親所遺棄。她父親是所謂的「伍茲塔克失蹤人口」；他在她八歲時去聽伍茲塔克音樂會，結果一去不返。後來偶爾有一些明信片從加拿大、斯里蘭卡，與舊金山寄回來，但是最後連明信片都沒有了。她記得看著母親哭泣撕毀他的照片與衣服。後來她母親再也沒有提起他。

庫克醫生堅持，卡蘿對阿洛的傷痛源於她父親的遺棄。卡蘿不願意承認，她說她對她父親沒有任何正面的回憶。庫克醫生回答，也許沒有意識上的回憶，但是否可能會有許多遺忘的回憶醞釀著？還有她夢想中的父親——那個充滿感情與愛意，她無法擁有的父親？她也為那個父親哀悼，而阿洛的離開也打開了這股傷痛。

庫克醫生也幫助她以不同的觀點看事情——以她整個生命歷程來考慮阿洛的離去：她只有十九歲，對阿洛的回憶很快就會淡去。幾個月後她就不會再想起他了；幾年後她只會隱約想起一個叫阿洛的年輕人。會有其他男人進入她的生命。

事實上，是有一個男人正在進入，庫克醫生一邊說，一邊移近他的椅子。他向卡蘿保證，她是一個非常非常迷人的女人，他握著她的手，在會診結束時緊緊摟住她，說像她這樣氣質優雅的女人，絕對可以吸引其他男人。他說他自己就被她所吸引。

庫克醫生為自己的行為找理由。「觸摸對於妳的治療是必要的，卡蘿。阿洛煽起了不屬於言語的傷痛，所以治療方法也必須是非言語的。妳無法與這種身體回憶用言語溝通——必須用身體上的慰藉來安撫。」

身體的安撫很快就變成性的安撫，在椅子之間的地毯上進行。會診有了預定的儀式：先是花幾分鐘查詢她這星期的情況，與庫克醫生聊一下子天（她從來不會直稱他的名字），然後探討她的症狀——對阿洛的念念不忘，失眠，厭食，難以專心——然後再次強調她對阿洛的悲痛反應源於她父親的遺棄家庭。

他很有技巧。卡蘿感覺平靜些，有人關切，而且心懷感激。在會診進行到一半時，庫克醫生就開始從言語進展成爲行動。也許理由是卡蘿的性幻想：他會說讓這些幻想成眞是很重要的；或者根據卡蘿對男人的憤怒，他說他必須證明不是所有男人都是混蛋；或者當卡蘿說覺得自己沒有吸引力，他說他要親自證明她的想法錯誤。也許是趁卡蘿哭泣時，他說：「好，好，讓一切都發洩出來，但妳也需要有人握著妳的手。」

不管是什麼理由，最後都是一樣。他會從椅子中滑下來到地毯上，勾勾手指要卡蘿也照做。愛撫她一陣子之後，他會伸出雙手，兩手中各握著一個不同顏色的保險套，然後要她選擇一個。也許她的選擇感覺像是有控制權。然後卡蘿撕開保險套，套上他勃起的陽具，就像他的臉一樣是粉紅色。庫克醫生總是採取被動的姿勢，躺在下面讓卡蘿騎上他，由她來控制性愛的節奏與深度。或許這樣也是用來加強她的掌握控制幻覺。

這些會診有沒有幫助呢？卡蘿覺得有。五個月來，每周離開庫克醫生的辦公室時，她都覺得受到照顧。而且正如庫克醫生所預料的，對阿洛的思念果然越來越少，逐漸恢復平靜的感覺，她又開始上課。一切似乎都很好，直到有一天，大約是第二十次會診之後，庫克醫生宣布說她已經痊癒。他的工作告一段落了。他告訴她，治療應該結束了。

結束治療！他這番話使她頓時回到原點。雖然她不認爲他們的關係會持久，但從未想到會這樣被甩掉。她每天打電話給庫克醫生。他剛開始很客氣溫和，但後來變得越來越不耐煩與嚴厲。他提醒她，學生健康中心只提供短期的治療。卡蘿相信他找到了另一個學生來進行性的治療。所以一切都是謊言：他對她的關切，他說被她所吸引。一切都是操縱，都只是爲了滿足他的慾望，而不是爲了她好。她已經不知道還能信任誰了。

接下來的幾周像是噩夢。她極端渴望庫克醫生，在他辦公室外等待他，只希望能見他一面，得到他一點點的注意。每晚都撥他的電話，或在他的豪宅外的鐵欄杆眺望。即使到了現在，幾乎二十年之後，她仍然能感覺到臉靠在欄杆上，望著他與他家人在屋內活動的影子。她的痛苦很快就變成憤怒，與報復的念頭。她等於是被庫克醫生強暴了——非暴力的強暴，但仍然算是強暴。她向一個女性助教求助，但她建議她不要追究。「妳沒有立場，」女助教告訴她，「沒人會認眞對待妳。就算他們認眞處理，想想這種羞辱——妳必須要描述經過，而且是妳一周接著一周，自願回去接受強暴。」

那是十五年前了。卡蘿從那時候就決定要成爲一個律師。

她在高年級時的政治學表現傑出，她的教授願意爲她寫推薦信去申請法學院——但強烈暗示他希望得到性的回報。卡蘿幾乎怒不可抑。她發現自己再次陷入了無助與沮喪的狀態，她找到一位私人執業的心理醫生史威辛。史威辛醫生的頭兩次會診有點幫助，但是後來他就露出有如庫克醫生的嘴臉，椅子開始靠近，堅持要說她是多麼多麼吸引人。這次卡蘿知道要怎麼做，她立刻衝出辦公室，以最大音量吼道：「你這隻豬！」這是卡蘿最後一次尋求幫助。

她猛力搖頭，彷彿想要擺脫這些回憶。爲什麼要想到那些混蛋？尤其是那個狗屎庫克？因爲她想要整頓一些混亂的感覺。庫克醫生教導她一種有用的分類法，來分辨混亂的情緒：難受（bad），憤怒（mad），喜悅（glad）與悲傷（sad）。這個分類法倒是蠻管用的。

她把一個枕頭放在身後，開始專心思索。她可以立刻剔除掉「喜悅」。她已經很久沒有體會喜悅了。她開始考慮其他三個字眼。「憤怒」——這很容易；她瞭解憤怒：她就處於憤怒中。她緊握拳頭，清楚感覺怒火上升。她很自然地開始搥打賈斯丁的枕頭，口中憤恨地咒罵：「幹，幹，幹！你到底在什麼地方過夜？」

卡蘿也熟悉「悲傷」。不是很清楚，而是一種隱約的伴侶。幾個月來她一直很厭惡早晨：醒來時就會發出呻吟，想到一整天的行程，她的胃口衰退與僵硬的關節。如果這就是「悲傷」，那麼今天它消失了；今天早上她感覺不一樣——充滿能量的憤怒！

「難受？」卡蘿不太清楚「難受」。賈斯丁常常指著自己說「難受」，描述自己感覺的壓力與焦慮。但她對「難受」沒有什麼經驗——對於賈斯丁這種抱怨「難受」的人也沒有什麼耐性。

房間仍然很暗。卡蘿走向浴室，踢到一個軟東西。打開燈光後，看見昨晚的衣物大屠殺淩亂現場。賈斯丁的領帶碎片與褲管堆在臥室地板上。她踢起一根褲管，覺得很爽。但是割領帶就有點不太必要。賈斯丁有五條最寶貝的領帶——他稱之爲藝術收藏品——分開來收在一個袋子中。他很少戴這些收藏品，所以這些領帶保持完好。其中兩條甚至在他們結婚之前就有了，所以已經九年了。昨晚卡蘿毀掉了他所有的日常領帶，開始對付收藏品時，割了兩條後，她就停下來注視著賈斯丁最喜歡的一條：上面有精緻的日本風格圖案，樹與花朵的刺繡。這樣做眞是笨，她想，一定還有更具有殺傷力的作法。她把剩下的三條領帶與筆記電腦一起鎖進她的木櫃。

* * *

她打電話給諾瑪與海瑟，要她們當晚過來開緊急會議。雖然她們三人沒有定期聚會——卡蘿沒有親密的朋友——但她們自認爲是一個作戰委員會，遇到問題時就會聚首，通常是她們三個工作了八年的法律事務所碰到的性別歧視問題。

諾瑪與海瑟在晚餐後過來，她們在起居室中開會。卡蘿點燃了壁爐，請諾瑪與海瑟自己從冰箱拿冷飲或酒來喝。卡蘿激動異常，開啤酒時弄得酒沫四濺。懷孕七個月的海瑟連忙跑進廚房，帶著布回來擦拭卡蘿的手臂。卡蘿坐在壁爐旁，一邊擦乾自己的衣服，一邊描述賈斯丁出走的經過。

「卡蘿，這眞是天賜的良機。」諾瑪說，爲自己倒了一些白酒。諾瑪身材嬌小，臉蛋俏麗，留著短髮，但脾氣火爆。「從我們認識妳開始，他就是一個累贅。」

海瑟臉型較長，胸部非常壯觀，懷孕後增加了四十磅體重。她也同意，「不錯，卡蘿，他走了，妳自由了。這屋子是妳的了。沒時間難過；現在要趕緊換掉門鎖。小心妳的袖子，卡蘿！我聞到焦味。」

卡蘿站起來離開壁爐，跌入一張椅子。

諾瑪喝了一大口白酒。「爲自由乾杯，卡蘿。我知道妳現在很震驚，但記住妳一直希望如此。從我認識妳的這麼多年來，我不記得聽妳說過關於賈斯丁或這樁婚姻的一句好話。」

卡蘿沒有說話，她脫掉鞋子，抱住膝蓋。她的身材苗條，有線條優雅的脖子與黑色捲髮，顯著的顴骨，眼睛像火熱的木炭。她穿著緊身黑牛仔褲，與寬大的運動衫。

諾瑪與海瑟不想說錯話。她們小心翼翼地進行，時常相互觀望尋求線索。

「卡蘿，」諾瑪說，靠過去按摩卡蘿的背。「這樣想吧：妳的病痛已經痊癒了。哈利路亞！」

但卡蘿躲開諾瑪的碰觸，把膝蓋抱得更緊。「是的，這我都知道。但這不管用。我知道賈斯丁是什麼玩意。我爲他浪費了九年的生命。但他可別想這樣就逃得了。」

「逃得了什麼？」海瑟說：「別忘了，妳希望他走。妳不希望他回來。這是一件好事。」

「重點不在這裡。」卡蘿說。

「那麼重點是什麼？」諾瑪問。

「重點是報復！」

海瑟與諾瑪搶著說話，「什麼？不值得爲他花這個時間！他走了，就讓他走。不要讓他再控制妳的生命。」

這時候雙胞胎中的吉米叫著媽咪。卡蘿站起來走過去，喃喃說著：「我愛我的孩子，但當我想到以後十年每天都要照顧孩子……天啊！」

卡蘿走了之後，諾瑪與海瑟感覺很不自在。她們決定還是不要私下批評比較好。諾瑪又加了一根木柴到壁爐。卡蘿回來後，立刻接著說：「當然，我會讓他走。妳們還是不懂。我很高興他走了——我不要他回來。但我要他付出代價。」

海瑟從法學院就認識卡蘿，很習慣她的火氣。「讓我們瞭解，」她說：「我想要瞭解妳的重點。妳是氣憤賈斯丁離開嗎？或者妳只是氣憤這個想法？」

卡蘿還來不及回答，諾瑪補充說：「更可能的，妳是氣憤妳沒有先趕走他！」

卡蘿搖著頭。「諾瑪，妳知道的。好幾年來他一直想要激怒我趕走他，因爲他自己太軟弱了，無法承受破壞家庭的內疚。但我不願意讓他稱心如意。」

「所以，」諾瑪說：「妳是說妳維護婚姻只是爲了懲罰他？」

卡蘿惱怒地搖搖頭。「我在很久以前就發誓，絕不讓任何男人再拋棄我。我會讓他知道什麼時候可以離開。由我來決定！賈斯丁沒有離去——他根本沒這個膽子：他是被某個人給帶走。我要知道她是誰。一個月前我的祕書告訴我，看見他與一個很年輕的女人一起吃中國點心，那個女人大概只有十八歲。妳知道最讓我火大的是什麼嗎？點心！我愛吃點心，但他從來沒有帶我去吃點心。只要跟我在一起，他一看到中國餐館就會發作味精頭痛。」

「妳問過他關於那女人嗎？」海瑟問。

「我當然問過！妳以爲呢？我會不管嗎？他撒謊說那是一個客戶。第二天晚上我就去酒吧找了一個男人算是扯平。我都忘了那個點心女人。但我會查出她是誰。也許是他的下屬。一個沒錢的女人，所以會喜歡上他那根小傢伙！他根本沒膽子接近一個眞正的女人。我會找到她的。」

「妳知道的，卡蘿，」海瑟說：「賈斯丁妨礙了妳的律師事業——這話妳說了多少次？他不敢一個人在家，使妳必須拒絕吉貝納法律事務所的工作，記得嗎？」

「記得嗎？我當然記得！他毀了我的事業！妳們都知道當我畢業時，我得到的邀請。我什麼都可以做。那個職位簡直是夢寐以求，但我必須回絕。誰聽過國際律師不需要旅行的？我眞應該爲他找個保母。然後生了雙胞胎，他們是我的事業棺材上的兩根釘子。

2

如果我在十年前去了吉貝納事務所，現在我早就成爲合夥人了。看看那個書呆子瑪莎，她就做到了。我會做不到嗎?見鬼，我早就可以成功了。」

「我的意思正是如此！」海瑟說：「他的懦弱控制了妳的生活。如果妳花時間報復，他就能繼續控制住你。」

「對，」諾瑪也附和，「現在妳有了第二次機會，好好把握住！」

「好好把握，」卡蘿回嘴：「說來容易。但沒有這麼簡單。他搾取了我九年時間！我也夠笨，相信了根本不會實現的承諾。當我們結婚時，他父親生病，準備把連鎖鞋店傳給他——價值數百萬元。現在九年之後，他的該死父親卻是前所未有的健康！還不打算退休。賈斯丁仍然在當爹地的會計。現在如果爹地翹辮子，妳想我會得到什麼？這麼多年的等待？一個離了婚的媳婦？一個子都沒有！

「妳說只要把握住機會。被騙了九年之後，妳可不能只是把握住就好！」卡蘿生氣地把一個墊子丟到地上，站起來走到她們身後踱步。「我給他一切，幫他料理衣服——那個無助的混蛋——他連自己一個人去買內衣都不會，還有襪子！他穿黑襪子，我必須幫他買，因爲他買的都會滑下來。我像母親一樣照顧他，像妻子一樣愛他，爲他犧牲。還爲他放棄了另一個男人。我原來可以擁有的男人讓我一想到就心痛。現在一個小女生拉拉繩子就把他拉走了。」

「妳確定嗎？」海瑟轉身問：「他有露出任何關於女人的馬腳嗎？」

「我敢打賭。我知道那個混蛋。他能自己搬出去嗎？跟我賭：一千賭上五百，昨晚他已經搬去跟別人住了。」

沒人敢跟她打賭。卡蘿通常打賭都會贏。就算輸了也划不來——她很輸不起。

「妳知道的，」諾瑪也轉過身子說：「當我第一任丈夫莫文離開我時，我陷入六個月的低潮。要不是因爲心理治療，我現在還會陷在那裡。我在舊金山見了一位心理醫生賽斯・潘德，一位精神分析師。他對我非常好。然後我遇見謝利。我們是很棒的一對，特別是在床上，但謝利有賭博的問題，我要他去見潘德醫生治療賭癮，然後我們才能結婚。潘德非常了不起。他使謝利改頭換面。以前謝利會把所有薪水都賭在任何能動的東西上：賽馬，賽狗，足球。現在他玩玩撲克牌就好了。謝利也非常推崇潘德。讓我給妳他的號碼。」

「不！老天，不！我最不需要的就是心理醫生，」卡蘿說，站起來又走到她們身後。「我知道妳們想要幫助我，但諾瑪，相信我，這不是幫助！心理治療也不是幫助。他到底怎麼幫助妳與謝利？妳要說清楚——妳有多少次告訴我們，謝利是妳的大累贅？他還是像以前一樣嗜賭？妳必須另外開一個帳戶才能保住錢？」卡蘿每次聽到諾瑪讚美謝利就受不了。她很清楚謝利的德行——還有他的性能力；她就是靠他扯平了點心女人。但她很善於保密。

「我承認那不是徹底的治療，」諾瑪說：「但潘德醫生有幫助。謝利已經安頓下來好幾年了。但是當他被革職後，一些老毛病才又回來。等他又開始工作後，事情就會好轉了。但是，卡蘿，妳爲什麼如此討厭心理醫生？」

「將來有一天，我會告訴妳關於我的狗屁心理醫生名單。我從經驗中學到一件事：不要壓抑妳的憤怒。相信我，我絕對不會再犯這個錯誤。」

卡蘿坐下來，望著諾瑪。「當妳丈夫莫文離開時，也許妳仍然愛他，也許妳很困惑，希望他回來，也許妳的自尊心受到打擊。也許妳的心理醫生有幫助。但那是妳。不是我。我並不困惑。賈斯丁偷了我最好的十年光陰──我的職業生涯最精華時間。他在我身體裡種下了雙胞胎，讓我養他，聽他整天抱怨他爲老爸當會計，花了一大筆錢──我的錢──在他的該死心理醫生上。妳能想像嗎？每個星期三次，甚至四次？現在，那個妖精找上了他，他就一走了之。告訴我，我這麼說誇張嗎？」

「嗯，」海瑟說：「也許可以用另一種方式來看……」

「相信我，」卡蘿打岔，「我並不困惑。我非常確定我不愛他。我不要他回來。不，不對。我要他回來──這樣我才能把他踢出去！我知道我要什麼。我要傷害他──還有那個賤人，只要等我找到她。妳們願意幫我嗎？告訴我如何才能傷害他。眞正傷害他。」

諾瑪撿起木櫃旁的一個布娃娃，放在壁爐上頭說：「誰有針？」

「這樣才對。」卡蘿說。

她們腦力激盪了幾個小時。首先是金錢──最古老的手段──要他付出代價。讓他一輩子都欠一屁股債，把他的寶馬轎車與義大利西服要回來。毀掉他的商業帳戶，讓他父親因爲逃稅而被抓，取消他的汽車與醫療保險。

「取消他的醫療保險。嗯，這倒有趣。保險負擔了他百分之三十的心理醫生費用。如果能讓他無法再去看心理醫生就好了。這一定會讓他抓狂！他總是說拉許醫生是他的好朋友——我倒要看看如果付不出錢，他是怎樣一個好朋友！」

但這都是說著玩；她們都是精通法律的職業女性；知道金錢只會成爲問題，而不會是報復。最後，身爲離婚律師的海瑟想到必須提醒卡蘿，她賺的錢遠超過賈斯丁，只要是在加州離婚，將是她要付贍養費。而將來他可能會繼承的百萬遺產，她一點也沒有份。很悲哀的，她們不管怎麼想要傷害賈斯丁的荷包，最後卡蘿還是會付出更多的錢。

「妳知道的，卡蘿，」諾瑪說：「妳並不孤獨；我很快也要面臨同樣的問題。讓我先跟妳坦白謝利的事。他已經失業六個月了。我的確覺得他是個大累贅。他不去找工作不說，而且如妳所說的，他又開始賭博了——我的錢開始不見。每次我質問他，他都有很狡猾的理由。誰曉得有什麼東西不見；我都不敢清點財產。我希望我能給他最後通牒：找個工作，不准賭博，否則婚姻就結束。我應該要這樣，但我做不到。天啊，我眞希望他能振作起來。」

「也許因爲妳喜歡他，」海瑟說：「這不是祕密——他很有趣，很英俊。妳說他是個好愛人。大家都說他看來像年輕的史恩康納萊。」

「我不否認。他在床上很棒。非常棒！但很昂貴。不過離婚會更昂貴。我要付的贍養費會超過他輸掉的賭金。而且在法庭上有先例，我在法律事務所的合夥人身分，可能會被當成實質的共同財產，妳也不例外，卡蘿。」

「妳的情況不一樣，諾瑪。妳從婚姻中得到了利益。至少妳喜歡妳的丈夫。我呢，我寧願辭職不幹，搬到另一個州，也不願意付一毛錢給那混蛋。」

「放棄妳的屋子，離開舊金山，離開我們，然後到窮鄉僻壤創業？」諾瑪說：「眞是個好想法！這一定可以叫他好看！」

卡蘿憤怒地丟了一把助燃劑到壁爐中，看著火焰冒出來。

「現在我感覺更糟了，」她說：「妳們不明白——妳們不知道我是來眞的。尤其是妳，海瑟，妳平靜地解釋離婚的技術問題，而我一整天想的是去找殺手。有很多殺手待價而沽。要花多少錢呢？兩萬？兩萬五？我有這筆錢。都是無法追查的海外資產！我想不出比這更好的花錢法。我希不希望他死？當然希望！」

海瑟與諾瑪安靜下來。她們不敢看對方，更不敢看卡蘿。卡蘿虎視眈眈地望著她們。「我嚇到妳們了嗎？」

她們搖搖頭，否認受到驚嚇，但內心開始擔憂起來。海瑟受不了，站起來伸展身子，到廚房待了幾分鐘，回來時拿了一杯櫻桃冰淇淋與三根叉子。其他人謝絕了她，她開始吃冰淇淋，先把櫻桃挑出來。

卡蘿突然抓起一把叉子擠進來。「讓我先吃幾個櫻桃再說。我眞不高興妳這麼做，海瑟。櫻桃是這裡面唯一的好東西。」

諾瑪進廚房拿更多的酒，舉杯故作高興狀說：「敬妳的殺手——我願意爲這乾一杯！當初威廉投票反對我加入合夥人時，我就應該想到這個主意。」

「或者如果不殺人，」諾瑪繼續說：「痛打一頓如何？我有一個西西里的客戶提供特價服務：鐵鍊毆打只要五千元。」

「五千元鐵鍊毆打？聽起來不錯。妳信任那個人嗎？」卡蘿問。

海瑟嚴厲地瞪了諾瑪一眼。

「我看到了，」卡蘿說：「那是什麼意思？」

「我們需要保持平衡，」海瑟說：「諾瑪，我不認爲開這種玩笑能幫助卡蘿。卡蘿，想一想，未來幾個月賈斯丁如果發生任何事情，妳都難逃牽連。妳的動機，妳的脾氣……」

「我的什麼？」

「讓我們這麼說吧，」海瑟繼續說：「妳很容易衝動行事……」

卡蘿猛然轉頭，望向別處。

「卡蘿，客觀一點。妳很容易生氣；妳知道，我們也知道。這是公開的事實。賈斯丁的律師在法庭上很容易就可以證明。」

2

卡蘿沒有回答。海瑟繼續說：「我的意思是，妳的位置很醒目，如果採取什麼報復的舉動，妳很可能會被剝奪律師資格。」

還是一片沈默。壁爐的火燒得差不多了，但沒人起來添加木柴。

諾瑪拿起布偶。「誰有針？安全又合法的針？」

「有誰知道任何教人報復的書？」卡蘿問：「有簡單步驟的教戰守策？」

海瑟與諾瑪都搖搖頭。「那麼，」卡蘿說：「這一定有市場。也許我應該寫一本——包括自己實驗過的食譜。」

「這樣就可以把殺手費用當成業務開銷。」諾瑪說。

「我讀過D.H.勞倫斯的傳記，」海瑟說：「好像記得他的妻子芙瑞達，在他死後沒有遵從他的遺囑，把他火化了，然後把骨灰攪入水泥中。」

卡蘿讚許地點點頭。「勞倫斯的自由靈魂永遠被禁錮在水泥裡。真有妳的，芙瑞達！那才是我所謂有創意的報復！」

海瑟望望她的手錶。「讓我們實際一點，卡蘿，有安全與合法的方式可以懲罰賈斯丁。他喜歡什麼？什麼對他很重要？那才是我們下手之處。」

「沒有很多東西，」卡蘿說：「那就是他的問題。喔，他的衣服——他熱愛衣服。但那已經被我料理了。不過我想他不會在乎。他可以用我的錢再去購買，還有一個新的女人幫他挑選。我應該把他的衣服寄給他的仇家才對。問題是他這個書呆子根本沒有仇家。或者給我的下一個男人。如果有下一個。我留下他最喜歡的領帶。如果他有上司，我會與他的上司上床，把領帶送給他。

「他還喜歡什麼？也許是他的寶馬，而不是孩子——他對孩子是難以想像的冷漠。拒絕讓他來看孩子將是幫他的忙，而不是懲罰。我當然要讓孩子們都恨他，不用說。但我想他根本不會注意到。我可以捏造一些性虐待的指控來對付他，但孩子們已經太大了，沒辦法洗腦。況且這樣會使他將來不能來照顧孩子，讓我沒有一點自己的時間。」

「還有什麼呢？」諾瑪問：「一定有什麼東西。」

「不很多！這是一個非常自私的傢伙。喔，他喜歡打短拍網球，每周都要打兩、三次。我曾經想到鋸斷他的球拍，但他把球拍都放在體育館。也許他在那裡認識那個女人，也許是某個有氧舞蹈的指導員。雖然這麼多運動，他還是像頭豬。我想是因爲啤酒的緣故——啊，對，他也愛啤酒。」

「朋友呢？」諾瑪問：「他一定有朋友。」

「他有一半時間只是坐在那裡抱怨，說他沒有朋友。他沒有任何好朋友，當然除了那個點心女人之外。要報復他，只有從她下手。」

「如果她真的如妳想的那麼爛，」海瑟說：「也許最好什麼都別做，讓他們兩個水乳交融。這樣就沒有出路了——他們會創造屬於自己的地獄。」

「妳還是不懂。我不只是要他們難受，那樣不是報復。我要他們知道是我幹的！」

2

「那麼，」諾瑪說：「我們已經確定了第一步：查出她是誰。」

卡蘿點點頭。「對！然後我要透過她來報復他。把頭咬掉，尾巴也活不成。海瑟，妳在離婚案件中有沒有用好的私家偵探？」

「很簡單；巴特．湯瑪斯。他很不錯。二十四小時內就能查出她是誰。」

「巴特也很可愛。」諾瑪補充說：「也許會給妳一些性滿足，不額外收費。」

「二十四小時？」卡蘿回答。「如果他能夠竊聽賈斯丁的心理醫生辦公室，一個小時就能查出她是誰。賈斯丁大概都在談她。」

「賈斯丁的心理醫生……」諾瑪說：「我們怎麼沒想到他？賈斯丁看他有多久了？」

「五年！」

「五年每星期三次，」諾瑪繼續說：「讓我算算……加上假期，大約是每年一百四十小時——乘以五，一共大約七百小時。」

「七百小時！」海瑟叫道：「他們談什麼能談七百個小時？」

「我可以想像得出來，」諾瑪說：「最近他們談的是什麼。」

在這幾分鐘，卡蘿努力克制自己對海瑟與諾瑪的反感，把頭縮進她的運動衫裡面，只露出眼睛。就像以前一樣，她感到孤獨。這不讓她感到意外。朋友時常陪她走一段路，答應要忠誠以待，結果最後總是讓她失望。

但她們提到賈斯丁的心理醫生，吸引了她的注意。就像一隻烏龜從殼裡面出來，她慢慢伸出頭。「妳在說什麼？他們會談什麼？」

「當然是賈斯丁的出走啊。還會有什麼？」諾瑪說：「妳看起來有點驚訝，卡蘿。」

「不！我是說，我同意，我知道賈斯丁一定與他的心理醫生談我。奇怪我怎麼會忘了這件事。也許我不得不忘記。想起來眞是有點恐怖，賈斯丁時時刻刻把他與我的對話報告給他的心理醫生聽。但是當然啦！那兩個傢伙早就一起共謀這件事。我告訴過妳們！賈斯丁絕對無法靠自己離開我。」

「他有沒有說過他們談些什麼？」諾瑪問。

「從來沒有！拉許叫他別說，說我過於控制人，他需要一個我無法進入的私人空間。我很久以前就不再過問了。但是在兩、三年前，他曾經對他的心理醫生感到不滿，有幾個星期說他的壞話。他說拉許實在很荒謬，竟然要他與我分居。那時候，不知爲什麼，也許因爲賈斯丁實在太可悲了，我以爲拉許是站在我這一邊，也許只是要賈斯丁知道，如果他離開我是多大的損失。但現在我知道完全不是這麼一回事。狗屎，我竟然養了一個奸細。」

「五年，」海瑟說：「眞是很長的時間。我不知道有誰治療這麼久。爲什麼要五年？」

「妳不瞭解心理治療這行業，」卡蘿回答：「有些心理醫生會讓妳一來再來，永遠不停止。對了，我沒有告訴妳們，這只是與這位心理醫生看了五年。之前還有其他醫生。

2

賈斯丁總是有問題：優柔寡斷，強迫性的妄想，總是要檢查事情二十遍。我們出門時，他會一直檢查門是否鎖好。等我們上車後，他又忘了是否檢查過，還要回去再檢查一次。蠢蛋！妳們能想像這樣一個會計師嗎？眞是個大笑話。他需要依賴藥物——不吃藥就睡不著，不吃藥就無法搭飛機，不吃藥就無法面對查帳的人。」

「現在還是這樣嗎？」海瑟問。

「他從藥物上癮變成心理醫生上癮。拉許是他的奶媽。他少不了拉許。一個星期看三次都不夠，他還要打電話給拉許。有人在工作上批評他，五分鐘後他就打電話向拉許哭訴。眞是病態！」

「想到醫生如此剝削病人也很病態。」海瑟說：「醫生一定賺翻了。他爲什麼要幫助病人獨立自主？這裡可能有醫療不當的情況。」

「海瑟，妳還是沒有在聽我的話。我說過這行業認爲五年是標準長度。有些精神分析師會拉長到八年，九年，每周四、五次。妳有沒有試過找他們出來作證揭發這種情況？這行業根本完全是封閉的團體，沒人敢出來。」

「我想我們有點進展了，」諾瑪說，她撿起另外一個布偶，放在壁爐上，用麻繩把它與原來那個綁在一起。「他們是雙胞胎。打倒一個，另一個也跟著完蛋。我們傷害醫生，也就會傷害到賈斯丁。」

「不見得，」卡蘿說，現在她整個頭都從衣服裡伸了出來，聲音充滿了不耐。「光是傷害拉許沒有任何用處。也許還會使他們倆更親近。不，眞正的目標是他們之間的關係：我如果能破壞他們的關係，就能整到賈斯丁。」

「妳正式會見過拉許嗎，卡蘿？」海瑟問。

「沒有。賈斯丁有幾次要我與他一起去做夫妻諮商，但我受夠了心理醫生。但是在一年前，基於好奇，我去聽了他的一次演講。自大的傢伙。我還記得心裡想要在他的長椅下點燃一枚炸彈，一拳打穿那張僞善的臉孔。這樣就能擺平一些新仇舊恨。」

海瑟與諾瑪思索著要如何整一個心理醫生，卡蘿卻變得安靜。她凝視火焰，想著恩尼斯·拉許醫生。她的雙頰反映著火焰的光芒。然後她有了一個靈感：一個絕佳的主意開始成形。卡蘿知道她應該怎麼辦了！她站起來，拿起壁爐上的布偶丟進火中。綁在布偶身上的麻繩很快就化爲灰燼。布偶開始冒煙，變得焦黑，不久就被火焰吞噬。卡蘿又添加一些木柴，然後宣布：「謝謝各位，我的朋友。現在我知道要怎麼做了。讓我們看看如果賈斯丁的醫生被勒令停業，賈斯丁要怎麼活下去。會議結束，小姐們。」

海瑟與諾瑪一動也不動。

「相信我，」卡蘿說，關上壁爐的鐵柵欄。「最好別知道太多。如果妳們不知道，將來就不需要說謊做僞證。」

3

恩尼斯進入書店時瞥了一眼門上的海報。

恩尼斯・拉許博士
加州大學舊金山分校臨床心理治療教授
新書發表會——

喪偶之痛：現實、狂熱與謬誤
二月十九日晚間八至九點演講
暨新書簽名會

恩尼斯掃過上周的講者名單。眞不得了！他與不少人一起巡迴：愛利斯・沃克、譚恩美、詹姆斯．希爾曼、大衛．勞基——英國來的？他們是麼把他拐來的？

恩尼斯漫步溜進會場，他想知道店裡的人們是否認出他就是今晚的講者。他向店主人蘇珊自我介紹，接受她請了一杯書店的咖啡。朝閱覽室走去時，恩尼斯審視著自己所喜歡的作家新作。大多數書店讓演講者選一本免費的書，以答謝他們的辛勞。啊，保羅．奧斯特的新書！

幾分鐘內，他的書店憂鬱感突然來襲。到處都是書，在大型展示桌上尖叫著博取注意，厚顏的展示著珠綠紫紅的外皮，成堆在地板上耐心地等待上架，從桌上溢湧而出，潑濺到地板上。靠商店遠處的牆邊，堆積如山的滯銷書悶悶不樂等著被退給書商。旁邊放著尚未開封的紙箱，渴望著見光的時刻。

恩尼斯的心飄向他的小寶貝。在這書海中一個脆弱的小生命，爲生命而泅泳，這本書能有什麼機會呢？

他轉進閱覽室，十五排鐵椅已經排開。這裡展示著他的書「喪偶之痛：現實、狂熱與謬誤」；好幾大疊，也許共有六十本書在講台旁等著被購買簽名。很好。很好。但他的書未來怎麼辦？兩、三個月後又怎麼樣？也許有一兩本會被不顯眼的歸類在心理學區或是自我幫助區。六個月後呢？消失了！「只接受特別訂購；三至四周內到書」。

恩尼斯諒解沒有書店有足夠空間展示所有的書，即使是那些好書店也是如此。至少對別人的書他可以諒解。但他的書也要有這種下場，當然是不合理的——不該是他辛苦了三年的書，不該是他精雕細琢的句子，和他優雅的手法，牽著讀者的手，帶領他們走過生命最晦暗的地帶。明年、此後十年，會有許許多多的鰥夫寡婦需要他的書。他寫下的眞理仍會如同今日一般深刻新鮮。

「別把價値與永恆搞混了——那是虛無主義作祟。」恩尼斯喃喃自語，想擺脫憂鬱。他訴諸熟悉的格言：「萬物皆會消逝，」他提醒自己，「那是經驗的本質。沒有任何事物能存續。永恆只是幻象，終有一日，太陽系也會歸於毀滅。」對嘛，感覺好多了。恩尼斯聯想到薛西弗斯時更好：一本書會消逝？那好，寫另一本新書！然後一本，再一本。

雖然還剩十五分鐘，座位已開始滿了。恩尼斯坐在最後一排，開始翻閱他的筆記，檢查上星期參加讀書會之後是否排回正確的順序。一個女人帶著一杯咖啡在座位旁坐下。某種力量驅使恩尼斯抬頭，他看到那個女人正凝視著他。

他端詳了一番，對眼前景象頗有好感：一個大眼睛的清秀女子，四十上下，有著長長的棕髮，掛著沈甸甸的銀耳環，銀色蛇形項鍊，黑色網襪，和一件焦橘色安哥拉毛衣包住她高聳的胸脯。那胸脯！恩尼斯的脈搏加速，他必須把眼睛從那兒扯開。

她的凝視熱切。恩尼斯很少想起他的妻子，露絲四年前死於一場車禍，但他滿懷感激地記得她送的一件禮物。早年，在他們停止接觸和相愛前，露絲有一次向他透露女人最大的祕密：如何擄獲男人。「很簡單，」她曾說：「只需要凝視著男人的眼睛比他多幾秒。就這樣！」露絲的祕密屢試不爽：他總是能夠辨別出想釣他的女人。這個女人就是！他再次抬頭看。她仍然盯著他看。毫無疑問——這個女人對他有意思。而且來得正是時候：他與目前生命中的女人已經快散了，恩尼斯饑渴得要命。他振奮地把肚子吸了進去，然後大膽的望回去。

「拉許醫生？」她靠向他並伸出手。他緊緊握了一下。

「我是南·史文森。」她握住他的手比預期久了兩、三秒。

「恩尼斯·拉許。」恩尼斯試著壓抑他的聲音。他的心狂跳。他很愛性狩獵，但討厭第一階段——儀式，冒險。他眞羨慕南·史文森：她擁有絕對的控制權，絕對的自信。這種女人多幸運。沒有說話的必要，不用爲尋找可愛的開場白而說蠢話，不用笨拙的邀酒，邀舞，或邀談。她們只要讓美貌代言就好了。

「我知道你是誰，問題是，你知道我是誰嗎？」

「我該知道嗎？」

「如果你不知道，我會深受打擊。」

恩尼斯被弄糊塗了。他上下打量她，儘量不讓視線逗留在她的胸部。

「我想我需要看得更久，更清楚一點——稍後再繼續。」他微笑看著越來越多的聽衆，很快他就要上臺了。

「或許南·卡琳這個名字會有點幫助。」

3

「南．卡琳！南．卡琳！當然！」恩尼斯興奮的抓住她的肩膀，卻不小心讓她手上的咖啡潑濕了她的皮包和裙子。他跳起來，尷尬的繞著房間找面紙，最後終於帶回一捲紙巾。

她吸乾裙上的咖啡時，恩尼斯迅速檢視了他對南．卡琳的記憶。她是他在十年前最早期的病人之一，他剛開始實習的時候。實習主任莫利醫生是團體治療狂熱信徒，他堅持每位實習醫生第一年都要開一個治療團體。南．卡琳就是那團體的成員之一。雖然是陳年往事，卻都清楚的回憶起來。南當時蠻胖的——因此他現在認不出她。他也記得她害羞並自卑，也與盯著他的這個沈著的女人毫無相似之處。他所記得的是，南的婚姻當時正瀕臨破裂——沒錯，就是這樣。她丈夫告訴她，他想離開的原因是她變得太胖。他指責她違背婚姻誓言，聲稱她使自己變得面目可憎，蓄意侮辱並違抗他。

「我記不記得？」恩尼斯回答：「我記得妳在團體裡有多害羞，花多少時間才吐出一個字。我也記起妳的改變，妳對其中一個男人很生氣——我想應該是沙爾。妳很正當地譴責他，說他僞裝在他的鬍子後面，批評轟炸團體。」

恩尼斯在賣弄。他的記憶力驚人，即使經過多年的個人及團體心理治療，也不會衰退。

南露出微笑，用力地點頭。「我也記得那個團體：傑、摩特、碧、哲緬納、愛林娜、克勞黛。我只參與了兩、三個月，後來就被調職到東岸，但我認爲那救了我一命。

那段婚姻快把我毀了。」

「眞高興知道妳的情況好轉了。而且治療團體能幫上忙。南，妳看來好極了。眞的已經十年了嗎？老實說，這可不是心理醫生的恭維話，妳看起來更有信心，更年輕，也更有吸引力。妳也這麼覺得嗎？」

她點頭，說話時碰了他的手。「我現在狀況好極了。單身，健康，苗條。」

「我記得妳一直與體重對抗。」

「那一仗已經打贏了。我現在是個全新的女人。」

「妳是怎麼做到的？也許我該試試妳的方法。」恩尼斯用手指掐起肚子上的一層肉。

「你不需要，男人很幸運。男人胖一點也無妨——甚至會被讚爲強壯。至於我的方法，如果你一定要知道，就是我曾經有個好醫生幫助我！」

對恩尼斯而言，這是個令人失望的消息。「妳一直接受治療？」

「沒有，我對你很忠誠，我獨一無二的心理醫生！」她開玩笑拍拍他的手。「我說的是一般的醫生，整形外科醫生幫我雕塑了新鼻子，還做了神奇的腹部抽脂。」

房間已經滿了，恩尼斯聽到介紹詞，最後是慣用的「讓我們一起歡迎恩尼斯·拉許醫生。」

起身前，恩尼斯靠過去，緊握南的肩膀，輕聲的說「眞高興見到妳。我們稍後再多聊聊。」

他在頭昏目眩中走向講台。南美麗、充滿魅力，而且喜歡我。從沒有其他女人比她更唾手可得。只要能找到最近的一張床——或躺椅。

躺椅。沒錯！還是有問題，恩尼斯提醒自己：不管是不是十年前，現在她仍是病人。禁止碰觸！不，她現在不是，她曾經是病人，數周的團體治療，八名成員的其中之一。除了團體治療前的篩選療程，我想我沒有與她一對一診療過。

但那有什麼差別嗎？病人就是病人。

永遠都是嗎？十年之久呢？遲早病人也會完全成年，擁有伴隨而來的權利。

恩尼斯猛力把自己從內心獨白中拉回，注意力轉向聽眾。

「各位女士先生，爲什麼要寫一本關於喪偶之痛的書呢？看看這間店的喪親書區，書架上擠滿了書，何必要多一本呢？」

即使在說話，他仍繼續著內心的辯論。她說她再好不過了，她已不是病人了。她已九年沒接受治療！太完美了。老天，有什麼不可以的？兩個心甘情願的成年人！

「以心理失調而言，喪偶之痛佔據一席特殊的地位。首先，這是舉世共通的。我們這個時代中，沒有人……」

恩尼斯微笑著與許多聽眾做眼神接觸，這方面他很行。他注意到最後一排的南正微笑頷首。坐在南身旁的是個嚴肅而有魅力的女人，有著黑色短髮，似乎正專注端詳他。這是另一個對他有意思的女人嗎？他捕捉到她的一陣眼神，但很快她就移開了。

「在我們這個時代，沒有人能逃過喪偶之痛。這是很普遍的心理失調。」

不，問題就在這裡。恩尼斯提醒自己：南和我不是兩個你情我願的成年人。我知道太多她的事。因為她已向我吐露太多心事，她覺得跟我有特別的情分。我記得她父親在她青少年時期過世——我遞補了她父親的角色。如果跟她發生性關係，就是背叛了她。

「許多人注意到，向醫科學生教導喪偶之痛比其他精神病症來得容易。醫科學生能夠瞭解。在所有精神狀況中，它與其他病症最類似，例如傳染性疾病或身體創傷。沒有其他心理疾病有如此明確的病徵，特定可識別的病因，合理可預測的發展，有效率而有時限的治療，以及定義明確的具體終點。」

不，恩尼斯與自己爭論著，十年後一切都不同了。她也許曾把我當成父親一般。那又怎樣？此一時彼一時。她現在把我當成聰明、敏銳的男性。看看她：她正在聆聽我的話。她無可救藥的被我吸引。面對現實吧。我很敏銳。我很有深度。難道她這個年紀，或任何年紀的女人，時常遇到像我這樣的男人？

「但是，儘管醫科學生，醫生或心理醫生渴望對於喪偶之痛有簡單明瞭的診斷及治療，事實卻不然。企圖以疾病的角度瞭解喪偶之痛，就是排除了我們最人性的部分。喪偶不像細菌侵襲，精神苦痛不像肉體創痛，不能當成肉體官能失調，精神不同於身體。我們所經驗的苦楚的大小及本質不是由創痛的種類，而是由創痛的意義來決定。而意義正是肉體與精神上的差異。」

恩尼斯正進入情況。他檢視聽眾的表情，肯定他們的注意。

記住，恩尼斯自言自語，她是因為先前的男性經驗而恐懼離婚，他們玩完她就走人；還記得她覺得有多空虛？如果我今晚跟她回家，不也是對她做同樣的事——成為一長串剝削者之一！

「容我從研究中舉個關於『意義』的例子。請思考一下這個問題：兩個新寡的寡婦，都已結婚四十年。其中一位雖承受很大的折磨，但逐漸重拾生活，並能享受寧靜時刻，有時甚至是喜悅。但另一位境遇卻糟得多：一年後，她深陷於憂鬱症，不時有自殺傾向，需要持續的心理照護。我們要如何解釋結果的差異？這是個謎。現在讓我提供一個線索。

「雖然這兩個女人在許多方面很類似，但有一個很大的差異：她們婚姻狀況的不同。其中一個女人的婚姻關係充滿衝突，另一個卻是深情的，互相尊重，成長性的關係。現在我要問的是：哪一個是沮喪的？」

恩尼斯等待觀眾回答時，再度對上南的凝視，他想著，我怎麼知道她會覺得空虛或是被剝削？說不定是感激？也許我們的關係會有結果。也許她跟我一樣心癢。我難道永遠沒有下班時間嗎？二十四小時我都得是個心理醫生嗎？如果我擔心每個動作，每個關係的細微差異，我永遠都無法與女人上床！

女人，大胸脯，上床……你真噁心——他對自己說。難道你沒有更重要的事情可做？沒有更高尚的事可想？

「對，沒錯！」恩尼斯對第三排一位勇於作答的女性說。「妳說對了：擁有衝突婚姻關係的女人結果較糟。很好。妳一定已經讀過我的書——或許妳根本不用讀。但那難道不違反我們的直覺嗎？也許人們會覺得擁有愉悅深情四十年婚姻的寡婦境遇會比較糟。畢竟，她的喪失不是比較大？

「但如妳所說，情況通常是相反的。這有幾種解釋。我想『懊悔』是關鍵。想想寡婦內心深處的痛苦，花了四十年在錯誤的男人身上。她的悲哀不是，或不只是因爲她的丈夫。她也是爲自己的生命哀悼。」

恩尼斯，他告誡自己，世界上有上萬上億女人，今晚的聽衆裡說不定就有一打願意跟你上床，只要你敢接近她們。離病人遠一點！離病人遠一點！

但她不是病人，她是個自由的女人。

她以前是，現在仍是，對你有很不切實際的想法。你幫助過她，她信任你。移情作用強烈。而你現在竟想剝削她！

十年！移情是不朽的嗎？哪裡規定的？

看看她！真迷人。她愛慕你。何曾有過那樣的美女把你從人群中挑出來，主動對你表示有意思？看看你的大肚皮，再胖幾磅你就看不到自己的褲襠了。你要證明？這就是證明！

恩尼斯分心到開始覺得頭昏。他對這種分心很熟悉。一方面，由衷的關心病人，學生，他的群衆。也由衷的關心存在的眞實議題：成長、遺憾、生、死、意義。另一方面，他的陰暗面：自私和肉慾。喔，他很擅於幫助病人改造陰暗面，誘出其中的力量：能力、生命力、創造驅動力。他熟悉每個字；他熱愛尼采宣稱的：越高大的樹，根就沈的越深，深入黑暗，深入邪惡。

然而這些良言對他而言並沒有什麼意義。恩尼斯痛恨自己受制於黑暗面。他痛恨那奴役性，痛恨被動物本能驅使，痛恨被早期制約所奴役。今天就是最完美的例子：他的下體蠢蠢欲動，他對誘惑與征服的原始慾望——如果這不是直接來自於太初，又是什麼呢？還有他對乳房，對揉捏和吸吮的情慾。可悲啊！嬰兒時期的遺毒！

恩尼斯握緊雙拳，指甲用力的戳進手掌！注意點！有一百個人在聽著！專心一點。

「關於衝突性婚姻關係的另一點：死亡將它凍結在時光中。它將永遠衝突，永遠未完成，未滿足。想想那種罪惡感！想想喪偶的鰥夫寡婦說：『如果我……』的時刻。配偶猝死，例如因車禍喪生，會如此煎熬的原因之一。在這些案例中夫妻沒有時間說再見，沒有時間做準備——有太多未了的事，太多未解決的衝突。」

恩尼斯現在上了軌道，他的聽衆專注而安靜。他不再看南了。

「在接受發問前容我提出最後一點。想一下心理健康專家如何評估喪偶之痛的過程。怎樣才是成功的服喪？它何時結束？一年？兩年？常識認爲，當喪偶的一方完全脫離死去的另一半，再度恢復有生氣的生活，服喪也就結束了。但實際上遠比那複雜多了。

「在我的研究中，一項最有趣的發現是，有可觀比例的喪偶者——也許有百分之二十五——並不就這樣恢復生活，或是回到先前的生活機能，而是必須經歷相當可觀了個人成長。」

恩尼斯愛死這個部分了，觀衆總覺得很有意義。

「『個人成長』不是最理想的說法。我不知如何稱呼它——也許『存在覺知的提昇』會比較合適。我只曉得一定比例的寡婦，偶而有某些鰥夫，學習以很不一樣的作風來生活。他們對生命的可貴培養出新的體認，以及一套新的優先順序。該怎麼形容呢？也許可以說他們學會將小事化無。學會對不想做的事說不，將自己投入生命中造就意義的方面：親密朋友與家人的愛。他們也學會從自身的創造之泉中汲飲，體會季節變換與周遭的自然美景。也許最重要的，他們深刻的體會到自身的有限，學習活在當下，不再爲未來的某些時刻延遲生活：例如周末、暑假、退休。在我的書中對此有更詳盡的描述，並推測這種存在覺知的導因和前提。

「現在請提出想問的問題。」恩尼斯很享受回答問題。「您花了多久時間寫書？」「書中病例是眞實的嗎？如果是，保密問題怎麼辦？」「您的下一本書是？」「喪偶治療的效用？」關於治療的問題總是由正面臨喪偶之痛的人提出來，而恩尼斯也小心翼翼的審愼處理這些問題。他指出喪偶之痛是自限的——大多數喪偶者，無論接受心理治療與否都會慢慢改善——沒有跡象顯示，一般喪偶者當中接受心理治療者最後會比未接受者過得好。但是，爲避免過分看輕心理治療，恩尼斯趕緊補充說，已有跡象顯示，治療可能使第一年較不痛苦，而且已有無庸置疑的證明，心理治療對於遭遇強烈罪惡感或憤怒的喪偶者別具功效。

這些問題都是例行公事或客套的——他對此地聽衆的期待就是如此——沒有柏克萊聽衆好爭辯而惱人的問題。恩尼斯瞄了一眼他的手錶，並向女主持人打了個手勢示意結束，闔上筆記夾回到座位上。書店主人發表正式感謝辭之後，響起一陣如雷的掌聲。一群蜂擁的購書者圍繞著恩尼斯。他優雅地微笑著爲每一本書簽名。也許純屬幻想，但似乎有幾位迷人的女子對他也有興趣，迎接他的凝視多了一兩秒。但他沒有回應：南．卡琳在等他。

人群慢慢散去。他終於可以回到她身邊。他該怎麼處理？在書店咖啡廳來杯卡布基諾？還是較隱密的地方？也許只要在書店聊個幾分鐘就可以讓這整件事了結？該怎麼辦？恩尼斯的心又開始怦怦跳著。他環顧房間，她上哪去了？

恩尼斯關上皮箱，飛快找遍整個書店。沒有南的蹤影。他回頭探看閱覽室最後一眼。空蕩蕩的，除了一個女人安靜地坐在南坐過的位子上——那個嚴肅、苗條、有著黑色短髮的女人。她有雙憤怒、銳利的眼睛。即使如此，恩尼斯試著捉住她的凝視。又一次，她移開了眼光。

4

病人在最後一刻臨時取消診療，給了馬歇爾．史特萊德醫生一小時空檔。接下來是他與恩尼斯．拉許的例行星期輔導。他對病人取消治療感覺錯綜複雜。對病人的抗拒感到困擾：他根本不相信商務旅行這種低能的藉口，但他又樂於接受空檔時間。反正一樣要收費：他當然不理會病人的藉口，還是記下了這個小時的診療費。

回覆了幾通電話及信件之後，馬歇爾走到外面的小陽台，爲他窗外木架上的四盆小盆栽澆水：一盆雪玫瑰奇蹟般高雅外露的根(某位一絲不苟的園丁把它種在石頭上，四年後又小心翼翼的把樹根下的石頭鑿去)；一株多瘤的五針松，樹齡至少六十年了；一叢漆樹；和一株杜松。他老婆雪莉上個星期天幫他修剪過杜松，樣子看起來全變了，很像個四歲大的孩子第一次好好剪過頭髮；她把兩根相對的樹枝下方的新芽都剪了，將樹修成俐落的不等邊三角形。

然後馬歇爾沈浸在他最大的快樂之一：他翻開華爾街日報股價表，從皮包裡取出兩樣計算獲利的裝備：一個讀股價小字的放大鏡和一個太陽能計算機。昨天市場成交量很低。一切沒什麼動靜，除了他持股最多的矽谷銀行，聽一位前病患的建議買進，漲了一塊八毛；五百股幾乎賺了一千七百塊美金。他從股價表抬起頭微笑著。生命很美好。

拿起最新一期的美國精神分析期刊，馬歇爾瀏覽過目錄，卻很快的又闔上。一千七百塊！老天，他為什麼沒多買一點呢？躺回他的眞皮旋轉椅，他仔細打量了辦公室：漢德瓦薩和夏卡爾的版畫，十八世紀的酒杯組亮麗的陳列在玫瑰木的櫥櫃裡。他最鍾愛的是三件穆斯勒耀眼的玻璃雕塑。他起身用一支舊雞毛撢清理它們，過去他父親就是用這支雞毛撢來清理小雜貨店櫥櫃。

雖然他定期從家裡的大量收藏品帶來替換畫作，那些精緻的雪莉酒杯和易碎的穆斯勒雕塑是常設的辦公室擺設。檢查過玻璃雕塑的防震基座後，他愛憐的撫摩著最心愛的一件：「時光的金邊」，一個巨大的，閃閃發光的，薄得像餅一樣的橘色大缽，邊緣製成如同未來大城市的摩天大樓剪影。十二年前買下它之後，他幾乎沒有一天不撫摩它；完美的輪廓線條和涼爽帶給人奇妙的鎭靜。不只一次他很想，當然僅止幻想，鼓勵心神錯亂的病人撫摸它，浸淫在沁涼、平靜的奧祕中。

感謝老天，他不顧老婆的反對，買了這三件雕塑：它們是他買到最好的幾件。可能也是最後幾件。穆斯勒的作品價錢水漲船高，再買一件得花他六個月的薪水。但如果他能再逮到一次期貨大漲，像去年一樣，也許那時候…但他的內線已經很不為他著想地結束了治療。或也許等到他的兩個孩子念完大學和研究所，但那至少還有五年。

十一點過三分。恩尼斯．拉許遲到了，一如往常。馬歇爾輔導恩尼斯已經兩年，雖然恩尼斯付費比一般病人少一成，馬歇爾總是期待他們的會面。恩尼斯的會診帶來一天臨床案件中令人振奮的輕鬆時刻——他是完美的學生：探索者，聰明，能接受新觀念。一個具有廣大好奇心的學生，而他對心理治療的無知更是廣大。

雖然恩尼斯現在還接受輔導，年紀是大了一點，都三十八歲了，但馬歇爾認為這是長處，不是弱點。十年前，恩尼斯在心理醫生實習期間，固執地拒絕學習精神分析，反而追隨生物精神病學的號召，專注於心理疾病的藥物治療，實習過後花了數年時間在分子生物實驗室研究。

並不是只有恩尼斯如此。他的同輩大多採取同樣的立場。十年前精神醫學似乎到達了重大生物學突破的邊緣，關於生化成因導致精神疾病、精神藥物學、研究腦部解剖學與功能位置的新圖像法、還有精神遺傳學，以及對應重大精神失調的特定染色體位置都快要被發現了。

但馬歇爾並未被這些新發展動搖。六十三歲，他當心理醫生已經夠久，足以活過好幾次這樣的實證派擺盪。他記得一波接一波狂喜的樂觀（結果都是失望）圍繞著各種新藥物與新療法的出現，像是精神手術、迷幻藥、鋰鹽、快樂丸與百憂解——當某些分子生物狂熱開始式微，當許多陳義過高的研究主張無法被具體證實，最後終於承認，也許還沒查出每個邪惡念頭之後的邪惡染色體，他一點也不感到訝異。上周馬歇爾參加了一個大學贊助的座談會，重要的科學家向達賴喇嘛說明他們最前衛的研究工作成果。馬歇爾雖然不是非物質世界觀的擁護者，他還是被達賴喇嘛的反應逗得大笑。科學家給達賴喇嘛看最新的原子照片，表達他們確信物質之外一切皆不存在。「那麼時間呢？」達賴喇嘛和藹的問道：「時間的分子看得到嗎？還有，請讓我看看自我的照片，那永存不朽的自我？」

研究精神遺傳學多年之後，恩尼斯對研究和學院政治都感到失望，走入了私人執業的領域。有兩年時間他純粹當精神藥物學家，爲病人看診二十分鐘，然後發藥片給每個人。漸漸地——希摩・塔特對此也有影響——恩尼斯瞭解以藥丸治療每位病人有其限制，甚至非常不妥。他犧牲了百分之四十的收入，逐漸轉入心理治療業。

馬歇爾覺得這完全是恩尼斯個人的努力，使他決定尋求專家輔導，並計畫申請精神分析學會的候選資格。馬歇爾想到外頭所有的心理醫生就不寒而慄——還有所有的心理學家、社工人員、諮詢師，這些人未經適當的精神分析訓練就開業治療病人。

恩尼斯一如往常衝進辦公室，一秒不差地遲到五分鐘，給自己倒了一杯咖啡，坐進馬歇爾的義大利白色皮沙發，並迅速翻公事包找出病歷筆記。

馬歇爾已停止追究恩尼斯的遲到。好幾個月來，他一直問不出滿意的結果。有一次馬歇爾甚至走出去測量他和恩斯斯辦公室間的一街之隔要走多久。四分鐘！恩尼斯十一點的約診在十一點五十分結束，恩尼斯要在正午十二點到達，時間從容足夠，甚至還可跑一次廁所。但恩尼斯總說有某些阻礙：病人談過頭，一通重要的電話，要不就是恩尼斯忘了筆記必須回頭去拿。總是有事。

這很顯然是抗拒。爲五十分鐘的輔導花一大筆錢，然後規律性的浪費掉百分之十的時間和金錢，馬歇爾想，顯然這是自我矛盾的明證。

平常馬歇爾會堅持必須完整的探索遲到原因。但恩尼斯不是病人。不完全是。輔導是處在治療和教育間的無人地帶。有時好的輔導醫生必須探究至案例之外，深入學生無意識的動機和衝突。但是沒有明確的治療契約，輔導醫生也有不能逾越的限制。

所以馬歇爾暫時不談此事，雖然他總是一秒不差的結束五十分鐘的輔導來表態。

「好多事要談。」恩尼斯開始說。「我不確定該從哪開始。我今天想談些不同的。兩個固定追蹤的案子沒有新進展——剛才與強納森與溫蒂進行了例行的會診；他們狀況都可以。

「我想敘述與賈斯丁的一次會診，其中有許多的反移情材料。還有關於昨晚在書店讀書會與以前一位病人的偶遇。」

「書賣得還好嗎？」

「書店還繼續展示。我所有的朋友都在讀。有幾篇不錯的評論——其中一篇在這期的美國醫藥學會通訊上。」

「好極了！這是本很重要的書。我會寄一本給我姊姊，她丈夫去年夏天過世。」

恩尼斯本想說他很樂意在書上簽名，並寫些致語。但是這些話梗在他的喉嚨裡。對馬歇爾說這些似乎很冒昧。

「好，開始工作吧……賈斯丁……賈斯丁……」馬歇爾翻過他的筆記。「賈斯丁？提醒我一下。他是不是你的長期強迫性偏執症患者？有很多婚姻問題的那個？」

「對。很久沒談他了。但你應該記得我們追蹤他的案子有好幾個月。」

「我不知道你還繼續見他。我忘了是什麼原因讓我們停止在輔導中追蹤他？」

「嗯，老實說，是我對他失去興趣了。當時我很清楚他無法有很大的進步。我們好像沒有在治療……比較像是觀望。但他仍每星期來三次。」

「觀望——每星期三次？那可觀望了很久。」馬歇爾靠回椅子瞪著天花板，他仔細聆聽時通常都會這樣。

「我很擔心這一點。那不是我選擇今天談他的原因，但也許今天談這個部分也很好。我似乎沒辦法削減他的時數——那可是一星期三次加上一、兩通電話！」

「恩尼斯，你有沒有候補病人？」

「很少。事實上，只有一個。爲什麼問這個？」但恩尼斯完全清楚馬歇爾的意圖，並且佩服他泰然自若，提出尖銳問題的功力。該死，他太厲害了！

「我的意思是很多心理醫生很怕空檔，所以下意識地使病人依賴。」

「我沒有這個問題——我再三與賈斯丁談到減少時數。如果我爲了荷包留住病人，我晚上會睡不著。」

馬歇爾微微點了頭，示意目前爲止他很滿意恩尼斯的回答。「幾分鐘前你說過你不認爲他會有進步。現在發生了什麼事讓你改變想法？」

馬歇爾的確是在聆聽——什麼都記得。恩尼斯崇拜的看著他：褐色的頭髮，機警的黑眼，毫無斑點的皮膚，身體比年齡要年輕二十歲。馬歇爾的體格正如他的性格：沒有脂肪、沒有多餘、結實的肌肉。他曾經擔任大學足球隊的後衛。他厚實發達的二頭肌和有雀斑的小臂完全撐滿了外衣袖子——堅如盤石！專業角色上亦堅如盤石：沒有多餘、沒有懷疑、永遠有自信、對正確方法永遠有把握。其他某些訓練分析師也是一副有把握的樣子——來自於正統與信仰——但沒有人像馬歇爾，沒有人能以如此學識淵博而有彈性的權威方式說話。馬歇爾的自信有其他的來源，某種能驅散所有懷疑，很本能的身心確定；總是對大事提供迅捷而穿透性的認知。從他們十年前第一次見面，恩尼斯聽到馬歇爾的精神分析心理治療以來，他就把馬歇爾當成榜樣。

「你說得沒錯。爲了讓你更瞭解情況，我得回頭一點。」恩尼斯說：「你也許記得在開始時，賈斯丁直言要求我幫助他離開他的妻子。你覺得我過分介入，把賈斯丁的離婚當成了我的任務，我成了義勇兵。那時你指出我是『治療過當』，記得嗎？」

馬歇爾當然記得。他微笑點頭。

「你是對的。我的努力用錯了方向。我爲了幫助賈斯丁離開老婆所做的一切，都毫無結果。每次他幾乎要離開，每次他老婆提議也許他們應該考慮分居，他就陷入恐慌狀態。我不只一次幾乎想送他入院治療。」

「他老婆呢？」馬歇爾拿出一張白紙作筆記。「抱歉，恩尼斯，我沒帶舊筆記。」

「他老婆怎麼樣？」恩尼斯問道。

「你曾經跟他們夫妻見面嗎？她是怎樣的人？她也接受治療嗎？」

「我從沒見過她！甚至不知道她長什麼樣子，但我把她視爲魔鬼。她不願來見我，說是賈斯丁有病，不是她。她也不願意接受個人治療——我猜原因相同。不，還有別的事……我記得賈斯丁告訴我，她討厭心理醫生——年輕時看過兩三個，每個到最後都搞她或想搞她。你知道，我有過幾個受虐病人，沒有人比我更對這種沒良心的背叛更憤慨。儘管如此，如果發生在同一個女人身上兩三次……我不知道，也許我們該懷疑她的潛意識動機。」

「恩尼斯，」馬歇爾用力的搖著頭，「這會是你唯一一次聽到我這樣說，但在這個案例中，潛意識動機並不重要。當病人與醫生發生性關係，我們就該撇開動機，只看行爲。心理醫生將性慾施加在病人身上，必定是不負責任和有害的。不用爲他們辯護——他們應該被逐出這個行業！也許某些病人有性衝突，也許他們想要引誘處於權威地位的男人或女人，也許他們在性方面有偏執，那就是爲什麼他們需要接受治療。如果醫生不能瞭解並處理這一點，他就該換職業。

「我告訴過你，」馬歇爾繼續說：「我現在是州醫療道德委員。昨晚我讀了下周會議中將討論的案子。順帶一提，我要跟你談這件事。我想提名你做下一任委員。我的三年任期到下個月期滿，我認爲你會做得很出色。我記得你幾年前在希摩．塔特案所持的立場。表現出勇氣和正直，其他人都被那個老渾蛋嚇住了，不肯作證。你爲這行做了件好事。但我要說的是醫生病人間的性侵害越來越盛行。幾乎每天報紙上都有一則新醜聞。有個朋友寄給我一則剪報，報導十六位過去幾年因性侵害被起訴的心理醫生，包括一些大名鼎鼎的人物：圖特大學的前系主任和波士頓學會的資深訓練專家。然後當然還有朱勒斯．馬塞門的案子——如同塔特，他也是美國心理治療學會的前主席。你知道他做了什麼嗎？給病人吃鎭定劑，然後趁他們昏迷時跟他們做愛，完全不能想像！」

「沒錯，那是最讓我震驚的案子，」恩尼斯說：「我實習時的室友經常笑我花了一整年讀馬塞門，他的《動機心理學原理》是我讀過最好的教科書。」

「我知道，」馬歇爾說：「偶像都幻滅了。而且情況越來越糟！我搞不懂發生了什麼事。昨晚我讀了八位心理醫生的起訴書——眞叫人噁心。你能相信有個醫生每次看診都與病人發生性關係——而且還收費！八年以來每星期兩次！還有一個兒童心理醫生在汽車旅館被逮到跟五歲的病人在一起？他全身塗滿巧克力醬，要他的病人舔掉！令人作嘔！還有一個犯窺淫狂的，一個治療多重人格病人的醫生催眠病人，然後鼓動較原始的人格浮出，在他面前自慰。心理醫生辯稱他從未碰觸病人，而且那也是適當的治療：讓這些人格在安全的環境裡有自由抒發的機會，然後逐漸鼓勵檢驗現實與達成整合。

「然後看他們自慰，陶醉於性快感當中。」恩尼斯附和著，並偷瞄了一眼手錶。

「你看了錶，請解釋一下？」

「時間一直過去，我原本想談談賈斯丁的資料。」

「換句話說，雖然這段討論也許還蠻有趣，卻不是你來的原因。事實上，你不想浪費輔導的時間和金錢在這上頭？」

恩尼斯聳了聳肩。

「我說得很接近？」

恩尼斯點頭。

「那你爲什麼不早說？時間是你的，你花了錢的！」

「沒錯，馬歇爾，又是想取悅你的老問題，還是太敬畏你了。」

「少一點敬畏，多一點坦率會讓輔導過程更順利。」

堅如磐石，恩尼斯想著。仰之彌高。這些小小的交流，通常與正式討論病人頗離題，但卻是馬歇爾最珍貴的教導。恩尼斯希望自己遲早能學習到馬歇爾的剛強心智。他也記下了馬歇爾對醫生與病人發生性關係的嚴峻態度；他原本想談書店讀書會時遇上南・卡琳的窘境。現在他不確定了。

恩尼斯回頭談賈斯丁。「治療賈斯丁越久，我越相信我們在看診時間所達成的進展，立刻就會被他與老婆的關係弄得前功盡棄。卡蘿是個徹頭徹尾的蛇髮女妖。」

「我有點印象了。她是瀕臨精神失常，衝出車外阻止他買麵包和燻魚的女人？」

恩尼斯點頭。「那就是卡蘿沒錯！我所碰過最惡劣，最強硬的女人，我希望永遠不要當面見到她。至於賈斯丁，兩三年來我一直很本份的治療他：良好的同盟關係，對他的動機做清楚的解析，正確而專業的超然態度。但我就是無法改變他：每種方法都試過，提出所有適當的問題：爲什麼他選擇娶卡蘿？留住這段婚姻對他有什麼好處？爲什麼選擇生小孩？但我們所談的一切從來沒有轉化爲行動。

「我發現，我們通常假設充分的解析和洞察最終會導致外在改變，但這並不是問題的答案。我解析了幾年，但賈斯丁的意志似乎完全癱瘓了。你也許記得治療賈斯丁使我對意志的概念瘋狂著迷，開始閱讀所有相關的資料，大約兩年前我做了一次關於意志癱瘓的演說。」

「沒錯，我記得那次演講，你表現的很好。我還是認爲你該寫下來出版。」

「謝謝。我自己對於寫那篇論文有點意志癱瘓。目前它埋在另外兩個寫作計畫之後。你也許記得我在演說時的結論，如果內在洞察無法發動意志，心理醫生必須找些其他辦法讓它動起來。我試著激勵他：用各種方法輕聲告訴他：『你知道你得試試看。』

「我試過視覺心象法，鼓勵賈斯丁將自己投射到未來，十幾二十年後，想像他自己還困在這個要命的婚姻裡，想想他對自己的一生會多麼悔恨。這也沒有幫助。

「我成了拳擊場邊的副手，提供建議，訓練他，幫助他演練婚姻解放宣言。但我訓練的是個羽量級的選手，他老婆卻是個超重量級的選手。完全沒用。我想最後的極限是那次背包露營，我告訴過你嗎？」

「說說看，聽過的話我會打斷你。」

「大約四年前，賈斯丁認爲全家一起去背包露營會是件好事，他的小孩是一對雙胞胎兄妹，現在大概八、九歲。我鼓勵他，任何由他主動的事我都很高興。他對沒有多花時間陪孩子一直感到內疚。我建議他改變，他認爲背包露營會是表現父愛的極佳活動。但卡蘿不高興！她不肯去，沒有特別的原因，純粹是怪癖，而且不准孩子跟賈斯丁一起去。她不希望他們睡在森林裡，她恐懼一切，任何你想得到的：昆蟲，毒藤，蛇，蠍子。此外，她不想一個人待在家，奇怪的是，她一個人出差旅行卻沒有問題。她是個強悍的律師。賈斯丁也不能一個人待在家。眞是一對瘋子。

「賈斯丁在我強烈的鼓勵下，堅持去露營，不管她同不同意。他這次下了決心！很好，我鼓勵他，總算有點進展。她大吵大鬧，討價還價，答應如果他們今年都去優勝美地，住在旅館裡，明年她就跟大家一起去露營。『沒得談！』我教他，『堅持到底。』」

「結果怎麼樣？」

「賈斯丁讓她屈服了，他帶孩子去露營的時候，她邀姊姊跟她同住。接下來怪事開始發生了……賈斯丁原本對勝利感到欣喜若狂，現在他開始擔心身體狀況不夠好。首先他必須減肥，他定出二十磅的目標，然後要鍛鍊背肌。所以他開始健身，主要是來回辦公室時爬四十層樓。結果有一次發作了急性氣喘，後來必須接受大規模的治療。」

「這當然是很負面的影響。」馬歇爾說：「我不記得你告訴過我這件事，但我猜得出後來的發展。你的病人開始病態地擔心這次露營，減肥不成功，慢慢相信他的背沒辦法支撐，也沒辦法照顧他兩個孩子。最後他的恐慌完全爆發出來，把旅行拋在腦後。全家到優勝美地的旅館去，大家都很奇怪，他的白癡心理醫生麼會想出這麼魯莽的計畫。」

「他們去了迪士尼樂園。」

「恩尼斯，這是個老掉牙的故事。也是老掉牙的錯誤！每當心理醫生將家庭體制的病徵誤認爲是個人的病徵時，這個場景必定會重演。你就在那個時候決定放棄他？」

恩尼斯點頭。「那時我開始轉爲觀望。我認定他永遠困在治療、婚姻、生活中。從那時起，我停止在輔導中談到他。」

「但是現在有重大發展？」

「是的，昨天他來幾乎無動於衷地告訴我，他已經離開卡蘿，搬去跟一個比他年輕很多的女人同居，他幾乎沒有提過她。每周來見我三次，卻竟然忘了談她。」

「有意思！然後呢？」

「很難過的一小時。我們完全走了調，我大多時候感到很反感。」

「很快的敘述一下那一個小時，恩尼斯。」

恩尼斯詳述了療程的經過，馬歇爾直接指向反移情——醫生對病人的情緒反應。

「恩尼斯，我們先集中在你對賈斯丁的反感。試著再感受一次那一個小時。當病人告訴你他已經離開老婆，你有什麼感受？自由聯想一分鐘。不要用理性，放鬆。」

恩尼斯大膽一試。「好像他看輕了，甚至嘲笑我們過去這些年的努力。我拚了命爲這個人鞠躬盡瘁。這些年來他是我肩上的重擔⋯我說的很直。」

「繼續。本來就應該直說。」

恩尼斯審視自己的感覺，五味雜陳，但他敢跟馬歇爾分享哪一種呢？馬歇爾並不是在治療他。他也想得到馬歇爾的尊重，推薦與支援他進入精神分析學會。但他也希望輔導就是輔導。

「嗯，我很生氣，氣他說白花了八萬塊美金做治療，氣他悠然走出婚姻，卻沒跟我討論。他知道我爲了讓他離開她費了多少心血。竟連通電話都沒打給我！他以前會爲了雞毛蒜皮的小事打電話給我。還有，他刻意隱瞞另一個女人的事，也讓我氣極了。我也很氣女人的能力，任何一個女人，只要輕鬆勾勾手指頭或夾緊陰道，就能讓他做到我花了四年都做不到的事。」

「你對他終於離開老婆有什麼感覺？」

「他成功了！那是件好事。不管他是如何成功的，都是件好事。但他沒有用正確的方式。爲什麼他不能用正確的方式？馬歇爾，這都是胡扯——原始的東西、幾乎都是原始的反應。用語言表達眞的很不自在。」

馬歇爾靠了過來把手放在恩尼斯的手臂上，這很不像他的作風。「相信我，恩尼斯，這不容易。你做得很好，繼續試試看。」

恩尼斯覺得備受鼓勵。他覺得很有趣，體驗著治療與輔導中奇特的似非而是：你揭露的事越違反道德、羞恥、黑暗、醜陋，反而越受獎勵！但他的聯想慢了下來「等等，我得挖得更深。我討厭賈斯丁讓他自己被他的老二牽著鼻子走。我希望他能更好，用正確的方式離開那個惡老婆，卡蘿…她困擾著我。」

「對她作自由聯想，只要一、兩分鐘就好。」馬歇爾要求道。這句讓人放心的「只要一、兩分鐘」是馬歇爾對輔導契約的妥協。明確短暫的時間限制，爲揭露自我畫下界線，也讓恩尼斯較有安全感。

「卡蘿？……壞東西…蛇髮女妖的頭……自私，瀕臨精神失常，惡毒的女人……齜牙咧嘴…邪惡的化身……我所見過最凶惡的女人……」

「你見過她嗎？」

「我是說從未照面的最凶惡的女人。我只透過賈斯丁認識她。但經過數百個小時，我算是瞭解她了。」

「你說他沒有用正確的方式是什麼意思？正確的方式是什麼？」

恩尼斯坐立不安。他看向窗外，避開馬歇爾的眼光。

「嗯，我可以告訴你錯誤的方式：就是從一個女人的床跳到另一個女人的床上。讓我想想看：如果我對賈斯丁有個願望，會是什麼呢？只要一次，就這麼一次，他可以做個有尊嚴的人。像個有尊嚴的人般離開卡蘿。他可以下定決心看清楚這是個錯誤的選擇，他在錯誤地度過他這唯一的一生，然後就這樣搬出來——面對他自己的孤獨，接受他自己，作爲一個人，一個成人，一個獨立的個體。他所做的一切都很可悲：脫去責任，沈進恍惚的狀態，與某個小妹妹陶醉在愛河，他說她是『天使下凡』，就算一段時間內行得通，他也不會有所成長，不會從中學到一點該死的教訓！

「就是這樣了，馬歇爾，這些東西可不光彩！我也不覺得驕傲！但如果你要原始的東西，就是這些。很多，很明顯，大多數我自己都可以看透！」恩尼斯嘆了口氣，筋疲力盡的向後靠，等待馬歇爾的回應。

「有人說治療的目的是要成爲自己的父母。我想輔導也很類似。目的是爲了成爲自己的輔導醫生。所以……我們來看看你怎麼看自己。」

向內審視之前，恩尼斯看了馬歇爾一眼，想著，成爲自己的父母和輔導醫生——他媽的，你眞行！

「最明顯的是我的情感深度。我的確是投入過深。還有瘋狂的憤怒與佔有慾——他怎麼敢沒問過我就下決定！」

「沒錯！」馬歇爾大力的點頭。「現在把憤怒、降低他對你的依賴，以及治療時數拼貼在一起。」

「我知道，顯然很矛盾。我要他打破對我的依賴，但他獨立時我又生氣。他對個人世界的堅持，甚至對我隱瞞這個女人，其實是健康的表徵。」

「不只是健康的表徵，」馬歇爾說：「也是你治療成效卓著的表徵。好得要命！當你治療依賴性的病人時，你的報酬就是病人的反抗，而不是順從。好好享受它吧！」

恩尼斯深受感動。他靜靜的坐著，忍住眼淚，感激地咀嚼馬歇爾的給予。當了這麼多年的治療者，他不習慣接受照料。

「你說賈斯丁應該要正確地離開老婆，你對這個說法有什麼看法？」馬歇爾繼續問。

「這是我的自大！只有一種方法：我的方法！這個感覺很強烈，甚至現在我都感覺得到。我對賈斯丁很失望。我希望他能更好。我知道聽起來像是個嚴苛的家長！」

「你的態度很強烈，極端到自己都不能相信。爲什麼這麼強烈，恩尼斯？壓力從何而來？你對自己的要求又如何？」

「但我的確相信！他從一個依賴跳到另一個，從魔鬼老婆媽媽換到天使媽媽。還有墜入愛河、『天使下凡』這檔子事——他沈浸在結合的喜悅，他說像是分裂不完全的阿米巴原蟲…只要能避免面對他自己的孤獨，什麼東西都好。就是這份對孤立的恐懼，把他留在這段致命的婚姻裡這麼多年。我得幫助他看清這一點。」

「但是這麼強烈？這麼嚴苛？理論上，我想你是對的。但哪個瀕臨離婚的病人能符合這種標準？你是在要求存在主義式的英雄。拿來寫小說不錯，但是回想看診這麼多年，我記不起有任何病人以如此高尚作風離開另一半。所以讓我再問你一次，這壓力從何而來？你自己的生活中的類似事件？我知道你太太幾年前在一次車禍中喪生。但我不清楚你生活中其他的女性關係。你再婚了嗎？曾經離過婚嗎？」

恩尼斯搖頭，馬歇爾繼續說：「如果我干涉太多，或是逾越了治療與輔導的界線，就請告訴我。」

「不，你的方向是對的。我沒有再婚。我太太露絲已經去世六年了。但說實話，我們的婚姻在很早以前就結束了。我們住在一起，但各過各的，只為了方便才待在一起。我對離開露絲有很多問題，即使我很早就知道——我們都知道——我們根本就不配。」

「那麼……」馬歇爾說「回頭看看賈斯丁和你的反移情……」

「顯然我有些事該做，我必須停止要求賈斯丁代我來完成那些事。」恩尼斯？頭看著馬歇爾的壁爐上裝飾華麗的鑲金時鐘，但想起那純粹只是裝飾品。他看了看手錶：「還剩五分鐘——讓我談談另一件事。」

「你提到關於書店讀書會，以及遇到一位以前的病人。」

「嗯，先談談別的。我對賈斯丁的佔有慾讓我自己很反感。他指責我試圖將他從愛情的喜悅中拉下來，他完全說對了，他很正確的看到事實。我沒有確認他的正確認知，這是種反治療。」

馬歇爾嚴肅的搖頭。「想想看，你原本可以說什麼？」

「我可以跟賈斯丁說實話，譬如我今天告訴你的。」希摩．塔特就會這麼做。但恩尼斯當然不會提到這一點。

「像是什麼？你指的是？」

「我不經意地產生佔有慾；我可能阻撓他擺脫治療，使他感到困惑，還有我可能允許了某些私事模糊了我的觀點。」

馬歇爾原本一直望著天花板，這時卻突然看著恩尼斯，期待能看見一點微笑。但恩尼斯全無一絲笑意。

「你這話是當眞的嗎，恩尼斯？」

「爲什麼不是？」

「你難道不明白，你已經算是過分投入？誰說治療重點是爲了對每件事開誠布公？唯一的重點是依病人的福祉採取行動。如果心理醫生拋棄結構性方針，決定自行其事，不管如何都要即興應變，永遠誠實；想像一下，治療會是一片混亂。想像一個無精打采的將軍開戰前夕在軍隊前露出苦惱狀。想像告訴一個病情嚴重的瀕臨精神病患者，不管她再努力，她還得繼續治療二十年，住院十五次，割腕或藥物濫用十幾次。想像告訴病人你累了，煩了，胃脹氣，餓了，聽夠了，或是手癢的想上籃球場。我每星期有三個中午去打籃球，之前一、兩個小時我滿腦子想的都是跳投或轉身運球上籃。難道要我告訴病人這些嗎？」

「當然不！」馬歇爾自問自答。「我把這些幻想隱藏起來。如果它們有所妨礙，我就分析自己的反移情，或用你現在正在做的好方法。我還可以補充一點：找個輔導醫生來一起處理。」

馬歇爾看了看他的錶。「抱歉說了這麼多。我們的時間快到了，其中一部分是因爲我談了道德委員會的事。下周我會說明擔任一個任期的細節。但現在，恩尼斯，用兩分鐘談談你在書店與從前病人的邂逅。我知道你本來想談這個。」

恩尼斯開始把筆記收回公事包。「並不是很戲劇化，但是情況卻頗有趣——在學會研究小組上可能會引發一陣討論。當天傍晚有一個迷人的女人對我非常有意思，而我有一會兒也與她調情。然後她說她曾經是我的病人；時間很短，十年前一個治療團體，在我實習的第一年，她說治療很成功，她過得非常好。」

「然後？」馬歇爾問。

「然後她邀我讀書會後在書店咖啡座跟她碰面。」

「那你怎麼做？」

「我當然婉拒了。告訴她我晚上有事。」

「嗯……我懂你的意思了。這的確是個有趣的情況。有些醫生，甚至精神分析師，也許會與她在咖啡店幽會。有些人可能會說，如果只是在團體中短暫的治療過她，那麼你實在太古板了。但是……」馬歇爾起身示意會面結束——「我贊同你的作法，恩尼斯。你做的對。我的作法也會完全一樣。」

5

還有四十五分鐘，恩尼斯的下一個病人才會到，他決定出去散散步。他與馬歇爾的會談讓他心神不寧，特別是馬歇爾邀請他，或幾乎是命令他參加醫療道德委員會。

馬歇爾等於是要他加入心理治療的警察部隊。如果他希望成為精神分析師，他就不能不理會馬歇爾。但為什麼馬歇爾這麼堅持？他應該知道這個角色並不適合恩尼斯。恩尼斯越是思索，就越感到不安。這不是什麼無心機的提議。馬歇爾顯然是在給他某種暗示。也許是「你自己看看那些不稱職心理醫生的下場。」

冷靜點，不要太小題大作，恩尼斯告訴自己。也許馬歇爾的動機是一片好意——也許加入委員會，能夠幫助日後進入精神分析學會。但恩尼斯還是不喜歡這個主意。他喜歡去瞭解人性，而不是懲罰。以前他只當過一次警察，那是希摩・塔特的案子。雖然他的作法無可指摘，但他決定從此之後絕不再當審判者。

恩尼斯看看手錶：還有十八分鐘，這個下午的四個病人中的第一個就會抵達。他在雜貨店買了兩個蘋果，然後趕回辦公室。簡單的蘋果與紅蘿蔔午餐，是他最新的減肥計畫，但是就像以往的一樣無效。晚餐他會吃下更多的食物。

簡單地說：恩尼斯是個貪食者。他吃得太多，光是把三頓飯的份量對調是不可能減肥的。馬歇爾的理論是（恩尼斯覺得是一番鬼話），恩尼斯在診療時過度關心病人，被病人吸光了能量，所以必須大吃特吃來補足空虛。馬歇爾不斷以輔導者的身分勸他少給一點，少說一些，限制自己每小時只分析三、四件事。

恩尼斯還在思索輔導會診上所說的話。「戰爭前夕，將軍還在部隊前憂心忡忡！」聽起來很好。馬歇爾的波士頓口音使什麼聽起來都很好。幾乎就像那兩個來心理科部門演講的英國精神分析醫生。恩尼斯很驚訝地發現自己與其他人都被他們說的每一個字所吸引，即使他們的演講內容了無新意。

所以，馬歇爾聽起來也很好。但他眞正說了什麼？恩尼斯應該隱藏自己，不顯露任何懷疑或不確定。至於將軍臨陣露出憂色——這是什麼比喻啊？他與賈斯丁跟戰爭有什麼關係？他是將軍嗎？賈斯丁是士兵嗎？眞是牽強附會！

這些想法都很危險。恩尼斯從來沒有讓自己對馬歇爾這麼苛責。他回到辦公室，開始閱讀他的筆記，爲下一個病人做準備。當恩尼斯準備看病人時，他不容許任何個人的思緒分神。關於馬歇爾的負面思想必須暫時擱置。恩尼斯在心理治療時的一個法則是，把百分之百的注意力放在病人身上。

5

有時候他的病人會抱怨，說他們對他的注意超過了他對他們，他只是個出租半小時的朋友；於是他總是會說明這個法則。他說當他在治療他們時，他是全然地關注他們。不錯，他們對他的注意當然比較多。因爲他有很多病人，而他們只有一個心理醫生。就像是一個老師有很多學生，或父母有很多小孩。恩尼斯時常很想告訴他的病人，他能夠體驗到他們的感受，但這種溝通正是馬歇爾非常嚴厲批評的。

「老天，恩尼斯，」他會說：「把一些東西留給你的朋友吧。你的病人是職業上的客戶，不是你的朋友。」但最近恩尼斯越來越質疑一個人在私人生活與職業上所扮演的不同面貌。

有沒有可能，一個心理醫生不管在任何場合都保持眞誠，一以貫之？恩尼斯想到最近他聽到的達賴喇嘛演講錄音，聽衆都是傳授佛教的老師。有一名聽衆詢問達賴關於佛教老師操勞過度的問題，以及建立上下班制度的可能性。達賴喇嘛嘻嘻笑道：「佛陀會下班嗎？耶穌會下班嗎？」

當天晚上他與老友保羅共進晚餐時，他又回到這些思緒上。保羅與恩尼斯從小學六年級就認識，他們的友情經歷了醫學院的洗禮，以及當駐院醫生時共住一棟小房子而越來越堅定。

過去幾年來，他們多半是以電話來聯繫，保羅生性喜愛獨處，住在山邊的二十畝林地中，從舊金山開車過去要三個小時。他們約好每隔幾月就會面一次。有時候他們在半路碰面，有時候輪流到對方住處。這個月輪到保羅前來，他們約好共進晚餐。保羅不會留下來過夜；他本來就有點古怪，現在年齡漸長，更是除了自己的床之外什麼地方都睡不著。就算恩尼斯說他有同性戀恐懼症，或取笑他在車上帶著最喜歡的被子與枕頭，他也毫不動搖。

保羅越來越追求內在，讓恩尼斯有點吃味；恩尼斯懷念他們早年的旅行。保羅雖然對心理治療非常在行——他曾經在蘇黎世的榮格學院當過一年的準研究生——但他喜愛田野生活，使他無法提供病人長期的心理治療。他賴以維生的主要手段，是在郡立心理診所擔任精神醫藥師。但是雕塑才是他眞正的熱愛。使用金屬與玻璃當成質材，他以圖象表現內心深處的心理與存在思維。恩尼斯最喜歡的一件是爲他而製的：一個大陶碗當中有一個小銅像，小銅像抱著一顆大石頭，從碗邊向外窺伺。保羅命名爲：薛西佛斯欣賞風景。

恩尼斯直接從辦公室來到約好的餐廳，穿著西服。保羅則穿著牛仔靴與格子襯衫，還有繩索式的領帶，與他的尖鬍鬚及厚眼鏡顯得很不相配。

恩尼斯點了一個大餐，保羅是素食者，不理會熱心建議的侍者，只點了沙拉與醃黃瓜。恩尼斯不浪費一點時間，立刻告訴保羅他的近況。他描述了在書店邂逅南・卡琳的經過，以及抱怨被三名他想認識的女性碰釘子。

「你還是這樣色，」保羅說，透過厚眼鏡凝視他，「聽聽你自己說的話：一個美麗女子主動接近你，但因爲你在二十年前與她在一起……」

「我沒有與她在一起，保羅，我是她的心理醫生。而且是十年前。」

「好吧，十年。因爲她在十年前曾經是你的治療團體中的一員，現在你就無法跟她約會？她也許非常性飢渴，而你只能提供你的陽具給她。」

「保羅，認眞點……」

「我是很認眞，」保羅繼續說：「你知不知道爲什麼你沒有性？因爲你舉棋不定。每次都有不同的理由。與瑪娜在一起時，你怕她會因爲愛上你而受傷害。與上個月那個什麼名字在一起時，你怕她會發覺你只對她的大奶子感興趣。與瑪西在一起時，你怕上了床之後就會破壞她的婚姻。歌詞不同，但旋律總是一樣：女人都很仰慕你，你的舉止高貴，於是你得不到性，而女人更爲仰慕你，於是她只好在床上使用按摩棒。」

「我無法說變就變。無法在白天強調責任，晚上就去亂搞一通。」

「亂搞一通？聽聽你自己！你不相信有許多女人就像我們一樣，只想要輕鬆的性接觸。你使自己陷入了假道學的性飢渴。你對所有女性都採取『心理治療』的責任，於是反而無法滿足她們眞正的需求。」

保羅的話很有道理。與馬歇爾這些年來所說的話有異曲同工之妙：不要奪走其他人的個人責任。不要想成爲所有人的依靠。如果你要幫助病人成長，就要讓他們成爲自己的父母。儘管保羅的論調有點憤世嫉俗，他的觀察很明確與有創意。

「保羅，我倒沒有看見你去滿足性飢渴的女性。」

「但你也沒看見我抱怨。我沒有被陽具牽著鼻子走。至少現在不會了——我也不懷念。年老不算太壞。我剛完成一篇關於『寧靜性腺』的詩歌。」

「噁心！寧靜性腺？我幾乎可以看見它成為你的墓誌銘。」

「說得好，恩尼斯。」保羅在紙餐巾上寫了幾個字，收進口袋裡。他最近開始為每件雕塑寫詩。「但我還沒有死，只是比較寧靜些。我可沒有到處亂跑，不敢接受送上門的禮物。那個在書店想要與心理醫生上床的女人？把她送到我那裡。我保證不會找藉口不上她。她可以放心，這個男人既開明，又很飢渴。」

「我想要介紹你認識愛琳，我從徵友啓事認識的女人，相當不錯，有沒有興趣？」

「只要她很容易滿足，不會在我屋子裡四處亂翻，而且晚上會回家過夜就好。」

恩尼斯笑了。「保羅，將來我們一定要處理這個問題。你越來越憤世嫉俗了。再過一年你就要搬到山洞裡了。」

「山洞有什麼不好？」

「沒什麼，只是有蟲，又濕又冷又黑，而且狹窄——他媽的，今晚談這個題目實在太龐大了，而且病人又不配合。」

侍者送上恩尼斯的大餐。恩尼斯吃了幾口食物後繼續說：「那麼請你嚴肅地與我談談關於賈斯丁的情況，以及馬歇爾所告訴我的方向。我實在有點不高興，保羅。一方

5

面，馬歇爾似乎知道他在說什麼——畢竟這行業還是有學問的。心理治療這門科學幾乎有一百年歷史了……」

「科學？你在開玩笑嗎？狗屎！也許像煉金術吧，可能還更糟！」

「好吧，心理治療這門藝術……」恩尼斯注意到保羅的皺眉，於是連忙改口，「喔，你知道我的意思——這門領域，這門活動——我的意思是，一百年來這行業有許多傑出人物。佛洛伊德不是什麼半調子知識份子，沒幾個人比得上他。還有那麼多精神分析醫生花了成千上萬小時聆聽病人。這就是馬歇爾的意思：如果忽略這麼多知識，只是照自己意思去做，那是最無知的自大。」

保羅搖著頭。「不要輕信這番鬼話：聆聽就能得到知識。別忘了還有其他錯誤的聆聽：例如強化誤導，刻意聽不見，一廂情願，與潛意識要病人告訴你想聽到的。你想不想做件有趣的調查？去圖書館找篇十九世紀寫的水療法文獻。我看過上千頁的文獻，有最準確的指示：如水溫，浸泡時間，噴水的力道，冷熱水的順序——每一種診斷都有不同的指示。非常令人印象深刻，非常量化，非常科學——但是與現實沒有絲毫關係！所以我並不怎麼相信『傳統』，你也應該如此。」

保羅繼續說：「我知道你在想什麼——無可救藥的憤世嫉俗，特別是對於專家如此。我有沒有告訴你，我的新年新希望？激怒世界上所有的專家！所謂的專家都是騙人的。眞相是，我們其實根本不知道自己在幹什麼。爲什麼不老實一點告訴病人，對病人有一點人道？」

「我有沒有告訴你，」保羅停不住口，「我在蘇黎世所接受的精神分析？我見過一位費佛醫生，一個老傢伙，他與榮格交往密切。談到所謂心理醫生的內心揭露！這傢伙會對我描述他的夢，特別是關於我或與我的心理治療有一點點關係的夢。你讀過榮格的《回憶、夢境、省思》嗎？」

恩尼斯點點頭。「讀過。一本怪書。也不誠實。」

「不誠實？怎麼不誠實？下個月再討論這個問題。但現在，你記得他提到關於受傷的醫療者嗎？」

「只有受過傷的醫療者才能眞正治療別人？」

「那隻老鳥還要更進一步。他說只有當病人爲心理醫生的傷口帶來最適合的膏藥時，理想的心理治療情況才會出現。」

「由病人治療心理醫生的傷口？」恩尼斯問。

「一點不錯！想想其中的含意！眞是叫人發狂！不管你對榮格有什麼想法，老天知道他不是笨蛋。雖然比不上佛洛伊德，但也很接近了。榮格許多早期的同事相信這個觀念，在心理治療上也對自己的問題下手。所以我的心理醫生不僅告訴我他的夢；在解析時也加上許多非常私人的材料，包括他對我的同性戀渴望。我差點當場就衝出他的辦公室。但後來我發現他對我的毛屁股不是眞的感興趣——因爲他忙著搞他的兩名女病人。」

5

「從老前輩那裡學來的。」恩尼斯說。

「毫無疑問。老榮格不會放過自己的女病人。那些早期的心理醫生都是掠食者，幾乎沒有一個例外。奧圖．蘭克搞上安娜．寧，榮格搞上莎賓娜．史畢靈與多妮．伍夫，還有恩斯特．瓊斯什麼人都搞，至少兩次因爲性醜聞而被趕出城。當然還有不停騷擾病人的法藍奇。唯一守規矩的似乎只有佛洛伊德本人。」

「也許因爲他忙著搞他的小姨子米娜。」

「我不認爲如此，」保羅回答：「那沒有眞正的證據。我想佛洛伊德是提早邁入了寧靜性腺的階段。」

「顯然你像我一樣反對搞女病人。那麼爲什麼剛才我提到在書店遇見老病人，你還藉機嘲笑我？」

「事情有眞正的責任，也有僞裝成責任的偏執。記得以前在醫院帶實習護士的時候，你總是挑最平凡的女孩子交往。記不記得那個『宜家宜室』的瑪蒂達？你就會挑她，而那些美麗又跟著你到處跑的護士，你避之唯恐不及。她叫什麼名字？」

「貝西。她看起來非常脆弱，而且她的男友是個警察。」

「這就是我的意思。脆弱，男友——恩尼斯，那是她的問題，不是你的。誰要你當世界第一名的心理醫生？但讓我繼續說費佛醫生的故事。有幾次他會與我互換座位。」

「換座位？」

「眞的換。有幾次治療到一半，他就會站起來與我換位子，開始談他的個人問題，或者提出一些很有力的反移情，當場開始分析。」

「那是榮格學派的武器之一？」

「可以算是。我聽說榮格與某個傢伙做過這種實驗。」

「有沒有文獻記載？」

「不確定。我知道法藍奇與榮格談過換座位。但我不確定是誰想出來的。」

「那麼你的心理醫生對你透露了什麼？給我一個例子。」

「我記得最清楚的是關於我的猶太人身分。雖然他個人不會反猶太，他父親是個納粹同情者，他感到很慚愧。他告訴我他會娶猶太女人爲妻，這是主要的原因。」

「這對你的精神分析有什麼影響？」

「看看我！還有誰比我更沒種族偏見？」

「的確。你再跟他多分析幾年，現在你已經住進山洞裡了！說眞的，保羅，到底有什麼影響？」

「你知道分析原因有多麼困難，但我覺得他的透露不會傷害治療過程。通常會有幫助。使我能信任他。記不記得我曾經看過幾個非常沈悶的心理醫生，只去過一次就沒有再回去？」

「我比你更能包容。奧莉維亞．史密斯是我的第一個心理醫生，我與她進行了約六百個小時的診療。她是心理醫生訓練師，我想她應該知道自己在做什麼，如果不成功，那應該是我的問題。眞是大錯特錯。我眞希望能要回那六百個小時。她沒有跟我分享任何東西。我們完全沒有眞誠的關係。」

「嗯，我可不希望讓你誤解了我與費佛醫生的關係。那種透露不見得代表眞誠。基本上他沒有與我產生聯繫。他的自我透露都是片斷的。他不會正眼看我，坐在約十呎遠，然後像個玩具盒子般打開來，告訴我他如何想要殺掉父親，搞上他姊姊。下一分鐘他就恢復了原來僵硬自大的態度。」

「我在乎的是實際關係上的眞誠與否，」恩尼斯說：「看看我與賈斯丁的會診情況。他一定知道我對他感到不快，我有點吃味。看看我讓他陷入的困境：首先，我說我的治療目標是增進他的人際關係。其次，我想與他建立眞實的關係。然後，他很正確地感受到了我們關係當中的一些問題。現在我問你，如果我否定了他的正確觀察，豈不是變成了反治療？」

「老天，恩尼斯，你不覺得你是在小題大作嗎？你知不知道今天我看了幾個病人？二十二個！而且我還提早離開。給這個傢伙一點百憂解，然後每隔兩個星期見他十五分鐘，你覺得還有比這更糟的嗎？」

「該死，別這樣說，保羅，我們已經談過這個問題了。這次就聽我的好嗎？」

「好吧，那麼就試試這個實驗吧：下一次診療時換座位，做一個完全誠實的傾訴者。

從明天就開始。你說你每個星期見他三次。你希望他能離開你自立，不要崇拜你，那麼就表現你的短絀。這樣會冒什麼險呢？」

「也許對賈斯丁不會很冒險，只是這麼多年了，他對技巧的改變會感到困惑。崇拜很難被打破。還可能會有反效果。賈斯丁可能因爲我的誠實而更崇拜我。」

「那又怎麼樣？你可以坦白告訴他。」

「你說得對。眞正的危險不是對於病人，而是對於我。我怎麼能採取馬歇爾大力反對的作法？而我對輔導醫生不能撒謊。難道我每個小時付他一百六十元來聽我撒謊？」

「也許你已經成熟了。以許你不需要再找馬歇爾了。他可能也會同意，你的學徒生涯已經結束了。」

「哈！在精神分析的領域中，我連入門都還不算。我需要接受完整的訓練，也許四到五年，上課與專人的輔導。」

「嗯，這樣你的餘生就都規劃好了。」保羅回答：「那就是正統教義派的一貫伎倆。讓年輕而危險的心智先接受幾年教義的洗腦。把最後一點創意都抹煞後，就依靠這位後生來維護神聖的法典。就是這樣，對不對？新生的任何挑戰都會被視爲反叛，是不是？」

「有點像這樣。馬歇爾顯然會把任何實驗都當成是我在治療上的反叛。」

保羅向侍者點了一杯咖啡。「心理醫生實驗自我揭露有很長一段歷史。我正開始讀法藍奇的治療日記。很有趣，佛洛伊德派的核心份子中，只有法藍奇才敢創造更有效的治療方法。老頭本人太注重理論，以及維護他的學派，所以不關心結果。而且我認爲他過於憤世嫉俗，對人類感到絕望，而不指望心理治療能帶來眞正的改變。佛洛伊德容忍法藍奇，在某方面可以算是愛他，就像愛其他人一樣——曾經帶著法藍奇一起旅行，在散步時爲他做精神分析。但是每當法藍奇的實驗過於創新，可能會爲精神分析帶來壞名聲時，佛洛伊德就會嚴厲地指責。」

「但是這樣對法藍奇公平嗎？他與病人上床嗎？」

「我不確定。有可能。但我相信他與你有相同的目標：使治療過程更人性化。你可以讀讀那本書。我覺得裡面所謂的『雙向』或『共同』分析很有趣：他分析病人一小時，然後換病人分析他一小時。我會借這本書給你——只要你先還我其他的十四本書。加上過期的罰款。」

「謝了，保羅，我已經有那本書了。正在排隊等待我閱讀。但是你竟然願意出借……眞是讓我感激涕零。」

二十年來，保羅與恩尼斯都會相互介紹書本，多半是小說，也有非小說。保羅很熟悉當代小說，尤其是被紐約書市所忽略的佳作，而恩尼斯則會發掘出被遺忘的大師傑作。保羅不喜歡借書。他喜歡觀賞家中書架上排列的書籍，重溫每本的樂趣。恩尼斯也不喜歡借書。他讀書時喜歡畫線或加註。保羅尋找有詩意的字眼，而恩尼斯尋找理念。

當晚回家後，恩尼斯花了一個小時翻閱法藍奇的日記。他也開始思索希摩・塔特所

說的誠實治療法。希摩說我們一定要讓病人瞭解，我們會吃自己煮出來的菜，越是開誠布公，我們就越眞實，病人也會起而效法。儘管塔特晚年失節，恩尼斯仍然認爲他的話具有智慧。

試試看塔特的建議會怎麼樣呢？完全對病人坦誠相告？就在那一天晚上，恩尼斯做出大膽的決定：他將要實驗一種極端的平等治療方式。他將要徹底揭露他自己，只有一個目標：與病人建立眞實的關係，並且假設這個關係本身就可以帶來治療。不重建過去歷史，不分析以前的回憶，不探討性心理的發展。他將把注意力完全放在自己與病人之間。而且他要立刻進行這個實驗。

但要實驗哪個病人呢？不能用在目前的病人身上；這種轉變會過於怪異。最好是用在一個全新的病人身上。

他拿起預約登記簿，查閱翌日的活動。上午十點有一位新病人要來，名叫卡蘿琳·利弗曼。他對她的背景一無所知，只知道她是聽他演講後，自己找上門來的。「好，不管妳是什麼人，卡蘿琳，妳將要接受一種非常特別的治療。」他說，然後關了燈。

6

上午九點四十五分，卡蘿來到恩尼斯的辦公室，照著電話的指示，她自行進入候診室中。恩尼斯就像大多數心理醫生，沒有雇用接待小姐。卡蘿故意早到幾分鐘，讓自己能平靜下來，同時溫習自己捏造的心理治療歷史，更進入她所要扮演的角色。她坐上賈斯丁慣常坐的沙發中。不到兩小時之前，賈斯丁才坐在同樣的位置上。

她給自己倒了咖啡，慢慢啜飲，然後深呼吸幾口氣，觀察恩尼斯的候診室。就是在這裡，她心裡想，眼睛環顧四周；就是在這個房間中，這個可惡的男人與我丈夫花那麼多時間計畫對付我。

她瞄著家具。眞是低俗！褪色的扶手椅，業餘的舊金山風景照片，老天，別讓我看到他的家庭照片，卡蘿想。庫克醫生辦公室的回憶讓她打起哆嗦，躺在地毯上，望著牆上的風景照片，她的醫生用手抱著她的臀部，發出悶哼，努力衝刺進入她體內，以滿足他堅持說她需要的性肯定。

她花了一個多小時著裝。想要看起來很感性，但是又顯露出需求與無助，她從絲罩衫換成襯衫，然後是喀什米爾毛衣。最後她決定穿黑短裙，還有黑色緊身上裝，加上簡單的金鍊子。裡面是全新的花邊胸罩，有很厚的襯墊與支撐，特別爲這個場合購買的。這是她在書店觀察恩尼斯與南的應對所發現的。只有一個瞎子才看不出來恩尼斯對乳房的興趣。那個流口水的怪胎——他差點就要一頭栽進去吸吮起來了。更糟糕的是，他是如此自我中心，大概從來沒有想到女人會注意到他的垂涎。恩尼斯不很高，大約跟賈斯丁一樣，所以她穿了平底鞋。她本來想穿黑色有圖案的絲襪，但是決定時候還沒到。

恩尼斯走進候診室，伸出手。「卡蘿琳．利弗曼？我是恩尼斯．拉許。」

「你好嗎，醫生？」卡蘿說，與他握手。

「請進來，卡蘿琳。」恩尼斯說，請她坐上他對面的扶手椅。「我們在加州，所以我與病人都直稱名字。叫我『恩尼斯』，我叫妳『卡蘿琳』，這樣可以嗎？」

「我會盡力去習慣的，醫生，也許要花一點時間。」她迅速環顧四周。兩張廉價的皮扶手椅以九十度角排列，讓病人與醫生必須稍稍轉頭才能正視對方。地板上有一張舊地毯。靠著牆是不可缺少的躺椅——很好！牆上掛著幾張證書。字紙簍已經裝滿了，有些沾了油污的衛生紙，可能是從漢堡店來的。書桌上堆滿了書籍文件與一個電腦螢幕。看不出任何美感。也沒有任何女性的味道。很好！

她的椅子感覺很僵硬，不舒適。她不想把全部重量都坐上去，用手臂撐著自己。這是賈斯丁的椅子。不知道有多少小時——她付錢的小時——賈斯丁坐在這張椅子裡出賣她?她想到這兩個混蛋在一起算計她，就不由得咬牙切齒起來。

她以最優雅的聲音說：「謝謝你這麼快就見我。我覺得我快要絕望了。」

「妳在電話裡聽起來很緊急。讓我們從頭開始。」恩尼斯說，拿出他的筆記本。「告訴我一切我需要知道的。從我們先前的談話，我只知道妳丈夫得了癌症，妳在書店聽我演講後才打電話給我。」

「是的。然後我讀了你的書，非常折服，在許多方面：你的同情心，你的細心，你的智慧。以往我對心理治療或所見過的心理醫生都不屑一顧，除了你之外。當我聽你演講時，我很強烈感覺到，也許只有你能幫助我。」

喔，老天，恩尼斯想，這個病人要來接受開誠布公式的治療，接受毫不妥協的誠實關係，但是我們的頭一分鐘就是最虛偽的開始。只有他最清楚自己當晚在書店的內心掙扎。但是他能告訴卡蘿琳嗎?當然不能說實話!說他在老二與頭腦猶疑不決，他對南的慾望以及他對演講與聽眾的關切來回擺盪。不!紀律!紀律!就在此時此地，恩尼斯發展出一套關於他的開誠布公治療法的原則。第一原則：只有當內容對病人有幫助時，才能揭露自己內心。

於是恩尼斯誠實而謹慎地回答：「對於妳的話，我有幾種不同的反應，卡蘿琳。我很自然會對妳的恭維感到高興。但我也感到不太自在，因為妳覺得只有我能幫助妳。我是一位作家，公眾通常會過於高估我的智慧與心理治療上的經驗。」

「卡蘿琳，」他繼續說：「我會這樣說是因爲，如果我們的治療不順利，不管是什麼原因，我要妳知道在這裡有很多其他稱職的心理醫生。但是我也要補充一句：我會盡力來達成妳的期望。」

恩尼斯感到一股自豪。不壞，眞不壞。

卡蘿琳秀出欣賞的微笑。沒有比這更糟糕的，她想，然後裝出迎合的謙恭表情。自大的混蛋！如果他在每一句話都要先說「卡蘿琳」，我就要吐了。

「所以，卡蘿琳，讓我們開始吧。先說說關於妳的基本背景：年齡，家庭，生活與工作狀況。」

卡蘿決定要在謊言與實話之間遊走。爲了避免自己打自己嘴巴，她對自己的生活將盡量說實話，只在必要時才會扭曲事實，以免恩尼斯發現她是賈斯丁的妻子。她選擇這個名字，就是希望不要給自己找來麻煩。她一點也不怕說謊。她瞄瞄躺椅，不需要花很多時間，她想，也許只要兩、三個小時。

她對毫無懷疑的恩尼斯說出演練過的故事。她很小心地策劃，在家裡新接了一條電話線，恩尼斯就不會發現她的號碼與賈斯丁一樣。她付現金，以免還要開支票。她也想好了她的生平故事，盡量接近眞實，但不至於讓恩尼斯起疑。她告訴恩尼斯，她三十五歲，律師，有個八歲大的女兒，與一個男人一起過了九年不快樂的婚姻，幾個月前，她丈夫接受攝護腺癌的手術。後來癌症復發，他必須接受賀爾蒙與放射性治療，還必須割除睪丸。她本來想說這麼一來使他成爲性無能，無法滿足她的渴望。但現在說似乎太早了。不急。一切都有適當時機。

於是，她決定在這第一次診療把焦點放在她受困的絕望感上。她告訴恩尼斯，她的婚姻一直不美滿，當他丈夫被診斷出癌症之前，她曾經認眞考慮要分居。一旦診斷出來後，她丈夫就陷入嚴重的沮喪中。他非常恐懼會一個人孤伶伶死亡，讓她無法提出離婚的要求。幾個月後，癌症復發。病情很不樂觀。她丈夫求她不要讓他孤獨地死。她同意了。於是現在她被困住了。幾個月前，他堅持他們從中西部遷移到舊金山，靠近加州大學癌症治療中心。她離開了所有在芝加哥的朋友，放棄了她的法律事業，搬到舊金山。

恩尼斯仔細聆聽。他很驚訝她的故事與幾年前一個寡婦非常類似，那是一個小學教師，正準備向丈夫提出離婚的要求時，丈夫得了攝護腺癌。她答應絕不讓他孤獨赴死。但可怕的是，他花了九年才死！九年時間看著他癌症逐漸蔓延全身。眞是可怕！他死後，她充滿憤怒與悔恨。她爲了一個並不愛的男人拋棄了最美好的一段生命。卡蘿琳是否也會步上後塵？恩尼斯感到非常同情。

他試著將心比心，但感覺到自己的不情願。就像是要跳入冰冷的泳池。眞是一個惡劣的陷阱！

「請告訴我，這對妳有什麼影響。」

卡蘿列舉出她的症狀：失眠、焦慮、孤獨、哭泣、對生命感到無望。她沒有人可以傾訴。她丈夫當然不行——過去就從來沒有，現在他們之間則存在著鴻溝。只有一樣東西能幫助她——大麻，而自從她搬到舊金山後，每天都要抽兩、三管。她長嘆一口氣，陷入沈默中。

恩尼斯觀察卡蘿琳。她是個很有吸引力，很悲傷的女人，薄薄的嘴唇在嘴角彎曲，形成一個苦笑；大而淚汪汪的深色眼睛；黑色的短髮；長而優雅的脖子；緊身的上衣襯托出堅挺的胸部；當她慢慢交叉修長的雙腿時，黑色短裙中的黑色內褲隱約可見。在平常的社交場合，恩尼斯會目不轉睛地欣賞這個女人，但今天他對她的性吸引力視而不見。他在醫學院就學得了一種本領，面對病人時能夠一舉關掉所有的肉體反應，甚至包括對性的興趣。他可以整個下午在婦產科做腹腔檢查，而沒有一絲性的念頭，然後晚上又去追求護士，弄得手忙腳亂。

他能為卡蘿琳做什麼？他思索著。這是心理治療能解決的問題嗎？也許她只是個無辜的受害者，時運不佳而已。毫無疑問，在更早的年代，她會去找她的神父來談這些問題。

也許他就是應該提供神父式的諮詢。教會兩千年來的經驗當然可供參考。恩尼斯對於教士的訓練一直很好奇。他們在提供諮詢上究竟有多好？他們怎麼學到這些技巧？有諮詢的課程嗎？有告解室的課程？恩尼斯曾經到圖書館查過關於天主教告解的研究文獻。結果什麼都沒找到。有一次他前往修道院，發現他們的課程沒有任何心理學的訓練。還有一次他在中國上海市參觀一座廢棄的教堂，他溜進了告解室，在神父的位子上坐了半個小時，口中不停唸著：「你已經被原諒了，孩子，你已經被原諒了！」他出來時心中充滿羨慕。這些修士在對抗人們的沮喪所擁有的武器眞是有效；相較之下，他的心理解析與世俗的享樂都很不堪一擊。

他的病人中曾經有一位寡婦受他幫助而度過喪夫之痛，她說他的角色是一位具有同情心的旁觀者。恩尼斯想，也許他能爲卡蘿琳提供的，就是具有同情心的旁觀。

但也許不是如此！也許還有別的途徑可循。

恩尼斯在心中列出可以探索的範圍。首先，在她丈夫得癌症前，爲什麼關係就如此惡劣？爲什麼要與一個妳不愛的人在一起十年之久？恩尼斯想到他自己沒有愛情的婚姻，要是露絲沒有出車禍身亡，他能夠主動離開嗎？也許不能。但是，如果卡蘿琳的婚姻這麼糟糕，爲什麼沒有嘗試婚姻治療？她對於自己的婚姻評估可信嗎？也許這段關係還可以拯救。爲什麼要搬到舊金山治療癌症？很多人來這裡治療一段時間，然後就可以回家。爲什麼要這麼委屈地放棄她的事業與朋友？

「妳感覺受困很長一段時間了，卡蘿琳，先是在婚姻上，現在是婚姻與道德上，」恩尼斯很大膽地說：「或者是婚姻與道德的衝突。」

卡蘿點頭假裝同意。喔，演得眞棒，她想，我是否應該謝個幕？

「我希望妳能告訴我關於妳的一切，妳認為有助於我們瞭解妳的困境。」我們，卡蘿想，嗯，有趣，他們真是狡猾，不著痕跡地設下陷阱，才開始十五分鐘，就已經是「我們」了；好像「我們」已經同意，瞭解困境就是解答。他想要知道一切，一切。急什麼？一個小時一百五十元的價碼？而且是一百五十元的淨利——不需要成本，不需要辦事員，不需要會議室，不需要法律參考書，不需要助理人員，甚至連秘書都不需要。

卡蘿把注意力轉回到恩尼斯身上，開始敘述她的生平故事。安全地保留事實，不超出界線。賈斯丁當然過於自我中心，不會說太多關於他老婆的生命細節，她想。謊言越少，她的故事就越令人信服。所以除了法學院的名字改變，她只告訴恩尼斯關於她早年生活的事實，關於一個悲苦的母親，在小學當老師，被先生拋棄後一直沒有復原。

對於她父親的回憶呢？在她八歲時就離開了。根據她母親所說的，他在三十九歲愛上一個女嬉皮，於是拋棄一切，追隨熱門搖滾樂團，後來在舊金山的嬉皮社區待了十五年。頭幾年他會寄給她生日卡，後來就什麼都沒有了。直到她母親的喪禮，他又突然出現，穿著還是像個嬉皮，並且宣稱他的妻子是這些年來阻礙他當父親的唯一原因。卡蘿非常需要一個父親，但是卻開始感到懷疑，因為他在喪禮中對她耳語，要她把對於母親的憤怒都發洩出來。

翌日她對於父親的任何幻想都完全破滅，看到他抓著有頭蝨的頭髮，吸著惡臭難聞的自捲菸，向她提出一個生意構想：要她把她所繼承的一點點遺產投資到舊金山的一家嬉皮商店。她拒絕後，他又堅持說她母親的屋子「應該」屬於他——因爲他在二十五年前付了房子的訂金。她很自然地建議他離開（她沒有告訴恩尼斯，她使用的字眼是：滾吧，你這個變態！）。幸好後來她再也沒有他的消息。

「所以妳同時失去了父親與母親？」

卡蘿勇敢地點點頭。

「兄弟姊妹呢？」

「一個哥哥，大三歲。」

「叫什麼名字？」

「傑布。」

「他在哪裡？」

「紐約或紐澤西，我不確定。反正在東岸。」

「他沒有與妳聯絡？」

「他最好不要！」

卡蘿的回答尖銳憤怒，恩尼斯不由自主縮了一下。

「爲什麼『最好不要』？」他問。

「傑布在十九歲時結婚，二十一歲時加入海軍，三十一歲時性侵犯了他的兩個女兒。

審判時我也在場：他只被判處三年徒刑，被軍隊開除。現在有法律命令限制他不得接近芝加哥一千哩範圍之內，因爲他女兒住在那裡。」

「讓我們算算，」恩尼斯看著筆記本，「他比妳大三歲……當時妳是二十八歲……所以這發生在十年前。自從他坐牢後，妳就沒有再見過他？」

「三年的刑期太短了。我給他更長的刑期。」

「多長？」

「無期徒刑！」

恩尼斯感到一陣寒戰。「那是很長的刑期。」

「他罪可處死！」

「那麼在他犯罪之前呢？你對他很憤怒嗎？」

「他的女兒被侵犯時只有八歲與十歲大。」

「不，我是說在他侵犯女兒之前，你對他的憤怒。」

「他的女兒被侵犯時只有八歲與十歲大。」卡蘿咬牙切齒地重複。

哇！恩尼斯踏上了一枚地雷。他知道他是在進行很冒險的診療——他永遠無法告訴馬歇爾。他能猜想到可能的批評：「你在幹什麼？還沒有建立完整的歷史，就追問她哥哥？你甚至還沒有詢問她的婚姻，這是她來求診的主要原因。」他好像可以聽到馬歇爾的聲音：「當然她哥哥大有文章。但是，老天爺，你不能等一下嗎？暫時擱置；等時機

6

適合再回來。你又控制不住自己了。」

但是恩尼斯知道他必須忘掉馬歇爾。他決定要對卡蘿琳徹底開誠布公，這需要他能自發地應變，當他感覺到了就要分享。沒有策略，不暫時擱置！今天的目標是「成爲你自己，付出你自己。」

況且，恩尼斯對卡蘿琳突然爆發的憤怒感到著迷——如此私密，如此眞實。稍早他感覺難以接觸到她內心：她看來如此漠然，理所當然。現在出現了來電的東西：她又活了過來；她的臉部表情與言語終於能夠配合。爲了接觸這個女人內心，他必須讓她繼續眞實。他決定相信自己的直覺，跟隨情緒的方向。

「妳很生氣，卡蘿琳，不僅是對傑布，也是對我。」

你這個混蛋，終於說對了一件事情，卡蘿琳想，老天，你比我想像得還要糟糕。難道你從來沒想過，你與賈斯丁是怎麼對待我。你甚至懶得去想一個八歲女兒被父親侵犯！

「對不起，卡蘿琳，我必須碰觸這麼敏感的區域。也許時機還太早。但讓我對你坦白。我所要探討的是：如果傑布對自己女兒都這麼野蠻，他對自己的妹妹又做了什麼呢？」

「你的意思是……？」卡蘿低下頭；她突然感到暈眩。

「妳還好嗎？要不要喝點水？」

卡蘿搖搖頭，很快恢復鎮定。「對不起，我突然感到頭昏。不知道爲什麼。」

「妳想是爲什麼？」

「不知道。」

「不要失去這種感覺，卡蘿琳，再保持幾分鐘。我問起傑布與妳才使妳頭昏。我是在想像當妳十歲大，而有那樣一個哥哥的生活狀況。」

「我出席過幾次兒童性侵犯訴訟案件。那是我所見過最慘不忍睹的過程。不僅是可怕的回憶被喚回，家庭破碎，以及關於假回憶的爭議——對所有人都很殘忍。我想我很害怕自己會經歷這些，而你可能會引導我朝這個方向。如果你是打算如此，那麼我現在就可以告訴你，我沒有任何關於傑布的創痛回憶：我只記得典型的兄妹之爭。但我也沒有很多童年的回憶。」

「不，對不起，卡蘿琳，我說的不夠清楚。我所想的不是什麼重大的童年創傷。完全不是。不過我同意妳的想法，當今很流行這種思考方式。我所想的是比較不戲劇化，比較隱約，比較持續的影響。這樣一個惡劣的哥哥對妳的成長過程到底有什麼影響？」

「是的，我明白其中的差異。」

恩尼斯瞄了瞄時鐘。該死，他想，只剩下七分鐘。還有這麼多事情沒問！我必須開始詢問她的婚姻了。

雖然恩尼斯看鐘的動作很小，還是被卡蘿抓到了。她的第一個反應是難以置信。她

6

感覺受到傷害。但這種感覺很快就過去，然後她想，看看這個人——狡猾貪心的混蛋——在計算他還有多少時間就可以趕我走，然後準備開始計算下一筆一百五十元。

恩尼斯的鐘藏在病人看不到的書架裡。相反的，馬歇爾把鐘放在他與病人之間的桌上，明顯可見。「只是誠實的作法，」馬歇爾說：「大家都知道病人付錢買我五十分鐘的時間，所以爲什麼要藏起時鐘呢？藏起鐘來，會誤導病人認爲你與他之間是私人的關係，而不是職業的關係。」典型的馬歇爾思維：無可駁斥的穩當。不管如何，恩尼斯還是藏起他的鐘。

恩尼斯想要把剩下的幾分鐘放在卡蘿琳的丈夫身上。「我瞭解妳生命中所有重要的男人，都讓妳感到非常失望，我知道『失望』這個字眼也很不足：妳的父親，哥哥，當然還有妳的丈夫。但我對妳丈夫還不很清楚。」

卡蘿不理會恩尼斯的暗示。她有自己的打算。

「我們談了我生命中讓我失望的男人，我也應該提出一個很重要的例外。當我就讀大學時，心理狀態很糟糕：沮喪，沈溺，感覺無能，醜陋。然後還被高中男友甩了。我眞的陷入最低潮，酗酒，吸毒，想要休學，甚至自殺。然後我見了一位心理醫生，勞夫·庫克醫生，他拯救了我。他非常仁慈溫和。」

「妳看他多久？」

「他治療我約一年半。」

「還有呢，卡蘿琳？」

「我有點不情願談起這個。我眞的很看重這個人，不希望你誤解。」卡蘿抽出一張衛生紙，擦拭一顆眼淚。

「請說下去。」

「嗯……我對於談論這個感到很不字在……我怕你會評斷他。我不應該說出他的名字。我知道心理治療是要保密的。但是……但是……」

「妳有問題要問我嗎，卡蘿琳？」恩尼斯不想浪費時間，他要她知道，他是個心理醫生，有任何問題都可以問他。

該死！卡蘿想，在椅子裡煩躁地扭動，卡蘿琳，卡蘿琳，卡蘿琳，每句該死的句子前都要加上「卡蘿琳」！

她繼續說：「問題……是的。不只一個問題。首先，我們的治療是保密的嗎？不會讓任何外人知道？其次，你會不會評斷他？」

「保密？絕對保密。妳可以相信我。」

相信你？卡蘿想。噁心，就像我可以相信勞夫・庫克一樣。

「至於評斷，我在此的任務是去瞭解，而不是去評斷。我會盡一切力量保持開明。我會回答妳任何問題。」恩尼斯說，把他的開誠布公原則深深植入第一次的會診中。

「好，我就說出來。庫克醫生成爲我的愛人。我與他進行幾次診療後，他開始擁抱我來安慰我，然後就發生了——在他辦公室的地毯上。那是發生在我身上最好的一件事。我不知道要如何說，只能說那拯救了我的生命。每個星期我都見他，每個星期我們都做愛，一切痛苦與悲傷都消失了。最後他認爲我不再需要治療，但我們還是繼續當了一年情人。他幫助我從大學畢業，進入最好的法學院。」

「妳進入法學院後就結束關係？」

「大致如此。但有幾次我需要他，就會回去找他。他總是會在那裡，給予我所需要的慰藉。」

「他仍然在妳的生命中？」

「他死了。很年輕就死了，大概是我從法學院畢業後第三年。我想我還是一直在尋找他。後來不久我認識了我的丈夫偉恩，決定嫁給他。那是個倉促的決定。很糟糕。也許我過於需要勞夫，於是想像從我丈夫身上看見他。」

卡蘿又把盒中的衛生紙都抽光。現在她不需要擠出眼淚；眼淚自動流了出來。恩尼斯打開另一盒衛生紙，抽出來交給卡蘿。卡蘿很訝異自己的眼淚：自己生命悲劇的浪漫席捲了她，虛構的故事變成眞實的。被這樣一個慈祥傑出的人所愛，是多麼神聖的一件事；而再也看不到他，又是多麼可怕，難以忍受的一件事，卡蘿哭得更大聲，她永遠失去他了！卡蘿終於停止哭泣，把衛生紙盒推開，抬頭期望地注視恩尼斯。

「現在我說了。你沒有在評斷他吧？你說你會告訴我實話。」

恩尼斯處於兩難。實話是他完全不苟同這個已故的庫克醫生。他考慮他的選擇，提醒自己：徹底開誠布公。但他又有點猶疑。對這件事徹底開誠布公，對病人沒有什麼好處。

他與希摩．塔特醫生的會面是他首次碰觸到心理醫生性侵害的課題。接下來八年，他有幾個病人曾經與前任心理醫生發生性關係，結果病人都非常悲慘。儘管希摩在照片中快活地舉手指向天際，誰知道貝拉後來如何？她從審判中得到一筆錢，還有什麼呢？希摩的病情越來越惡化。也許再過一兩年，她就要成爲他終生的女僕。不，沒有人能說長期下來，這個結果對貝拉是好的。他也沒聽過任何其他病人這麼說。但是今天，卡蘿琳卻說她與心理醫生之間的性關係拯救了她。恩尼斯實在感到很吃驚。

他很想要否定卡蘿琳的說法：也許她對這位庫克醫生的移情過於強烈，以致於她看不見眞相。畢竟，卡蘿琳顯然沒有被拯救。看看現在，十五年後，她仍然在爲他啜泣。還有，由於她與庫克醫生的遭遇，使她選擇了一個不適宜的婚姻，影響一直至今。

小心點，恩尼斯警告自己，別抱持成見。如果這樣自以爲是，這樣高道德標準，你就會失去病人。保持開放；試著進入卡蘿琳的世界。更重要的是，現在還不要批評庫克醫生。馬歇爾讓他知道這個道理。大多數病人對於以前犯下罪行的心理醫生都有一種情感上的依賴，需要時間才能處理掉這份感情。被性侵犯的病人時常必須換過好幾位新的心理醫生，才能找到一位能夠配合的。

6

「所以你的父親與兄弟與丈夫後來都拋棄或背叛或困住妳。妳眞正關心的男人卻已經死了。死亡有時候也像是拋棄。」恩尼斯對自己感到厭惡，這種心理學的廢話，但在這種情況下，這是他所能提供的最好說法。

「我不認爲庫克醫生很樂意死掉。」

卡蘿立刻後悔自己這麼說。不要說蠢話！她責備自己。妳想要誘惑這個傢伙，勾引他，所以妳幹什麼為這位偉大的庫克醫生辯護？他根本是妳捏造出來的人物！

「對不起，拉許醫生……我是說，恩尼斯。我知道你用意不是如此。我想我很懷念勞夫。我只是感到很孤獨。」

「我知道，卡蘿琳。所以人才需要親近。」

恩尼斯注意到卡蘿琳睜大眼睛。小心，他警告自己，她會把這句話當成勾引。他以較正式的聲音繼續說：「那正是爲什麼心理醫生與病人必須嚴密檢視他們之間的關係——例如，幾分鐘前妳對我感到惱怒。」很好，好多了，他想。

「你說你會與我分享你的思維。我猜我好奇你是在評斷他或我。」

「妳有問題要問我嗎，卡蘿琳？」恩尼斯在拖延時間。

老天爺！難道你要我一個字一個字拼出來？卡蘿想，「你是不是在評斷？你的感覺如何？」

「妳是說對於勞夫嗎？」還是再拖延。

卡蘿悶聲點點頭。

恩尼斯不管那麼多了，說出了實話。至少大部分的實話。「我承認我對於妳所說的感到有點不知所措。我想我是有評斷他。但我還在努力調整——我不想要封閉自己的看法；我要對於妳的經驗保持完全的開明。

「讓我告訴妳，爲何我感到不知所措，」恩尼斯繼續說：「妳說他對妳非常有幫助，我相信妳。否則妳爲什麼要花這麼多錢來這裡，卻告訴我謊言？所以我不懷疑妳的話。但是我必須要面對我自己的經驗，加上許多專業文獻與職業上的共識，使我不得不產生不同的結論：也就是說，病人與醫生之間的性關係對於病人是有害無益的，最後對於醫生也是如此。」

卡蘿料到了他會這樣回答，已經準備好答辯。「你要知道，拉許醫生……對不起，恩尼斯，我會試著習慣這個稱呼；我不習慣直呼心理醫生的名字。他們通常需要躲在頭銜後面，不像你這樣謙虛。我想說的是……對了，當我決定要來看你之後，我去過圖書館，查閱了你所發表的文獻——這是我的工作習慣：調查將在法庭作證的醫生資料。」

「結果呢？」

「結果我發現你受過自然科學的訓練，發表過一些關於精神醫藥研究的報告。」

「所以呢？」

「嗯，你會不會在這裡忘掉了你的科學訓練？拿你用來評斷勞夫的資料來說，看看你的證據——完全非控制下的樣本。請老實說，這種證據能通過任何科學的檢驗嗎？你的樣本病人與醫生發生性關係後當然都感到受了傷害——那是因為只有他們來求助。其他像我一樣感到滿意的病人不會來找你。你不知道有多少人是這樣子。換句話說，你只知道來找你的病人數目。但是你對總人數沒有一點概念，不知道究竟有多少人與醫生發生關係，或多少人得到幫助，或對這種事感覺無關緊要。」

真令人印象深刻，恩尼斯想，能看到她的職業面貌是很有趣的；我可不希望與這個女人對簿公堂。

「你明白我的意思嗎，恩尼斯？我可不可能說得對？請老實告訴我，你有沒有遇見過不被這種性關係傷害的病人？」

他想到了希摩的病人貝拉。貝拉是否能被歸入得到幫助的一類？希摩與貝拉的褪色照片越過他的腦海。那對悲傷的眼睛。但也許她這樣比較好。誰知道，也許他們兩個都比較好？或暫時比較好。不，誰能確定呢？好幾年來恩尼斯一直猜想他們什麼時候決定一起隱居的？他們是不是很早就這樣計畫？也許從一開始？

不，這些思想不能分享。丹尼斯把希摩與貝拉從腦中趕走，對卡蘿輕輕搖著頭，「沒有，卡蘿，我沒見過不受到傷害的病人，不過妳所提到的客觀值得採納，可以讓我不帶成見。」丹尼斯看了他的手錶，「我們已經超過時間了。但我仍然需要問妳幾個問題。」

「好的。」卡蘿暗中高興。又是一個很好的徵兆，首先他要我問他問題。沒有一個專業的心理醫生會這麼做。他甚至表示願意回答關於他的個人問題——下次我要試試看。現在他又違反規定超過時間。

她讀過心理治療學會對於心理醫生的指導方針。關於如何避免性侵犯的指控：堅持所有的規定，不要直呼病人名字，準時開始與結束診療。她所讀過的每一個心理治療不當的案子，都是從延長診療時間開始。哈，她想，東違反一點，西違反一點，誰曉得再過幾次我們會怎麼樣？

「首先我要知道，妳在今天診療時體驗到的不愉快感覺，當我們談到傑德時的情緒反應，妳是否會帶回家？」

「不是傑德，而是傑布。」

「對不起，傑布。當我們談到他時，妳好像快昏倒了。」

「我還有點暈眩，但不是難過。我想你觸及到了很重要的東西。」

「好。其次，我要瞭解我們之間的空間。妳今天很努力，冒了一些危險，透露了關於妳很重要的部分。妳很信任我，我也很感激妳的信任。妳覺得我們可以一起合作嗎？妳對我的感覺如何？對我透露這麼多，是什麼滋味？」

「我覺得與你配合很愉快。眞的很好，恩尼斯。你很有親和力；使人容易對你傾訴，你很能夠專注在受到創傷的部位，連我自己都不知道的部位。我感覺你的臂膀很強壯有

6

力。這是你的費用。」她拿出三張五十圓的鈔票。「我正在換銀行，付現金會比較方便。」

有力的臂膀，恩尼斯送她出去時想，真是很奇怪的表達。

卡蘿在門口轉過身，濕著眼睛說：「謝謝你，你眞是天賜的！」

然後她傾身向前，給有點吃驚的恩尼斯一個輕擁，然後走出去。

卡蘿走下樓梯時，一股悲傷籠罩住她。很久以前的畫面不請自來，出現在她腦中：她與傑布在打枕頭仗；在她父母的床上跳躍；她父親拿著她的書陪她走路上學；她母親的棺材慢慢被放入土地中；阿洛孩子氣的臉對她傻笑，從她高中的書櫃中幫她拿出書來；她父親悲哀地重新出現；庫克醫生辦公室的那張地毯。她擦拭眼睛，把這些畫面都擠掉。然後她想到賈斯丁，也許在這一刻正與他的新女人手挽手逛街。也許就在這附近。她眺望街道，沒有賈斯丁的蹤影。但是一個年輕英俊的金髮男子，穿著粉紅色襯衫與白色外套，正三步併做兩步慢跑上樓梯。也許是拉許的下一個傻瓜，她想。她轉身離去，但是又轉頭瞄了恩尼斯的辦公室窗戶一眼。該死！她想，那個混蛋真的想要幫助我！

恩尼斯在樓上記錄這次診療的筆記。卡蘿琳的濃烈香水味一直縈繞著不散。

7

恩尼斯輔導時間結束之後，馬歇爾．史特萊德靠進椅子裡想著雪茄的滋味。二十年前他聽芝加哥著名的精神分析師羅伊．葛林克描述他受佛洛伊德治療的情況。時值二〇年代，若想要學習精神分析，都必須親身接受大師治療才行——有時需要費時兩周，而如果想要成爲精神分析名家，有時甚至要一年。據葛林克的說法，佛洛伊德作出犀利的解析時從不掩欣喜之色。如果佛洛伊德覺得自己做出了重要的解析，他會打開他的那盒廉價雪茄，請病人來一根，提議他們抽一口「勝利」之煙。對於佛洛伊德處理移情的天眞，馬歇爾不禁露出微笑。如果他沒戒菸，他會在恩尼斯離開後點起一根慶祝的雪茄。

過去幾個月來，他的年輕輔導生進展相當好，但今天的輔導是個里程碑。把恩尼斯安排到醫藥道德委員會簡直是神來之筆。馬歇爾常覺得恩尼斯的自我充滿漏洞：他浮誇又衝動。難以駕馭的「性本我」隨處可見，但最糟的是他幼稚的反權威情結：恩尼斯不尊重紀律、不尊重權威正統、不尊重比他高明百倍的勤勉醫生們數十年耕耘出來的知識。

還有什麼更好的辦法，馬歇爾想，比讓恩尼斯成為審判者更能幫助他化解反權威情結？真是高明！只有在這種時刻，馬歇爾渴望有旁觀者，有觀衆來欣賞他完成的藝術作品。大家都瞭解心理醫生應接受徹底分析的傳統理由，但馬歇爾打算遲早要寫一篇論文（他的待辦事項清單已越來越長），談談尚未受到重視的一種成熟：日復一日，年復一年，在缺乏外在觀衆的情況下，卻一直保有創意的能力。畢竟，還有哪種藝術家能窮畢生之力，投入一種從不被他人觀看的藝術？雖然這些藝術家相信佛洛伊德所說的：精神分析是科學。試想柴利尼鑄出一個光彩奪目的銀杯卻將它封入地窖。或是穆斯勒將玻璃融出一件優雅的傑作，然後獨自在工作室內敲個粉碎。太恐怖了！輔導尚未成熟的心理醫生時，「觀衆」不正是其中一種受忽視的重要養分嗎？馬歇爾想，一個人需要數十年的調教，才能在沒有旁觀者的情況下創作。

生命也是如此，馬歇爾反省著。沒有比缺乏觀衆的生活更糟的了。一次又一次，在心理醫生的工作中，他注意到病人異常渴求他的注意力——的確，對觀衆的需求是長期心理治療中一項隱而未宣的重要因素。從治療喪偶病人中（他贊同恩尼斯書中的觀察），他經常看到他們因為失去了觀衆而陷入絕望：他們的生命不再受關照（除非他們夠幸運，相信某種神祇有時間監視他們的一舉一動）。

慢著！馬歇爾想。精神分析藝術家們真的在孤獨中工作嗎？病人不就是觀衆嗎？

不，他們不算數。病人無法保持客觀。即使最簡潔有創意的分析言辭，他們都視而不見！他們也很貪心！看他們是怎麼吸乾每次治療解析的汁髓，卻對出色的容器毫無景仰之意。學生或輔導生呢？他們不是觀衆嗎？很少有學生聰穎到能瞭解心理醫生的藝術性。通常他們都無法領會解析之妙；等到他們臨床執業好幾個月，甚至好幾年後，記憶會受到某種刺激，突然間靈光一閃，他們會領悟並屏息讚嘆恩師宏偉而精緻的藝術。

這當然適用於恩尼斯。有一天他會有所體會並感激。現在強迫他認同，我至少幫他省下一年分析訓練的時間。

馬歇爾倒不是急於要恩尼斯出師。他想留住恩尼斯很久。

當天晚上，見完五個下午的病人後，馬歇爾趕回家，卻面對著空房子和老婆雪莉留的一張便條，說晚餐在冰箱裡，她大概七點才會從插花展覽回來。一如往常，她留給他一盆花道作品：長管狀的陶碗裝著一巢有稜有角的衛茅樹枝，尾端冒出兩枝長莖百合。

該死，他想，幾乎把那盆花掃到桌子下面。我今天看了八個小時的病人，一個小時輔導——一千四百塊美金，她卻不能把我的晚餐張羅出來，因為忙著他媽的插花！馬歇爾打開冰箱裡的保鮮盒後，怒氣立刻煙消雲散：香氣四溢的西班牙冷湯、新鮮炒鮭魚的冷沙拉、芒果、綠葡萄、淋上百香果醬汁的木瓜沙拉。雪莉在冷湯碗上貼了張字條：「我終於發現了！一份負卡路里的食譜：吃得越多，瘦的越多。只有兩碗——別突然瘦得消失了。」馬歇爾笑了。但只笑了一下。

7

他一邊吃著，一邊打開晚報翻到財經版。道瓊指數漲了二十點。這份報紙只有下午一點的行情，最近一陣子股市經常在收盤時大逆轉。但無論如何：他很享受每天兩次查閱行情，明早再看收盤行情。他屏住呼吸，快速的鍵入每支股票的漲幅到計算機裡，算出當天的獲利。一千一百美元——收盤時可能更多。一股滿足的暖流掃過他全身，吃下第一口濃厚的洋蔥、黃瓜和南瓜粒的赤色冷湯。看診收入一千四百元，股票獲利一千一百元。這是美好的一天。

看過體育版和世界新聞，馬歇爾匆匆換掉襯衫，衝入夜色中。他對運動的熱情幾乎與對獲利的熱愛相當。每周一、三、五午休時間，他都到青年會打籃球。周末他騎單車和打網球或壁球。周二和周四，他無論如何也要擠出有氧時間——舊金山精神分析學會八點開會，馬歇爾會提早出發快走三十分鐘到學會去。

每踏出一步，馬歇爾對當晚會議的期待就更殷切。這將是很特別的一次會議。毫無疑問會有激情演出。會有流血場面。沒錯，有人要流血——這部分很令人興奮。以前他從未如此清楚的明瞭恐懼的魅力何在。古時候公開處決人犯的嘉年華氣氛，小販兜售著玩具絞刑台、人群興奮的嗡嗡聲、死刑犯拖著腳步走上刑台的階梯。絞刑、斷頭、火刑、凌遲、五馬分屍——想像一個人的四肢被分別綁在幾匹馬上，觀衆鞭打著、戳刺著、吆喝著馬匹前進，直到他被撕裂成好幾塊，所有的血一起噴出來。恐懼，沒錯。但那是別人的恐懼——生與死的精確交界，靈與肉潰散的一瞬間。

被殲滅的生命越偉大，魅力就越強烈。法國恐怖統治時代的興奮想必特別高張，皇室頭顱滾落地面，鮮血從皇族身軀中泉湧而出。還有神聖的臨終遺言。當生死交界時，連自由思想家都噤聲聆聽，竭力想聽見將死之人最後的字語——彷彿在那一瞬間，當生命被奪走而肉體轉化爲肉類的片刻，將會發生天啓，對偉大神祕的一絲線索。馬歇爾想起了社會對瀕死經驗一窩蜂的興趣。大家都知道那純是夢囈，但是那股狂熱延燒了二十年，還賣了幾百萬本書。老天！馬歇爾想，那些鬼話賺了多少錢！

當晚的學會議程上雖沒有弒君大戲，但也差不多：開除會籍和驅逐出會。賽斯・潘德，學會的創始會員之一，資深精神分析訓練師，將因各種不當精神分析活動的罪名而受審，並且必然會定罪開除。自從希摩・塔特多年前因爲搞上女病人被開除會籍以來，還不曾有過這種場面。

馬歇爾知道他自己的政治立場很微妙，今晚他必須小心行事。衆所周知賽斯・潘德在十五年前是馬歇爾的精神分析訓練師，於公於私都對馬歇爾有很多幫助。

但賽斯的光芒正逐漸黯淡；他已年過七十，三年前動過一次大規模的肺癌手術。自以爲是的賽斯漠視一切技術規則和倫理。現在他所面臨的死亡及病痛，更把他從任何僅存的約束力中釋放出來。他的同事們對他在心理治療上極端反分析的立場，以及無理的個人舉止越來越感到困窘與激憤。但他仍然是一號人物：他深具魅力，總是被新聞界和電視界邀請對各種聳動新聞發表看法——電視暴力對兒童的影響，市政規畫漠視游民，對於公開行乞，槍枝管制，和公衆人物性糾紛的立場。對每一個議題，賽斯都有一些極具新聞價值，但經常無禮不恭的言論。過去一個月以來，他實在鬧得太過分了，學會的現任會長約翰・威登和反賽斯的派系終於壯起膽子挑戰他。

馬歇爾衡量他的策略：最近賽斯實在是太逾矩了，明目張膽地對病人進行性與金錢剝削，現在支持他無異於政治自殺。馬歇爾知道他必須表態。約翰・威登仰仗他的支持。這並不容易。雖然賽斯行將就木，他還是有他的支持者。許多接受過他精神分析的人都會在場。四十年來他在學會事務中扮演著首腦的角色。他與希摩・塔特是兩位仍在世的學會創始會員——假設希摩・塔特還活著。這麼多年來沒有人見過他——感謝老天！他爲這個領域的名聲帶來多少傷害！另一方面，賽斯是個活生生的威脅，他擔任過許多屆會長，現在必須從權力核心架開。

馬歇爾懷疑賽斯沒有了學會還能不能活下去：學會與他糾纏太深。開除賽斯無異於宣判他的死刑。太慘了！賽斯陷精神分析於不義之前，應該好好考慮才對。沒有別的辦法了：馬歇爾必須投下反對賽斯的一票。然而賽斯曾是他的心理醫生。要怎麼做才不會像無情的弒師呢？棘手。非常棘手。

馬歇爾未來在學會的前途一片光明。他非常確定總有一天他會得到領導權，他只操心如何使一切快點發生。他是少數幾位在七〇年代加入的核心成員之一，當時精神分析的巨星似乎都沒落了，申請入會的人數顯著的滑落。八〇和九〇年代風潮再起，許多人申請加入七年或八年期候選計畫。因此基本上學會有兩種年齡層的分布：像是約翰．威登領導的老前輩們，他們聯合起來挑戰賽斯，還有許多的新人，有些接受過馬歇爾的精神分析，近兩三年才獲得正式會員資格。

在他自己的年齡層，馬歇爾沒有什麼敵手：這個年齡中最有前途的兩位都已經死於心臟疾病。正是他們的猝死，才刺激出馬歇爾瘋狂的有氧運動，企圖沖去因精神分析久坐工作所造成的動脈栓塞物。馬歇爾眞正的競爭者只有伯特．肯特瑞爾、泰德．羅林斯和達頓．沙爾茲。

伯特是個老好人，但缺乏政治感，由於深入參與非精神分析的計畫，尤其是對愛滋病患的支援治療計畫，使他的地位有點動搖。泰德完全無足輕重：他的精神分析訓練花了十一年，大家都知道他最後能畢業，純粹是出於訓練者的倦怠和同情。達頓最近過分投入環境議題的研究，以致沒有人再把他當一回事。當達頓念出他愚蠢的環境破壞幻想分析報告——「玷污大地之母，摧殘我們的地球之家」——約翰．威登的第一句話就是：「你是當眞的，還是在開玩笑？」達頓堅持己見，他的論文被所有精神分析期刊拒絕後，最後在一本容格派的期刊上刊載。馬歇爾知道他只要慢慢等，別出錯。不用他出手，這三個跳樑小丑就會自己把機會搞砸了。

但馬歇爾的野心可不只是舊金山精神分析學會的會長。那個職位是全國性職位的跳板，甚至是國際精神分析學會會長。時機已經成熟：從來沒有一位國際精神分析學會會

長是出身於美國西半部的學會

但還有一個障礙：馬歇爾需要著作。他不缺想法。像是他最近的一個案例；一個瀕臨精神病患者有一個同卵雙胞胎兄弟，這個兄弟有人格分裂症狀，但沒有瀕臨精神病的症狀。這與鏡像理論有重大的關聯，亟待論述。還有他對於原初情境的本質與臨場觀眾的想法會大幅改寫基本理論。是的，馬歇爾知道他的想法豐沛不絕。問題是寫作：他笨拙的文筆遠遠落在想法之後。

那就是恩尼斯的用處。雖然恩尼斯最近越來越惹人厭——他的不成熟、衝動、幼稚又自大地堅持心理醫生要眞誠表現自我，會讓任何輔導醫生感到不耐。但馬歇爾有保持耐性的原因：恩尼斯驚人的文學天分。優美的文字從他的鍵盤流洩出來。馬歇爾的想法加上恩尼斯的文采將是無敵的組合。他只要把恩尼斯管好，讓他進到學會。說服恩尼斯跟他合寫期刊文章，最後寫書將不是問題。馬歇爾已經有系統的誇大了恩尼斯進入學會將面臨的困難，以及馬歇爾的幫助有多重要。恩尼斯會永遠感激他。此外，恩尼斯很有事業心，馬歇爾相信他會抓住與自己合作寫書的機會。

馬歇爾逐漸接近大樓，他深呼吸幾口冷空氣理清頭緒。他需要智慧；今晚勢必會爆發一場爭權的惡鬥。

約翰．威登身材高大威嚴、六十多歲、氣色紅潤，有一頭漸稀的白髮、布滿皺紋的長脖子與一顆顯著的喉節。他已經站在講台上，這個群書環繞的房間既是圖書館，也是會議室。馬歇爾環顧出席的踴躍，幾乎想不到任何一個缺席的會員。當然除了賽斯・潘德以外。小組委員會已充分約談過他了，並且特別要求他不要出席這次會議。

除了正式會員之外，還有三位學生候選會員在場。他們是賽斯的門生，請求出席會議。這是史無前例的。他們冒了很大的風險：如果賽斯被開除或免職，或者只是失去精神分析訓練師資格，他們也會失去多年精神分析工作的學分，被迫與另一位精神分析訓練師從頭開始。三人都表示他們可能會拒絕更換精神分析訓練師，即使這要賠上候選資格。還有人傳言要另起爐灶，成立另一所學會。在這些考量下，管理委員會期望這三人能覺悟他們對賽斯的忠誠是錯誤的，因而採取了極具爭議性的措施，准許他們出席參與，但無投票權。

馬歇爾在第二排坐下來，約翰・威登像是在等待他的入場，立刻敲下他的議事槌宣布會議開始。

「你們每一位，」他開始說：「都已經被告知這次會議的目的。今晚我們要面對很痛苦的難題，對我們年高德邵的會員賽斯・潘德提出非常嚴重的指控；並權衡學會該做何種處置。你們都已收到信函通知，小組委員會對每項指控進行謹慎的調查，我想我們應該直接討論他們的調查結果。」

「威登醫生，程序問題！」那是泰瑞・傅勒，一年前才獲准入會的魯莽年輕醫生，他曾接受賽斯的精神分析。

7

「傅勒醫生請發言。」威登對著學會祕書裴瑞．衛勒說出裁示，他是一位七十歲半聾的心理醫生，正振筆疾書記錄會議過程。

「在賽斯．潘德缺席的情況下考慮這些『指控』是否有欠妥當？被告缺席的審判不但悖於倫理，也違反了學會章程。」

「我與潘德博士談過，我們都同意他今晚不出席對大家都最好。」

「錯了！是你，不是我，覺得會最好，約翰。」賽斯．潘德宏亮的聲音響起。他站在門邊細細打量著觀衆，然後從後面拿了把椅子到前排。途中他親切的拍了一下泰瑞．傅勒的肩膀，然後繼續說：「我說我會考慮一下，再讓你知道我的決定。我的決定，如你所見，就是在此與我親愛的兄弟和傑出的同事們共聚一堂。」

癌症已把賽斯六呎三吋的骨架壓彎，但他仍是個很有魄力的人，有一頭銀亮的白髮、古銅色的皮膚、鷹勾鼻，和具有王者風範的下巴。他有印度皇家血統，幼時在北印度奇波切皇室長大。他的父親被指派爲印度駐英代表時，賽斯搬到了美國，在艾賽特中學和哈佛大學繼續他的學業。

我的天！馬歇爾想，千萬別想要擋住一條瘋狗的路。他把頭縮得低低的。

約翰．威登的臉漲成紫色，但他的聲音還保持平靜。「我對你的決定感到很遺憾，賽斯，我相信你也會感到後悔的。我只是要保護你。聽人公開批評你在專業上與非專業上的品行與行爲，會是一種侮辱。」

「我沒什麼好躲藏的。我對自己的專業工作一直非常驕傲。」賽斯看著衆人繼續說：「如果你需要證明，建議你看看四周。這間房裡出席的半數成員曾是我的精神分析實習生，還有三個是現在的實習生，個個都深具創意，身心均衡，是此專業的榮耀，」他向其中一位女心理醫生優雅的深深一鞠躬，「證明了我的成果傑出。」

馬歇爾退縮了。賽斯會讓這事變得非常困難。噢，我的天哪！他掃視房內時，賽斯的眼神一度和他對上。馬歇爾轉向另一個方向，卻只見威登的眼光也等著他。他把眼睛閉上，夾緊了臀部，身體縮的更小了。

塞斯繼續說：「眞正侮辱到我的，約翰，這一點我的看法與你不同，是遭到不實的指控，更可能被誹謗，卻沒有挺身爲自己辯護。讓我們進入正題。罪名是什麼？誰是原告？我們來一個一個聽他們說清楚。」

「在座每一個人，包括你，塞斯，都收到了教育委員會的信，」約翰．威登回應道：「上面列舉了各項不當。我會逐項宣讀。從以物易物開始：以診療時間換取個人服務。」

「我有權利，」賽斯要求，「要求知道誰提出什麼指控。」

馬歇爾縮了一下。我的時機到了，他想，是他告訴威登關於賽斯的以物易物行徑。他沒有選擇，必須鼓起所有的信心和勇氣，挺身直言。

「我爲以物易物的指控負起責任。幾個月前我接見一個新病人，一位專業理財顧問，我們討論看診費用時，他提議以服務交換。他說，『既然我們的時薪費用差不多，爲何

7

不交換服務，省得互相付錢還要繳稅呢？』我當然拒絕了，並解釋這樣的約定在許多層面上會妨礙治療。他指責我小氣而不知變通，並提到了兩個人，他的同事與一位客戶，一個年輕的建築師，與精神分析學會的前會長賽斯．潘德有以物易物的約定。」

「我會詳細解釋這項指控，馬歇爾，但我忍不住想要先問，你身為我的同事、朋友和前分析實習生，為什麼不選擇跟我談，直接向我提出這個問題呢？」

「請問在哪裡寫過，」馬歇爾回答：「接受適當精神分析後的實習生必須永遠像子女般祖護自己的精神分析師？我從你那裡學到，治療和超越移情的目標，就是幫助實習生遠離家長，培養自主和正直。」

賽斯閃過一笑，像是父母與孩子下棋時，第一次被孩子將軍的喜悅笑容。「棒極了，馬歇爾！眞動人。你學得眞不錯，我為你的表現感到驕傲。但我還是想知道，為何經過我們五年的磨練，你的言語還是有詭辯的痕跡？」

「詭辯？」馬歇爾頑固的堅持己見。他曾是大學球隊的後衛，有力的雙腿能把比他壯一倍的人都無情地推倒。只要與對手交手，他就不會讓步。

「我可沒詭辯。難道要我為了保護精神分析的恩師，而在信念上讓步？我相信這個房間裡的每個人都分享同樣的信念——以分析治療的時數交換個人服務是錯誤的，在各方面都是錯的。法律與道德上是錯的：本國稅法明文禁止。技術上是錯的：造成移情和反移情的大混亂。當心理醫生取得的是個人的服務時，錯誤尤其複雜：舉例來說，如果病人是理財顧問，他就必須知道你的私人財務細節。或者，如我所瞭解的建築師病人一案，設計新家時，病人必然會知悉你家居生活的習慣，最隱密的細節和嗜好。你是以障眼法指責我的人格，來掩蓋你自身的過失。」

馬歇爾說完坐了下來，對自己很滿意。他忍住不看四周。這並不容易。他幾乎可以聽到崇拜的讚嘆聲。他知道自己已經建立了不可忽視的地位。他也太瞭解賽斯，猜得到接下來會發生什麼。每當賽斯受攻擊，他會立刻加以還擊，卻反而使他牽連更深。沒有必要進一步說明賽斯在行爲上的破壞性，他最後會害死自己。

「夠了，」約翰．威登敲著議事槌說。「這個議題對我們來說太重要了，不該被捲入空泛的爭執。讓我們回到實質面：有系統的檢討每項指控，並分別獨立討論每一項。」

「以物易物，」賽斯說，完全忽略威登的裁決，「只不過是個醜陋的術語，暗示著精神分析情誼只是惹人厭的東西。」

「你要怎樣爲以物易物辯護，賽斯？」奧莉薇．史密斯問，這位年長的心理醫生有顯赫的精神分析皇族家世：四十五年前，她接受過佛洛伊德門生的精神分析，也與安娜．佛洛伊德有段短暫的友誼及書信往返，還認識佛洛伊德的幾位孫子女。「顯然，純正而未受污染的架構，尤其是在費用問題上如此，是精神分析不可或缺的部分。」

「你用分析情誼來正當化以物易物，這種說法當然不能成立。」哈維．格林說，他是個矮胖、自以爲是的心理醫生，他的意見很少不令人討厭。「假設你的病人是個妓女呢？你的以物易物系統如何運作？」

「眞是個腐敗又有創意的問題，哈維。」賽斯吼回去。「你的腐敗一點都不令人意外。但是這個問題的原創性與機智卻是令人意外。不過無論如何，仍是個沒價值的問題。我看舊金山精神分析學會已經成爲詭辯的大本營了。」賽斯把頭轉向馬歇爾，然後又回頭瞪著哈維。「告訴我們，哈維，你最近分析過幾個妓女？你們大家呢？」賽斯黑色的眼睛掃視房內。「有幾個妓女經過深入的內在分析後，還能繼續當妓女？」

「成熟點，哈維！」賽斯繼續說，明顯地火上加油。「你證實了我曾在國際精神分析期刊上發表過的，就是我們這些精神分析老鬼們，大約每十年都應該強制接受保養性的定期精神分析。事實上，我們可以充作候選會員的實習案例。這樣可以避免變的麻木不仁。這個機構實在非常需要。」

「維持秩序！」威登說，敲著他的議事槌。「讓我們回到手邊的議題。身爲會長，我堅持……」

「以物易物！」賽斯繼續說，他現在背對主席台，面對會員們。「以物易物！眞是罪大惡極！重大違規！一位煩惱的年輕建築師，男性厭食症患者，在我三年治療下接近重大人格改善；卻突然因爲公司被併購而失業，他得花上一兩年才能獨立創業成功。期間他幾乎沒有收入。什麼才是適當的分析處置呢？遺棄他嗎？任由他欠下數千元的債務，走上他根本完全無法接受的選擇？另一方面，由於個人健康問題，我原本就計畫在我家加建一個側翼，包含辦公室和接待室。我正在找建築師。而他正在尋找客戶。

「根據我的判斷，適當而道德的解決之道顯而易見。而我也不需要向任何人解釋我的判斷。這位病人爲我設計了新加蓋的部分。因此減輕了看診費用的負擔，我的信任也在治療上有正面的影響。我計畫將這個案例寫下來：爲我設計房子——也就是隱藏於內在的父親窩巢，將他導入對父親的幻想與記憶庫的最深層，保守的分析技巧所無法達到的層面。這是創意的診療，難道還需要你們的批准嗎？」

此時賽斯再度戲劇性的掃視群衆，這次在馬歇爾身上多停了幾下。

只有約翰．威登敢回答：「界線！界線！賽斯，你要打破所有確立的技巧嗎？讓病人檢視和設計你家？你也許認爲這是創意，但是我告訴你，而且我也知道大家都贊成我的看法，這不是精神分析！」

「確立的技巧……不是精神分析……」賽斯嘲弄的模仿著約翰．威登，用高八度的怪腔重複他的話。「小心眼的無病呻吟。你以爲技巧來自摩西十誡嗎？技巧是由高瞻遠矚的心理醫生創造的：法藍奇，蘭克，李奇，蘇利文，席爾斯，當然還有賽斯．潘德！」

「自認爲高瞻遠矚，」莫里斯．芬德插嘴說。禿頭、金魚眼、幾乎沒脖子、戴著大大的眼鏡。「這是很聰明又邪惡的作法，來掩飾與合理化衆多罪愆。我很擔心你的行爲，賽斯，會危害到精神分析的公衆聲譽，考慮到你的著作——像是在倫敦文學評論的陳述，我眞不敢想像你是如何訓練年輕心理醫生。」

7

莫里斯從口袋抽出幾張報紙，顫抖的攤開來。「這篇文章，」他在面前甩動著那幾張報紙，「摘自於你本人對於佛洛伊德信件的評論。其中你公開宣稱，你告訴病人你愛他們、擁抱他們、還與他們討論你生活中私密的細節：離婚迫在眉睫、你的癌症。你告訴病人，他們是你最好的朋友。你請病人到你家喝茶，告訴他們你的性傾向。你的性傾向是你自己的事——性傾向本身不是問題，但爲什麼讀者大衆與你的病人都得知道你是雙性戀者呢？你不能否認這一點。」莫里斯再次在他面前抖動那幾張紙。「這是你自己說過的話。」

「當然那是我自己說過的話。難道剽竊也是起訴書中的一項罪名嗎？」賽斯拿起給委員會的信，嘲弄的假裝仔細研讀：「剽竊、剽竊——啊，已經有太多項重大違規，太多其他的重大缺失，卻缺了剽竊。至少在這一點上饒過了我。沒錯，當然是我說的話，而且我堅持我的說法。哪有比醫生和病人之間更親密的關係呢？」

馬歇爾邊聽邊觀望著。幹得好，莫里斯，他想。完美的刺激！這是我第一次看到你做了件聰明事！賽斯已經七竅生煙；他即將走上自毀之路。

「沒錯，」賽斯繼續說，用他僅存的一片肺努力呼吸，他的聲音變得沙啞粗糙。「我堅持我的說法，病人是最親密的朋友。對你們所有人都一樣。你也是，莫里斯。我的病人每周花四小時進行極親密的討論。告訴我，你們哪個人花那麼多親密時間在一個朋友身上？我可以替你們回答：沒有一個——當然更不是你，莫里斯。我們都知道美國的男性友誼模式。也許你們中有些人，少數人每周與朋友吃頓午餐，在點餐和咀嚼間擠出三十分鐘的親密會議時間。」

「難道你們能否認，」賽斯的聲音塡滿了整個房間，「心理治療時間應該成為誠實的殿堂？如果病人與你有最親密的關係，那麼，放下你的偽善，勇敢的告訴他們！他們知道你私人生活的點滴又有什麼差別？揭露自我從來沒有影響到我的分析程序。相反的，還能使過程加速。也許因為我的癌症，速度對我變得很重要。我唯一的遺憾是等了這麼久才發現這一點。我的新精神分析輔導生可以為我們工作的速度作證。問問他們！我現在相信沒有任何精神分析訓練需要花三年以上。來吧！讓他們說說看！」

馬歇爾站了起來。「我反對！這是不適當也不節制的做法，把你的輔導生扯進這可悲的討論中。即使連考慮這項請求都不對。他們的觀點受到雙重蒙蔽：移情和私心。你提供他們速度，快速而下流的分析——他們當然會同意。他們當然會被較短的三年分析輔導期誘惑。哪個候選會員不會呢？但我們似乎避開了正題：你的病痛對你的觀點和工作的影響。如同你自己所指出的，賽斯，你的病痛對你灌輸了快速完成診療的急迫性。我們每個人都能瞭解和同情這一點。你的病痛在許多方面改變了你的觀點，在現有情況下是完全可以理解的。」

「但這並不表示，」馬歇爾越來越有信心，「你因為個人急迫性所產生的新觀點應該成為學生的精神分析教條。很抱歉，賽斯，我必須贊同教育委員會的看法，適時並正確的對你的精神分析訓練師資格提出質疑，關於你是否有能力繼續執行訓練。精神分析機構必須要重視傳承。如果心理醫生都做不到，那麼尋求我們幫助的其他機構——像是企業界、政府——又要如何把責任和權力轉移到下一代呢？」

「我們也不能夠，」賽斯吼道：「任由二流不成器的人爭權奪位。」

「秩序！」約翰．威登敲著議事槌。「讓我們回到實質面。特別委員會讓大家注意到，你在公開著作和言論中的嘲弄攻擊，否定某些精神分析理論的中心支柱。舉例來說，你最近在『浮華世界』雜誌的訪問中取笑伊底帕斯情節，斥之爲『猶太人之錯』——然後你又說，在精神分析基礎準則中，這只是許多錯誤中的一項而已……」

「當然，」賽斯吼回去，失去了所有的幽默和嘲諷，「當然是猶太人之錯！把小小維也納猶太家庭的三角關係，誇大成爲世界共通的家庭關係，還企圖爲世界解決連罪惡感纏身的猶太人自己都解決不了的問題！」

現在整個大廳一片嘈雜，好幾位心理醫生同時都想開口。「反猶太主義！」其中一個說。還聽得到許多其他意見：「討好病人！」、「與病人發生性關係！」、「自我膨脹！」、「那不是精神分析——隨他怎麼幹，但別說是那是精神分析！」

賽斯的聲音壓過了這些話：「當然，約翰，我說過也寫過這些事。我也堅持這些看法。每個人內心深處都知道我是對的。佛洛伊德的小小猶太家庭只能代表人類的極少數。我自己的文化就是一個例子。相對於每一個猶太家庭，世界上就有成千的回教家庭。心理醫生對這些家庭和病人一無所知。完全不瞭解其中的差異，和強勢的父親角色，不瞭解潛意識當中對父親的深深渴望，渴望回到父親舒適安全的懷抱，渴望與父親結合。」

「沒錯，」莫里斯邊說邊翻開一本期刊，「就寫在這封致『當代精神分析』期刊主編的信裡。你論及向一位年輕的雙性戀男性解析他的渴望，引用你的說法，『那是世界共通的渴望，回到世界最終的地位－父親的直腸子宮。』你以一貫的謙虛指出——」莫里斯繼續念下去，「『這個具革命性創見的解析，完全被精神分析的種族偏見所模糊了。』」

「完全正確！但這篇兩年前發表的文章是在六年前寫成的。說得還不夠完整。這是世界共通的解析；現在我與所有病人工作都以此為中心。精神分析不光是猶太人地域性的努力，必須認同並擁抱東方與西方的眞理。你們每個人要學的還多著，而我嚴重懷疑你們吸收新觀念的慾望與能力。」

露意絲．聖克萊爾，一位銀髮、溫和而正直的心理醫生，做出了決定性的挑戰。她直接對主席發言。「我想我已經聽夠了，會長先生，足以讓我確信潘德醫生已經大大偏離了精神分析學說的主體，而不適合繼續負責新進醫生的訓練。我提出動議，開除他的精神分析訓練師的資格。」

馬歇爾舉起手，「我附議。」

賽斯站著怒視會衆。「你們把我開除？我對猶太精神分析黑手黨的作風一點也不讓

7

我意外。」

「猶太黑手黨？」露意絲．聖克萊爾質問。「我的教區神父聽到會非常震驚。」

「猶太人，基督徒，沒有兩樣－猶太基督黑手黨。你以爲以可以開除我。好，我才要開除你。我一手創建這個學會。我就是學會。我走到哪裡，哪裡就是學會－相信我，我現在就走。」說完後，賽斯把他的椅子重重推開，抓起大衣和帽子，大步走了出去。

賽斯．潘德走後，瑞克．查普頓打破沈默。理所當然的，身爲賽斯的前輔導生之一，瑞克對於賽斯遭開除的反應特別切身。雖然他已完全結束訓練，成爲正式學會會員，瑞克還是如同大多數人，仍對他的精神分析訓練導師感到驕傲。

「我要爲賽斯辯護，」瑞克說。「我對今晚會議程序的精神和妥當性有很大的疑慮。我也不認爲賽斯最後的言論有什麼重大關係。那什麼都證明不了。他有病纏身，又很自傲，我們都知道，當他受到壓迫的時候，他會以自大的態度防衛自己，尤其在今晚，更令人懷疑有人蓄意刺激他。」

瑞克頓了一下，看了看一張小抄，又繼續說：「我想對今晚的會議過程做出一點解析。我看到賽斯的理論立場造成了群起激憤。但我想潘德醫生的解析內容才是眞正的議題，而不是他的風格和曝光率！有沒有可能，你們許多人覺得受到威脅是因爲他的才氣？他對我們這個領域的貢獻，他的文采，尤其是他的野心？會員們難道不忌妒賽斯經常出現在雜誌、報紙和電視上嗎？我們能容忍特立獨行的人嗎？我們能容忍如同七十五年前，法藍奇挑戰精神分析教條，挑戰正統的行徑嗎？我認爲今晚的論戰不是指向賽斯．潘德的分析內容。對於他的父親理論的討論只是不相干的擾亂，典型的移情例證。不，這根本就是宿怨鬥爭，人身攻擊——而且是極卑劣的攻擊。我要說的是，今晚眞正的動機是忌妒，保衛正統，畏懼父權，害怕改變。」

馬歇爾作出回應。他太瞭解瑞克了，他曾經輔導他的治療案例三年。「瑞克，我佩服你的勇氣、忠誠、願意直言不諱，但我必須反駁你的看法。賽斯．潘德的解析內容正是我的問題。他已經偏離精神分析理論太遠，我們有責任把自己與他區別開來。檢視他的解析內容：與父親融爲一體的本能衝動，回到父親直腸子宮的渴望。眞是的！」

「馬歇爾，」瑞克還擊，「你是在斷章取義。你們難道沒做過一些解析，在斷章取義時會顯得很愚蠢，站不住腳？」

「你也許說得對。但那不適用於賽斯的情況。他經常對精神分析專業與社會大衆演講論述，說他認爲分析每位男性時，這個母題是關鍵原動力。他今晚也表明了這不是單一的分析情況。他稱之爲『世界共通的解析』。他對所有男性病人做這種危險的解析而感到自豪。」

「同意，同意！」馬歇爾受到異口同聲的支持。

「『危險』，馬歇爾？」瑞克斥責道。「我們是不是反應過度了嗎？」

「如果有，也是反應不足吧！」馬歇爾的聲音轉趨強硬。他現在儼然成爲學會有力的

7

發言人。「你難道質疑解析的重要地位與力量嗎？你知不知道這個解析會造成多少危害？每個有回歸渴望的成年男性，希望能暫時回到柔軟、有愛的休息處，都被解析成渴望穿過父親的肛門爬回直腸子宮。試想看看醫療失當造成的罪惡感，以及擔心變成同性戀所產生的焦慮。」

「我完全同意，」約翰．威登說。「教育委員會一致提案建議免除賽斯．潘德精神分析訓練師的資格。基於塞斯．潘德病情嚴重並曾對本會貢獻良多，他們並未開除他的會籍。所有會員必須對教育委員會的提案做出表決。」

「我提議口頭表決。」奧莉薇．史密斯說。

馬歇爾附議，除了瑞克．查普頓的反對票外幾乎一致通過。一位經常與賽斯合作的巴基斯坦醫生與四位賽斯以前的輔導生投了廢票。

至於賽斯那三個無投票權的現任輔導生，他們交頭接耳一陣後，其中一個表示他們需要時間考慮未來的動向，但他們共同表達對此次會議的不滿。然後他們離開了房間。

「我的感受遠大於不滿，」瑞克說，他氣沖沖的收拾東西並走了出去。「可恥——十足的僞善！」走到門口時，他補上一句，「我相信尼采所說的，活過的眞理才是唯一的眞理！」

「那在這裡要作何解釋？」約翰．威登問道，敲著議事槌要求肅靜。

「難道這個機構眞的相信馬歇爾．史特萊德所說的，賽斯．潘德的『與父親融合的解析』對他的男性病人造成了重大傷害？」

「我可以代表學會發言，」約翰．威登回答，「負責任的心理醫生都會同意，賽斯對許多病人造成難以原諒的傷害。」

瑞克站在門口說道：「那麼尼采的意思對你應該很清楚。如果本學會眞心相信賽斯．潘德的病人遭受嚴重的傷害，如果本學會還存有一點點良知，也就是說，你們願意在道德和法律上扛起責任──那你們只有一條路可走。」

「那條路是？」威登問道。

「召回！」

「召回？什麼意思？」

「如果，」瑞克回答：「連通用汽車公司和豐田汽車公司都有良心，敢召回品質差的產品，那些有毛病，最後會對車主造成傷害的汽車，那麼你們要走的路當然很清楚。」

「你的意思是……？」

「你很清楚我在說什麼。」瑞克踩著重重的步子走出去，毫不遲疑的把門甩上。

賽斯的三名前輔導生和巴基斯坦醫生也隨他立刻離開。泰瑞．富勒在門口丟下一句警告：「各位要嚴肅的看待這件事。學會正面臨無法挽回的分裂威脅。」

約翰．威登不需要提醒也知道，要嚴肅看待會員出走的問題。在他的監管下，他當然最不願見到分裂，和形成旁支的精神分析學會。其他城市發生過不少前例：紐約先後被凱倫．霍尼的信徒和蘇利文人際關係學派分裂成三個學會。芝加哥、洛杉磯、華盛頓的巴爾的摩學派也分裂過。倫敦也早該分裂的，數十年來有三個團體一直持續無情的鬥爭。

舊金山精神分析學會過了五十年和平的日子，是因爲把攻擊性有效地發洩在更明顯的敵人身上：一個頑強的榮格學會和接二連三的另類治療學派——超個人療法，靈氣療法、前世今生療法、呼吸療法、順勢療法——神奇地從此地熱氣蒸騰的溫泉和熱澡盆中升起。而且，約翰知道有些博學的記者絕不會放過精神分析學會分裂的報導。這些接受過徹底精神分析的心理醫生不能和平相處，反而爭權奪利、爲小事互咬、最後在氣憤中分家，這會是多好看的一場學術笑話。約翰不希望自己將來成爲造成學會分裂的主席。

「召回？」莫里斯大叫：「從來沒聽過這種事。」

「非常時刻的非常辦法。」奧莉薇．史密斯喃喃說道。

馬歇爾謹愼地看著約翰．威登的表情。一看到他對奧莉薇的話輕微點頭，馬歇爾立刻抓住機會。

「如果我們不接受瑞克的挑戰——我確定這很快就會變成衆所皆知——那麼我們把這個傷口撫平的機會就很渺茫了。」

「只是因爲錯誤的解析，」莫里斯問：「就要召回病人嗎？」

「不要小看問題的嚴重性，莫里斯，」馬歇爾說。「還有比解析更有力的精神分析工具嗎？我們不都同意賽斯的思維系統既錯誤又危險嗎？」

「因爲錯誤所以危險。」莫里斯鼓起勇氣說。

「不，」馬歇爾說：「錯誤也可能是被動的——因爲無法改善病人而錯。但這是主動而危險的錯誤。想想看！每個男病人只要渴望稍許慰藉和接觸，就被引導去相信他正經驗著原始的慾望，渴求爬進父親的肛門進入直腸子宮。召回就算是史無前例，我也相信必須採取措施，保護他的病人。」

「直腸子宮！這種異端邪說到底是哪來的？」傑格說，他是一位面貌嚴肅、有著銀灰色絡腮鬍的心理醫生。

「來自他自己接受艾倫．簡納威的精神分析內容，他告訴我的。」莫里斯說。

「艾倫已經死了三年了。你知道我從不信任艾倫。我沒有證據，但他既厭惡女人、又愛打扮、帶蝴蝶領結、與同志朋友交往、住在卡斯楚區的公寓、生活離不開歌劇……」

「回到重點上，傑格，」約翰．威登打斷他的話。「當前的議題不是艾倫．簡納威或賽斯的性傾向。我們必須慎重。以現今的情勢，如果有人認爲我們因爲會員是同性戀而爲難或開除他，會是很大的政治災難。」

「這也包括女性在內。」奧莉薇說。

約翰不耐地點頭表示同意，又繼續說：「而據傳賽斯與病人的不當性行爲——我們今晚尚未討論到這一點——也不是現在的議題。曾經治療過兩位賽斯過去病人的心理醫生已向我們報告賽斯的不當行爲，但兩位病人都尚未同意提出告訴。其中一位不相信這對她造成持續的傷害；另一位則宣稱這爲她的婚姻帶來潛藏毀滅性的欺騙，但或許由於某種對於賽斯的荒謬移情性忠誠，或由於不願面對公衆，她拒絕提出告訴。我贊同馬歇爾：當前最適當的議題只有一項：在精神分析的庇蔭下，賽斯・潘德做出了不正確、非分析性而危險的解析。」

「但是檢視這些問題，」與馬歇爾地位相當的伯特・肯托醫生說：「考慮一下保密問題，賽斯可以告我們毀謗。還有醫療失當呢？如果以前某位病人告賽斯醫療失當，那還有什麼可以阻止他其他病人來掏空我們學會，甚至全國學會的口袋？畢竟，他們可以很簡單的說，我們是賽斯的共犯，我們將他指派在重要的訓練職位。這可是個大蜂窩，我們最好別亂搗。」

馬歇爾最愛看到他的對手表現得優柔寡斷。爲了加強對比，他信心滿滿地開口：「正好相反，伯特。如果我們沒有動作才會更糟糕。你認爲我們不該有所作爲，但這正是爲什麼我們一定要有動作，而且要迅速的作出處置，和賽斯畫清界線，盡全力補救傷害。我幾乎可以看到該死的瑞克・查普頓對我們提出訴訟——最起碼會唆使時代雜誌的記者來查我們——如果我們譴責賽斯卻完全不管他的病人。」

「馬歇爾是對的，」奧莉薇說，她經常擔任學會的道德良心。「我們都相信心理治療有效，而精神分析的錯誤濫用是非常具有殺傷力的，那麼我們就必須謹守自己的原則。

我們必須召回賽斯以前的病人進行補救治療。」

「說比做容易，」傑格警告：「世界上沒有任何力量能讓賽斯供出他從前的病人名單。」

「沒有這個必要，」馬歇爾說。「在我看來，更好的辦法是在熱門媒體上公開呼籲他前幾年治療的所有病人出面，至少是所有男性病人。」馬歇爾微笑著補充：「我們假設他處理女性的方式不同。」

會衆都被馬歇爾的一語雙關逗得會心一笑。雖然賽斯與女病人間的曖昧性關係已經謠傳多年，加以公開還是令人鬆了一口氣。

「那麼大家都同意，」約翰・威登說，敲著議事槌，「我們應該嘗試對賽斯的病人提供補救治療嗎？」

「我附議。」哈維說

經表決一致通過，威登對馬歇爾說：「你願意負責這項處置嗎？只要向指導委員會提出你的詳細計畫？」

「當然願意，約翰，」馬歇爾說，幾乎無法掩飾他的喜悅，想著他今晚眞是福星高照。「我也會向國際精神分析協會澄清我們的所有行動──這星期我本來就準備與國際精神分析協會的祕書雷・威靈頓洽談其他的事情。」

8

清晨四點三十分。一片漆黑，只有一間房子燈火通明的棲息在一處岬角，俯瞰著舊金山灣。金門大橋在乳白的夜霧中燈火朦朧，市區模糊的輪廓隱隱在遠方，閃著若隱若顯的微光。八個疲憊的男人圍著桌面，完全無視於夜景，眼睛直盯著他們手中的牌。

壯碩而滿面紅光的廉恩宣布：「最後一手」。現在是莊家說話，廉恩喊出了七張見高低：前兩張蓋住、四張翻開、最後一張也蓋住。賭金由牌最大和最小的兩家平分。

謝利的老婆諾瑪是卡蘿的律師事務所同事，他是今晚最大的輸家（其實每晚都是，至少過去五個月來如此），但他急切的拿起他的牌。他是個英俊、有魅力的男人，有著天眞的雙眼、令人無法抗拒的樂觀、和不太健康的背部。掀開他前兩張牌之前，謝利站起來調整綁在他腰上的冰袋。他年輕時曾是職業網球選手，現在雖然有脊椎間盤突出的毛病，還是幾乎天天打球。

他拿起那兩張牌，一張蓋著另一張。方塊A！不錯嘛。他慢慢地把另外一張牌滑開，方塊二。方塊A和二！絕佳的暗牌！經過悲慘的一晚後，機會終於來了嗎？他把牌放下幾秒鐘後，忍不住又看了一次。謝利並沒有注意到其他人正在觀察他——就在那一秒，謝利高興的眼神就是他的許多破綻之一——輕忽的習慣性小動作洩漏了他的底牌。

下兩張明牌也一樣好。方塊四和方塊五。老天爺！百萬好牌。謝利幾乎要唱出他熱愛的卡通歌曲了。方塊一、二、四和五——好得要命！他終於時來運轉了。他知道好運一定會來，只要他撐下去。天才曉得他已經撐了多久。

還有三張牌，再來一張方塊就是A同花，方塊三就是同花順——可以拿到最大的那份賭注。任何一張小牌——三，六，甚至是七——就可以拿到最小牌的一份注。如果他拿到方塊加上小牌，他就可以大小通吃——全部的賭注。這一把可以讓他扳回一成，雖然還不能扳平；他已經連輸十二把了。

通常，當他好不容易拿到一把不錯的牌時，其他人很早就蓋牌不玩了。手氣背！眞是這樣嗎？其實是他的破綻害了他——其他人看出他的興奮，於是就早早收手了，他會默默的算著賭注，把牌護的更緊，下注更快，故意不看其他人，想激他們下更大的注，或笨拙地企圖僞裝想要得到最大的一副牌，其實是要拿最小的一副。

但是這一次沒人蓋牌！每個人似乎都對這手牌入迷了（以最後一把來說，這並不稀奇——他們太愛玩牌，一定要在最後一把掏空口袋來賭）。這一把賭注會非常可觀。

爲了替自己盡可能的做出更大的彩金，謝利在第三張牌開始下注。第四張牌他下了

8

一百塊（第一輪下注最高二十五塊，第二輪開始最高一百，最後兩輪最高兩百。）

他很驚訝廉恩竟然提高了賭注。廉恩的牌看來不怎麼樣：兩張黑桃，一張二和一張國王。他最多也只能拿到黑桃十三同花（黑桃A已經放在哈利面前）。

繼續加，廉恩，謝利禱告著。拜託再加多點。就讓老天賞你黑桃十三同花好了，還不是要舔我的方塊A同花屁股。他也加了注，七個人都跟了。所有人都跟了——真不可思議！謝利的心越跳越快。我要贏一把大錢了。天啊，活著眞好！我愛死撲克牌了！

謝利的第五張牌卻很令人失望，沒用的紅心傑克。但他還有兩張牌的機會。現在該橫下這副牌了。他很快的看了看其他人桌上的牌，計算著贏面。他手上有四張方塊，桌上還看到三張。這表示十三張牌中有七張已經出來了。只剩六張方塊。很有機會拿到同花。更別說小牌，桌面上的小牌很少——還有很多沒發出來，他還有兩張牌的機會。

謝利覺得一陣頭昏——要算得精確實在太複雜了，但是贏面好得不得了。他勝算很大。管他的勝算——無論如何，他這一把全下了。七個人都下注，他可以有一賠三點五的贏面，而且很有機會贏得全部的賭注——一賠七。

下一張牌是紅心A。謝利退縮了一下。A一對可沒什麼用。他開始擔心了。一切都要看最後一張牌。上一輪發牌只出現一張方塊和兩張小牌；他還是很有機會。他下了最大的注：兩百塊。廉恩和比爾都加了注。加注有三次的限制，謝利第三次又加了一注。六個人全跟。謝利研究著牌面。看不到什麼好牌。整張桌子只有兩個小小的對子。他們都在賭什麼?是不是會有什麼討厭的意外?謝利繼續偷算著賭注。大得不得了!大概超過七千，而且還有一輪下注的機會。

第七張也是最後一張牌發了下來。謝利拿起三張蓋牌，仔細的洗過，慢慢地把牌展開。他看他老爸這樣做過有一千次吧。梅花A!幹!最爛的一張牌。本來拿到四張方塊，最後卻成了三條A。一點用都沒有——比沒用還糟，因爲八成贏不了，但蓋牌又太可惜。這一把眞是他媽的爛東西!他被困住了，必須繼續玩!他暫停了。廉恩、阿尼、威利下了注、加了注、又再加了一輪。泰德和哈利蓋牌不玩了。他得下八百。他該吐錢嗎?五個人玩。沒有勝算。他們其中一個必然能打敗三條A。

但，但是……桌上看不到大牌。也許，只是也許，謝利想，其他四個人都是要玩小。廉恩有一對三;他也許是要湊兩對或三條三。他最會留一手。不!醒醒吧!把八百塊省下來。三條A沒有機會贏的——一定有同花或順子。一定是。不然他們他媽的在玩什麼?賭注有多少?至少一萬兩千塊，或者更多。他會贏很多回家給諾瑪。

如果現在就蓋牌——但後來知道他的三條A可以贏——老天，他絕對不會原諒自己這麼沒種。他會再也不能復原。他媽的!他媽的!他沒有選擇。他這把已經陷得太深，不能回頭了。謝利吐出了八百塊!

結局倒是爽快俐落。廉恩有一手黑桃十三同花，把謝利的A三條剋得死死的。但廉恩的同花也沒贏。阿尼一手葫蘆，完全看不出來——他最後一張才拿到的。幹!謝利了

8

解即使他拿到A同花，他還是要輸。如果他拿到小三或小四，他也不是最小的——比爾拿到一副超小的牌：五、四、三、二、A。謝利突然很想哭，但他還是亮出一個大大的微笑說：「眞是價値兩千塊的樂趣！」

每個人都算過籌碼後跟廉恩兌現。牌局每兩周輪流在每家舉行。主人擔任銀行的角色，結束時把帳戶結清。謝利輸了一萬四千三百塊。他開了張支票，歉疚的表示他要把兌現日期塡遲幾天。廉恩拿出一大疊百元大鈔說：「沒關係，謝利，我先墊。下次再把支票帶來吧。」牌局就是這樣。大夥相互信任，他們經常開玩笑說，如果有洪水或地震，他們還可以用電話玩牌。

「沒問題的，」謝利無動於衷。「我只是帶錯支票本，得把錢轉進這個帳戶。」

但謝利的確有問題。而且是大問題。他的銀行戶頭裡只有四千元，但他欠人一萬四。如果諾瑪發現他輸錢，他的婚姻就完蛋了。這可能是他最後一次的牌局了。離開前他依依不捨的在廉恩家繞了繞。這也許是他最後一次到廉恩家，或是其他人家了。他的眼中泛著淚水，看著樓梯下面的古董旋轉木馬、光亮的相思木餐桌、和嵌著許多史前魚類化石的六呎高砂岩。

七個小時前，夜晚在餐桌上展開，有牛排、牛舌和五香牛肉三明治。都被廉恩切成薄片堆得高高的，旁邊圍繞著甘藍和馬鈴薯沙拉。當天稍早前才從紐約的熟食店空運來的。廉恩總是大吃大玩，然後在他裝備齊全的健身房消除熱量，至少是大部分熱量。

謝利走進沙龍加入其他人，他們正在欣賞廉恩從倫敦拍賣會買回來的古董畫。因爲認不出畫家，又怕表露無知，謝利保持沈默。藝術只是謝利插不進的話題之一；還有其他話題：葡萄酒（好幾位牌友都有餐廳那麼大的酒窖，還經常結伴旅行參加紅酒拍賣會）、歌劇、芭蕾舞、遊艇、三星級的巴黎餐廳、各家賭場的下注上限。這些話題對謝利來說都太昂貴了。

他好好看看每個牌友，彷彿要把他們永遠烙印在記憶中。他知道這是他的好日子，也許將來有一天——也許中風後，某個秋日他坐在療養院的草地上，風中落葉翻飛，褪色的毛毯鋪在他的大腿上——他希望能記起每張臉。

其中有吉姆，大家常叫他鐵公爵或是直布羅陀。吉姆有雙巨大的手和突出的下巴，他很強悍。從沒有人能騙他亮出底牌，從來沒有。

還有文森：龐然大物。或是說有時候是龐然大物，有時不是。文森與減肥中心有段分分合合的關係：不是正要住進某一間減肥中心，就是正從某一間苗條帥氣地回來——帶著他的低熱量汽水、新鮮蘋果、還有低脂巧克力餅乾。大多時候如果牌局在他家舉行，他都會擺出豪華的自助餐——他老婆做的一手極佳的義大利菜——但在剛離開減肥中心的頭兩個月，大夥都怕死他家的菜了：烤玉米脆片、生紅蘿蔔和蘑菇，中式雞肉沙拉不加麻油。大多數人來之前都先吃飽。他們喜歡豐盛的食物——越肥越好。

接下來謝利想到戴夫，微禿、有鬍子的心理醫生，視力很差，如果主人沒準備數字

8

特大的撲克牌，他就會翻臉，衝出房子，開著他的紅色本田喜美轎車，邊吼邊開到最近的雜貨店買牌──這可不容易，因爲有些人的家在很遠很遠的市郊。戴夫對於撲克牌的堅持是很大的笑料。他牌玩得很差，破綻漏的滿桌都是，大部分牌友覺得他看不到牌時還玩得比較好。最好笑的是戴夫覺得自己牌打得非常好！他比別人略勝一籌的其實很滑稽：第一個輸光。那是周二牌局的謎題：為什麼戴夫沒有輸到光屁股？

心理醫生比其他人還不了解自己，這實在是源源不絕的笑料。至少過去是這樣。現在戴夫越來越上道。不再說些自以爲高深的蠢話。也不說那些冗長的專有名詞。都是些什麼話呢？像是「倒數最後第二手牌」或是「策略性的欺瞞」。不說中風而說成「腦血管意外」。還有他家的食物──壽司、香瓜串、冷水果湯、酸胡瓜，比文森家的還差。沒有人碰過半口，但戴夫花了一年才搞清楚，因爲後來他開始收到不具名的美食傳眞食譜。

現在戴夫好多了，謝利想，比較像是活生生的人。我們應該爲我們的服務向他收費。好幾個人照顧他一個。阿尼把他的賽馬股份賣了百分之五給他，帶他去看訓練和比賽，教他如何看賽馬表，如何從馬的練習預測結果。哈利帶著戴夫瞭解職業籃球。他們剛認識時，戴夫不知道前鋒或後衛的分別。他的前四十年都是怎麼過的？現在戴夫開一部酒紅色的愛快羅密歐，跟泰德分享籃球票，跟廉恩分享曲棍球票，跟其他人一起向阿尼在賭城的經紀人下注，還花了近千元跟文森和哈利到賭城聽芭芭拉史翠珊的演唱會。

謝利看著阿尼走出門外，戴著很蠢的福爾摩斯偵探帽。牌局時他總是戴著帽子，如果他贏了，就繼續帶到好運用光才換掉。然後他就會去買頂新的。他媽的偵探帽已經讓他賺了四萬塊。阿尼開他的保時捷花兩個半小時來打牌。兩年前他搬到洛杉磯住一年，經營他的行動電話公司，還定期飛上舊金山看牙醫和玩牌。爲了表示點心意，大家從頭兩把的賭注中抽了一點作他的機票錢。有時候他的牙醫傑克也來玩牌——直到他輸過頭。傑克很不會玩牌，但是很會穿衣服。有一次廉恩很想得到傑克的西部金屬裝飾襯衫，所以在場邊加賭一把：兩百塊賭他的襯衫。傑克輸了，廉恩讓他把衣服穿回家，但第二天早上就到他家拿衣服。那是傑克最後一次來玩牌。接下來一年之中，廉恩幾乎在每次牌局都穿著傑克的襯衫來打牌。

即使是手頭最寬鬆的時候，謝利也是牌友中錢最少的一個。至少差十位數或更多。而現在，因爲矽谷大蕭條，景況更不好；五個月前，數位微系統公司倒閉之後，他就失業到現在。起初他每天找人事仲介公司，讀分類廣告。諾瑪每小時法律諮詢收費兩百五十元，對家計很有幫助，但相形之下，謝利無法接受一小時二十到二十五元的工作。他要求定得太高，最後仲介公司放棄了他，他逐漸習慣於接受老婆供養。

不，謝利沒有賺錢的天分。這是家族遺傳。謝利年輕的時候，他的父親多年辛勤工作掙錢存下兩筆資金，後來全都泡湯。一筆用來投資於華盛頓的日本料理餐廳，在珍珠港事件兩星期前開張。另一筆在十年後，拿去買了後來倒閉的連鎖店經營權。

謝利維持了家族的傳統。他是全美大學網球選手，但在職業巡迴賽三年裡只贏過三

8

場。他很帥，又打得好，觀衆愛他，他總是能在第一個發球局贏對方——但就是沒辦法打敗對手。也許他人太好了。他從職業巡迴賽中退下來後，把他不多的資產投資在聖塔克魯茲附近山谷的網球俱樂部，八九年舊金山大地震吞噬整個山谷，他得到了一點點的保險理賠，大部分在泛美航空倒閉前夕，買了他們的股票；還有一些隨著經紀公司買了地雷股，剩下的投資在美國排球聯盟的常輸隊伍。

也許這就是牌局對他的吸引力之一。這些人眞他媽的知道他們在做什麼。他們懂得賺錢。也許他也能沾上一點邊。

所有牌友中，威利要算是最有錢的。他把個人理財軟體公司賣給了微軟，大約有四千萬身價。謝利是從報紙上看到的；牌友間沒有人公開討論過這件事。他欣賞威利享受財富的方式。他花錢毫不猶豫：他來到人間的任務就是要過得開心。沒有罪惡感，不需要難爲情。威利能讀能說希臘文——他的父母是希臘移民。他特別喜愛希臘作家卡山札拉，愛把自己比喻爲他書中的角色左巴，人生目的就是「讓死亡變成一座燒毀的城堡」。

威利很好動。只要他蓋了一手牌，他一定衝到隔壁房間偷看一眼電視上的比賽——籃球、足球、棒球——他都賭下了大把鈔票。一次他在聖塔克魯茲包下了一間野戰遊戲場一整天，通常會有遊戲隊伍在場地比賽搶敵旗，用漆彈槍作武器。謝利微笑著想到他開車到那兒，大夥站在一旁看一場決鬥。威利戴著擋風眼鏡和一次大戰的戰鬥機飛官帽，與文森兩個人手中拿著槍，玩著走十步後就開槍決鬥的遊戲。裁判廉恩穿著傑克的襯衫，握著一大把一百元的賭注鈔票。那些牌友們眞是瘋子——他們什麼都賭。

謝利尾隨威利到外頭，保時捷、勞斯萊斯、積架正加快引擎轉速，等著廉恩打開巨大的鐵門。威利轉過身把手搭在謝利的肩膀上；牌友們喜歡身體接觸。「過得怎麼樣，謝利？找工作有進展嗎？」

「馬馬虎虎。」

「撐下去，」威利說。「景氣正在好轉。我有預感矽谷很快又會復甦。一起吃頓午餐吧！」他們倆這麼多年來已經成了密友。威利喜歡打網球，謝利經常可以指點他兩手，多年來非正式地擔任威利孩子的教練，其中一個現在是史丹福校隊。

「好啊！下個星期？」

「不，更晚一點。下兩個星期我經常出差，但月底就很有空了。我的行事曆在辦公室。明天打電話給你。我有事要跟你談。下次牌局再見。」

謝利沒有說話。

「好嗎？」

謝利點頭。「好的，威利。」

再見，謝利。再見，謝利。再見，謝利。再見聲隨著一輛一輛大轎車開走此起彼落。謝利一陣心痛，看著他們駛入夜色。噢，他會多麼想念他們。老天，他愛這群人！

謝利極度悲哀的開車回家。輸掉一萬四。他媽的——輸掉一萬四也要有天分！但這

8

不是錢的問題。謝利並不在乎那一萬四。他只在乎那夥牌友和牌局。但是他不可能繼續玩下去。完全不可能！很簡單的算數問題：已經沒錢了。我必須找到工作。如果不是軟體業務，我必須轉到別的領域——也許是回蒙特利賣遊艇。呃，我做得來嗎？枯坐幾個星期，等著每兩個月賣出一艘，這會讓我發狂！謝利需要行動。

過去六個月他輸掉很多錢。也許四、五萬——他一直不敢算得太清楚。已經沒有辦法弄到更多錢了。諾瑪把她的薪水存在不同的帳戶。他什麼都是借來的。跟每個人都借了。當然除了那些牌友之外。那樣很沒禮貌。只有最後一點財產是他可以動用的——皇家谷地銀行的股票一千股，大約價值一萬五千元。問題在於如何賣掉股票卻不被諾瑪發現。她總是會知道的。他已經沒有藉口可用了。而她的耐心也快用完了。遲早的事。

一萬四？幹他媽的最後一把牌。他不斷的重複檢討著。他很確定自己的玩法是對的：有勝算的時候就一定要衝……沒膽就完蛋了。是牌不好。他知道牌運很快就會變好。那是必然的。他看的很遠。他知道自己在做什麼。他從十幾歲就賭得很凶，整個高中時代他都是籃球簽賭的莊家。而且也他媽的很有賺頭。

他十四歲的時候不知從哪裡讀到，任選三名棒球選手在任何一天加起來共擊出六支安打，機率是二十比一。所以他提供九或十賠一的賠率，許多人都下注。日復一日這些蠢蛋仍相信從曼托、穆索、培拉、派斯基、班區、卡路、班克斯、麥昆、羅斯和卡萊中任選三個總會有六支安打的。蠢蛋！他們從來沒搞清楚。

也許現在是他沒搞清楚。也許他才是不該參加這個牌局的蠢蛋。錢不夠、膽不夠、牌技不夠好。但謝利很難相信他眞的這麼差。十五年來都自己做莊，他會突然變得這麼差？這沒有道理。也許有些小地方他做得不一樣。也許是爛牌影響了他的牌技。

他知道，在這段不走運的時間裡，他最大的毛病就是沒耐心，想勉強用很普通的牌贏錢。沒錯，無疑是這樣。是牌的問題。牌一定會變好。只是時間的問題。任何一把都可能變好——也許就是下一把——然後他就可以流著勝利的眼淚揚長而去。他已經玩了十五年了，遲早會扳平的。只是時間的問題。但現在謝利等不了那麼久了。

開始飄小雨，他的車窗起霧。謝利打開雨刷和除霧器，在金門大橋收費站停下來付三塊過橋費，然後往朗巴德街開去。他不擅於計畫未來，但現在他想得越深，就越知道有多少事正岌岌可危：牌局的會員資格、身爲牌友的自尊。更別說婚姻也快完蛋了！

諾瑪知道他賭博。他們結婚八年前，她曾與他的第一任妻子長談過——六年之前她離開了他，當時在一艘巴哈馬遊輪上的馬拉松牌局中，四張傑克奪走他們所有的積蓄。

謝利眞的很愛諾瑪，他對諾瑪是眞心發誓：放棄賭博、參加戒賭團體、交出他的薪水袋、讓諾瑪管理財務。爲了表示他的誠意，謝利甚至提議去看諾瑪挑選的心理醫生來解決他的問題。諾瑪選了一位她自己兩年前看過的醫生。他去看了心理醫生幾個月，覺得那傢伙有點渾蛋。完全是浪費時間；他完全不記得他們討論過什麼。但卻是很好的投資——向諾瑪證明他認眞看待他的誓言。

8

大致說來，謝利遵守他的誓言。除了撲克牌局以外，他放棄賭博。不再下注足球或籃球，向他的長期組頭索尼和藍尼說再見；不再到拉斯維加斯或雷諾。他停止訂購「運動生活」和「撲克玩家」雜誌。他唯一下注的運動比賽是美國網球公開賽；他懂網球（但是賭馬克安諾贏山普拉斯還是讓他輸了一大筆）。

直到數位微系統公司六個前倒閉，他一直很守信用的把薪水袋交給諾瑪。她當然知道牌局的事，給了他一份玩牌的特別款項。她以爲是五塊十塊的遊戲，所以很樂意有時先預支給他兩百元——諾瑪蠻喜歡他的丈夫與北加州最富有最有影響力的生意人交往。更何況其中兩個還聘請她做法律顧問。

但有兩件事諾瑪不知道。第一件事，賭注大小。牌友們對這件事很謹慎——桌上沒有現金，只有他們稱作「二毛五」（二十五塊）、「半毛」（五十塊）、和「一塊」（一百元）的籌碼。偶爾有牌友的孩子看了好幾把牌，還是不知道眞正的賭注是多少。有時候當諾瑪在社交場合遇到其他人的老婆——婚禮、基督教成年禮、猶太教成年禮——謝利就會開始擔心她知道他輸得有多大，或是風險有多高。幸好牌友們都知道分寸：沒有人說溜嘴。這種規矩沒有人說過，但每個人都心知肚明。

諾瑪不知道的另一件事是謝利的祕密撲克牌帳戶。兩次婚姻之間，謝利存下了六萬的資金。他曾是軟體超級推銷員……只要他有心工作。他把其中兩萬元交出來給妻子，其他四萬瞞著諾瑪存在另一個銀行帳戶當撲克牌基金。他以爲四萬永遠用不完，足以度過任何手氣背的時間。十五年的確都能安然過關。直到這次——該死的霉運。賭注越變越高。他曾婉轉的反對加注，但卻不好意思大驚小怪。爲了從遊戲中得到刺激，每個人都需要下重注。輸錢必須讓人有點痛才行。但問題是其他人都太有錢了：對他而言是下重注，對其他人卻像是在賭小錢。他能怎麼辦呢？忍受著恥辱說：對不起，各位，我的錢不夠跟你們玩牌。我太窮、太沒膽、太他媽的沒能力跟上你們？他絕不可能說這種話。

現在他的撲克牌基金沒了，只剩下四千元。還好諾瑪從不知道有這四萬塊。要不然她早就走人了。諾瑪痛恨賭博是因爲她的父親曾在股市輸掉他們的家當：她父親不玩撲克牌（身爲教會執事，他是個循規蹈矩的人），但是股市、撲克牌——全都一樣！謝利總是認爲，股市是給沒種玩撲克的娘們玩的！

謝利試著集中精神，他急需一萬塊：支票開在四天後兌現。必須從諾瑪兩個星期內不會查看的地方弄到錢。謝利清楚，如果他能籌到一筆賭金參加下次的牌局，他會時來運轉，他會痛贏一場，然後每件事都會恢復正常。

五點三十分謝利回到家時，他已經決定了該怎麼做。最好的解決辦法，也是唯一的辦法，就是賣掉一些皇家銀行的股票。三年前威利買了皇家銀行股票，向謝利透露了一些內線消息，說一定會大好。威利認爲等到上市，兩年內至少可以回收雙倍。所以謝利用他那兩萬元家庭儲蓄買了一千股，還自鳴得意的告訴諾瑪，他跟威利能賺多少錢。

8

但是謝利還是沒有打破他永遠碰上霉運的紀錄：這次是儲蓄信貸舞弊案。威利的銀行受到重挫：股價從每股二十塊跌到十一塊。謝利冷靜的面對損失，他知道威利也賠了一大筆錢。但他還是不懂，爲何這夥人當中，就是他沒有一次賺到錢，一次就好。他碰過的每件事都變得一文不值。

他熬到六點打電話給他的股票經紀人厄爾，準備下單市價賣出。起先他只想賣六千五百股——已經足夠張羅出他所需的一萬塊。但電話中他決定一千股全部賣出，一萬塊還債，另外五千塊拿來參加最後一次牌局。

「需不需要回電向你確認賣出，謝利？」厄爾用他尖尖嗓音問道。

「需要，兄弟，我整天都在家。告訴我精確的數字。還有，對了，立刻把錢給我，但是別匯到我們的帳戶。這非常重要——別匯出。幫我保管著，我會自己過來拿。」

沒問題的，謝利想。兩個星期內，下一次牌局之後，他就會用贏來的錢把股票買回來，諾瑪絕對不會發現。他的心情又好了起來。他輕輕吹著卡通歌曲的旋律，上床睡覺。諾瑪睡得淺，牌局之夜她一如往常睡在客房。他翻看網球雜誌讓自己靜下來，關掉電話鈴聲，帶上耳塞，把燈關上。運氣好的話他可以睡到中午。

＊　＊　＊

他搖搖晃晃走進廚房煮咖啡時，已經快下午一點了。他剛把電話鈴聲切回來，電話就響了。打來的是卡蘿，諾瑪的朋友，同公司的律師。

「嗨，卡蘿，你找諾瑪？她早就出門了。她不在辦公室？卡蘿，眞高興接到你的電話。賈斯丁離開的事我聽說了。諾瑪說妳很生氣。離開像妳這樣的好女人眞是個蠢蛋。他從來都配不上你。很抱歉沒打電話問候妳。但我現在很有時間。一起吃午餐嗎？喝一杯？抱一下？」自從卡蘿報復性的跟他匆匆上過一次床，謝利對於再來一次一直抱著熱烈的幻想。

「謝了，謝利。」卡蘿用最冰冷的聲音回答道：「但是我必須結束社交性談話。現在談的是公事。」

「妳這是什麼意思？我告訴過妳，卡蘿不在家。」

「謝利，我要找的是你，不是諾瑪。諾瑪已經聘請我當她的律師。當然情況有點尷尬，因爲我們的那一段事，但是諾瑪找了我，我沒辦法拒絕。」

「現在，我的重點是，」卡蘿繼續以她清晰的專業口吻說：「我的委託人要我提出分居申請，現在我通知你搬離住所，今晚七點前必須完全搬離。她不希望再與你有任何直接接觸。你不可以再試圖找她談話，梅里曼先生。我已經建議她，你們之間所有必要的事務都要經過我，也就是她的律師來執行。」

「別再說這些法律術語屁話，卡蘿。我只要跟一個女人睡過，就不會被她的裝腔作勢嚇著。請說國語！到底他媽的發生了什麼事？」

8

「梅里曼先生，我的委託人指示我，請你注意你的傳眞機。你所有問題的答案很快就會出現。記得，今晚七點以前，我們有法院強制令。」

「對了，還有一件事，梅里曼先生。容許本律師發表一點簡短的個人意見：你是個遜卡。成熟點吧！」說到這裡，卡蘿重重的掛上電話。

謝利一陣耳鳴。他跑到傳眞機旁。看到了讓他恐懼的事，有一份今早股票的交易記錄和謝利明天可以去拿支票的短信。下面的東西更糟：一份謝利祕密撲克帳戶的存提記錄。上面諾瑪用便利貼貼了幾句簡潔的話：「你不希望我看到這個？用心想想怎樣能不留痕跡！我們完了！」

謝利打電話給他的經紀人，「厄爾，你他媽的搞什麼？我要你打電話給我做確認。什麼朋友嘛！」

「說話小心點，老兄，」厄爾說：「你要我打到家裡確認。我們七點十五分賣出。我的祕書七點三十分打給你。你老婆接電話，我的祕書把消息告訴她。她要我們把東西傳眞到她辦公室。我的祕書難道不能告訴你老婆？記著，股票在聯名帳戶底下。我們應該瞞著她嗎？你要我爲你那一萬五千塊的戶頭丟掉執照？」

謝利把電話掛了。他的腦子一片暈眩。他試著搞清楚發生了什麼事。他不該要他們確認的。還有那些該死的耳塞。諾瑪一發現股票賣出，一定開始查他所有的文件，結果發現了祕密帳戶。現在她全都知道了。一切都完了。

謝立再讀了一遍諾瑪的傳眞，然後大喊：「全部去死，全部去死！」他把傳眞撕成了碎片。回到廚房熱了咖啡，打開報紙。該看分類廣告的時候了。現在他需要的不只是工作，還有一間公寓。然而，社會版的第一頁有一則奇怪的標題抓住他的目光。

現在心理醫生也召回產品！

福特、豐田、雪佛蘭讓位！

謝利繼續讀。

效法汽車製造業巨人，舊金山精神分析學會也刊登了召回公告（見頁Ｄ２）。十月二十四日的一次混亂會議中，學會就其中一位領導人賽斯・潘德「因有害精神分析的行爲」作出審查並決定停職。

賽斯・潘德！賽斯・潘德！謝利想，那不是諾瑪要我在婚前去看的那個心理醫生嗎？賽斯・潘德——沒錯，我確定是：有幾個人姓潘德？謝利繼續讀：

學會發言人馬歇爾・史特萊德醫生不願詳細說明，僅表示會員確信潘德醫生的病人可能並未受到最好的精神分析治療，而且可能因爲與潘德醫生的療程而受害。現在他們提供潘德醫生的病人免費的「心理調整分析」！這是汽油幫浦的問題嗎？記者問道。引擎？火星塞？排氣系統？史特萊德醫生不願作答。

史特萊德醫生表示這個行動證明了精神分析學會對於病患照護、專業責任、公理正義所抱持的最高標準。

也許如此。但這個發展難道不會讓人更進一步質疑整體精神分析事業的僭越？心理醫生還能假裝有能力指引個人、企業和組織多久？還記得幾年前的希摩・塔特醜聞案，這是否是再一次無法自我管理的事實證明？

我們也聯絡了潘德醫生。他只說：「跟我的律師談。」

謝利翻到頁D2找到正式的通知。

精神分析病人召回

舊金山精神分析學會強烈希望所有在一九八四年後接受賽斯・潘德醫生治療的男性病人打415-555-2441接受心理評估，和必要的心理補救分析療程。潘德醫生的治療可能嚴重偏離了精神分析的指導原則，造成有害的影響。所有服務皆爲免費提供。

謝利立刻就與精神分析學會祕書通上電話。

「是的，梅里曼先生，你有權利，我們也鼓勵你與我們的任何一位會員進行免費療程。我們的心理醫生以輪值的方式提供這項服務。你是第一位打電話來的人。讓我爲您安排與資深醫生馬歇爾・史特萊德會面好嗎？星期五早上九點加利福尼亞街2313號。」

「告訴我，這到底是怎麼一回事？這讓我很緊張，我可不希望發作恐慌症。」

「我不能說太多。史特萊德醫生會告訴你，學會覺得潘德醫生的精神分析可能對些病人沒有幫助。」

「所以，如果我患有某種病徵——譬如說某種癮，妳的意思是可能是他的失誤。」

「嗯……大概是那樣。我們不是說潘德醫生蓄意傷害你。學會只是正式對他的治療方式表示強烈的不贊同。」

「好的，星期五上午九點可以。但是我的恐慌症非常容易發作，這件事讓我很不舒服，我不想因此進急診室，所以如果妳能把剛剛告訴我的，包括診療時間、地點寫下來，這會讓我比較放心。他的名字叫什麼？妳懂我的意思嗎？我已經記不得了。我想我現在就需要。妳能不能立刻傳眞給我？」

「我很樂意，梅里曼先生。」

謝利到傳眞機旁等著。終於有件事來對了。他很快的寫了一張紙條：

諾瑪：

看看這個！謎底終於解開了！還記得你的心理醫生潘德先生嗎？還有我怎麼跟他接觸的？我多麼反對治療？但是我在妳的要求下把自己交給他治療？這對我，對妳，也對我們造成了很大的痛苦。我試著好好去做。難怪治療沒有幫助！現在我們知道原因了。我準備去接受全套的矯正。我眞的要這麼做！不管要付出什麼代價。不管要花多少時間。跟我一起撐下去。求求妳！

你的老公

然後謝利將短信傳眞給諾瑪，還附上新聞剪報和精神分析學會祕書的來信。半小時之後傳眞機又喀答動了起來，諾瑪的訊息滑了出來。

謝利：

我願意談談。六點見。

諾瑪

謝利繼續喝他的咖啡，闔起分類版，打開運動版，同時吹起他的卡通調子。

9

馬歇爾察看他的預約簿。他的下一個病人彼得・馬康度是個住在瑞士的墨西哥商人，要來做第八次與最後一次診療。馬康度先生在一個月前來到舊金山，他打了電話約時間做一次短暫的家庭危機治療。直到兩、三年前，馬歇爾只接受長期的精神分析治療，但時代改變了。現在他就像這裡其他心理醫生一樣，他有空餘的時間，很樂意每週見一個病人兩次，爲期一個月。

馬康度先生是個很容易的病人，治療十分有效。還有，他每次都付現金。在第一次診療結束時，他遞給馬歇爾兩張百元大鈔，說：「我喜歡用現金使生活簡單一點。你也許希望知道我在美國不繳稅，也不會把醫療費用報到瑞士扣稅。」

說完後他朝門口走去。

馬歇爾知道他該怎麼辦。如果知道有什麼不對勁，還要繼續下去將是大錯特錯，即使是像隱藏所得這種常見的違法行爲。馬歇爾希望有堅定的立場，但是他的口氣很溫和：馬康度是個很隨和的人，有一種很無邪的高貴氣質。

「馬康度先生，我必須告訴你兩件事情。首先，我必須說，我會呈報所有的收入。這是應該做的事。每個月底我會給你一張收據。其次，你付我太多錢了。我的收費是一百七十五元。讓我看看有沒有零錢可以找你。」他伸手準備打開抽屜。

馬康度先生一隻手準備開門，轉過身來舉起另一隻手，以掌心朝著馬歇爾。「別這樣，史特萊德先生，在蘇黎世診療費是兩百元。而瑞士的心理醫生比起你要差多了。我懇求你，請讓我在這裡也付相同的費用。這讓我感到比較自在，更能夠與你配合。星期四再見。」

馬歇爾張著口目送這位病人離去。許多病人覺得他索費過高，從來沒有人認為他收費太低。唉，他是歐洲人，他想，而且沒有長期移情的症狀；這只是短期治療而已。

馬歇爾不僅輕視短期治療，他甚至感到厭惡。專注於解除症狀的治療……讓顧客滿意的模式……真是狗屎！馬歇爾與其他心理醫生所在乎的是，病人改變的深度。深度才是一切。全世界的精神分析醫生都知道，挖掘得越深，治療就越有效。「越深越好，」馬歇爾可以聽見他自己的老師這麼說：「深入到最古老的意識領域，進入到原始的感覺，遠古的幻想；回到最早層的回憶，只有如此，才能完全根除精神官能症狀，有效達成精神分析的療癒。」

但是深度心理治療已經逐漸式微：野蠻的權宜主義大行其道。打著所謂「經營式治療」的新旗幟，短期治療的大軍已經遍布原野，正朝精神分析的堡壘大門進攻，這是心理治療最後的智慧、眞理與理性的領土。敵人已經非常接近，馬歇爾可以看到它們的多重面貌：治療焦慮症的生物反饋與肌肉鬆弛療法；治療恐懼症的減感療法；治療強迫性偏執狂的藥物療法；治療飲食失調的認知團體療法；治療過羞病人的自我肯定訓練；治療緊張病人的橫隔膜呼吸訓練團體；治療逃避社會者的社交技巧訓練；治療吸菸者的單次催眠療法；還有種種該死的十二步驟療法！

這種經濟上的考量已經氾濫到全國大多數的醫療機構。心理醫生若是想執業，都必須屈從醫療機構，接受些微的費用來治療機構分派給他們的病人，也許診療五次或六次而已，而事實上需要五十次或六十次才夠。

當心理醫生做完了主管指派的分量後，他們被迫向主管要求增加診療的時間。他們當然也必須花時間寫長篇大論的書面請求，被迫撒謊強調病人的自殺危險，藥物執迷，與暴力的傾向；只有使用這些神奇的字眼，才能抓住健康當局主管的注意力——不是因爲他們擔心病人安危，而是怕將來被控告。

因此，心理醫生不僅奉命短暫地治療病人，也要卑躬屈膝地迎合院方的主管——時常是自大的年輕人，對於心理治療只有基本常識。幾天前有位深受尊重的同仁，接到他二十七歲主管的一張紙條，准許他延長四小時來治療一個嚴重人格分裂的病人。那名主管在紙條邊緣寫下了愚蠢的指示：「突破他的自我否定！」

不僅心理醫生自尊受損，荷包也被剝削。與馬歇爾共用一間辦公室的同僚，在四十三歲時轉業到了放射科當駐院醫生。其他投資比較順利的心理醫生，則考慮提早退休。馬歇爾現在已經沒有排隊等候的病人名單，他會很欣然接受以前推掉的案子。現在他常常擔心未來——他的未來與這一行的未來。

通常馬歇爾覺得短期治療最多只能讓病人症狀稍微改善，運氣好的話能支援到下一個會計年度，院方主管就能再同意增加幾次診療時間。但是彼得·馬康度是個顯著的例外。四周前他還充滿了自責與嚴重的焦慮，失眠，腸胃失調。現在他幾乎毫無症狀了。馬歇爾很少遇到這樣迅速反應治療的病人。

但這是否改變了馬歇爾對於短期治療的看法？門都沒有！馬康度的成功原因很簡單：他沒有明顯的精神官能或人格失調方面的問題。他是個很有修養，適應得很好的人，感覺壓力的主要原因多半是情況造成的。

馬康度先生是個非常成功的生意人，馬歇爾相信他面對的是典型的財富問題。幾年前離婚，現在他考慮要與年輕美麗的安卓安娜結婚。雖然他很愛安卓安娜，但他感到很猶疑——他知道太多富有的商人娶了嬌妻後發生惡夢般的離婚。他覺得唯一的選擇——很讓人不自在的選擇——就是堅持要簽婚前協議。但是要怎麼提出來，而不會傷害到他們的愛情？他魂不守舍地思索，拖延，結果需要尋求心理醫生的幫助。

彼得的兩個小孩是另外一個問題。他們深受憤怒前妻的影響，反對這樁婚姻，甚至拒絕會見安卓安娜。彼得與前妻艾芙琳在大學時形影不離，畢業典禮一結束就結了婚。但是婚姻很快就惡化，幾年內艾芙琳染上了酒癮。彼得辛苦維護家庭不破碎，確保孩子接受優良的天主教教育，當他們從高中畢業後，他才申請離婚。但是多年來的衝突爭吵對孩子產生負面的影響。彼得後來明白，早點離婚然後爭取孩子扶養權，也許是比較好的作法。

孩子們二十歲出頭，公開指控安卓安娜想要奪取家族財產。他們也毫不顧忌表達對父親的不滿。即使彼得給每個孩子設立了三百萬美元的信託基金，他們還是認爲他做得不夠。他們提出在報紙上登出的消息，關於彼得的一筆兩億鎊的投資。

他被相互矛盾的情感弄得動彈不得。身爲一個生性慷慨的人，他非常願意把財富與孩子分享——他聚集財富就是爲了他們。但是金錢變成了詛咒。兩個孩子都沒有讀完大學，不再上教堂，完全沒有事業興趣，沒有野心，對未來沒有理想，也沒有道德標準來引導。他的兒子還嚴重地吸毒。

彼得．馬康度陷入了虛無的思想中。他這二十年來到底爲誰忙碌？他自己的信仰也開始動搖，他的孩子們不再是他的未來重心，連他的慈善活動都感覺沒有意義。他曾經捐錢給他祖國墨西哥的幾所大學，但是被那裡的貧窮、政治腐敗、人口暴增，與環境破壞所震撼。他最後一次前往墨西哥市時，必須帶著一個口罩，因爲他無法呼吸那裡的空氣。他的幾百萬元又能有什麼用呢？

9

馬歇爾相信自己是最適合馬康度的心理醫生。他習慣治療富有的病人與子女，很瞭解他們的問題。他曾經對一些投資家與慈善家團體演講過，夢想有一天要寫一本書。他甚至已經想好的書名：「財富之病：統治階層的詛咒」。但是這本書就像其他想寫的書一樣，都只是個夢想。從忙碌的工作中抽空出來寫書似乎是不可能的。其他偉大的理論家如佛洛伊德、榮格、蘭克、佛洛姆……是怎麼做到的？

馬歇爾對馬康度使用了一些短暫而強烈的治療技巧，他很高興地看到每一種都奏效。他安慰病人，那些問題都是有錢人的家常便飯。他幫助彼得去瞭解孩子的認知世界，特別是他們如何被困在父母親的衝突之間。他建議說，要改善彼得與孩子關係的最好方式，是去改善他與前妻的關係。彼得逐漸與她建立相互尊重的關係。經過四次的診療後，彼得邀請他的前妻共進午餐，他們倆多年來首次沒有發生衝突地好好談了一次。

照著馬歇爾的建議，彼得請求他的前妻與他一起承認，儘管他們不生活在一起，他們過去相愛了許多年，過去的事實仍在，應該要珍惜，而不是踐踏。彼得願意付出兩萬元讓她在戒毒中心待一個月（也是馬歇爾的建議）。雖然她得到很豐厚的離婚補償，可以自己負擔，但她總是抗拒治療。不過彼得的關心讓她很感動，於是她接受了他的建議。

一旦彼得與前妻開始溝通後，他與孩子的關係也改善。馬歇爾幫助他為每個孩子們草擬了另一份五百萬美元的信託基金，在未來十年中發放，但是要先達成某些目標：從大學畢業，結婚，在正當良好的職業環境中待上兩年，並參與社區服務計畫的委員。這份慷慨而又嚴格規畫的信託基金對孩子的影響非常好，在很短的時間內，他們對父親的觀感就有很大的轉變。

馬歇爾以兩次診療來處理馬康度的內疚心結。他不願意讓任何人失望，他不強調他爲投資人所做的傑出投資決定，卻清楚記得每一次錯誤的決定，在馬歇爾的辦公室裡回憶起那少數投資人的失望表情，就讓馬康度感到異常悲傷。

馬歇爾與馬康度把第五次診療時間大多用在單獨一件投資事件上。約一年前，他的父親從墨西哥前來波士頓接受心臟血管繞道手術。他父親是墨西哥大學的經濟學教授。

手術完成後，馬康度對操刀的布萊克醫生感激莫名，布萊克醫生要他捐錢給哈佛心臟血管研究中心。馬康度不僅樂於首肯，並且表示希望贈與私人禮物給布萊克醫生。布萊克醫生婉拒，表示一萬元的手術費已經夠了。但是馬康度在私下談話中，提到他準備從最近的墨西哥貨幣投資中賺取暴利。布萊克醫生立刻也跟進，做了同樣的投資，但是在下一個星期卻損失了百分之七十，因爲當時的總統候選人被暗殺了。

馬康度對布萊克醫生滿懷內疚。馬歇爾費盡力氣讓他面對現實，說他是基於好意，他自己也蒙受嚴重損失，而布萊克醫生是自己決定投資的。但馬康度還是覺得他可以做得更好。這次診療之後，儘管馬歇爾表示反對，他還是衝動地寄給布萊克醫生一張三萬美元的支票，彌補他的投資損失。

但布萊克醫生立刻寄回支票，表示感謝但有禮地說，他是個成人，知道如何面對損失。況且，布萊克醫生補充，他可以用這筆損失來抵銷他在其他投資上的獲利。最後馬康度先生又捐了三萬元給哈佛醫學研究中心，與自己的良心達成平衡。

馬歇爾從他與馬康度的治療上得到了充電。他沒有一個病人是屬於馬康度這樣的有錢階級。能如此親密地看到一個人做出數百萬元的投資決定。他不禁幻想馬康度對於他父親醫生的慷慨待遇。他越來越時常做白日夢，他的感恩病人如何用錢來報答他。但每次馬歇爾都會急忙抹掉這個幻想；賽斯・潘德的治療不當罪名記憶仍然猶新。接受任何心理治療病人的大筆金錢都是不當的行醫，尤其是這個病人本來就有過分慷慨與耿直的問題。任何道德委員會都會強烈指責利用這種病人的心理醫生。

在馬康度的治療上，最困難的挑戰是他畏懼與未婚妻討論婚前協議。馬歇爾採取有系統的作法。首先，他幫助擬定婚前協議：一筆百萬美元的固定贍養費，隨著婚姻的時間而大幅度增加，經過十年後，就變成他資產的三分之一。然後他與病人角色扮演這場討論。但是就算如此，馬康度還是對於實際討論感到不安。最後馬歇爾提議他會協助討論，請馬康度帶安卓安娜來做一次三方面的診療。

數天後他們倆前來，馬歇爾擔心自己犯了錯誤：他從來沒看過馬康度這麼焦躁不安——他幾乎沒辦法坐在椅子上。安卓安娜卻是非常安詳寧靜。馬康度很痛苦地以他面對的衝突做爲開場白，談到他對婚姻的希望與家人對於財產的要求，但是安卓安娜立刻打斷他的話，說她一直也在考慮婚前協議，覺得不僅適合，而且很必要。

她說她很瞭解彼得的擔憂。事實上，她也有這種擔憂。她父親前些日子才建議她，要把她自己的財產放在婚姻共同財產之外。雖然她目前的資產遠小於彼得，但她日後將會繼承很大一筆資產——她父親是加州連鎖戲院的大股東。

問題當場就得到解決。彼得緊張地提出他的條件，安卓安娜很爽快地接受了，加上她的條件：她的個人資產保留在她的名下。馬歇爾不太愉快地發現，他的病人把他們先前擬好的價碼加倍，也許是爲了感激安卓安娜讓事情這麼容易解決。無可救藥的慷慨，馬歇爾想，但還有比這更糟的問題。這對情人離去時，彼得轉身回來，緊握馬歇爾的手說：「我永遠不會忘記你今天對我的幫助。」

＊　＊　＊

馬歇爾打開門，請馬康度先生進來。彼得穿了一件昂貴的喀什米爾夾克，很搭配他的褐髮。他的髮質柔軟，必須不時把滑到眼睛上的頭髮撥回去。

馬歇爾把他們最後一次診療時間完全用來回顧與鞏固他們的治療結果。馬康度很遺憾治療將告一段落，並強調他覺得虧欠馬歇爾很多。

「史特萊德醫生，我一輩子付出大筆費用給諮詢顧問，通常都不管用。但是你卻完全相反；你給我的幫助無法估計，而我給你的回報卻幾乎等於零。這幾次診療改變了我的生命。我付出什麼呢？一千六百美元？如果我願意忍受無聊，我可以在十五分鐘內從期貨投資中賺這麼多錢。」

他越說越快：「我不善溝通。我也不善為人父母，或與異性交往。但我非常善於賺錢。你如果能讓我把我的新投資的一部分當成禮物送給你，將是我很高的榮幸。」

馬歇爾臉紅了。他感到有點暈眩，貪婪與禮儀在心中猛烈衝撞。但他咬牙作出正確的決定，謝絕了畢生的機會：「馬康度先生，我深受感動，但這絕不可能。在我這一行裡，接受病人的金錢贈與或任何其他贈與，都會被當成不道德。我們在治療時沒有談到的一個問題是你很不善於接受幫助。也許將來我們有機會再次合作時，能處理這個課題。現在我只能告訴你，你已經為我的治療付出了合理的代價。我採取的立場就像你父親的手術醫生，向你保證你沒有任何虧欠。」

「像布萊克醫生？這不能比。布萊克醫生區區幾小時工作就收了一萬元。手術後三十分鐘，他就向我要求捐一百萬給哈佛，藉此爭取在研究中心的主任職位。」

馬歇爾用力搖著頭。「馬康度先生，我很敬佩你的慷慨；我也很想接受。我像其他人一樣渴望經濟無憂——不只如此，我渴望有更多時間能寫作；我在精神分析上有幾本書等著要完成。但我還是無法接受。這會違反職業上的道德規範。」

「另一個建議，」馬康度很快又說：「不是金錢上的贈與。請讓我為你開設一個期貨帳戶，讓我為你交易一個月。我們會每天聯絡，我會教你如何在貨幣交易上致富。然後我收回原來的投資，把獲利都給你。」

這個建議倒不錯，能學到交易的技巧，對於馬歇爾非常具有吸引力。要拒絕實在是痛苦，直讓馬歇爾眼睛充滿了淚水。但是他下定決心，更用力搖搖頭。「馬康度先生，如果是在其他情況……我會非常樂意接受。你的用心讓我很感動，我也想向你學習交易的技巧。但是不行，不行。不可能。還有，我忘了告訴你一件事，我從你那裡得到的不只是我的費用。還有別的東西，就是看到你有進展後的喜悅。這對我非常有意義。」

馬康度無助地倒回他的座位；眼神充滿了對馬歇爾職業精神的仰慕。他攤開雙手，彷彿在說：「我投降了；我已經試了一切。」這個小時的診療結束了。兩人最後一次握手。走出門時，馬康度似乎陷入沈思中。他突然停下來，轉過身。

「最後一個請求。這你不能拒絕。明天請與我共進午餐。或者星期五也可以。我星期日就要回蘇黎世了。」

馬歇爾有點猶疑。

馬康度先生很快補充說：「我知道有規定禁止與病人私下交往，但是一分鐘之前我們最後一次握手，已經結束了病人與醫生的關係。謝謝你的服務，我的病已經痊癒了。現在我們都是平等的公民了。」

馬歇爾考慮這個邀請。他很喜歡馬康度先生，以及他關於累積財富的內線故事。這能造成什麼傷害？沒有任何違反職業道德的地方。

看到馬歇爾的遲疑，馬康度先生又說：「雖然我將來偶爾會回來舊金山做生意與看

9

孩子，還有看安卓安娜的父親與姊妹——但我們是住在地球不同的兩端。應該沒有規定禁止我們在治療後一起吃午餐吧。」

馬歇爾拿起他的記事本。「星期五下午一點鐘？」

「好極了。你知道太平洋俱樂部嗎？」

「聽說過，從來沒去過。」

「那裡後面有停車場。只要提我的名字就可以進去。星期五見。」

* * *

星期五早上馬歇爾收到一張傳眞：馬康度先生從墨西哥大學收到傳眞的複印本。

親愛的馬康度先生：

我們非常感謝您慷慨贊助馬歇爾・史特萊德年度系列講座：二十一世紀的心理健康。我們當然會遵照您的建議，邀請史特萊德醫生擔任年度講座演講者的三名遴選委員之一。敝校莫南德茲校長很快就會聯絡他。莫南德茲校長要我代他向您問候；他本周稍早曾與您父親一起用餐。

您對敝校的研究與教育贊助不遺餘力，在此深表感激。敝校正需要如您這樣高瞻遠矚的慈善家。

彼得・馬康度加上附註：

我絕不會放棄。這是一個你無法拒絕的禮物！明天見。

勞烏・哥莫茲敬上
墨西哥大學教務長

馬歇爾慢慢讀了這張傳眞兩次，整理他的情緒。馬歇爾・史特萊爾年度系列講座——這是一個能持續永恆之久的紀念。誰不會喜歡？最完美的自我形象保險合約。以後每當他感覺自己一無是處時，他都可以想到這個屬於他的講座。或者可以前往墨西哥參加這個講座，在愛戴與感激的聽衆之前，緩緩起立，謙虛地接受他們的熱烈掌聲。

但這是一個酸甜參半的禮物，不足以慰藉他放過了畢生難得的發財機會。他何時才能再有這樣一個超級富有的病人，一心只想幫助他也成爲富翁？馬康度的「新投資的一部分」到底會價值多少？五萬？十萬？老天，這對他的生命將有多麼大的改善！而且他可以迅速使這筆財產增加。連他自己使用的投資策略——用一個電腦軟體計算股市的時機來交易基金——過去兩年都能讓他每年獲利百分之十六。加上馬康度願意幫助他進入外匯交易市場，他可以使財富加倍或三倍。馬歇爾知道自己只是可憐的散戶，任何有用的消息都來得太遲。現在，他畢生首次有機會能夠成爲圈內人，得到內線消息。

是的，內線消息將使他畢生沒有經濟後顧之憂。他需要的不很多。他只希望每星期有幾天下午時間能讓他寫作與研究。還有金錢！

但是他必須拒絕這一切。該死！該死！該死！但是他又有什麼選擇呢？他希望步上賽斯·潘德的後塵嗎？或者是希摩·塔特？他知道自己做了正確的決定。

* * *

星期五，馬歇爾來到太平洋俱樂部的大理石正門時，他感到非常興奮，甚至有點敬畏。多年來他一直覺得自己無法進入這種高級俱樂部，現在大門開始爲他敞開。他在門口停了一會兒，深吸一口氣，然後走入了圈內人的最深層。

這是一趟旅程的終點，馬歇爾想，這趟旅程開始於一九二四年，在一個擁擠難聞的貨船上，他的雙親還是小孩子，從南漢普敦抵達了美國愛麗絲島。不，比那還要早，在波蘭與俄國邊界的一個避難所，簡陋的木造房屋與泥土地板。他的父親睡在磚頭火爐的上面，還是一個嬰兒。

他們怎麼來到南漢普敦的？馬歇爾想著，由陸地還是坐船？他從來沒有問過他們。現在已經太遲了。他的父母都已經作古多年。那趟旅程只剩下一個人可以詢問，他母親的弟弟拉貝爾，他正在邁阿密一處養老院裡度過晚年。應該給拉貝爾叔叔打個電話了。

中央的大廳有很高級的桃木皮沙發，屋頂高九十尺，天花板是壯觀的彩繪玻璃。穿著禮服的領班向馬歇爾致意，聽到他的名字後，點點頭帶領他進入休息廳。在房間的一端，彼得・馬康度坐在巨大的壁爐前。

休息廳很寬敞，到處都是皮革——馬歇爾很快算了一下，十二張長沙發與三十張扶手椅。有些椅子上坐著灰髮的老人讀著報紙。馬歇爾必須仔細觀察，才知道這些人是否還在呼吸。四周牆壁上有巨大的燈具，上面的燈泡數都數不清。屋子中央有一張沈重的大桌子，上面堆滿了報紙，幾乎全是金融類的，來自全世界。

是的，這裡眞是貨眞價實，馬歇爾想，朝馬康度走過去。馬康度正與另一名會員聊天——一位高大的老人，穿著紅格外套，粉紅色襯衫，與鮮豔的花領帶。馬歇爾沒看過任何人這麼穿著——沒看過任何人穿得這樣不搭調，卻還是顯得優雅與尊貴。

「啊，馬歇爾，」彼得說：「很高興看到你。讓我介紹你認識羅斯科・李察森。羅斯科的父親是舊金山歷來最佳的市長。羅斯科，這位是史特萊德醫生，舊金山最好的心理醫生之一。聽說最近有一所大學的系列講座將以史特萊德醫生爲名。」

簡短的寒暄之後，彼得帶馬歇爾到餐廳，然後回頭又說了最後一句。

「羅斯科，我不相信還有另一種主機系統的市場，但我也不完全拒絕；如果微軟眞的決定要投資，那麼我也會投資。只要說服我，我就會去說服我自己的投資者。請把計畫送到蘇黎世，我在星期一回辦公室之後就會處理。」

9

「不錯的傢伙，」彼得邊走邊對馬歇爾說：「我們的父親是老友。他的高爾夫球也打得不錯。投資計畫很有趣，但我不敢向你推薦；這些初創的公司風險都很大。要花很大的賭注——二十家中只會成功一家。但是，如果押對了寶，回收會遠遠超過二十比一。對了，我希望你不介意我直稱你馬歇爾。」

「當然不會。我們已經不是醫生與病人關係了。」

「你說你從來沒來過這俱樂部？」

「沒有。」馬歇爾說：「曾經路過，崇拜過。但這不是醫學人士的出沒場所。我對這裡一無所知。這裡的會員背景是什麼？都是企業家嗎？」

「大多是老一輩的財富。非常保守，吝嗇的守財奴，緊抓著繼承來的財產不放。羅斯科是個例外——所以我喜歡他。七十一歲了，還是個豪賭客。這裡會員還有什麼呢？全是男的，大多是白種新教徒，政治上不正確——我在十年前就表示抗議，但這裡事情進步得很慢，特別是在午餐後，懂我的意思嗎？」彼得稍稍指著兩個八十來歲，打盹的老人，手中仍緊抓著倫敦金融時報不放。

他們來到餐廳後，彼得對領班說：「阿米，我們準備用餐了。有沒有機會嚐到鮭魚？令人難以忘懷的美味！」

「我想我可以說服主廚特別爲你準備，馬康度先生。」

「阿米，我還記得在巴黎聯合俱樂部的光景，」彼得悄悄對領班說：「別告訴任何法國佬，但我比較喜歡這裡的食物。」

彼得繼續與領班聊天。馬歇爾沒有聽下去，因爲他被餐廳的豪華所震懾，那個巨大的瓷碗裡面插著前所未見的日本花道藝術——但願我老婆能看到這個，馬歇爾想，他們可是付了大錢請人來插花，也許是她把嗜好變成收入的好方法。

「彼得，」馬歇爾坐下來後說：「你很少來舊金山。所以你在蘇黎世與巴黎都是俱樂部會員？」

「不，不，不，」彼得說，對馬歇爾的無知露出微笑，「如果是這樣子，那麼在這裡吃一份三明治要花五千元。所有這些豪華俱樂部都是屬於同一個組織，參加一個就等於參加所有的。我是這樣才認識阿米的；他以前在巴黎聯合俱樂部工作。」彼得舉起菜單，「所以，先來點喝的吧？」

「只要一些蘇打水就好。我還要看四個病人。」

彼得點了一份甜酒與蘇打水，來了之後，他舉起杯子。「敬你，還有馬歇爾・史特萊德講座系列。」

馬歇爾臉紅了。他被這俱樂部迷住了，忘了向彼得致謝。

「彼得，這眞是一大殊榮。我本來要先謝謝你，但我心裡還在想前一個病人。」

「你的前一個病人？眞讓我驚訝。我總以爲只要病人走了，醫生就絕不會再想起他們，直到下一次診療。」

9

「這是最理想的作法。但是讓我透露一個祕密，就算是最職業化的心理醫生也放不下他們的病人，在診療時間之外會在心中舉行假想的對話。」

「不另外收費！」

「啊，不會。只有律師會收思考的費用。」

「有趣，眞有趣！你也許說的是一般心理醫生，馬歇爾，但我覺得你是說你自己。我時常奇怪爲何其他心理醫生對我幫助這麼少。也許因爲你比較用心，也許你的病人對你比較重要。」

鮭魚送上來了，但彼得沒有理會，繼續說安卓安娜也是對她先前的心理醫生感到非常不滿。

「事實上，馬歇爾，」他繼續說：「這是今天我想要與你討論的兩件事之一。安卓安娜很希望能接受你的幾次治療；她必須解決她與她父親的一些問題，因爲他也許沒多少日子好活了。」

馬歇爾對於階級分別觀察得很仔細，很早就知道這些有錢人都要拖很久才會吃第一口食物；越是有貴族的傳統，拖得時間越久。馬歇爾盡量陪著彼得，對鮭魚也置之不理，只是喝著蘇打，點頭聆聽，向彼得保證他很樂於爲安卓安娜做短期治療。

最後，馬歇爾忍不住了。他吃了一口，很高興他聽了彼得的建議點鮭魚。美味極了，簡直入口即化，不需要咀嚼就滑了下去。管他的膽固醇，馬歇爾感到放肆極了。

彼得終於看到食物，好像嚇了一跳。他大吃一口，然後放下叉子，繼續說話。

「好，安卓安娜需要你。我感到鬆了一口氣。今天下午她會打電話給你。這是她的名片。如果你們兩個無法聯絡到，她會很感激你打電話給她，告訴她下星期何時去見你。你什麼時間都可以，她會配合你的時間。還有，馬歇爾，我已經跟安卓安娜說好了，她的診療費由我來出。這是五次診療的費用。」他交給馬歇爾一個信封，裡面是十張百元大鈔。「我非常感激你願意見安卓安娜。這使我想要回報你的欲望更加強烈。」

馬歇爾的興趣又被點燃了。他本來以為系列講座代表了他畢生良機的終結。現在，命運似乎又要誘惑他了。但是他知道自己的專業精神還是佔上風：「你說有兩件事要與我討論。一件是安卓安娜的治療。你的回報欲望是否是第二件事？」

彼得點點頭。

「彼得，你必須忘了這個。否則這是很大的危險，我可能必須要求你晚點回去，繼續接受三、四年心理治療，好解決這個問題。讓我再說一遍：我們沒有任何恩惠需要回報！你尋求我的服務，我收取適當的費用。你付了費用。甚至還超過我的要求，記得嗎？然後你又慷慨地以我的名字設立講座。從來沒有任何需要償還的恩惠。就算有，你的贈與已經足夠了。不僅足夠，我覺得反而是我虧欠你！」

「馬歇爾，你教導我忠於自己，公開表達自己的感受。所以我就是要這麼做。請遷就我幾分鐘。聽我說完，五分鐘就好？」

9

「五分鐘，然後我們永遠不再提，同不同意？」

彼得點點頭。馬歇爾微笑地脫下手錶，放在他們之間。

彼得拿起手錶，看了一會兒，然後放回桌上，開始說話。

「首先：讓我先說清楚一件事。如果你覺得大學的講座對你是一項贈與，那我眞的覺得自己是個騙子。事實上，每年我都會捐一大筆錢給墨西哥大學。四年前我贊助了我父親在經濟系的位子。所以我一定都會捐錢。這次我只是要求以你爲名的講座。

「其次：我瞭解你對贈與的想法，我很尊重。但是，現在我有一個主意，你可能會接受。還有多少時間？」

「三分鐘倒數中。」馬歇爾微笑說。

「我沒有告訴過你關於我的企業生活，我主要是買賣公司。我非常善於決定公司的價碼——幾年前我爲花旗集團做事，後來決定自己創業。這些年來我想我已經買賣超過兩百家公司了。

「最近我發現一家被低估的荷蘭公司，非常具有獲利潛力，我自己買了下來——也許我有點自私，但我的新投資夥伴還沒有組成。我們正在募集兩億五千萬美元的投資團隊。購買這家公司的時機很短暫，老實說，最好不要與人分享。」

馬歇爾忍不住感到好奇了。「所以呢？」

「讓我說完。這家公司叫做陸克森，是世界上第二大自行車安全帽製造商，佔有百分之十四的市場。去年銷售量很好——兩千三百萬頂——但我確定我能在兩年內使銷售量成長四倍。我告訴你爲什麼。佔這個市場百分之二十六的最大廠商是索維格公司，剛好我的財團擁有其中主要的股份！而我又擁有財團的主要股份。現在索維格的主要產品是機車安全帽，這比自行車安全帽的利潤高多了。我計畫精簡索維格，把它與另一家我想購買的澳洲機車安全帽公司合併。一旦成功後，我就會停止生產索維格自行車安全帽，把廠房改爲完全生產機車安全帽。同時我要增加陸克森的產量，塡補索維格停產後的空缺。你看得出來其中的美妙之處吧，馬歇爾？」

馬歇爾點點頭。他的確看得出來。這就是圈內人的美妙之處。他也看得出來自己想要掌握股市起伏的無用嘗試，以及散戶最後才能得到的無用情報。

「我的提議如下，」彼得瞄瞄手錶，「再幾分鐘，請聽我說完。」但是馬歇爾早就忘記了五分鐘的時間限制。

「我與陸克森討價還價的結果，是我只需要拿出九百萬美元現金。我預計在大約二十二個月內讓陸克森股票上市，很有理由可以期待五倍的上漲空間。索維格的出場使陸克森沒有任何有力的競爭對手——當然這只有我一個人知道，所以你一定也要保密。我還有其他不能公開的情報來源，連對你也不能——不久的將來，歐洲有三個國家將立法規定孩童騎自行車要戴安全帽。

「我建議你參加一部分的投資，百分之一就好——等一下，馬歇爾，在你拒絕之前，

9

我要提醒你，這不是一項贈與，我也不再是個病人。這是貨眞價實的投資。你給我一張支票，就成爲股東之一。但是要有一項附帶條款，我要你在這裡遷就一下：我不希望再碰上像布萊克醫生那樣的情況。你還記得那使我多麼內疚吧？」

「所以，」彼得繼續說，他感覺到馬歇爾的興趣，說起來更有信心，「我的辦法如下：爲了我的心理健康著想，我要這筆投資對你完全沒有風險。如果你對這筆投資失去了興趣，不管在什麼時候，我都會以同樣價錢買回你的股份。我要把我個人簽署的同意書給你——完全擔保，隨時都可以結算，償還百分之百的投資費用，加上百分之十的年息。但是你也要給我同意書，保證你會使用這個擔保，萬一碰上不可預見的意外——誰知道？也許總統又被暗殺，或者我意外死亡，或任何其他風險。換句話說，你一定要行使你的被擔保權。」

彼得拿起馬歇爾的手錶，交還給他。「七分半鐘。我說完了。」

馬歇爾的腦袋飛快運轉。現在，終於沒有聽到任何不對勁的聲音。九萬美元，他想，如果讓我賺七倍，那就是超過六十萬的獲利。在二十二個月之內。我怎麼能夠拒絕這個機會？誰能拒絕呢？然後每年投資獲利百分之十二，就是每年獲利七萬二，一輩子如此。彼得說得對。他已經不是病人。這不是移情式的贈與——我自己出錢投資；就算是沒有風險又如何！這是私人的同意書。沒有任何職業上的失當。這是非常乾淨的作法。乾淨的不得了。

馬歇爾停止思索，現在是行動的時候了。「彼得，我以前在辦公室只看到你的一部分。現在我對你的認識更深，我才知道你爲什麼會如此成功。你定下目標後就會去追求，帶著我所罕見的毅力與智慧，還有優雅的風格。」馬歇爾伸出手，「我非常感激地接受你的建議。」

其餘的交易很快就完成了。彼得願意接受馬歇爾當股東，投資不超過百分之一的公司資產。馬歇爾想既然已經決定要做了，就徹底一點，投資了百分之一全額：九萬美元。他將賣掉他的股票，在五天內把錢匯到彼得在蘇黎世的戶頭。彼得將在八天內完成與陸克森的交易，荷蘭法律規定屆時要列出所有股東。彼得會先準備好保證書，在他離開舊金山之前交給馬歇爾。

當天下午，馬歇爾看完最後一個病人時，有人敲了門。一個長滿青春痘的自行車快遞少年交給他一個牛皮紙袋。裡面是一封經過公證的信，列明了交易的細節。還有第二份文件需要馬歇爾簽名，上面寫明了萬一投資現值低於購買價，不管任何理由，馬歇爾都必須要求全額的償還。彼得寫了一張便條：「爲了讓你安心，我的律師將在星期三把我的保證書寄給你。請接受我爲了慶祝我們合夥所贈送的紀念品。」

馬歇爾從牛皮紙袋中拿出一個高級禮品店的小盒子。他打開來後驚呼一聲，然後高興地戴上他生平第一支勞力士手錶。

10

星期二傍晚快到六點之前，恩尼斯接到一通電話，那是他的一位病人伊娃・格拉斯的妹妹打來的。

「伊娃叫我打電話告訴你：『時間到了』。」

恩尼斯寫了一張道歉的紙條給他六點十分的病人，貼在辦公室門口，然後趕往伊娃的住處。伊娃五十一歲，罹患了末期卵巢癌，平日教導文藝創作的課程，是個非常高雅的女性。恩尼斯時常想像自己與伊娃一起過生活，只要她再年輕一點，而且是在不同的情況下認識就好。他覺得她很美麗，對她感到愛慕，而且敬佩她對生命的執著。過去一年半以來，他不遺餘力地幫助她減輕絕症的痛苦。

恩尼斯對他的很多病人在治療上引進了「懊悔」的概念。他要病人檢視自己過去行為所帶來的懊悔，敦促他們避免未來重蹈覆轍。「目標是五年後，」他說：「你不會帶著懊悔回顧這五年。」

雖然有時候恩尼斯的「預期懊悔」療法不會奏效，通常都很有意義。但是沒有病人比伊娃更認眞，她自己說她是要把「生命的骨髓都吸出來」。伊娃被診斷癌症後的兩年之間完成了許多事情：她結束了一個無趣的婚姻，與兩個她一直心儀的男人發生旋風式的戀情，到肯亞參加了探險之旅，寫完了兩篇短篇故事，並且環遊世界探望她的三個小孩，與她最喜歡的一些學生。

恩尼斯與她密切合作，一起經歷這些改變。伊娃把恩尼斯的辦公室當成一處避難所，可以傾吐一切不敢告訴朋友，對於死亡的恐懼感覺。恩尼斯答應與她一起直接面對一切，絕不躲避，不把她當成病人，而當成平等的伴侶與受難者。

恩尼斯遵守了他的諾言。他刻意把伊娃安排在一天最後的工作時刻診療，因爲他每次與她診療後，都會充滿了對她的死亡，與他自己死亡的焦慮。他一再提醒她，她不是自己孤獨赴死，他與她一起面對了大限的恐懼，他將會陪著她走到最極限。當伊娃要他答應，當她死的時候，他也要在身邊，恩尼斯答應了。這兩個月來她病得太重，無法來他的辦公室，但恩尼斯以電話保持聯絡，偶爾也會到她家探望，他都選擇不收費。

伊娃的妹妹迎接恩尼斯，然後趕快送他進入臥室。伊娃因爲腫瘤入侵肝臟而產生黃疸，呼吸也非常困難，汗如雨下。她點點頭，喘著氣要她妹妹離開，「我想與醫生做最後一次診療。」

恩尼斯坐在她身旁。「妳能說話嗎？」

10

「太遲了。不需要言語，只要抱著我就好。」

恩尼斯握住伊娃的手，但她搖著頭。「不，請抱著我。」她低聲說。

恩尼斯坐到床上，傾身抱著她，但姿勢很不方便。他只好躺到她身邊，用手臂摟著她。他的西服與鞋子都沒脫，同時緊張地瞄著門，擔心有人會闖進來發生誤會。剛開始他感到很彆扭，心中暗自感謝他們之間有那麼多層床單、被單、與衣服相隔。但是他的緊張慢慢消失。他脫下外套，拉開被單，更緊地擁抱伊娃。她也緊緊回抱。他突然感覺到體內產生一股不適宜的溫暖，性昂奮的前兆，他對自己感到非常不滿，設法壓抑下來，最後只是慈愛地抱著伊娃。經過幾分鐘後，他問：「好一點嗎，伊娃？」

沒有回答。伊娃的呼吸變得更費力。

恩尼斯從床上跳下來，彎身對她喊名字。

還是沒有回答。伊娃的妹妹聽見他的呼喊，衝進房間。恩尼斯握住伊娃的手腕，但是沒有測出脈搏。他把手放在她胸口，推開她的沈重乳房，尋找心跳聲。她的心跳微弱不穩。他宣布：「心室纖維震顫，很不樂觀。」

他們倆坐著等候了幾個小時，聽著伊娃沈重而不規則的呼吸聲。伊娃的眼睛偶爾會顫動，但一直沒有睜開。她的嘴角會有泡沫冒出來，恩尼斯每隔幾分鐘就用衛生紙幫她擦拭。

「那是肺水腫的症狀。」恩尼斯宣布，「她的心臟衰退，所以液體會累積在她肺裡。」

伊娃的妹妹點點頭，看來鬆了一口氣。眞有趣，恩尼斯想，這些科學儀式——爲現象命名與詮釋——竟能夠安撫恐懼。我爲她的呼吸問題命了名？我解釋了左心室的衰弱造成液體倒流，於是進入肺部，產生泡沫？這又怎麼樣呢？我等於什麼都沒做！我只是爲野獸命了名。但我感覺稍微放心，她妹妹也感覺稍微放心，如果可憐的伊娃有知覺，她大概也會稍微放心。

恩尼斯握著伊娃的手，她的呼吸越來越淺，越來越不規則，經過大約一小時，就完全停止了。恩尼斯感覺不到脈搏。「她走了。」

他與伊娃的妹妹安靜地坐了幾分鐘，然後開始籌畫後事。他們寫了一張需要通知的清單——她的子女與朋友，報紙，殯儀館。一會兒之後，恩尼斯站起來準備離去，伊娃的妹妹準備爲她淨身。他們稍稍討論了要怎麼爲她打扮。她妹妹說她將被火化，她想殯儀館會提供罩袍。恩尼斯表示同意，雖然他對此事一無所知。

他對於這一切都沒有概念，恩尼斯在回家路上想，儘管他長期行醫的經驗，在醫學院裡解剖過屍體，但是就像許多醫生一樣，他以前從來沒眞正見識過死亡時刻。他保持平靜與專業；雖然他會懷念伊娃，她的死亡是難得的寧靜容易。他知道自己盡力而爲，但是整晚他都一直感覺到她的身體靠在他胸前，這種感覺讓他很不好受。

他在早晨五點醒來，對剛才的強烈夢境還有印象。他做了平常他告訴病人去做的事情：躺在床上不動，回憶整個夢境，連眼睛都不睜開。恩尼斯伸手從床邊拿起紙與筆，寫下這個夢。

我與父母及哥哥一起在商場中逛著，我們決定要到二樓。我發現自己一個人在電梯裡。這是一趟很長的旅程。當我下了電梯時，我到了一個海邊。但我找不到家人。我環顧四周。雖然這是很棒的地方……天堂裡的海灘……我開始感覺非常無聊。然後我穿上一件睡衣，上面有一個可愛的笑臉，那是一隻卡通救火熊的臉。那張臉越來越亮……不久就變成整個夢的中心——彷彿夢的能量都轉移到了那張可愛的笑臉上。

恩尼斯越思索，就覺得這個夢越重要。他睡不著了，於是換了衣服，在六點前往他的辦公室，把夢境寫在電腦裡。這非常適合他新書中關於夢的一章。新書叫做「心理治療與死亡焦慮」，或者「心理治療、死亡、與焦慮」。恩尼斯還無法決定。

這個夢一點也不神祕。前一晚的事件使它的意義非常清楚。伊娃的死亡使他面對了自己的死亡（在夢中就是那股無趣的感覺，與家人的分離，以及長時間搭乘電梯前往天堂海灘。）。眞討厭，恩尼斯想，他自己竟然相信上天堂這種神話！但他又能怎麼辦？夢有自己的主張，創造於意識昏沈的時分，顯然比較遵循大衆文化，而非個人的意志。

這個夢的力量是在那件睡衣上的卡通熊圖案。恩尼斯知道這個象徵是被他們討論伊娃火化時所穿的衣服激發出來的——救火熊象徵了火化！很怪異，但也很有建設性。

恩尼斯越是思索，越覺得這個夢在心理治療教學上很有用。最起碼它說明了佛洛伊德的一個論點：夢的主要功能是維持睡眠。在這裡，可怕的火化被轉變成比較無害與有趣的事物，可愛的救火熊圖案。但這個夢只成功了一部分：雖然讓他繼續睡眠，但還是有足夠的死亡焦慮使整個夢都變得很無趣。

恩尼斯寫了兩個小時，直到賈斯丁前來赴約。他很喜歡在早晨寫作，但是這樣他在傍晚就會十分疲倦。

「抱歉星期一沒來，」賈斯丁說，直接坐上他的椅子，不敢直視恩尼斯。「我眞不相信我會那樣子。周一的十點鐘，我吹著口哨走路去辦公室，心情很好，然後突然像被車子撞到：我忘了與你的約！我能說什麼呢？沒有任何藉口。完全忘得一乾二淨。以前從來沒發生過。我還是被扣錢了嗎？」

「嗯……」恩尼斯遲疑著。他很不喜歡扣病人沒來赴約的費用，即使這次顯然是由於病人內心抗拒。「嗯，賈斯丁，這些年來的治療，這是你第一次爽約……所以，賈斯丁，我們不妨說好，從今天起，如果沒有提早一天通知我，我將會扣掉爽約的費用。」

恩尼斯幾乎不相信自己這麼說。他眞的這麼說了嗎？他怎麼能不扣賈斯丁的錢？他開始擔心下一次與輔導醫生會面。馬歇爾會拿此大作文章！馬歇爾不接受任何藉口——

車禍，生病，暴風雨，洪水，摔斷腿。就算病人是去參加自己母親喪禮，他都還是會扣錢。

他現在都可以聽到馬歇爾的聲音：「你當心理醫生是爲了討好人嗎，恩尼斯？這樣你的病人有一天會說：『拉許醫生是個好人』？或者你還是感到內疚，因爲你生賈斯丁的氣，他沒有先告訴你就離開他妻子？你這樣做爲心理治療豎立了多麼不良的例子？」

嗯，現在也太遲了。

「讓我們更深入一點，賈斯丁。周一的缺席並不只是表面這樣。我們最後一次診療時，你遲到了幾分鐘，我們也有些時間沒說話，在最後幾次有很長時間的沈默。你想是怎麼回事？」

「嗯，」賈斯丁以不尋常的坦率語氣說：「今天不會有任何沈默。我有很重要的事情要談：我決定要偷襲我的家。」

恩尼斯記下來，賈斯丁說話都不一樣了：他的聲音更直接，比較不盲從。但是他仍舊逃避討論他們之間的關係。恩尼斯稍後會再回來討論——現在他完全被賈斯丁的言語所吸引住了。「你說什麼，偷襲？」

「羅拉覺得我應該拿走屬於我的東西——不多拿也不少拿。現在我只有當天塞進皮箱的一些東西。我有很大的一個衣櫃。在衣服上我絕不小氣——老天，我收藏的美麗領帶；眞叫人心碎。蘿拉認爲如果還要去買這些東西實在很笨。況且我們還需要買很多其他東西，食物與住處。羅拉認為我應該直接闖回家，拿走屬於我的東西。」

「很重大的一步。你感覺如何？」

「我想羅拉說得對。她年輕而純眞——沒有接受過精神分析——她能夠看穿表面，直觸事物的核心。」

「卡蘿呢？她的反應如何？」

「我打電話給她兩次，想談關於孩子的事，以及爲我自己拿點東西。我的電腦上有下個月的薪水資料——我爸會宰了我。我沒有告訴她關於電腦資料——她會毀了它。」賈斯丁陷入沈默。

「還有呢？」恩尼斯開始又感覺到上星期對賈斯丁的惱怒。經過了五年的治療，他應該不需要這麼費力才能挖出內情。

「卡蘿就是卡蘿。我什麼都來不及說，她就問我什麼時候回家。我說我不回家，她就罵我狗養的，掛了我電話。」

「你說，卡蘿就是卡蘿？」

「你知道的，眞是好笑，她的潑婦性情反而幫助了我。聽了她的叫罵後，我感覺好多了。每次我聽見她在電話尖叫，我就確信我出走是對的。我越來越認爲自己是個白癡，浪費了九年時間在這樁婚姻中。」

「是的，賈斯丁，我聽到你的後悔，但重要的是不要在十年後回顧現在，卻仍然感到後悔。看看你所採取的行動！有勇氣離開這女人是多麼美好的一件事。」

「對，大夫，你一直這麼告訴我：『避免未來後悔』，我時常在夢裡這麼告訴自己。但我以前沒有眞正聆聽。」

「不妨這麼說，賈斯丁，你以前還沒準備好聆聽。現在你準備好聆聽與付之行動。」

「眞是美妙，」賈斯丁說：「羅拉在最需要的時候出現。我無法告訴你這種轉變多麼巨大，有女人眞正喜歡我，甚至仰慕我，站在我的一邊。」

雖然恩尼斯不高興賈斯丁一再提及羅拉，他把自己控制得很好——馬歇爾的輔導很有幫助。恩尼斯知道他沒有其他辦法，只能與羅拉結盟。但是他仍然不希望賈斯丁完全把力量交給羅拉。畢竟他才剛從卡蘿那裡取回力量，他最好先保有一段時間。

「羅拉進入你生命是很棒，賈斯丁，但我不希望你低估自己——是你採取行動，是你的腳跨出了卡蘿的生命。但稍早你提到了什麼『偷襲』？」

「我採納了羅拉的建議，昨天回去拿我的東西。」

賈斯丁注意到恩尼斯的驚訝，補充說：「別擔心，我沒有昏了頭。首先我打電話，確定卡蘿去上班了。你相不相信，卡蘿把我鎖在自己家外面？那巫婆換了鎖。羅拉與我討論該怎麼做。她認爲我應該去我爸的店裡拿根鐵撬，把門撬開，然後拿走屬於我的東西。我越想越覺得她說得對。」

「許多被鎖在門外的丈夫都會這麼做，」恩尼斯說，對賈斯丁的新力量感到驚訝。他想像賈斯丁身穿皮夾克，頭戴滑雪面罩，手拿鐵撬，把卡蘿的新門鎖撬開。眞是夠勁！恩尼斯開始比較喜歡羅拉了。但是理智還是佔了上風：他知道自己最好收斂一點，因爲他還需要向馬歇爾報告這次診療。「有沒有想過法律程序？你有沒有考慮去找個律師？」

「羅拉反對拖延，找律師只會讓卡蘿更有時間毀壞我的財產。況且她在法庭上是出名的難纏——要在本市找個律師與她作對可還不容易。你要知道，我沒有選擇，絕對必須把我的東西拿回來，因爲羅拉與我已經沒有錢了。我沒有錢付帳單了——恐怕也包括你的費用！」

「這更是需要尋求法律援助。你說卡蘿賺的錢比你多——在加州，這表示你可以要求贍養費。」

「你在開玩笑！你能想像卡蘿付我贍養費嗎？」

「她像其他人一樣，必須遵守法律。」

「卡蘿絕不會付我贍養費。她會一直告到最高法院，她寧可把錢沖下馬桶，寧可去坐牢，也不會付我一毛錢。」

「很好，她去坐牢，賈斯丁，然後你就可以拿回你的東西，你的孩子，你的房屋。你看不出來你對她的看法有多麼不實際？聽聽你自己！卡蘿有超能力！卡蘿令人畏懼，全加州沒有律師敢對付她！卡蘿超過法律約束！賈斯丁，我們談的是你妻子，不是上帝！不是黑手黨老大！」

「你沒有我瞭解她——就算經過這麼多年的治療，你還是不瞭解她。我的家人也沒好到哪裡去。如果他們付我公道的薪水，我會很好。我知道，你已經敦促我好幾年，要我去要求公道的薪水。我很久之前就應該這麼做。但現在不是時候——他們都很氣我這麼做。」

「氣你？怎麼會？」恩尼斯問：「我以為你說他們痛恨卡蘿。」

「他們非常希望永遠不要再看到她。但她抓住了他們的弱點；她有孩子可以要脅他們。我離開之後，她不讓他們見到自己的孫兒——連講電話都不行。她警告說，如果他們現在幫助我，就別想再看到自己兒孫了。他們都怕得要死，不敢幫助我。」

其餘診療時間中，賈斯丁與恩尼斯討論了以後的治療事宜。缺席一次以及遲到都顯然反映了失去繼續治療的心意，恩尼斯這麼說。賈斯丁同意，清楚表示他也無法負擔這筆費用了。恩尼斯反對在這一切變化中停止治療，建議讓賈斯丁延後付款，直到他的財務狀況得到解決。但賈斯丁以他新發現的信心表示不同意，因為他預見他的財務狀況要好幾年才會好轉——直到他的父母過世。羅拉與他都同意，要開始新生活，最好不要欠太多錢。

但這不只是因為錢。賈斯丁告訴恩尼斯，他不需要心理治療了。羅拉可以提供他所需的一切幫助。恩尼斯不喜歡這種說法，但他想起馬歇爾的話，賈斯丁的任何反抗都是眞正進步的跡象。他接受了賈斯丁結束治療的決定，但溫和地建議不要結束的這麼突然。賈斯丁很堅決，但最後同意再回來接受兩次治療。

＊　＊　＊

大多數心理醫生在診療不同病人之間都會休息十分鐘，然後在整點時刻開始計時。但恩尼斯不是如此——他無法遵守這種形式，總是開始得太晚或超過了五十分鐘的時間。自從他開始執業以來，他都安排每次診療之間休息十五到二十分鐘，安排病人在奇怪的時間會診：九點十分，十一點二十分，二點五十分。當然，恩尼斯不讓馬歇爾知道他這個非正統的方式，因為馬歇爾一定會批評他無法保持界線。

通常恩尼斯利用休息時間記錄病人的狀況，或者為他目前寫的書想點子。但賈斯丁離開後，他沒有寫任何東西。他只是安靜地坐著，思索著賈斯丁的決心。這是一個不完滿的結束。雖然恩尼斯知道他幫助了賈斯丁，但他們走得還不夠遠。而且讓他感到不快的是，賈斯丁把他的所有進展都歸功於羅拉。但是恩尼斯現在已經不介意了。他的輔導會診幫助他調適了這些情緒。他一定要告訴馬歇爾。像馬歇爾這樣超級自信的人通常很少得到認可——大家都認為這種人什麼都不需要。但恩尼斯覺得馬歇爾會感激得到一些回饋。

儘管恩尼斯希望能帶賈斯丁走得更遠，他對於終止治療並不會感到不高興。五年已經很夠了。他不適合長期治療病人。他是一個冒險家，當病人失去探索新領域的胃口時，他也會對這種病人失去興趣。賈斯丁從來不是冒險型的。雖然賈斯丁最後終於打破鎖鍊，掙脫了惡劣的婚姻，但恩尼斯不認爲這是賈斯丁的功勞，而是屬於一個新的實體：賈斯丁羅拉。當羅拉消失了（她必然會消失的），恩尼斯猜想賈斯丁還是會變回原來的老賈斯丁。

11

隔天下午，在卡蘿琳・利弗曼抵達接受第二次診療前，恩尼斯倉促潦草寫下一些臨床筆記。已是漫長的一天，但恩尼斯並不累：作出良好的診療總是使他活力充沛，目前爲止，他對今天很滿意。

至少五段診療中有四段很令人滿意。第五位病人，布萊德，一如往常的沈悶而瑣碎的報告他一星期的生活。許多像這樣的病人似乎天生無法利用診療。嘗試引導他進入更深層面，但是都宣告失敗，恩尼斯開始暗示也許其他治療方式，譬如行爲治療，也許對布萊德的長期焦慮與拖延習慣會更有幫助。然而每次他才開始說，布萊德就會毫無來由的表示，治療對他帶來多麼重大的幫助，他的恐慌症已較爲緩和，而他有多麼珍惜恩尼斯的治療時間。

恩尼斯已經不滿足於控制布萊德的焦慮症。他對布萊德已經變得像對賈斯丁那樣沒耐心。恩尼斯對良好治療工作的評判標準已經改變了：現在他要求病人願意揭露自我、

11

願意冒險、開拓新局，最重要的是願意探索「中間地帶」——也就是病人與心理醫生之間的空間。

上次的輔導會診中，馬歇爾曾責備恩尼斯竟然把中間地帶的研究當成原創。因爲過去八十年來心理醫生已精細地研究移情，研究病人對心理醫生非理性的情感。

但恩尼斯不願就此作罷，他繼續頑固地爲一篇談治療關係的期刊研究作筆記，名爲「中間地帶——治療中的眞誠案例」。雖然馬歇爾這麼說，他還是相信自己將爲治療帶入新觀點，不再專注於移情——虛構、扭曲的關係，而是他自己與病人之間眞誠、實在的關係。

恩尼斯的新方式要求他對病人揭露更多自我，他與病人必須集中於彼此眞實的關係——治療室中的我們。長久以來他都認爲，治療工作是由瞭解和移除所有削弱關係的障礙所構成。恩尼斯對卡蘿琳．利弗曼的急進自我揭露實驗，僅僅是他的治療新法演化中合理的下一步。

恩尼斯對今天的工作不僅感到滿意，他還收到了額外獎勵：兩位病人分別告訴他駭人的夢境，並允許他用在他死亡焦慮的書中。在卡蘿琳的約定就診時間前，他還有五分鐘，他打開電腦鍵入這些夢境。

第一個夢只是個小片段：

我按照約定到你的辦公室。你不在。我環顧四周，看到你的草帽在帽架上——布滿蜘蛛網。一陣強大而壓迫人的悲哀向我襲來。

作夢的人是梅德琳，她得了乳癌，而且剛剛得知癌細胞已擴及脊椎。在梅德琳的夢中，死亡的目標轉移了：心理醫生取代她面臨死亡與衰退，消失後只留下布滿蜘蛛網的帽子。或者，恩尼斯想，這個夢境可能反映了她對世界的失落感：如果她的意識是客觀現實中的所有形式與意義的成因——也就是她個人有意義的世界——那麼她意識的消滅，就會導致一切都消失。

恩尼斯很習慣與瀕死病患工作。但這樣一個特別的意象——他所珍愛的巴拿馬草帽裹在蜘蛛網中——讓他的背上流過一陣寒意。

麥特是一位六十四歲的外科醫生，提供了另一個夢境：

我沿著海岸邊的高崖走著，走到一條流進太平洋的小河。我走到近處，才驚訝的發現河水從海邊倒流回去。然後我看到一個又老又駝的男人，很像我父親，孤單頹喪的站在河旁的一個洞穴前面。因爲沒有路通到下面，所以我沒辦法走近他，於是我繼續從高處沿著河流走。過了一會兒，我又看到另一個更駝的老人，也許是我的祖父。我也無法走近他，於是我不安而沮喪的醒來。

11

麥特最大的恐懼不是死亡本身，而是孤獨的死去。他的父親是個長期酗酒者，幾個月前過世。雖然他們之間有長期的衝突，麥特無法原諒自己讓他的父親孤獨離世。他害怕他的命運也將是孤獨無依以終，如同他家族中所有男性一般。夜半焦慮征服他的時刻，麥特坐在他八歲的兒子床邊，聆聽他的呼吸聲來安撫自己。他曾幻想與他的兩個孩子在海中游泳，遠離岸邊，他們充滿愛意的幫助他永遠沈入浪濤中。但是，因爲他沒幫助他的父親或祖父離開人世，他懷疑自己是否會有這樣的孩子。

一條倒流的河！帶著松果和棕色易碎的橡樹葉向上流，離開大海。流回童年的黃金歲月與原始家庭團聚。多麼特別的視覺意象，時光倒流、渴求逃離老化和消逝的命運！恩尼斯讚嘆所有病人裡面隱層的藝術天分，他很想向這些不自覺的造夢者脫帽致敬，他們夜復一夜，年復一年的編織出幻想的傑作。

在隔壁的候診室中，卡蘿也在寫：那是她與恩尼斯第一次會面的筆記。她停下來重讀她的文字：

第一次治療

一九九五年二月十二日

拉許醫生——不恰當、不正式、冒昧地堅持我稱呼他恩尼斯，儘管我反對……見面三十秒之內就觸摸我——在我進房間的時候，碰了我的手肘……很輕的——當他把面紙遞給我的時候，再次碰了我的手……紀錄我的重大問題和家庭病歷……第一次會面就想逼出壓抑的性侵害記憶。太過份、太快了——我覺得不知所措又迷惑！向我透露他私人的感覺……告訴我，我們之間的親密性很重要……請我問他關於他個人的問題……承諾透露索有關於他自己的事……對於我和庫克醫生的曖昧關係表示認可……診療時間超過十分鐘……堅持給我一個臨別的擁抱……

她覺得很滿意。這些筆記將來會很有用，她想著。不確定怎麼有用。但有一天，有人——賈斯丁、我的醫療失當律師、或是州道德委員會——會對它們很感興趣。

卡蘿闔上筆記本。爲了接下來與恩尼斯的會面，她必須專心一點。過去二十四小時的事件讓她的思考不太靈光。

昨天回到家，她發現前門有一張賈斯丁貼上的紙條：「我回來拿東西。」後門被撬開，他把沒被她破壞的東西都搬光了。他的壁球球拍、衣服、他的清潔用品、鞋子、書，還有一些共同財產——書、相機、望遠鏡、CD隨身聽、他們大部分的CD，還有一些鍋碗瓢盆。他甚至撬開她的杉木櫃把他的電腦拿走了。

一股怒火衝上來，卡蘿打電話給賈斯丁的父母，告訴他們，她要讓賈斯丁坐牢，如果他們對這個罪大惡極的兒子提供任何幫助，她更要把他們關在隔壁的牢房。打給諾瑪和海瑟的電話並沒有任何幫助——事實上只讓事情更糟。諾瑪正忙於自己的婚姻危機，

11

而海瑟溫和但討人厭的提醒她，賈斯丁有權取回她的東西。非法侵入罪名不可能成立——那是他的家，沒有禁制令，她沒有任何法定權利用換鎖或任何方式將他阻擋在外。

卡蘿知道海瑟是對的。她沒有申請法院命令禁止賈斯丁進入房子裡，因爲她壓根兒——即使是作夢——也沒有想到他會採取這種行動。

東西不見似乎還不夠糟，那天早上她穿衣時，發現她每件內褲都整齊的被剪掉了一塊。爲了讓她清楚知道爲什麼會這樣，賈斯丁在每件褲子旁，成雙成對的放了一塊被她剪下的領帶碎片。

卡蘿非常震驚。這不是賈斯丁。不是她認識的賈斯丁。不，賈斯丁不可能自己一個人做出這種事。他沒有這個種，或這種想像力。只有一種可能……只有一個人可以策畫出這種事：恩尼斯．拉許！她抬起頭，他就活生生的在那裡——點著他的肥頭邀請她進辦公室！無論要付出什麼代價，你這雜種，卡蘿下定決心，不管要花多久時間，不管我得做什麼，我要讓你丟掉飯碗。

「好吧，」恩尼斯在兩人就座之後說，「今天有哪些重要的事？」

「太多事了。我需要一點時間整理思緒。我不知道自己爲什麼這麼激動。」

「是的，從妳臉上我看得出來，今天妳心裡有很多事。」

噢，眞聰明，眞厲害，你這個渾蛋，卡蘿想。

「但我無法看出你的感受，卡蘿琳，」恩尼斯繼續說。「也許有些心煩意亂，也許有點悲哀。」

「我過去的心理醫生勞夫總說，有四種基本感覺……」

「沒錯，」恩尼斯很快的接上，「難受、悲傷、憤怒、喜悅。」

「我想我四種感覺都有，恩尼斯。」

「怎麼會呢，卡蘿琳？」

「嗯，對我生命中的倒楣事感到『憤怒』——一些上次我們談過的事：特別是我哥哥、我父親。『難受』——不安——當我想到我現在陷入的困境，等著我老公過世。而『悲傷』……當我想到在不美滿婚姻上浪費的這些歲月。」

「那麼喜悅呢？」

「那就容易了——當我想到你，找到你有多幸運，我就覺得『喜悅』。想著你和想到今天可以見到你，是我這一周生活的動力。」

「可以多談談這個部分嗎？」

卡蘿把皮包從大腿上拿起來，放到地板上，優雅的翹起她的長腿。「你會讓我臉紅的。」她停住，彷彿很靦腆的，想著：太好了！但是慢著，放慢一點，卡蘿。「事實上，我整個星期都在做關於你的白日夢。情慾的夢。但是你大概很習慣女性病人總是覺得你很吸引人吧！」

恩尼斯一陣慌亂，想到卡蘿琳做著關於他的白日夢，甚至可能是自慰的性幻想。他

11

考慮著如何回應——如何誠實的回應。

「你不習慣這種事嗎，恩尼斯？你說我可以問你問題。」

「卡蘿琳，妳的問題某部分讓我有些不自在，我正試著想出原因。我想這是因爲它假定了我們之間的關係是某種可預期的事。」

「我不太懂。」

「嗯，我把妳視爲獨一無二的。妳的生命境遇也是獨一無二的。妳我之間的會面也是獨一無二的。所以，對於『總是』會發生什麼事的問題，似乎在這裡就沒有意義了。」

卡蘿把眼睛瞇成了一種如癡如迷的神情。

恩尼斯細細品味他自己的話。多棒的答案！我必須把它記下來——放在我的「中間地帶」文章中，再適合也不過了。恩尼斯也發現他把治療帶到抽象、無關個人的地帶，所以很快做出修正：「但是，卡蘿琳，我偏離了妳的眞正問題……也就是……？」

「也就是我覺得你有魅力，讓你有什麼感想，」卡蘿回答：「過去一周我花了很多時間想你……想著如果我們偶然——也許在你的讀書會——以男人和女人的身分相遇，而不是醫生和病人。我知道我應該說出來，但是很困難……很尷尬……也許你會覺得我很討人厭。我覺得自己很討人厭。」

非常、非常好，卡蘿想。我眞是有一套！

「嗯，卡蘿琳，我答應要誠實的回答。事實上，我很高興聽到一個女人——而且是一個非常有吸引力的女人——覺得我吸引人。如同大多數人，我對自己的外貌很懷疑。」

恩尼斯停下來。我的心跳得好急。我從沒有對任何一個病人說這麼私人的話。我喜歡告訴她，她很有吸引力——真是罪過。也許是個錯誤。太誘惑了。但她竟然認為自己討人厭。她不知道自己是個好看的女人。何不給她一點對於她外貌的實際肯定？

在這方面，卡蘿卻是興高采烈——數周來第一次這麼高興。「一個非常有吸引力的女人。」中獎了！我記得勞夫・庫克說過一模一樣的話。那是他的第一步。噁心的史威辛醫生也用過的同樣一句話。感謝老天我還能判斷，罵他渾蛋然後離開那辦公室。但他們兩個可能都還繼續對他們的受害者用這一招。如果我早知道要收集證據，告發那些雜種就好了。現在我可以彌補這一點。如果我在皮包裡帶了錄音機就好了。下次要帶！我只是不敢相信他這麼快就露出了色相。

「但是，」恩尼斯繼續說：「很老實告訴妳，我不會用很私人的角度來聽妳的話。也許妳的話中有一點是針對我，但是有更大的部分，妳不是在回應我，而是回應我的角色。」

卡蘿有點感到受挫。「你的意思是？」

「嗯，讓我們往回退幾步，不帶感情地看眼前的事件。妳碰上了一些很糟的事；妳把一切藏在心理，不與人分享。妳與生命中重要的男人們都有著很不幸的關係，一個接著一個——妳父親，妳哥哥，妳丈夫，還有……阿洛，是嗎？妳高中時的男友。還有妳唯一覺得算是好人的男人，以前的心理醫生，拋下妳死了。」

「然後妳來看我，第一次冒險與我分享一切。在這一切的條件下，卡蘿琳，妳對我培養出強烈的感覺，還會那麼令人感到意外嗎？我不這麼認爲。因此我才說，那是針對角色而不是我。還有妳對於庫克醫生的那些強烈情感？我繼承了某些情感也毫不令人意外——我的意思是，情感轉移到了我身上。」

「我同意最後的部分，恩尼斯。我的確對你產生了如同庫克醫生一樣的感情。」

一陣短暫的沈默。卡蘿凝視著恩尼斯。如果是馬歇爾就會等她先開口。但恩尼斯可不會。

「我們談過『喜悅』，」恩尼斯說，「我很欣賞妳的誠實。妳可以看看其他三種情緒嗎？妳說妳對過去的情況感到『憤怒』——尤其是對妳生命中的男人；被丈夫困住而感到『難受』；而『悲傷』是因爲……因爲……提醒我一下，卡蘿。」

卡蘿臉紅了。她不記得自己編的故事。「我自己也不記得我說了什麼——我太激動了，無法保持專心。」不能這樣，她想。我必須待在我的角色裡。只有一個辦法可以避免這些失誤——我必須對自己的事說實話——當然，除了賈斯丁之外。

「噢，我記起來了，」恩尼斯說：「因爲妳生命中長期累積的遺憾——『浪費的這些歲月』，我想妳是這樣說的。妳知道，卡蘿琳，『憤怒、悲傷、喜悅、難受』四種基本情緒的畫分法是過分單純了一點——顯然妳是個很聰明的女人，我也擔心會侮辱妳的智慧：但這個分法在今天卻很有用。與其中每一種情緒相關的話題正是重點——我們就來探索一番。」

卡蘿點點頭。她很失望這麼快就結束了他覺得她有吸引力的對話。耐心點，她提醒自己。要記住勞夫．庫克，這是他們的作案手法。首先贏得你的信心；再來讓你完全依賴，使他們變得絕對不可或缺。只有到那個時候，他們才會採取行動。這些拙劣的偽裝是無法避免的。再給他兩個星期。我們得照他的速度來進行。

「我們從哪裡開始？」恩尼斯問。

「悲傷，」卡蘿琳說，「悲傷於跟一個我不能忍受的男人過了這麼多年。」

「九年，妳的一大段青春。」

「很大一段，我多麼希望能要回來。」

「卡蘿琳，我們來試著想想，妳爲什麼會付出九年。」

「過去我已經與心理醫生做過許多次探討。從來都沒用。回顧過去難道不會把我們帶離我現在的難題嗎？」

「好問題，卡蘿琳。相信我，我不會讓妳沈溺於過去。儘管如此，過去是妳現在意識的一部分——它成爲妳體驗現在的透視鏡。如果我要完全瞭解妳，我必須知道妳怎麼看事情。我也想知道妳過去如何作抉擇，這讓我們可以幫助妳在未來作出更好的抉擇。」

卡蘿點點頭。「我明白。」

11

「那麼，談談妳的婚姻。妳為什麼決定嫁給一個妳憎惡的男人，還維持了九年？」

卡蘿照計畫，儘可能貼近事實，誠實地告訴恩尼斯她的婚姻史，只改動了地點和一切會引起恩尼斯疑心的實際細節。

「我在法學院畢業前遇見了韋恩。當時我在一間法律事務所當書記，被指派處理韋恩父親的商業案件，他父親擁有極為成功的連鎖鞋店。我跟韋恩交往了很久——他英俊、溫和、思慮周到、很專情、準備在一兩年內接手他父親五百萬元的事業。我當時完全沒錢，還積欠一大筆學生貸款。我很快就決定要結婚。那是個很笨的決定。」

「怎麼會呢？」

「結婚幾個月後，我開始從比較現實的角度看到韋恩的特質。我很快發現他的『溫和』不是體貼，而是懦弱。『思慮周到』成了優柔寡斷。『專情』轉變為纏人的依賴。而『富有』則隨著他父親的鞋業三年後破產而灰飛湮滅。」

「那麼英俊的外表呢？」

「一個好看的窮光蛋加上一塊五毛只夠買杯卡布基諾。各方面而言，這都是個很糟的決定——毀人一生的決定。」

「什麼原因使妳做出這個決定？」

「嗯，我知道原因從何而來。我告訴過你，我的高中男友阿洛，在大二的時候毫無解釋地把我甩了。進入法學院後，我一直與麥克穩定交往。我們是夢幻組合；麥克是班上的第二名……」

「怎麼說是夢幻組合？」恩尼斯打斷她。「妳也是個優秀的學生嗎？」

「嗯，我們的前途光明。他是班上的第二名，我是第一名。但最後麥克還是把我甩了，娶了紐約最大法律事務所資深合夥人的白癡女兒。後來在暑假時，我到地區法庭實習，遇見了艾德，他是個對地區法庭司法官很有影響力的助理，幾乎每天下午都在他的辦公室裡，脫光衣服來指導我。但他不願公開讓人看到跟我在一起，暑假結束後，他對我的信件和電話完全置之不理。遇到韋恩時我已經一年半沒有接近男人，我猜我這麼快就決定嫁給他，是一種反彈。」

「我注意到的是，有一長串的男人不是背叛妳就是拋棄妳：妳父親、傑德——」

「傑布。結尾是布。」布、布、布，你這個渾蛋，卡蘿想。她強擠出一個微笑。

「對不起，卡蘿琳。傑布、庫克醫生、阿洛，今天還加進了麥克和艾德。還眞不少！我想當韋恩出現，似乎終於找到一個安全又可靠的人時，妳一定鬆了一口氣。」

「韋恩完全沒有拋棄我的危險——他非常黏人，幾乎沒有我陪，就不願去上廁所。」

「也許當時『黏人』有一定的魅力。那一串爛男人呢？沒有任何例外嗎？我沒有聽到任何例外，任何一個對妳有幫助，也對妳好的男人。」

「只有勞夫．庫克。」卡蘿很快的躲進安全的謊言中。不久前，當恩尼斯列出所有背叛她的男人，他幾乎惹出了痛苦的情緒，就像上次的療程。她瞭解自己必須有所戒備。

11

她從來沒有發覺心理治療是多麼迷惑人，多麼危險。

「他卻離妳而死去。」恩尼斯說。

「現在還有你。你會對我好嗎？」

恩尼斯還來不及回答，卡蘿微笑著問了另一個問題：「你的健康狀況如何？」

恩尼斯笑了。「我的健康好極了，卡蘿琳。我還計畫要活很久。」

「另一個問題呢？」

恩尼斯一臉狐疑地看著卡蘿。

「你會對我好嗎？」

恩尼斯遲疑了，小心地選擇他的用字：「會的，我會試著給予妳最大的幫助。妳可以相信這一點。妳知道，我想到妳說到妳是法學院的畢業生代表。我幾乎得連拖帶拉的逼妳，妳才說出來。芝加哥大學法學院第一名——這可不是平凡的成就，卡蘿琳。妳為此感到驕傲嗎？」

卡蘿琳聳了聳肩。

「卡蘿琳，遷就我一下。再告訴我一次：妳在芝加哥大學法律系的學業成績如何？」

「很不錯。」

「有多好？」

一陣沈默，然後卡蘿用非常細微的聲音說，「我是班上第一名。」

「再說一次。有多好？」恩尼斯把手圍在耳後表示他幾乎聽不到。

「我是第一名。」卡蘿大聲的說，還接著補充：「我也是法律評論的主編。沒有人，包括麥克在內，能稍微趕上我。」然後她突然放聲哭了。

恩尼斯遞給她一張面紙，等她肩膀的起伏平息下來，然後柔聲問道：「妳可以把一部分淚水轉爲言語嗎？」

「你知道嗎，當時有多美好的遠景在等著我？我本來可以做任何事——我有十幾個工作機會——我可以挑選事務所。我甚至可以進入國際法，因爲有人提供我一份絕佳工作機會，在美國國際開發總署法律顧問辦公室。我本來可以做些對政策有重大影響的工作。不然如果我到華爾街任何有名的事務所工作，現在年薪就有五十萬。然而，看看我：處理家庭法、遺囑和些雞毛蒜皮的稅務——賺些蠅頭小利。我浪費了一切。」

「爲了韋恩？」

「爲了韋恩，也爲了瑪麗，她在我們結婚十個月後出生。我深愛著她，但她也是困境的一部分。」

「多談些困境的部分。」

「我真正想做的是國際法，但是如果有個幼齡孩子，和一個連家庭主夫都做不好的老公，我要怎麼做國際性工作？一個連單獨過一晚都會發慌的老公，如果沒問過我，連早上穿什麼都不能決定的老公？所以我只好接受現狀，拒絕了大好工作機會，到附近一家

11

規模較小的事務所，讓韋恩可以在他爸爸的總公司附近。」

「妳在多久以前才發現自己的錯誤，妳當時眞的明白自己的處境嗎？」

「很難說。頭兩年我就開始懷疑，但是有件事——一次失敗的露營——讓我完全撥開疑雲。大概發生在五年前。」

「告訴我怎麼回事。」

「嗯，韋恩決定我們全家應該享受一下美國最受歡迎的休閒活動：露營。我十幾歲的時候，有一次幾乎死於峰螫——過敏性休克——我對毒藤也有惡性反應；所以我完全沒辦法去露營。我提了其他許多種旅行：獨木舟、潛水、乘船到阿拉斯加、到聖胡安群島、加勒比海或緬因航海之旅——我不暈船。但韋恩認爲這件事攸關他的男子氣概，堅持除了露營什麼都不要。」

「但是妳對峰螫過敏，他怎麼能要求妳去露營？他要妳冒生命危險嗎？」

「他只看到我想要控制他。我們大吵大鬧。我告訴他我決不會去，他卻堅持沒有我也要帶瑪麗去。我對他去露營一點意見都沒有，還鼓勵他找些男性朋友一起去——但他根本沒有朋友。我覺得讓他帶瑪麗去很不安全——她只有四歲。他這麼沒用、這麼膽小，我擔心女兒的安危。我相信他反而希望瑪麗保護他。但是他不肯聽。最後把我煩到同意。」

「那時事情就開始變得很古怪，」卡蘿繼續說。「起初他決定他必須減肥十磅來保持良好體態——其實要減三十磅才眞的像樣。這也回答了你問的外貌問題：結婚不久後他就吹氣球般胖了起來。他開始每天上健身房舉重減肥，但是弄傷了背，結果又胖了回來。他焦慮到甚至會氣喘。有一次在慶祝我正式成爲事務所合夥人的晚宴上，我卻必須半途離席，送他去急診室。爲了他的男性氣概的露營，搞出了這麼多意外。那時我才眞正開始瞭解到，這樁婚姻錯得多麼離譜。」

「這個故事眞不簡單，卡蘿琳。」恩尼斯感到很驚訝，這件事與賈斯丁的露營事件實在很相似。聽到兩個這麼相似的故事眞是太有趣了——尤其是雙方的觀點完全不一樣。

「但告訴我，當妳眞正發現自己的錯誤——那次露營事件發生在多久以前？妳說妳女兒當時是四歲？」

「大概五年前。」卡蘿大約每五分鐘就要收拾自己編造的故事；雖然她憎惡恩尼斯，她發現自己被他的問題所吸引了。太驚人了，她想著，療程變得讓人很著迷。他們可以用一兩個小時把你釣上手，一旦得到你的信任，就可以為所欲為——要你每天來、隨他們高興收多少錢、甚至在地毯上幹你，還向你收錢。也許誠實太危險了。但是我沒有其他選擇——如果我虛構一個人物，我會處處受制於自己的謊言。這傢伙是個討厭鬼，但可不是笨蛋。不，我必須扮演我自己，但是要非常小心。很小心。

「所以，卡蘿琳，妳在五年前瞭解到自己的錯誤——儘管如此，妳還是繼續這段婚姻！也許這段婚姻中有些較爲正面的部分，妳還沒有談到。」

11

「不，這段婚姻糟糕透頂。我對韋恩沒有愛。沒有尊重。他對我也是如此。我從他那裡得不到任何東西。」卡蘿輕輕撫摸雙眼，「是什麼讓我留在這段婚姻？天哪，我不知道！習慣、恐懼、我的女兒——雖然韋恩跟她從來不親——我不確定……癌症和我對韋恩的承諾……沒有其他地方可去——我沒有其他機會。」

「機會？妳是說男人的機會？」

「嗯，的確是沒有男人的機會。恩尼斯，拜託，今天談談這件事——我必須解決我的性慾——我渴望性，非常飢渴。但是我剛剛並不是說這個——我說的是沒有其他有趣的工作機會。不像我年輕時有的那些黃金機會。」

「沒錯，那些黃金機會。妳知道，我還在想幾分鐘之前，當我們談到妳是班上第一名，以及妳的似錦前程時，妳的眼淚……」

卡蘿硬起心腸。他正企圖闖進來，她想。一旦他們找到脆弱的部分，就會繼續越挖越深。

「妳有許多痛，」恩尼斯繼續說，「對於妳本來可以擁有的生活。我想起一首很棒的詩：『所有悲傷的話語文字中，最悲傷的莫過於這一句：「本來可以……」』」

噢，不，卡蘿想。饒了我吧。現在詩也來了。他真是每招都用上了。接下來，他就要拿出他的老吉他了。

「而且，」恩尼斯繼續說：「妳爲了與韋恩生活放棄了所有的可能。很差的一筆交易

——難怪妳不去想它……妳看到當我們直接面對它時，所引起的痛苦嗎？我認爲那就是妳爲何還沒離開韋恩的理由——如果離開了他，就等於是烙下了現實的印記。妳就再也無法否認，妳爲了這麼一點點而放棄了很多，妳的整個前途。」

卡蘿抑制不住，開始顫抖。恩尼斯的解析聽起來很正確。他媽的，別碰我的案子，可以嗎？誰叫你來論斷我的生活？「也許你是對的。但那都已經過去了；現在這有什麼幫助？這正是你所說的沈溺於過去。過去的就算過去了。」

「是這樣嗎，卡蘿琳？我不這麼認爲。我不認爲妳只是過去做了一個糟糕的決定：我認爲在目前的生活中，妳還是在做很糟的選擇。」

「我有什麼選擇？拋棄將死的丈夫？」

「我知道聽起來很瘋狂，但那正是壞選擇的形成背景——讓自己相信沒有其他的選擇可做。也許那是我們的目標之一。」

「你的意思是？」

「幫助妳了解，也許還有更可行的選擇，更寬廣的選擇範圍。」

「不，恩尼斯，事情仍會走到同一步。只有兩種選擇：我不是拋棄韋恩，就是留在他身邊，不是嗎？」

「不，完全不是。妳做了很多不一定正確的假設。例如，假設妳跟韋恩將永遠相互鄙視。妳排除了人會改變的這個可能性。面臨死亡是很好的改變催化劑——對他，也可能

11

對妳如此。也許夫妻婚姻治療會有幫助——妳說你們還沒試過。也許你們會重新發現一些埋藏的愛意。畢竟你們生活在一起，共同扶養孩子九年之久。如果妳離開了他，或在他死後發現，妳原本可以更努力改善你們的婚姻？我相信如果妳覺得自己盡了力，妳會比較好過一些。」

「另一個看法，」恩尼斯繼續說：「就是質疑妳的假設：陪伴他走到生命盡頭是件好事。這個假設一定是對的嗎？我懷疑。」

「總比讓他孤獨的死去要好。」

「是嗎？」恩尼斯問。「韋恩死在恨他的人身邊好嗎？另一個可能是要記得，離婚不一定就代表了拋棄。難道妳無法想像這個可能：爲自己打造出一個完全不同的生活，甚至與另一個男人，但又不拋棄韋恩？如果妳不把他視爲困境的一部分而痛恨他，也許還可以跟他更接近。妳看，有各種不同的可能性。」

卡蘿點頭，希望他不要再說了。恩尼斯好像可以永遠說下去。她看了看錶。

「妳看了錶，卡蘿琳。可以告訴我爲什麼嗎？」

「嗯，時間快到了，」卡蘿說，揉著她的雙眼。「今天我還想談些別的。」

恩尼斯十分懊惱地想到，自己眞是支配過頭，以致病人無法暢所欲言。他很快採取行動。「幾分鐘前，妳提到自己正經驗到性壓力。那是妳想要談的事嗎？」

「那是最主要的部分。我已經沮喪到快要發狂——我確定這是所有焦慮的根源。之前我們的性生活就不多，但自從韋恩動了攝護腺手術，他就性無能了。我知道在這種手術後，這種情況並不少見。」卡蘿做了事前準備。

恩尼斯點頭，等她開口。

「所以，恩尼斯……真的可以叫你恩尼斯嗎？」

「如果我稱呼妳卡蘿琳，妳一定要叫我恩尼斯。」

「好吧，恩尼斯。那麼，恩尼斯，我該怎麼辦呢？那麼多無處宣洩的性能量。」

「告訴我妳跟韋恩的的情況。雖然他性無能，你們還是有辦法在一起的。」

「如果你的『在一起』指的是他可以幫我解決，別想了。不可能那樣解決。我們的性生活在手術前很早就完了。那也是我想離開他的原因之一。現在與他的任何身體接觸都會讓我完全失去胃口。而他也沒興致到了極點。他從不覺得我有吸引力——說我太瘦，皮包骨。現在他叫我到外面，隨便找個人上床算了。」

「然後呢？」恩尼斯說。

「嗯，我不知道該怎麼辦，或怎麼進行，或該去什麼地方。我身處異地。一個人都不認識。我不想隨便到酒吧裡被男人釣走。外面是一片叢林。很危險。我相信你也同意我，現在最不需要的就是再被人強暴一次。」

「那是當然的，卡蘿琳。」

「你單身嗎，恩尼斯？離婚了？你的書上沒提到妻子。」

11

恩尼斯倒抽了一口氣。他從沒跟病人談過他妻子過世。現在他的自我揭露即將受到嚴重的考驗。「我太太在六年前的一場車禍中喪生。」

「噢，我很遺憾。那一定很不好過。」

恩尼斯點頭。「不好過……是的。」

騙人，騙人，他想著。雖然露絲的確在六年前喪生，事實上我們的婚姻原本也不可能再撐下去。但她需要知道這個嗎？還是堅持對病人有利的說法吧。

「所以你現在也在單身世界中浮沈？」卡蘿問道。

恩尼斯覺得身陷困境。這個女人太難以捉摸了。他沒有想過完全自我揭露的處女航會如此凶險，他非常渴望能航向精神分析的平靜水域。航線他早已熟記在心：只要簡單的說，「我不知道妳爲什麼要問這些問題，」或是「妳對於我身處單身世界有何幻想？」但這種不率直的中性態度，這種虛假，正是恩尼斯誓言要規避的。

該怎麼辦？如果她接下來問起他的約會方式，他也不會訝異。在此片刻，他想像數月或數年後，卡蘿琳跟其他某位心理醫生談到恩尼斯．拉許醫生的治療方式：「噢，是的，拉許醫生經常談到他的私人問題以及認識單身女性的技巧。」

沒錯，恩尼斯想的越深，他越明瞭到此處存在著心理醫生自我揭露的主要問題。病人的祕密受到保護，但醫生卻毫無保障！心理醫生也無法要求病人保密：如果病人在未來接受其他醫生的治療，他們必須擁有絕對的自由討論一切，包括前任醫生的怪癖。雖然可以信任心理醫生會保護病人的秘密，醫生之間卻常常愛說同僚缺點的閒話。

例如數周前，恩尼斯把一位病人的太太介紹給另一位醫生，一位叫做戴夫的朋友。最近他的病人要求爲他太太介紹別的醫生；因爲戴夫習慣用聞味道來瞭解他妻子的心情！通常恩尼斯會被這種行爲嚇到，永遠不再介紹任何病人給他。但戴夫是個好友，所以恩尼斯問他到底發生了什麼事。戴夫說病人停止接受治療，是因爲他拒絕開鎮定劑給她，她已經暗中濫用了好幾年。「那聞她又是怎麼回事？」戴夫有點搞糊塗了，幾分鐘以後他才想起，在診療初期時，他有一次不經意地讚美了她所用的一種味道特別濃的新香水。

恩尼斯在他的開誠布公原則上再加一條：只透露自我到對病人有幫助的程度；但如果不想丟掉飯碗，就得小心你的自我揭露聽在其他醫生耳裡會是什麼感覺。

「所以你也在單身世界裡掙扎。」卡蘿重複問道。

「我單身但不掙扎，」恩尼斯回答。「至少目前不是。」恩尼斯努力擠出一個有魅力，也有所保留的微笑。

「我很希望你能告訴我，你是怎麼應付舊金山的單身生活。」

恩尼斯遲疑了。自發和衝動是有差別的，他提醒自己，他不一定非得回答每個問題。「卡蘿琳，我想要妳告訴我，爲什麼妳會問這個問題。我向妳保證過幾點：盡我所能的幫助妳——那是最基本的——還有，在治療中盡可能誠實。所以現在，從我想要幫助妳的基本目標出發——讓我們試著瞭解妳的問題：告訴我，妳到底想問我什麼？爲什麼要問？」

不錯嘛，恩尼斯想，真的很不錯。保持高透明度並不表示要被每位病人一時興起的好奇心所奴役。恩尼斯迅速記下他對卡蘿琳的回答；如果忘了就太可惜了——他可以用在期刊文章中。

卡蘿對他的問題早有準備，而且已經暗暗演練過。「如果我知道你也面對了相同的問題，我會覺得更能被你了解。尤其是如果你已經成功地度過這些問題，我會覺得你與我更相像。」

「這很合理，卡蘿琳。但妳的問題還有更多的涵義，尤其是我已經說過，面對單身生活，我還算過得去。」

「我希望你能給我直接的引導——爲我指引正確的方向。我覺得很無力——老實說，我既飢渴又恐懼。」

恩尼斯看了看錶。「卡蘿琳，我們的時間到了。下一次見面前，容我建議妳試著想出一些認識男人的選擇，然後我們會討論每種選擇的利弊。對於提供妳具體的建議，或是用妳的說法，『爲妳指引正確的方向』我會感覺很不自在。聽我一句話——我已經看過無數次了：那樣的引導很少對病人有幫助。對我或對其他人有幫助的，不一定對妳也好。」

卡蘿感覺受挫又憤怒。你這個自以為是的渾蛋，她想，如果沒有一點明確的進展，我不會結束這個小時。「恩尼斯，要我再等一整個星期會很難受。我們可不可以再約早一點；我需要更常來見你。別忘了，我是個付現金的好顧客。」她打開皮包數了一百五十美金。

卡蘿對錢的說法讓恩尼斯很爲難。顧客似乎是特別難聽的字眼：他討厭面對心理治療的商業面。「噢……嗯……卡蘿琳，沒有這個必要……我知道妳第一次診療時付現金，但從現在開始，我比較喜歡每個月記帳單給妳。還有事實上，我比較喜歡支票——對我的原始記帳方法比較容易些。我知道支票比較不方便，因爲妳不希望韋恩知道妳來見我，也許可以開銀行本票？」

恩尼斯翻開他的行事曆。唯一的空缺時間是賈斯丁空出來的早上八點時段，賈斯丁希望能保留來寫作。「我們再聯絡吧，卡蘿琳。目前我的時間很緊。等個一兩天好不好？如果妳覺得下星期前一定要見我，打個電話給我，我會排出時間。這是我的名片；留言給我，我會回電告訴妳診療時間。」

「你打來會很尷尬。我還沒有工作，我先生又一直在家……」

「好吧。我把家裡的電話寫在名片上。晚上九點到十一點應該都可以找到我。」不像他的許多同事，恩尼斯不擔心留下家裡電話。他很久以前就學到，一般說來，焦躁不安的病人如果越容易找得到你，他們越不會打電話來。

11

離開辦公室前，卡蘿琳打出最後一張牌。她轉向恩尼斯，給了他一個擁抱，比上一次久一點、緊一點。她感覺到他的身體緊張起來，她說：「謝謝你，恩尼斯。我很需要這個擁抱，如果我要熬過這個星期。我迫切需要別人碰我，我快要不能忍受了。」

下樓梯時，卡蘿想著，這是我的想像，還是大魚已經上鉤了？他是否有一點點投入那個擁抱嗎？走到一半，一個穿著純白運動衣的跑者衝上樓梯，幾乎把她撞倒。他牢牢抓住她的手，穩住她的身子，然後舉起白色遊艇帽的帽沿，對卡蘿閃出一個燦爛的微笑。「嗨，我們又遇上了。對不起差點把妳撞倒。我是傑西。我們好像看同一個心理醫生。謝謝妳使他延長了時間，要不然他會用半個小時分析我的遲到。他今天還好嗎？」

卡蘿望著他的嘴。她從沒看過這麼完美的白牙齒。「好不好？他很好。你待會就知道。噢，我是卡蘿。」她轉身看著傑西三步兩步跳上其餘的階梯。真不錯的臀部！

12

星期二早上九點差幾分，謝利在馬歇爾·史特萊德的候診室裡闔上他的賽馬表，不耐煩的輕踏著腳。只要他見過史特萊德醫生，他就會有美好的一天。首先，要跟威利與他的孩子們打網球，他們回家過復活節假期。威利的孩子現在打的很好，讓人覺得像是在比雙打，而不是當教練。然後要到威利的俱樂部吃午飯：來點烤奶油茴香小龍蝦或是軟殼蟹壽司。然後跟威利到馬場看第六場馬賽。威利和阿尼的馬「叮鈴」要參加聖塔克拉拉的比賽。

謝利對心理醫生沒什麼需要。但史特萊德醫生似乎很有用處。雖然他根本還沒見過他，史特萊德醫生已經派上了用場。當諾瑪接到傳眞後，當天晚上回到家，她慶幸不用結束婚姻——儘管這一切，她仍然愛著他——主動投入了謝利的懷抱，把他拉進了臥室。他們再次發誓：謝利要好好利用心理治療來改善他的賭博習慣，而諾瑪則偶爾需要給謝利一天休息時間，不用應付她如狼似虎的性需求。

12

現在，謝利想，我只需要跟史特萊德醫生談完，就可以自由了。但是也許還有什麼內情。一定有些什麼。只要我花下這些時間，也許要好幾個小時，來讓諾瑪滿意——也讓醫生滿意——也許我真的可以利用一下這位老兄。

門開了。馬歇爾自我介紹，握手，請他進了辦公室。謝利把賽馬表藏進報紙裡，進到辦公室裡，開始對辦公室品頭論足一番。

「你的玻璃收藏還眞不少呢，大夫！」謝利作手勢指向穆斯勒的玻璃雕塑。「我喜歡那個橘色的大傢伙。介意我摸一下嗎？」

謝利已經走了過去，馬歇爾作手勢表示請便，他撫摸著那件時光的金邊。「眞酷，很滑順。你一定有病人想把它帶回家。這些鋸齒狀的邊——你知道，看起來就像是曼哈頓的城市剪影！還有那些杯子？很老的古董嗎？」

「非常老，梅利曼先生。大概有兩百五十年了。你喜歡嗎？」

「我喜歡老酒。但我不懂老的酒杯。很貴重吧？」

「很難說。老的雪莉酒杯幾乎沒有什麼市場。那麼，梅利曼先生……」馬歇爾用他正式的治療開場白聲音說：「請就座，然後我們就開始。」

謝利又摸了橘色大缽最後一次，然後坐了下來。

「我對你的瞭解很少，除了你曾經是潘德醫生的病人，以及你告訴學會祕書，你必須立刻看診。」

「從報紙讀到你的心理醫生完蛋了，這並不是天天都會發生的事。他的罪名是什麼？他對我做了什麼？」

馬歇爾穩穩地控制著場面：「何不開始談談你自己，你為何會接受潘德醫生的治療？」

「哇，醫生。我需要更了解事情的重點。通用汽車不會發出通告說你的車子有很大的問題，卻讓車主自己猜問題是什麼，不是嗎？他們會說是點火裝置或燃料幫浦或自動排檔有問題。你何不從告訴我，潘德醫生的治療有何缺陷？」

馬歇爾被嚇了一跳，但很快重拾平衡。這不是普通病人，他告訴自己：這是個測試案例——心理治療史上第一個召回治療的案例。如果需要有彈性，他就能有彈性。從當足球後衛時，他就以看穿敵情的能力自豪。他決定尊重梅利曼先生的需求。告訴他這個……但是僅此為止。

「很公平，梅利曼先生。精神分析學會認為潘德醫生時常提供怪異和毫無根據的解析。」

「再說一次？」

「抱歉，我的意思是，他對病人的行為解釋既荒謬又經常令人困擾。」

「我還是聽不懂。哪一種行為？舉個例吧。」

「例如，所有男人都渴望某種與父親的同性結合。」

12

「什麼？」

「嗯，他們會想要進入父親的身體，與父親合而爲一。」

「是嗎？父親的身體？還有呢？」

「而那種渴望會干擾到他們的安寧，以及與其他男性的友誼。這是不是提醒了你某些潘德醫生治療的情形？」

「是啊，是啊。我想起來了。那是很多年以前，很多事我早忘了。但我們其實不會忘記的，不是嗎？一切都儲存在腦袋裡，一切發生過的事？」

「完全正確，」馬歇爾點頭。「我們說它存放在潛意識中。現在告訴我，關於治療你想起了些什麼？」

「就是那個——關於跟我老爸搞的那些玩意。」

「你跟其他男性的關係呢？有問題嗎？」

「大問題。」謝利還在摸索，但是他慢慢的分辨出內情的輪廓。「非常非常大的問題！舉例來說，幾個月前我的公司關門大吉後，我一直在找工作，每次我去面試——幾乎每次都是跟男人——結果無論如何我一定會搞砸。」

「面試時發生了什麼事？」

「我就是會搞砸。我會很煩躁。我想一定是那潛意識跟我老爸的玩意。」

「有多煩躁？」

「非常煩躁。你們是怎麼說的？你知道的——恐慌，呼吸急促什麼的。」

謝利看著馬歇爾寫下了一些筆記，心想自己挖到寶了。「沒錯，恐慌——那是最好的說法。呼吸困難。汗如雨下。面試者以爲我瘋了，他們一定在想：『這個人要怎麼推銷我們的產品？』」

馬歇爾把這個也記了下來。

「面試者很快就請我出去。我太神經過敏，搞得他們也神經過敏。所以我已經失業很久了。還有一件事，醫生，我經常參加一個撲克牌局——跟同一批人打了十五年牌。很友善的玩，但是賭注大的可以賠上一大筆……這是保密的，對吧？我是說，即使你在某種情況下遇上我老婆，還是要保密，對吧？你發過誓守密嗎？」

「當然，你在這房間說的每件事都保密。這些筆記只給我自己用。」

「很好。我不希望我老婆知道我輸錢——我的婚姻已經岌岌可危了。我已經輸了一大筆，現在回想起來，是我見了潘德醫生以後才開始輸錢的。從與他會面起，我就失去了所有的能力——在男人身邊就焦慮，像我們之前談過的那樣。你知道，治療前我原本是個不錯的玩家，中等以上——治療後我就全部打結了——緊張——出錯牌……每次都輸。你玩牌嗎，醫生？」

馬歇爾搖搖頭。「我們有很多要談。也許我們該談談，當初你爲什麼會去看潘德醫生？」

12

「等一下。先讓我把這個說完，醫生。我要說的是，撲克牌比的不只是運氣：撲克牌比的是膽量。玩牌百分之七十五是心理戰——怎麼控制情緒，怎麼逼人亮底牌，怎麼回應別人的亮牌戰術，拿到好牌或壞牌時不經意洩露出來的破綻。」

「是的，我了解你說的重點，梅利曼先生。如果你對其他牌友覺得不自在，玩牌是不可能成功的。」

「玩牌『不成功』表示輸到光屁股。輸大錢！」

「那麼，我們來談談你當初為何會去看潘德醫生。我們來看看……從哪一年開始的？」

「所以我是這麼想的，在撲克牌和不受僱用之間，潘德醫生和他的錯誤治療最後讓我付出了大筆金錢——非常、非常大筆錢！」

「是的，我了解。但是請告訴我，你為何開始見潘德醫生。」

正當馬歇爾開始警覺到會談的方向時，謝利突然放鬆下來。他已經得知他所需要知道的訊息。他娶了一個專辦民事訴訟的律師九年，可不是一點都沒學到東西。從現在開始，當個合作的病人只有百利而無一弊。他察覺到如果他對傳統心理治療表現非常積極的反應，在法庭上對他會更有利。所以他開始非常詳實地回答馬歇爾的所有問題——當然除了關於潘德醫生治療他的問題之外，那些他一點都不記得了。

馬歇爾問到他的父母時，謝利深深挖掘過去：他的母親對他的溺愛，與她對他父親的失望形成強烈的對比，他父親執迷於許多失敗的計畫。但是儘管他母親寵愛他，謝利還是堅信他父親是他生命中的主角。

沒錯，他想的越多，越是心亂如麻。他告訴馬歇爾，潘德醫生對他父親的解釋。雖然他父親不負責任，他仍覺得與他父親有很深的聯繫。他年輕時崇拜爸爸。他喜歡看他跟朋友在一起，玩牌、到處賭馬。他父親什麼運動都賭——賽狗、迴力球、足球、籃球——什麼遊戲都玩：撲克牌、紙牌、西洋棋。謝利想起最喜愛的一些童年時刻，就是坐在爸爸腿上幫他洗牌。他的成年禮就是爸爸讓他參加牌局。謝利現在想起他在十六歲時自作聰明的提高賭注，還會感到有點畏縮。

是的，謝利同意馬歇爾所說的，他對父親的認同非常深、非常廣。他的聲音很像父親，經常唱著父親愛唱的歌。他跟父親用同一種刮鬍泡沫和鬍後水。他也用蘇打粉刷牙，也從不忘在早晨淋浴時，以沖幾秒鐘冷水作結。喜歡烤得酥脆的洋芋，也像他父親一樣，上館子從不忘叫服務生把洋芋拿回去再烤焦一點！

當馬歇爾問到他父親的死，謝利淚流滿面地敘述他父親五十八歲時死於心臟病，他正要釣起一條魚的時候，在老友的圍繞下離世。謝利甚至告訴馬歇爾，在父親葬禮時，他因為不停想著那條魚而感到羞愧。他到底拉上那條魚沒有？魚到底有多大？大夥總是下了很大的注，看誰抓到最大一條魚，也許有些錢應該歸給他爸爸。以後可能再也見不到父親的釣友，於是他在葬禮時痛苦地想要問這些問題。但是因為羞愧而說不出口。

12

自從父親死後，謝利每天總會或多或少想到他。早上穿衣時看到鏡中的自己，注意到自己鼓脹的腿肌，緊縮的臀部。三十九歲了，他開始變得越來越像他的父親。

這個小時結束時，馬歇爾和謝利都同意，既然他們已經上了軌道，他們應該很快再見面。馬歇爾有好幾段空檔——他還沒有填補彼得·馬康度的時間——於是他安排下星期跟謝利做三次診療。

13

「所以，這個心理醫生有兩個病人，剛好是很熟的朋友……你有沒有在聽？」保羅問恩尼斯，他正埋頭用筷子挑糖醋鱈魚的刺。恩尼斯在沙加緬度有一場讀書會，保羅開車來見他。他們約在一家中國餐館。恩尼斯穿著他的讀書會制式服裝：雙排扣藍外衣裡面加一件白色喀什米爾高領衫。

「我當然有在聽，你覺得我不能同時吃飯和聽你說話嗎？兩個好朋友看同一個心理醫生，然後……」

「有一天打完網球，」保羅繼續說，「他們比對了心理醫生的意見。因爲對他高高在上，無所不知的姿態感到氣惱，他們想出了一個小小娛樂：這兩個朋友約好告訴心理醫生同一個夢。所以第二天，其中一個人在早上八點告訴心理醫生那個夢，另一個在十一點說了同一個夢。心理醫生一如往常般鎭定，四平八穩地說：『太驚人了？這是我今天第三次聽到同一個夢境！』」

13

「好故事，」恩尼斯說，差點被炒飯嗆到，「但這個故事告訴我們什麼？」

「嗯，告訴我們一件事，不僅是心理醫生隱藏自己。許多病人都被抓到在躺椅上撒謊。我有沒有告訴過你，兩年前我的一位病人，同時看兩個心理醫生，卻沒有告知其中任何一位？」

「他的動機是？」

「噢，某種報復性的勝利感吧。他會比對兩個人的說法，靜靜的嘲笑兩個人斬釘截鐵的宣稱著完全相反，但同樣荒唐的解釋。」

「好一個勝利！」恩尼斯說。「還記得懷特宏老教授會怎麼說嗎？」

「兩敗俱傷的勝利！」

「兩敗俱傷！」恩尼斯說，「他最喜歡的一個字眼。每次病人抗拒心理治療時，就會聽到他這麼說！」

「但是你知道，」恩尼斯繼續，「你的病人同時看兩位醫生——還記得我們將同一個病例呈交給兩個不同的輔導醫生時，拿他們完全不同的看法開玩笑嗎？這是同樣的事。你關於兩位心理醫生的故事引起了我的興趣。」恩尼斯放下筷子。「我在想——這有沒有可能發生在我身上？我想不會。我蠻確定自己知道病人是不是開誠布公。剛開始的時候會懷疑，但總會有一刻，我們不再懷疑彼此都開誠布公。」

「開誠布公——聽來不錯，恩尼斯，但這到底是什麼意思呢？有好幾次，我看了一個病人一、兩年，然後發生了某件事，或我聽說了某件事，使我重新評估我對這個病人的所有認識。有時候我單獨治療某個病人好幾年，然後讓他參加團體治療，結果看到的讓我大吃一驚。這是同一個人嗎？他竟然隱藏了那麼多東西不讓我知道！」

「有三年之久，」保羅繼續說：「我治療一個病人，一位非常聰明的女性，年約三十，在完全沒有經過我的任何誘導之下，主動回憶起她與父親之間的亂倫。嗯，我們治療這個問題一年，套句你的話，我相信我們是開誠布公了。好幾個月來，我握著她的手，陪伴她經歷恐怖的回憶，當她試著面對她父親時，我支持她度過很激烈的家庭衝突。現在——也許爲了配合當今的潮流——她突然開始懷疑這一切早期回憶的眞實性。」

「我告訴你，我眞是頭昏眼花了。我根本不知道什麼才是事實，什麼是虛構的。更過分的是，她開始批評我過於容易受騙。上星期她夢見她在父母家中，然後一輛慈善團體收舊貨的卡車開到門前，開始敲打她家的地基。你笑什麼？」

「要不要猜猜誰是那輛卡車？」

「不錯，一點也不難猜。當我要她開始自由聯想那輛卡車時，她開玩笑說那個夢的名字是：善心之手再次出擊！所以這個夢的訊息是，在信任與幫助的掩飾下，我是在破壞她家庭與家人的基礎。」

「忘恩負義。」

「是的。而我又笨得開始爲自己辯護。當我指出那是她自己的回憶，她說我頭腦過於簡單，以至於相信她所說的一切。」

「但是你知道，」保羅繼續說：「也許她說得對。也許我們都太容易上當。我們習於病人付錢要我們聽實話，於是幼稚地忘記了撒謊的可能。我最近聽說有一項研究顯示，心理醫生與聯邦調查局幹員對於謊言都特別無能察覺。而關於亂倫的爭議最近有更怪異的發展……你在聽嗎，恩尼斯？」

「繼續說，你說到亂倫的爭議變得更怪異……」

「對。當我們開始探討邪教虐待儀式的世界時，亂倫的爭議就變得非常怪異。這個月我擔任一個治療團體的看護醫生。團體的二十個病人中，有六個宣稱受到儀式虐待。你簡直無法想像團體治療時的情況：這六個病人描述他們的邪教虐待儀式——包括活人獻祭與食人——都是栩栩如生的詳細，非常具有說服力，沒有人敢表示懷疑。包括工作人員在內！如果團體治療的心理醫生挑戰他們的說詞，醫生會被整個團體亂石打死——完全無法施展任何治療。老實告訴你，其中幾個工作人員竟然相信這些說法。眞是一處瘋子的避難所。」

恩尼斯點點頭，熟練地翻過魚，開始吃另一面。

「多重人格分裂症患者也有同樣的問題，」保羅繼續說：「我知道有些很好的心理醫生，提出了兩百件的病例報告，我也認識其他很好的心理醫生，從事心理治療三十年之久，卻宣稱他們從來沒有遇到過一個。」

「也許我們要等傳染病結束後，」恩尼斯回答：「才能採取更客觀的觀點來發現眞相。我同意你說的關於亂倫受害者與多重人格症患者。但先撇開他們不談，看看你平常的治療案例。我想一個好的心理醫生總能夠辨識出病人的實情。」

「存心欺騙的人也行？」

「不，不，你知道我的意思——你平常治療的病人。你什麼時候會在心理治療上碰到存心欺騙的人？自己花錢來看醫生，不是因爲法院命令而來的病人？你知道我告訴過你的那個新病人，我的偉大開誠布公實驗的對象？上星期我們第二次會診時，我有一段時間摸不清楚她的想法……我們距離好遙遠……彷彿不在同一個房間裡。然後她開始談到她在法學院是班上第一名，突然她大哭起來，進入了一種微妙的誠實狀態。她談起了一生最大的懊悔……放棄了大好黃金前程，卻選擇了後來失敗的婚姻。還有，同樣這種誠實的突破狀態也發生在第一次的會診，當她談到她的哥哥與她年輕時所受到的虐待——或可能遭受的虐待。

「在這兩次情況中，我都感同身受……你知道，我們眞的產生了聯繫。我們之間的聯繫使謊言不可能存在。事實上，上次會診發生了這種情況後，她就進入了更深的誠實狀態……開始非常坦白地談到……她在情慾上的挫折……說她如果再不跟人上床，就要發瘋了。」

「嗯，我看你們倆有很多地方很相像。」

13

「好啦，好啦。我正在努力解決這個問題。保羅，不要猛吃豆苗。你是不是想參加厭食症奧運？嚐嚐這些美味的干貝——這家餐館的招牌。爲什麼總是要我一個人解決兩個人的晚餐呢？看看這條比目魚——眞是美極了。」

「謝了。我靠嚼溫度計來補充我的水銀。」

「眞好笑。老天，這個星期眞是不得了！我的病人伊娃幾天前過世。你記得伊娃吧——我向你提到過她——我所希望擁有的妻子或母親？卵巢癌？她是一個寫作老師。非常了不起的淑女。」

「是她夢見她父親對她說：『別待在家裡像我一樣喝雞湯——去，去非洲吧。』」

「啊，對，我都忘了。對，那就是伊娃沒錯。我會想念她的。她的死亡很叫人傷心。」

「我不知道你怎麼對待那樣的癌症病人。你怎麼受得了，恩尼斯？你去參加她的葬禮嗎？」

「不，我在此畫下界線。我必須保護自己——要有一個緩衝地帶。我也限制自己治療瀕死病人的數目。現在我有一個病人，她在一家腫瘤診所擔任心理治療社工，她只看癌症病人——一整天都是——我可以告訴你，這個女人眞是心痛欲絕。」

「這是高風險的行業，恩尼斯。你知道腫瘤科醫生的自殺率嗎？跟精神科醫生一樣高！眞是除了受虐狂，誰能一直做這一行。」

「不見得都是這麼黑暗，」恩尼斯回答：「你也可以從中得到收穫。如果你治療瀕死的病人，而你自己也在接受心理治療，你可以碰觸到自己內在不同的部位，重新安排事情的輕重緩急，不再計較小事情——通常當我接受心理治療後，我會對自己與生命感到好些。這位社工曾經順利接受五年的心理治療，但當她開始與瀕死病人工作後，各種新的問題都陸續出現。例如，她的夢開始充滿了死亡的焦慮。

「上周她所喜愛的一位病人過世，於是她做了一個夢。她夢見自己參加了我所主持的一個會議。她帶了一些卷宗，必須經過一扇敞開的大落地窗才能交給我。她很不高興我的態度很無動於衷，一點也不在乎她所冒的危險。然後一陣雷雨發生，我帶領整個團體爬上一個金屬的樓梯，就像是火災逃生梯。他們全都爬上去，但是樓梯卻在天花板堵死了——無處可去——於是每個人只好又爬下來。」

「換言之，」保羅回答：「不管是你或任何人，都無法保護她，或帶領她脫離疾病，抵達天國。」

「一點也不錯。但我想要說明的重點是，在五年的精神分析中，她對死亡的議題從來沒有浮現過。」

「我所治療的病人也從來沒有這樣子。」

「你必須主動誘導出來。它總是潛伏在表面下。」

「那麼你的情況如何，恩尼斯？要面對這麼多腫瘤議題？不時有新問題出現——這是否意味著更多心理治療？」

「這就是爲什麼我正在寫關於死亡焦慮的這本書。記得海明威時常說，他的打字機就是他的心理醫生。況且，除了寫作之外，你也提供我很好的心理治療。」

「不錯，這就是我今晚的帳單。」保羅招手買單，並示意把帳單給恩尼斯。他望望手錶。「你必須在二十分鐘內到達書店。簡短告訴我關於你與新病人的自我揭露實驗。她怎麼樣？」

「很奇怪的女人。非常聰明能幹，但又很奇怪的幼稚。很糟糕的婚姻——我希望能使她找出解決之道。幾年前曾經想要離婚，但她丈夫有攝護腺癌，現在她覺得自己要被困住一輩子。她以前唯一成功的心理治療是跟一位東岸的心理醫生。聽清楚了，保羅，她與這傢伙有長時間的性關係！他幾年前死了。最該死的是，她堅持那才是治療——她挺身爲那傢伙辯護。我第一次看到這種事。我從來沒見過任何病人宣稱與心理醫生發生性關係是有幫助的。你見過嗎？」

「有幫助？幫助那個心理醫生發洩罷了！但對於病人而言，總是沒有任何好處！」

「你怎麼能說『總是』？我才剛告訴你一個有幫助的案例。別讓事實阻礙了科學眞理！是嗎？」

「好吧，恩尼斯，我要更正自己。讓我更客觀一些。我想一想。我記得幾年前你曾經在一個案子擔任專家證人——希摩・塔特，對不對？他宣稱性交幫助了他的病人——是唯一能成功治療她的療法。但那傢伙是如此自戀，誰能相信他？幾年前我曾經治療一個病人，她曾經與她年老的心理醫生上過幾次床，因爲他的妻子過世了。她稱之爲『慈悲的性愛』。說並沒有顯著的壞處或好處——但大體上是正面多於負面。」

「當然，」保羅繼續說：「有許多心理醫生與病人發生關係，然後結了婚。必須也要把他們算在內。我從來沒看過任何這類的資料。誰知道這種婚姻的後果如何——也許比我們預想的更好！事實上，我們沒有這方面的資料。我們只知道受害者。換句話說，我們只知道分子，而不知道分母。」

「眞奇怪，」恩尼斯說：「這正是我的病人所提出的論點，一字不差。」

「這很明顯，我們只知道受害者，而不知道整個人口數目。也許有些病人從這種關係當中受益，而我們從來沒有聽說過這些人！他們會保持沈默也是可想而知的。首先，這種事情你不會想要張揚。其次，也許他們受到幫助，而我們沒有聽說，是因爲這種幫助並非來自於更進一步的心理治療。還有，如果這是很好的經驗，那麼他們會設法用沈默來保護自己的心理醫生愛人免於受到傷害。

「所以，恩尼斯，這回答了你對於科學眞理的問題。現在我已經向科學致敬。但對我而言，心理醫生與病人發生性關係是道德問題；科學絕不可能把不道德證明成爲道德。我相信與心理醫生發生性關係並不是治療或愛情——而是剝削，違反信任。但是我不知道要怎麼處理你的這個病人，宣稱相反的情況——她應該沒有理由要欺騙你。」

13

恩尼斯付了帳。他們離開餐廳，走路前往書店，保羅問：「所以……多告訴我一點這個實驗。你揭露了多少？」

「我開始進一步打破了我自己的透明度界線，但這個方向並不是我所希望的。我沒有料到。」

「爲什麼沒有？」

「嗯，我本來希望能做到更有人性，更有存在意義的自我揭露——能達成『讓我們一起來面對稍縱即逝的存在』。我以爲我們能討論我對她在此時此地的感受，我們的關係，我自己的焦慮，她與我共享的基本擔憂。但她不想討論任何深入或有意義的話題；反而追問雞毛蒜皮的東西：我的婚姻，我的約會習慣。」

「你怎麼回答她？」

「我掙扎想找出適當的作法。設法分辨什麼才是眞實的回應，什麼只是滿足淫蕩的好奇心。」

「她想從你身上得到什麼？」

「宣洩。她被困在很悲慘的處境中，但她只專注於性的挫折上。她眞是非常性飢渴。在每次診療結束時的擁抱都表露無遺。」

「擁抱？你也跟著一起做？」

「爲什麼不要？我正在實驗一種完整的關係。你在你的小屋裡，也許沒有發現眞實世界裡，人們時常會互相碰觸。那不是情慾的擁抱。我瞭解情慾是什麼。」

「我也瞭解你。小心，恩尼斯。」

「保羅，讓我來使你安心。你記不記得在榮格的《回憶、夢境、省思》中，他說心理醫生必須爲每一個病人創造出新的治療語言？我越是思索這段話，就越覺得奧妙。我覺得這是榮格關於心理治療所說過最有趣的一段話，但是我覺得這還不夠，他還不明白，重要的不是爲每一個病人創造出新語言，或甚至新的治療方式，重要的是創造本身！換言之，重要的是心理醫生與病人一起誠實地合作與創造。這是我從老希摩・塔特身上所學到的。」

「眞是個好老師，」保羅回答：「看看他的下場。」

住在美麗的加勒比海沙灘上，恩尼斯很想這麼回答，但他只是說：「別輕易否定他的一切。他也知道幾件事情。但關於這個病人——給她一個名字，我比較容易談她，姑且稱她瑪麗好了——我對瑪麗是非常認眞的。我決心要對她完全開誠布公，目前的結果還蠻眞實的。擁抱只是其中一部分而已——沒什麼了不起。這是一個缺乏撫摸的女人，撫摸只是一種關切的象徵。相信我，擁抱代表著情誼，而非欲望。」

「但是，恩尼斯，我相信你。我相信這是你對於你們擁抱的感覺。但是她呢？對她是什麼意義？」

「讓我用這個故事來回答你。上周我在一場關於心理治療關係本質的演講中，聽到演

13

講者描述他的病人在心理治療快結束時，所做的一個非常驚人的夢境：病人夢見自己與心理醫生參加會議，必須一起住在旅館中。心理醫生建議她換到他隔壁的房間，這樣他們就可以一起上床。於是她到櫃檯安排。不久之後，心理醫生改變主意，說這樣做不好。於是她又回到櫃檯，取消換房。但是太遲了。她的東西都被搬到新房間了。結果她發現新房間比原來的房間好多了——更大、更高、視野更好。」

「不錯，不錯。我懂了。」保羅說：「病人對於性愛的渴望能夠達成某些重要的進展——更好的房間。等到她發現性渴望只是幻想而已，進展已經無可逆轉——她無法再變回去了，就像她無法回到原來的房間一樣。」

「一點也不錯。所以這就是我的回答。這是我對於瑪麗在治療上的策略關鍵。」

他們沈默地走了幾分鐘，然後保羅說：「當我還在哈佛大學時，我記得一個很棒的老師曾說過很類似的道理……對有些病人而言，情慾的壓力可以成為一種優勢，甚至是有必要的。但是，對你而言，這仍然是很冒險的策略，恩尼斯。我希望你保持足夠的安全餘地。她很迷人嗎？」

「非常迷人！也許不適合我的風格，但絕對是個標緻的女人。」

「你可不可能判斷錯誤？也許她是想要勾引你？要你成爲以前那個心理醫生情人？」

「她的確希望這樣。但我就是要利用這一點來治療她。相信我。對我而言，我們的擁抱是沒有情慾的。」

他們來到書店前面。「好了，我們到了。」恩尼斯說。

「我們來早了。恩尼斯，讓我再問你一個問題。老實告訴我：你享受與瑪麗的非情慾擁抱嗎？」

恩尼斯遲疑著。

「老實說，恩尼斯。」

「是的，我享受擁抱她。我很喜歡這個女人。她有不可思議的香水味。如果我不享受，我就不會這麼做！」

「哦？這倒是很奇怪。我以爲這個沒有情慾的擁抱是爲病人而做的。」

「沒錯。但如果我不享受，她會感覺到，這個作法就會完全失去眞實性。」

「眞是強詞奪理！」

「保羅，我們說的是一個很友善的擁抱。我能控制的。」

「喂，別拉下你的拉鍊。否則你在州立醫學道德委員會的任期就會很難堪地被中斷。委員會什麼時候開會？我們可以一起吃午餐。」

「兩周後。我聽說有一家新的柬埔寨餐館。」

「下次該我選餐廳。相信我，我會讓你好好享受一頓延年益壽的大餐！」

14

翌日傍晚，卡蘿打電話到恩尼斯家中，說她感到驚慌，需要一次緊急的診療。恩尼斯花了很長時間與她說話，安排了第二天早上的時間，並且爲她打電話到二十四小時不打烊的藥房，開了一份消除焦慮的藥。

卡蘿坐在候診室等待時，讀了她在上次診療後所寫的筆記。

說我非常迷人……把他的家裡電話號碼給了我，要我打給他……探索了我的性生活……透露了他的個人生活，他妻子的去世、約會、單身俱樂部……說他很喜歡聽我談到關於他的性幻想，談了超過十分鐘……很奇怪不願意接受我的錢。

事情進展不錯，卡蘿想。她把一捲錄音帶插進小錄音機中，然後放進特別爲此準備的編織手提包。她走進恩尼斯的辦公室，非常興奮陷阱已經設好了，每一句話，每一個不尋常的反應，都會被捕捉下來。

恩尼斯看到她不再像前一晚那麼驚慌，於是把注意力放在她驚慌的原因上。他很快就發現，他與病人之間有非常不同的觀點。恩尼斯以爲卡蘿琳的驚慌是被前一次診療所引起的。但是她卻說，她是因爲性慾的壓力與挫折感所導致，她繼續建議是否能從他身上得到宣洩管道。

當恩尼斯進一步詢問卡蘿的性生活時，他得到超過期望的內容。她非常露骨地向他描述，手淫時以他爲主角的性幻想。她如何打開他的襯衫，跪在他面前，拉開他的褲子拉鍊，用口含住他。她想像一次又一次，使他達到高潮的邊緣，然後慢下來，等他有點軟了，再重新開始一次。她說，這麼想就足以使她自己在手淫時達到高潮。如果沒有，她就繼續想像，她把他拉到地板上，他掀開她的衣服，把她的內褲拉到一邊，然後插進她體內。恩尼斯專心聆聽，身體動都不敢動。

「但是手淫從來無法眞正讓我滿足，」卡蘿繼續說：「我想部分原因是罪惡感。除了與勞夫談過一、兩次，這是我首次告訴另外一個人。手淫無法帶給我完整的高潮，只是許多小型的性快感，讓我一直停在興奮的狀態。我想也許是我的手淫技巧不對。你能不能指點一下？」

卡蘿的問題讓恩尼斯滿臉通紅。他已經習慣她對性的開放。事實上，他很欣賞她能這麼自在地談她的性生活，例如，過去她在旅行時，或與丈夫吵架後，如何在酒吧裡勾

14

搭上男人。一切對她都顯得非常輕鬆自然。恩尼斯想到自己在單身酒吧所度過的無數痛苦時光。實習時他在芝加哥待過一年。天啊，他想，爲什麼我無法在芝加哥酒吧裡碰見卡蘿琳？

至於她問到手淫的技巧，他又懂什麼？除了最起碼的陰蒂刺激，他幾乎什麼都不知道。大家都以爲心理醫生什麼都懂。

「我不是這方面的專家，卡蘿琳。」恩尼斯心裡想，她怎麼會認爲我懂女性手淫？從醫學院裡學來的嗎？也許他的下一本書應該是「醫學院沒有教導的事情」。

「我現在唯一想到的是，最近我在一位性障礙治療醫生的演說中聽到，如何釋放陰蒂的一切束縛。」恩尼斯說。

「哦，那是不是可以從身體上檢查出來？我可以讓你檢查，拉許醫生。」

恩尼斯的臉又紅了。「不，我從七年前就不再爲病人做身體檢查的。我建議妳去找妳的婦產科醫生。有些女性病人覺得對女性醫生比較容易啓齒。」

「男性是不是不一樣，拉許醫生，我是說……男人在手淫時會不會有不完整性高潮？」

「這我也不是專家，但我相信男性通常都是一路到底，要不然就什麼都沒有。妳與韋恩談過這個問題嗎？」

「韋恩？沒有，我們什麼都不談。因此我才會問你。就是你了。現在你是我生命中唯一的男人！」

恩尼斯感到無計可施。他的開誠布公似乎完全沒有方向。卡蘿琳的積極使他感到困惑；他快要撐不住了。他向他的楷模，他的輔導醫生求援，想像馬歇爾會如何處理卡蘿琳的問題。

馬歇爾會說，正確的技巧是獲得更多資訊：開始有系統，不帶感情的調查卡蘿琳的性歷史，包括她手淫的細節與幻想——過去與現在都不遺漏。

是的，這是正確的作法。但恩尼斯有一個問題：卡蘿琳開始讓他感到興奮。恩尼斯這輩子都覺得不受異性青睞。他都覺得必須賣力發揮他的智慧、感性與品德，才能克服他的書呆子外表。聽到這個迷人的女性描述手淫時對他的幻想，眞是刺激極了！

恩尼斯的興奮限制了他身爲心理醫生的自由。如果他向卡蘿琳詢問更多關於她性幻想的私人細節，他會弄不清楚自己的動機。他這麼做是爲了她好，還是爲了滿足自己的快感？這就像是偷窺狂，或電話性愛。但是如果他避免詢問她的幻想，這會不會是對病人治療不徹底？不讓他們談論心中最重要的想法？而且會不會暗示這些想法是很下流的，不値得一談？

還有他自己的開誠布公承諾呢？他是不是不能與卡蘿琳分享他自己的想法？不，他相信這樣做不對！在心理醫生的開誠布公上，是不是還有其他的原則？也許心理醫生不應該分享他們自己都很矛盾的感覺。心理醫生最好先自己解決這些矛盾。否則病人會負

14

擔起醫生自己的問題。他把這個原則寫在筆記上——很值得一記。

恩尼斯抓住機會轉移話題。他回到卡蘿琳前一晚的焦慮感，想要知道是不是因為前一次診療時提出的問題造成的。例如，她為什麼會在這麼不快樂的婚姻中待這麼久？為什麼她沒有嘗試接受夫妻治療，來改善婚姻？

「很難描述我的婚姻是多麼無望。多年來沒有一絲快樂或尊重。韋恩就像我一樣絕望；他花了許多錢，接受許多年的無用心理治療。」

恩尼斯沒這麼容易被打發。

「卡蘿琳，當我聽到妳表達對於妳婚姻的絕望，我就會想到，妳父母的失敗婚姻是否對妳的婚姻有什麼影響？上星期我問起妳的父母，妳說妳從來沒聽過妳母親以好口氣談妳父親。也許妳母親一直灌輸給妳這種恨意。也許這對妳有非常不良的影響，日復一日，年復一年要妳相信，沒有一個男人值得信賴。」

卡蘿想要回到她的性問題上，但忍不住為她母親辯護：「這對她可不容易，獨自一人扶養兩個小孩，沒有任何人幫助她。」

「為何獨自一人，卡蘿琳？她自己的家人呢？」

「什麼家人？我母親只有一個人。她的父親也在她年輕時就離開了，最早的賴帳父親之一。她的母親對她也沒什麼幫助——一個尖酸偏執的女人，她們幾乎不說話。」

「妳母親的朋友呢？」

「一個也沒有！」

「妳母親有繼父嗎？妳祖母有沒有再婚？」

「不可能。你不知道祖母。永遠穿黑衣。連手帕都是黑色的。從來沒看她笑過。」

「妳母親呢？生命中有沒有其他男人？」

「開玩笑？我從來沒看過任何男人在我們家裡。她恨男人！但我以前在心理治療也談過這一切。這是古早的歷史了。我以為你說你不會挖掘過去。」

「有趣。」恩尼斯說，不理會卡蘿的抗議。「妳母親的生命非常類似她的母親。彷彿家族中有一種痛苦的傳統正在延續下來，就像燙手山芋一樣，從一代的女人到下一代。」

恩尼斯發現卡蘿不耐煩地望著手錶。「我知道我們時間用光了，但是請多留一分鐘，卡蘿琳。這非常重要。讓我告訴妳為什麼……因為這個傳統可能也會延續到妳女兒身上！也許我們在妳的心理治療上，最好的結果就是打破這種循環！我想要幫助妳，卡蘿琳。但是我們一起努力的最後受惠人，也許會是妳的女兒！」

卡蘿絕沒有料到這段話，她受到了震撼。眼淚無法抑制地掉了下來。她沒有再說一個字，站起來衝出了辦公室，一邊哭一邊想，該死的，他又做到了。我為什麼會讓這個混蛋整到我？

下樓梯時，卡蘿試著整理思緒，恩尼斯的話當中，有哪些適用於她所虛構的人格？哪些適用於她自己？她非常專心思索，差點踏到坐在樓梯上的傑西。

14

「嗨，卡蘿，記得我嗎？傑西？」

「喔，嗨，傑西。沒有認出你來。」她抹去眼淚。「不習慣看見你坐著不動。」

「我喜歡慢跑，但我通常會走路。妳總是看到我跑步，因爲我總是遲到——這是很難治療的問題，因爲我總是來得太遲，沒時間提到這個問題！」

「今天沒有遲到？」

「我的時間移到早上八點了。」

賈斯丁的時間，卡蘿想。「所以你現在不需要去見恩尼斯？」

「不需要。我是來找妳的。也許我們能聊聊天，一起慢跑，或吃個午餐？」

「我不知道，從來沒慢跑過。」卡蘿很氣自己還在流淚。

「我是很好的老師。這裡有手帕。妳今天大概有了什麼感觸。恩尼斯也會讓我這樣子——不知道他怎麼會找出那些痛苦的地方。我能幫什麼嗎？散散步？」

卡蘿想要把手帕還給傑西，但是她又開始流淚了。

「不用了，留著手帕。聽著，我也經歷過那種療程，我總是希望有時間能自己消化。所以我要走了。但我能打電話給妳嗎？這是我的名片。」

「這是我的。」卡蘿從皮包中抽出一張。「但我要把慢跑的約定時間正式列入記錄。」

傑西望望名片。「列入記錄了，律師大人。」他說，然後就朝街上跑去。卡蘿目送他，看著他一頭金色長髮在風中飛揚，白色的運動衫脫下來圍繞著脖子，隨著厚實的肩膀而上下起伏。

恩尼斯在樓上寫著關於卡蘿琳的看診記錄：

進展良好。很困難的療程。自我揭露關於性與手淫的幻想。情慾的移情增加。需要想辦法處理。談到與母親的關係，與家庭角色模式。防衛任何對於母親的批評。診療結束時，我提到這種家庭模式可能會傳到她女兒身上。哭著跑出辦公室。準備再接到一通緊急電話？以如此強烈的訊息結束療程是否正確？

況且，我不能讓她這樣衝出辦公室，恩尼斯闔起筆記本時想，我懷念她的擁抱！

15

馬歇爾與彼得・馬康度共進午餐後，他在下一個星期就立刻賣掉了價值九萬美元的銀行股票，打算盡快把錢電匯給彼得。但他妻子堅持要他與他的表兄馬文談談這筆投資，馬文是在法務部工作的一名稅法律師。

雪莉平常不會管家裡的財務問題。她越來越著迷於禪與花道，不僅對物質越來越不感興趣，也對丈夫的執迷於物質感到越來越討厭。每當馬歇爾讚美某件油畫或玻璃雕塑，並對五萬元的售價感到無奈時，她就會說：「美？你爲什麼對這些就看不出來？」然後指著她的一盆插花——優雅的橡樹枝與六朵山茶花的安排，或一株節瘤繁複的小松樹盆栽。

雪莉雖然對金錢不感興趣，但她對於金錢能買到的一樣東西非常在意：子女所能接受最優質的教育。馬歇爾把彼得的自行車安全帽工廠投資說得天花亂墜，前景無窮，讓她開始感到擔心。在同意投資之前（他們的股票都是聯合持有），她堅持馬歇爾必須聯絡馬文。

多年來，馬歇爾與馬文都有一種非正式的互惠關係：馬歇爾提供馬文醫療與心理上的諮詢，馬文則提供投資與納稅的建議。馬歇爾打電話給馬文，告訴他關於彼得・馬康度的計畫。

「我不喜歡這計畫的味道，」馬文說：「任何承諾這種回報率的投資都很可疑。五倍或七倍的回收？算了吧，馬歇爾！七倍！實際點。還有你寄給我的同意書？你知道那有什麼價值嗎？零，馬歇爾！完全是零！」

「為什麼是零，馬文？一個著名生意人所簽的同意書？這傢伙很有信譽。」

「如果他是這麼好的生意人，」馬文以沙啞的聲音問：「告訴我，他為什麼給你一張沒有擔保的文件？空虛的承諾？我看不到任何擔保。要是他決定不償還你？他可以有任何藉口不償還。你必須要告他——這會花上大筆金錢——然後你只會得到另外一張文件，一張判決書，然後你必須設法找出他的資產。這會花掉你更多的錢。這張保證書並沒有免除這種危險，馬歇爾。我知道我在說什麼。我每天都看到這種情形。」

馬歇爾根本不理會馬文的質疑。首先，馬文的工作就是提出質疑。其次，馬文的想法都很狹窄。他就像他父親麥斯舅舅一樣保守。他們是從俄國移民過來的家人中，唯一沒有在新大陸建立成功事業的。他父親曾經懇求麥斯一起經營雜貨店，但麥斯不願意在清晨四點就起床，上市場，工作十六小時，然後在傍晚把腐壞的蘋果與橘子丟掉。麥斯

15

的想法很小家子氣，選擇了安穩而有保障的公職。而他的兒子馬文生下來就有點笨手笨腳，也步上了他父親的後塵。

但是雪莉聽到了他們的談話，她不會這麼容易不理會馬文的警告。九萬元可以負擔整個大學教育而綽綽有餘。馬歇爾努力壓抑他對雪莉的不滿。在這十九年婚姻中，她從來沒有對他的任何投資感興趣。現在，他準備抓住畢生難得的發財機會，她卻要以外行來干涉內行。但是馬歇爾安慰自己，他瞭解雪莉的擔憂是出於無知。如果她見過彼得，事情就會不一樣了。不過她的合作還是必要的。所以他必須配合馬文。

「好吧，馬文，告訴我該怎麼做。我會遵照你的建議。」

「很簡單。我們要一家銀行來擔保同意書上的付款——也就是說，一家大銀行無條件的擔保書，讓你隨時都可以要求取回你的投資。如果這個人的資產眞的像你所說的那樣龐大，他應該能很輕鬆取得這樣的擔保。如果你願意，我可以爲你擬一張無漏洞的擔保書，就算胡迪尼也逃不了。」

「很好，馬文，請這麼做。」雪莉說，她從分機加入了談話。

「慢著，雪莉，」馬歇爾現在有點生氣了，「彼得答應我在星期三寄來擔保書。爲什麼不先看看他要怎麼做？我會把擔保書寄給你，馬文。」

「好，這星期我都在。除非跟我談過，不要先寄錢出去。還有一件事：關於那支勞力士錶，幫我一個忙，馬歇爾，花二十分鐘時間，帶那支錶去高級禮品店，請他們證實眞僞。假勞力士錶到處都有，紐約市每個角落都有人在兜售。」

「他會去的，馬文，」雪莉說：「我會跟他一起去。」

禮品店的查證讓雪莉感到安心些。那支錶是眞的勞力士——價値三千五百美元！不僅是在那裡購買的，店員還記得彼得。

「很有品味的紳士。他差點要買第二支一樣的錶給他父親，但是說他馬上要回瑞士，可以在那裡買。」

馬歇爾非常高興，主動要買一個禮物給雪莉。她選了一個精緻的綠花瓶用來插花。

星期三，彼得的擔保書來了，馬歇爾很滿意地看到，這擔保書符合了馬文的所有條件——由瑞士信貸所擔保的九萬美元投資，加上利息，在全球數百家瑞士信貸分行都可兌現。連馬文都找不出問題，他只好不甘心地承認，這看來似乎是毫無漏洞的。但是馬文還是強調，他對於任何暗示這種回報率的投資都感到不安。

「這是不是說，」馬歇爾問：「你不願意參與這項投資？」

「你願意讓我參加？」馬文問。

「讓我考慮考慮，我再告訴你。」想得美！馬歇爾心裡想，掛上電話。馬文要等很久才能分到一杯羹。

第二天，馬歇爾的股票已經進帳，他就電匯了九萬美元到蘇黎世給彼得。他在中午打了一場好籃球，與球員之一的文生一起吃午餐。文生也是心理醫生，辦公室在他隔

15

壁。雖然文生與他交情很好，但馬歇爾沒有告訴他這筆投資。也沒有告訴任何同行。只有馬文知道。不過馬歇爾告訴自己，這筆交易非常乾淨。彼得已經不是病人；他只接受了短期的治療。在這裡移情不是問題。儘管馬歇爾知道沒有專業上的利益衝突，他還是提醒自己，要告訴馬文守口如瓶。

當天下午，他與彼得的未婚妻安卓安娜見面。馬歇爾極力維持他們的專業關係，避免提到任何他與彼得的投資。他很謙虛的接受她的恭賀，關於他的講座系列；但是當她提到前一天彼得告訴她，瑞典與瑞士的立法當局都在考慮強制自行車安全帽法令時，他只是稍稍點點頭，然後立刻把話題帶回到她的問題上：關於她與她父親之間的關係；基本上她父親是個好人，只是過於嚴肅，沒有人敢反對他。她父親對彼得很有好感——他是彼得投資集團中的一員——但他強烈反對將來他們結婚後，他的女兒與孫子女都必須住在國外。

馬歇爾討論了安卓安娜與她父親的關係，討論了好的養育子女觀念，是要子女能夠獨立自主，能夠離開父母，成爲有用之身。安卓安娜終於開始瞭解，她不需要接受她父親加在她身上的罪惡感。她母親的早逝不是她的錯。她父親年老後如此孤單也不是她的錯。他們在診療接近尾聲時，安卓安娜提出一個問題：在彼得所提供的五次診療後，她是否能繼續接受治療？

「有沒有可能，史特萊德醫生，」安卓安娜站起來時問：「我與我父親一起來接受診療？」

這世界上還沒有任何病人能夠讓馬歇爾延長診療時間，就算延長一、兩分鐘都不行。馬歇爾對此感到非常自傲。但他還是忍不住要以彼得的禮物借題發揮一番。他伸出手錶說：「我分秒不差的新手錶告訴我，現在是兩點五十分整。我們下次診療時，就從這個問題開始好了。」

16

馬歇爾準備迎接下一個病人謝利。他渾身精力充沛。眞是美好的一天，他想。不會比這更好的了：錢終於已經匯給彼得，與安卓安娜完成非常成功的診療，還有那場籃球賽——最後上籃時有如神助，沒人敢擋他的路。

他也期待見到謝利。這是他們第四個小時的診療。本周前兩次的診療非常了不起。還有別的心理醫生能像他這樣傑出嗎？他精準地分析了謝利與父親的關係，像個手術醫生般用正確的解析取代了賽斯・潘德的腐敗解析。

謝利走進辦公室，像往常一樣先摸摸橘紅色玻璃雕塑的邊緣，然後才坐下來。不需要馬歇爾任何引導，他立刻就開口了。

「你記得威利嗎？我的撲克牌友與網球球友？上星期我提到過他。他就是那個身價四、五千萬元的富翁。他邀請我與他一起參加網球雙打比賽。我想我會同意，但是……這件事有點不妥當，我不確定爲什麼。」

「你的想法是什麼？」

「我喜歡威利。他想要當個好朋友。我知道他想與我搭檔的雙打比賽根本不算什麼。他太有錢了，連利息都花不完。況且他也不是不求回報。他的目標是全國長青組雙打排名，讓我告訴你，他找不到比我更好的搭檔。但是我不知道。這還是無法解釋我的感覺。」

「梅里曼先生，今天我想讓你試試不同的作法。把注意力放在你的惡劣感覺上，也放在威利身上，然後讓思想自由運行。說出你想到的任何念頭。不要評斷或選擇合理的念頭。不要想弄清楚任何事。只要大聲說出你的想法。」

「牛郎——這是我想到的第一個字眼——我是個被人養的牛郎，供威利娛樂的應召牛郎。但是我喜歡威利——如果他不是這麼富有，我們會成爲親密的好朋友……也許不會我不信任我自己。如果他不是這麼富有，我可能會對他失去興趣。」

「繼續下去，梅里曼先生，你做得很好。不要選擇，不要評斷。說出任何出現的念頭。不管你想到什麼或看到什麼，都描述給我聽。」

「堆積如山的財富……銅板與鈔票……金錢的誘惑……每當我與威利在一起時，我都在算計著……要怎麼利用他呢？從他身上獲得什麼？什麼都有……我總是需要什麼：金錢、恩惠、高級午餐、新的網球拍、內線消息。他讓我很崇拜……他的成功……使我感覺像他一樣成功。也使我感到卑微……我看見自己握著父親的大手……」

16

「保持住你與你父親的影像。集中在上面。讓事情發生。」

「我看見這個影像，我大概不到十歲，因爲我們正在搬家，住進我父親的店上層樓。我父親牽我的手，在星期日帶我們去公園。街上有骯髒的積雪。我還記得我的褲子摩擦發出聲音。我好像有一袋花生，我在餵松鼠，把花生丟給牠們吃。其中一隻咬了我的手指。」

「後來發生什麼？」

「痛得要命。但不記得其他事情了。什麼都記不得。」

「你在丟花生米，怎麼會被咬呢？」

「對！好問題。眞不合理。也許我把手伸到地上，牠們跑過來吃，但我只是猜想——我不記得了。」

「你一定很害怕。」

「也許。不記得了。」

「或者你記得被治療？松鼠咬可能很嚴重——狂犬病。」

「不錯。狂犬病當時很嚴重。但是沒有生病。也許我把手拉回來。但這只是猜想。」

「繼續描述你的意識狀態。」

「威利，他使我感到很渺小。他的成功使我的失敗更爲顯著。你要知道，當我在他身邊時，我不僅感覺渺小，表現也更差…他談到他的公寓銷售低落…我有一些促銷的好主意，這我很在行——但當我準備告訴他時，我的心跳就會加速，忘了要說什麼…甚至在打網球時也會如此…我與他搭檔時，我都會降低水準…我可以打得更好…我是在放水，第二次發球軟弱無力…與別人搭檔時，我都能把球發到反手的角落——十次有九次成功…我不知道爲什麼…不想要炫耀…一定要改變我的打法。眞好笑，我希望他能贏…但我也希望他輸…上周他告訴我關於一筆虧損的投資…媽的，你知道我怎麼感覺嗎？我覺得高興！你相信嗎？高興。感覺眞像個狗屎…有我這種朋友…這傢伙對我好的不得了…」

馬歇爾用一半時間傾聽謝利的內心聯想，然後才提出他的解析。

「讓我感到驚訝的是，梅里曼先生，你對於威利與你父親的深沈矛盾感情。我相信你與威利的關係，是出於你與你父親關係的模式。」

「模式？」

「我是說，你與你父親的關係，是你與其他成功大人物交往的關鍵與基礎。前兩次診療你說了很多關於你父親對你的忽略與輕視。今天，你首次告訴我一個關於你父親的溫暖正面回憶，但是，結果呢？卻是手指被咬傷了！」

「我不懂你的意思。」

「看起來這不像是個確實的回憶！畢竟，你自己也說，灑花生米怎麼會被松鼠咬到手指？父親怎麼會讓兒子用手餵可能有狂犬病的松鼠？不太可能！所以手指被咬傷的事件象徵了其他讓你恐懼的傷害。」

16

「對不起，你想要說什麼，大夫？」

「記得上次診療時你說的早期回憶嗎？你這一生能記得的第一個回憶？你說你在父母的床上，你把玩具金屬卡車放在旁邊桌子的燈泡座上，結果你受到電擊，玩具卡車融化了一半。」

「對，我記得那個回憶，像白天一樣清楚。」

「所以讓我們把這些回憶放在一起——你把你的卡車放進你母親的插座裡，結果被燒傷了。那裡很危險。靠近你母親會有危險——那裡是你父親的地盤。你要如何應付來自於你父親的危險？也許你想要親近他，但是你的手指被咬傷了。難道這些傷勢不明顯嗎？你的小卡車與你的手指似乎像是象徵：除了陽具的傷害之外，它們還能代表什麼？

「你說你母親溺愛你，」馬歇爾繼續說，知道他完全抓住了謝利的注意力。「她對你溺愛有加，同時中傷你父親。聽起來對一個小孩很危險——要他反抗他父親。你要怎麼辦呢？一個辦法是認同你父親。你就是這麼做了，你所描述的都反映了這個事實：模仿他對馬鈴薯的口味，他的賭博習慣，他對金錢的忽略，你覺得自己的身體也像他一樣。另一個辦法就是與他競爭。你也這麼做了。紙牌、拳擊、網球；事實上，要打敗他很容易，因爲他都很不成功。但是你還是感到很不自在，彷彿贏了他還是會有危險。」

「什麼危險？我真的相信老爸要我成功。」

「危險不是在於成功與否，而是在於比他成功，勝過他，取代他。也許在你的孩童心智中，你希望他離開——這很自然——你希望他消失不見，這樣你就可以佔有母親。但是對孩童而言，消失就等於死亡。所以你暗中希望他死。這不是對你的指控——這在每個家庭中都會發生。兒子憎恨父親的阻礙，而父親憎恨兒子想要取代他。

「想一想，希望別人死是很不自在的一件事。感覺很危險。什麼危險？看看你的小卡車！看看你的手指！危險存在於你與父親的關係之中。現在這都是過去的事件與情緒，發生在好幾十年之前。但是這些情緒還沒有消除。它們被埋在你內心，感覺仍然如新，仍然影響你的生活。兒時的危險感仍在——你早已忘了原因，但看看你今天所告訴我的：你好像把成功當成一件危險的事。因此，當你與威利在一起時，你不讓自己成功，或表現傑出。你甚至不讓自己打好網球。所以你的所有能力都被深鎖著，沒有使用。」

謝利還是沒有反應。這些話對他沒有什麼意義。他閉上眼睛，搜尋馬歇爾的話語，看看能不能找到什麼字眼可以利用。

「請大聲一點，」馬歇爾微笑說：「我聽不到。」

「我不知道該說什麼。你說了好多。我想我只是在想，潘德醫生爲什麼沒有告訴我這些。你的解釋似乎正中要點——比他的什麼父親同性戀說法要正確多了。我們只治療了四次，你已經超過了潘德醫生四十次的治療。」

馬歇爾簡直飛上了雲霄。他覺得自己是個解析超人。每隔一、兩年，他打籃球時會體驗到出神入化之境；籃框看起來像個大桶子——三分球、轉身跳投、雙手運球，怎麼樣都不會失誤。現在他在辦公室也體驗到出神入化——彼得、安卓安娜、謝利。他怎麼說都不會錯。每一個解析都「咻」地空心得分。

天啊，他眞希望恩尼斯．拉許能看到與聽到這次診療。前一天在他與恩尼斯的輔導會診中，他們又有了一次小衝突。現在幾乎每次都會發生。耶穌基督，他必須要容忍這種事情。所有這些恩尼斯之流的心理醫生，這些業餘人士，就是不懂這個道理——心理醫生的工作就是解析，只有解析。恩尼斯不瞭解，解析不是一種選擇，不是心理醫生能做的許多事之一，而是唯一的任務。眞是讓人受不了，像他這種高等專業人士必須忍受恩尼斯之流對於解析的幼稚質疑，聽恩尼斯談著眞誠與公開，以及什麼靈魂分享的鬼話。

突然間，一切雲消霧散，馬歇爾茅塞頓開。恩尼斯以及所有批評精神分析的人，都沒有說錯，解析的確沒什麼用，因爲那是他們的解析！解析在他們手中沒有用處，因爲內涵不對。馬歇爾想，當然，他之所以傑出，除了內涵之外，還有他的表達方式，以及他能對每個病人使用正確的言語與比喻來架構解析，他能夠觸及形形色色的病人：從最世故的學者如諾貝爾物理獎得主，到最低層的人物，如梅里曼先生這種賭徒。他覺得自己眞是一具精準無比的解析機器。

馬歇爾想到他所收的費用。像他這樣出類拔萃的心理醫生，當然不應該只是收一般的費用。眞的，馬歇爾想，誰能比得上他？如果精神分析的老祖師們能看到他的診療——

—佛洛伊德、法藍奇、蘇利文——他們都會驚嘆：「了不起，傑出。這個史特萊德眞是不得了。把球傳給他，不要擋他的路。毫無疑問，他是世上還活著的最偉大的心理醫生！」

他很久沒有感覺這麼好過——也許從他在大學打足球之後就沒有過。他想，也許這些年來他都是輕微地沮喪。也許賽斯·潘德沒有深入分析他的沮喪與他的誇張幻想。天知道賽斯對於幻想有多麼大的盲點。但是今天馬歇爾瞭解，幻想不見得需要糾正，這是自我用來消除日常生活中的限制、沈悶、與絕望的自然作法。要想辦法把幻想轉變成能夠實現的成熟形式。就像是兌現一張六十萬元的自行車公司支票，或宣誓擔任國際精神分析學會的主席。這一切很快都會實現！

刺耳的聲音把馬歇爾從幻想中拉回來。

「你知道，大夫，」謝利說：「你的追根究柢眞是對我幫助很大，讓我更是對賽斯·潘德那個變態火大！昨晚我算了一下，看看他的錯誤治療讓我損失多少錢。我先只告訴你，我不想要公開，但我想我在撲克牌上輸了大約四萬元。我說過我對男人都感到緊張，都是潘德的古怪解析害的。他害我輸牌。我可以很容易就證明這筆損失，在任何法庭上都可以，憑我的銀行記錄與被取消的撲克牌戶頭。還有我的工作，以及我無法好好面試，都是因爲一個差勁心理治療的結果——那是至少六個月的失業，又是四萬塊錢。所以加起來大約是八萬元。」

16

「是的，我可以瞭解你對潘德醫生感到很不滿。」

「這超過了感覺，大夫，這超過了不滿。以法律字眼來說，這就像是尋求賠償。我想，我的妻子與她的律師朋友也同意，我有很好的案子可以打官司。我不知道該告誰——當然主要是潘德醫生，但現在律師都要找大財團下手。所以也許是精神分析學會。」

當謝利有一手好牌時，他很會唬人。而他現在的確握有一手好牌。

這整個召回計畫是馬歇爾的點子。他希望能藉由這個點子登上精神分析學會主席。現在，這第一個召回的病人威脅要告精神分析學會，一定會成為非常受人矚目，非常難堪的審判。馬歇爾努力保持冷靜。

「是的，梅里曼先生，我瞭解你所受的壓力。但會有法官或陪審團瞭解嗎？」

「我覺得這是個非常清楚分明的案子。絕不會上法院的。我很願意考慮和解。也許潘德醫生與精神分析學會能一起分擔賠償費。」

「我只是你的心理醫生，沒有權力為學會或別人說話，但我覺得一定會上法庭的。首先，我認識潘德醫生——他很強悍、固執。一個鬥士。相信我，他絕不可能承認醫療不當——他會戰鬥到底，雇用全國最好的辯護律師，花下所有積蓄。精神分析學會也會戰鬥。他們絕不會自願和解，因為這會引發無數其他官司。」

謝利跟了馬歇爾的賭注，然後大膽地提高賭注。「上法庭我也不怕。而且不會很貴。我老婆是個很棒的審判律師。」

馬歇爾眼睛眨也不眨，跟著提高賭注。「我看過醫療不當的審判。讓我告訴你，病人會付出很高的情緒代價。不僅是個人隱私曝光，還涉及到周圍親友，包括你妻子，她可能無法當你的律師，因爲她必須作證說明你的情緒痛苦。然後，關於你在賭博上輸掉的錢？如果公開後，對她職業也會有不良的影響。當然，你的所有牌友都需要出來作證。」

謝利很有信心地反駁：「他們不僅是牌友，也是親密的朋友。沒有一個會拒絕作證。」

「但如果是朋友，你願意叫他們出來作證嗎？叫他們公開承認，他們涉及如此金額的賭局？這對他們的私人生活與職業恐怕都有不良的影響。況且，加州禁止私人賭博，對不對？你等於是要求他們把頭在砧板上。你不是說他們有些人是律師？」

「朋友會願意兩肋插刀的。」

「當他們這麼做之後，大概就不再是朋友了。」

謝利又瞄了馬歇爾一眼。這傢伙像座磚牆，他想，沒有絲毫鬆動之處——他可以擋住一輛坦克車。他停下來看看自己手中的牌。狗屎，他想，這傢伙是個玩家。他好像手中是同花大順，而我只是清一色。最好留一點給下一把。謝利蓋了他的牌。「好吧，我會想一想，大夫。與我的法律顧問談一談。」

謝利陷入沈默。馬歇爾當然等著他開口。

16

「大夫，我能問你一些問題嗎？」

「你什麼都可以問，但不保證有答案。」

「讓時間倒退五分鐘⋯當我們談到打官司時⋯你的立場很堅決。爲什麼？到底發生了什麼事？」

「梅里曼先生，我相信探討你這個問題背後的動機更重要。你眞正想問什麼？這個問題與我稍早的解析，關於你與你父親，究竟有什麼關係？」

「不，大夫，我不是要問這個。這個我們已經處理好了。眞的。我覺得已經瞭解了我母親的插座與我父親還有競爭以及死亡的願望等等。現在我想要談的是我們剛才玩的那一把。讓我們把牌攤開來重玩一次。這樣你才能眞正幫助我。」

「你還沒有告訴我爲什麼。」

「好，很簡單。我們討論過我的行爲原因——你是怎麼說的？模版？」

「模式。」

「對。看來我們已經找出了原因。但我還是有受到傷害的行爲模式，顯露緊張的壞習慣。我來這裡不僅是爲了瞭解原因；我需要幫助來改變我的壞模式。你知道我受到傷害——否則你不會坐在這裡，提供免費的每小時一百七十五元諮商，對不對？」

「好，我開始瞭解你的意思了。現在請再問我一次那個問題。」

「剛才，五分鐘前，我們談到打官司與陪審團與賭博。你本來可能會蓋牌，但你卻冷靜地跟進。我想要知道，我是怎麼洩漏了我的牌？」

「我不確定。但我想是你的腳。」

「我的腳？」

「是的，當你想要表現堅決時，你會晃動你的腳，梅里曼先生。這是很明顯的焦慮表現。喔，還有你的聲音會提高半個分貝。」

「你沒騙我！眞棒。你要知道，這才是眞的有幫助。我有了一個靈感——讓你可以眞正治療我受傷害的地方。」

「很抱歉，梅里曼先生，這恐怕是我所有的觀察祕訣了。我相信我眞正能幫助你的方式，就是像這四個小時的診療。」

「大夫，你已經幫助我關於所有那些孩童父親的事情了。我已經有了新的觀點。很好的觀點！但我還是受了傷害：我無法與朋友好好玩一場撲克牌。眞正有效的心理治療應該可以治好這個毛病吧？好的心理治療應該可以讓我放鬆下來，選擇我想要的消遣吧？」

「我不太明白，我是個心理醫生，我無法幫助你打撲克牌。」

「大夫，你知道什麼是『破綻』嗎？」

「破綻？」

「讓我示範給你看，」謝利拿出他的皮夾，抽出一疊鈔票。「我要拿這張十元鈔票，折疊起來，把手伸到背後，然後把鈔票藏在某一隻手裡。」謝利邊說邊做，然後把兩隻手緊握拳頭，伸到面前。「現在你的工作是猜錢藏在哪一隻手。猜對了，十元就給你；猜錯了，你要給我十元。我要重複六次。」

「我可以陪你玩，梅里曼先生，但是不能賭錢。」

「不行！相信我，不冒險就行不通。一定要有輸錢的可能才行。你到底要不要幫我？」

馬歇爾讓步了。他非常感激謝利似乎放棄了打官司的念頭，就算是謝利要他玩家家酒，他都願意奉陪。

謝利伸出手六次，馬歇爾猜了六次。他猜對三次，猜錯三次。

「好，醫生，你贏了三十元，輸了三十元。我們打平。這是自然的機率。本來就應該如此。現在，該你把十元藏在手中。輪到我來猜。」

馬歇爾把錢藏在手中六次。謝利第一次沒猜對，其餘五次都猜對了。

「你贏了十元，大夫，我贏了五十元。你欠我四十元。你需要找錢嗎？」

馬歇爾從口袋中掏出一疊鈔票，上面有一個厚重的銀鈔票夾——這是他父親的。二十年前他父親嚴重中風。他與母親在等待救護車前來時，他母親把他父親口袋中的錢都拿出來，把鈔票放入皮包，銀夾子給她兒子。「拿著，馬歇爾，這個給你，」她說：「每次你用到它時，就會想起你父親。」馬歇爾沈默地深吸一口氣，抽出兩張二十元鈔票——這是他這輩子輸過最大的一筆賭金——然後交給謝利。

「你是怎麼猜到的，梅里曼先生？」

「你空的那隻手的指節會有點泛白——你握得太用力了。你的鼻子也會稍微偏向有錢的那隻手，只是一點點而已。但這就是破綻！大夫，想不想再比一次？」

「很好的示範，梅里曼先生。不需要再比一次；我瞭解了。但我還是不確定這有什麼幫助。恐怕我們的時間到了。星期三再見。」馬歇爾站起來。

「我有了一個很棒的點子，可以派上用場。想不想聽聽？」

「當然想聽，梅里曼先生。」馬歇爾又看看手錶，「在星期三下午四點鐘整。」

17

在診療開始前十分鐘，卡蘿先讓自己做好心理準備。今天沒帶錄音機。上次藏在皮包裡，幾乎什麼聲音都沒錄到。如果要清楚錄音，她知道必須投資購買專業級的設備——也許在最近新開幕的間諜用品店裡有賣。

倒不是有什麼值得錄音的東西。恩尼斯比她預料更狡猾，更機警，也更有耐心。他花了很多時間來贏得她的信心，使她依賴他。他似乎不很急——也許他正快樂地與另一個病人上床。而她也必須要有耐心，她知道遲早恩尼斯會露出眞面目：她在書店裡看到的那個飢渴淫蕩的掠食者。

卡蘿決心要更堅強些。她可不要像上次那樣，當恩尼斯談到她母親的憤怒將傳到了兒女身上時，她不由自主的崩潰了。過去幾天來，這項觀察一直在她耳中迴響，而且以出乎意料的方式影響了她與她兒女之間的關係。她兒子說他很高興，因爲她不願意再悲傷了，而她的女兒在她枕頭上放了一張圖畫，上面是一個微笑的大臉。

然後在昨天晚上，發生了一件驚人的事情。在這幾周來，卡蘿首次體驗到短暫的安寧。那是當她抱著她的小孩，讀每晚必讀的故事書時所體驗到的——以前她母親每晚也會讀給她聽。回憶開始湧現，她與傑布靠在她母親身上，擠著要看故事書中的圖畫。上個星期，她不時會想起那個罪該萬死的傑布。她當然不想再見他——她說的無期徒刑是當眞的——但是她還是會想要知道，現在他在哪裡，在做什麼。

但是，卡蘿想，我真的必須對恩尼斯壓抑我的情緒嗎？也許流流眼淚也不壞——可以增加真誠感。儘管這不見得需要——可憐的恩尼斯，他一點概念也沒有。但是，這是一場冒險的遊戲；為什麼要讓他能影響我？但另一方面，為什麼我不從他身上得到一些正面的影響？我已經付出太多代價了，就算是他，偶爾也會說出有用的話。連瞎眼的豬偶爾也會碰對門路！

卡蘿按摩她的腿。雖然傑西遵守了諾言，他很有耐心與溫和地帶領她慢跑，但是她的腿還是很酸痛。昨晚傑西打電話來，他們今天早上約好地點碰面，慢跑穿過起霧的金門公園。她照著他的建議，跑步速度沒有超過快步行走，腳幾乎沒有舉離有露水的草地。經過十五分鐘後，她已經喘不過氣來，以哀求的眼神看著一旁陪她慢跑的傑西。

「只要再跑幾分鐘，」他安慰她：「繼續保持這種步伐；尋找能讓妳呼吸比較容易的節奏。我們會在日本茶館那裡停下來。」

在慢跑進入二十分鐘時，奇妙的事情發生了。卡蘿的疲倦消失，取而代之的是一種無窮盡的能量。她望著傑西，傑西點點頭微笑，彷彿他一直在等待她的覺醒。卡蘿跑得更輕快，像是無重量地飛翔於草地上。她的腳舉得更高，然後又更高。她可以一直這樣跑下去。當他們在日本茶館前面慢慢停下來時，卡蘿向前撲倒，幸好被傑西有力的雙臂給抓住了。

此時，恩尼斯正在隔壁的房間打電腦，寫下他所領導的治療團體中發生的一件事——很適合放在他的「治療者與病人關係」一章中。他的一個團體成員報告了一個很有力量的夢：

我們整個團體都圍繞著一張長桌，心理醫生在一端，手中握著一張紙。我們都伸長了脖子，想要看到那張紙寫什麼，但他藏著不讓我們看見。不知如何，我們都知道，在那張紙上寫了這個問題的答案：你最喜愛我們之中哪一個？

這個問題——你最喜愛我們之中哪一個？——的確是團體治療心理醫生的惡夢，恩尼斯寫道。每一個心理醫生都怕有一天團體會想知道，他最關心團體當中哪一個成員。正是因爲這個原因，許多團體治療的心理醫生（以及個人治療的心理醫生）都不願意對病人表達自己的情感。

這次療程的特別之處是，恩尼斯過去一直堅持要保持透明化，他覺得自己把這個問題處理得很好。首先他引導團體建設性地討論每個病人的這個幻想：誰是心理醫生最寵愛的孩子。這當然是傳統的手法——很多心理醫生都會採用。但是接著他做了很少心理醫生敢做的事：他公開談論他對團體每個成員的感覺。當然不是他喜不喜歡這個人——這種大而化之的回答一點幫助也沒有——而是說明每個人吸引他與讓他退卻的特徵。這個作法非常成功。每個成員都決定對彼此也這麼做，每個人都得到有價值的回饋。眞是讓人高興，恩尼斯想，帶頭引導他的部隊，而不是躲在後面。

他關掉電腦，很快翻閱他的筆記，閱讀卡蘿琳前幾次診療的記錄。在準備迎接她之前，他也回顧了目前他所寫的心理醫生開誠布公的原則。

1.只有當內容對病人有幫助時，才能揭露自己內心。

2.明智地揭露自己。記住你是爲病人這麼做，而不是爲自己。

3.如果想繼續吃這行飯，必須顧慮到其他心理醫生可能的反應。

4.心理醫生的自我揭露必須階段進行，注意時機：有些在後來可能有幫助的揭露，提早揭露可能會有反效果。

5.心理醫生不該分享他自己都感覺很矛盾的想法；應該先尋求輔導或自我治療來解決。

17

卡蘿走進恩尼斯的辦公室時，決心要在今天得到一點成果。她走了幾步進入房間，但是沒有坐下來。她只是站在她的椅子旁邊。恩尼斯準備要坐下來，但瞥見卡蘿琳站在那裡，於是又站起來，疑惑地望著她。

「恩尼斯，星期三我離開這裡時，被你所說的話深深感動，以至於忘了一件事：我的擁抱。你不知道我是多麼在意。這兩天我一直覺得我好像失去了你，好像你已經走了。我本來想打電話給你，但光是你的聲音並沒有用。我需要肉體的接觸。你能接受我這麼做嗎？」

恩尼斯不想露出高興的神情，遲疑的一下子，然後說：「只要我們同意等一下談論這件事就好。」他給了她一個短暫的上半身擁抱。

恩尼斯坐下來，血脈賁張。他喜歡卡蘿琳，對她的碰觸尤其感覺強烈：她細緻的毛衣，溫暖的肩膀，細胸罩肩帶，堅挺的胸部頂著他的胸口。儘管這個擁抱非常自然，恩尼斯回到座位上卻充滿了遐想。

「你有沒有注意到，我離開時沒有擁抱你？」卡蘿問。

「我有注意到。」

「你懷念嗎？」

「唔，我知道關於妳女兒的那席談話，對妳有很大的衝擊。」

「你答應要對我開誠布公，恩尼斯。請不要使用心理醫生的閃躲手法。請告訴我，你懷念我的擁抱嗎？我的擁抱讓你感到不愉快嗎？還是愉快？」

恩尼斯感覺到卡蘿琳語調中的迫切。顯然擁抱對她的意義重大——能證明她的魅力，以及他承諾要親密地對待她。他覺得自己被逼到了角落，在心裡搜尋適當的回應，然後，他試著露出親切的笑容，回答說：「如果有一天我覺得像妳這樣迷人的女性擁抱都不愉快，那就可以去找殯儀館了。」

卡蘿受到非常大的鼓勵。『像妳這樣迷人的女性！』真是庫克醫生與史威辛醫生的翻版。現在獵人要採取行動了，獵物該準備設下陷阱。

恩尼斯繼續說：「請告訴我關於觸摸對妳的重要性。」

「我不確定還能補充什麼，」她說：「我知道我時常想要觸摸你。有時候很性感——我渴望你進入我體內，像溫泉一樣爆發，讓你的濕與熱充滿我。有時候不那麼性感，只是溫暖、慈愛的擁抱。這星期我都早點上床，想像你與我在一起。」

不，這還不夠好，卡蘿想，我必須要再露骨一點，必須要再加溫。但實在很難想像與這個變態在一起。又肥又油——每天都打同樣的髒領帶，還有那些仿名牌的鞋子。

她繼續說：「我最喜歡想像的畫面，是我們倆在這些躺椅上，然後我滑到地板上，你開始撫弄我的頭髮，然後你也滑下來，撫弄我的全身。」

恩尼斯遇過其他病人有情慾的移情，但是從來沒有這麼露骨表示過，也沒有人讓他感到這麼刺激。他沈默地坐著，流著汗，衡量他的選擇，極力抑制自己不要勃起。

17

「你要我開誠布公的，」卡蘿繼續說：「想什麼就說什麼。」

「我是這麼說過，卡蘿琳，妳也做得沒錯。坦誠是心理治療的主要途徑。我們必須要表達一切……只要不逾越我們自己的界線。」

「恩尼斯，這對我沒有用。光是說並不夠。你知道我與男人的歷史。不信任是如此之深。我不相信言語。在我遇見勞夫之前，我見過好幾位心理醫生，跟每一個都做過一、兩次療程。他們都完全遵照程序，嚴守職業規範，保持漠然的距離。而每一個都讓我失望，直到勞夫，我才遇見一個眞正的心理醫生——願意保持彈性，與我配合，給我所需要的。他救了我的命。」

「除了勞夫之外，沒有其他醫生提供任何有效幫助？」

「只是言語。當我走出他們辦公室時，我什麼都沒有得到。現在也一樣。當我離開你而沒有擁抱你，言語就消失了，你也消失了，除非我能讓你在我身上留下一些印記。」

今天我一定要使事情發生，卡蘿想，一定要使好戲上場，然後趕快結束。

「事實上，恩尼斯，」她繼續說：「我今天希望不與你說話，只是與你一起坐在躺椅上，感覺你的存在。」

「這會讓我感到很不自在——我這樣無法眞正幫助你。我們還有許多很多問題需要處理，很多事情需要討論。」

卡蘿琳對肉體接觸的渴望越來越讓恩尼斯感到驚訝。他告訴自己，不需要害怕退縮。這是必須認眞看待的一件事；必須瞭解這種需要，就像其他需要一樣。

前一周恩尼斯去圖書館查閱有關情慾移情的文獻。佛洛伊德對於治療「有基本熱情的女性」提出了一些警告。佛洛伊德把這種病人稱爲「自然的孩童」，她們拒絕接受性靈取代肉體，只有「殘酷的邏輯與訓誡」才能打動她們。

佛洛伊德對這類病人感到悲觀，宣稱心理醫生只有兩種無法接受的選擇：回應病人的愛，或成爲病態女性憤怒的目標。不管是哪一種情況，佛洛伊德都說，心理醫生必須承認失敗，放棄治療。

卡蘿琳正是一個「自然的孩童」，毫無疑問。但佛洛伊德說對了嗎？眞的只有兩種無法接受的選擇嗎？佛洛伊德幾乎在一百年前做出這種結論，當時維也納的權威主義思潮正盛。也許現在不一樣了。佛洛伊德無法想像二十世紀末的情況——心理醫生有更高的透明度，病人與醫生能夠相互開誠布公。

卡蘿的下一句話把恩尼斯從沈思中拉回來。「我們能不能坐到躺椅上談話？這樣子交談實在太冷漠，太有壓迫感了。試試看幾分鐘。只要坐在我身旁。我保證不會要求更多。這樣也會幫助我談話，觸及更深的層面。喔，不要搖頭；我知道美國心理治療協會的行爲準則，但是，恩尼斯，我們不能有點創意嗎？眞正的心理醫生不是都能找方法幫助每一個病人嗎？」

卡蘿簡直把恩尼斯玩弄於股掌中。她用對了字眼：「美國心理治療協會」，「準

17

則」，「創意」，「彈性」，就像是在一頭牛面前揮舞紅布一樣。

恩尼斯聆聽著，不由得想到希摩．塔特說過的某些話：經過認可的正式技巧？放棄一切技巧！當你成為真正的心理醫生後，你將能夠把病人的需要——而不是美國心理治療協會的準則——當成你的治療準則。最近他時常寫起希摩。知道以前也有心理醫生走過這條路，讓他感覺比較安心。但是恩尼斯這時候沒有想到，希摩從來沒有再回到正途上。

卡蘿琳的移情是否失去了控制？希摩曾經說，移情絕不會過於強烈。移情越強，他說，就越是有效的武器，來對付病人的自我毀滅。而卡蘿琳確實是有自我毀滅！否則她爲什麼要維持她的惡劣婚姻這麼久？

「恩尼斯，」卡蘿又提出請求，「請陪我坐到躺椅上，我需要。」

恩尼斯想起了榮格的建議：盡量個人化地治療每一個病人，為每一個病人創造一種新的心理治療語言。他想到希摩如何更進一步，宣稱心理醫生必須爲每一個病人創造一種新的治療方式。這些話語帶給他力量與決心。他站起來，走向躺椅，坐在角落上，然後說：「我們試試看。」

卡蘿站起來坐到他身旁，盡可能靠近他而不碰觸，然後立刻開口說：「今天是我生日，三十六歲。我有沒有告訴你，我與我母親的生日相同？」

「生日快樂，卡蘿琳。我希望接下來的生日會越來越好。」

「謝謝你，恩尼斯。你真甜。」她傾過身，在恩尼斯臉頰上輕輕吻了一下。噁，她想，檸檬蘇打汽水刮鬍水，真噁心。

肉體上的接近，一起坐在躺椅上，現在又被吻了一下——這都讓恩尼斯想起了希摩・塔特的病人。但是，卡蘿琳當然要比衝動的貝拉好多了。恩尼斯感覺到體內產生一股溫暖的搔癢。他享受了一分鐘，然後把這股昂奮趕到心靈最遠的角落，以職業化的語調說：「請繼續告訴我關於妳母親的事情，卡蘿琳。」

「她出生於一九三七年，十年前過世，享年四十八歲。這個星期我想到，我已經活了四分之三她的壽命。」

「這讓妳有什麼感覺？」

「爲她感到悲傷。她的生命是多麼不完整。三十歲時被丈夫拋棄。一輩子都在努力養兩個小孩。她一無所有——沒有一點快樂。我很高興她活著看到我從法學院畢業。也很高興她在傑布被定罪入獄前去世。也沒有看到我的生命開始崩潰。」

「這是我們上次結束時談到的地方。卡蘿琳，我很驚訝妳認爲妳母親在三十歲就注定失敗，她沒有其他選擇，只能不快樂的死於悔恨中。彷彿所有失去丈夫的女人都會有同樣命運。眞的嗎？她難道沒有其他的選擇？更能夠肯定生命的選擇？」

典型的男性鬼話，卡蘿想。我倒想看看，如果他也拖著兩個孩子，沒有接受高等教育，因為必須讓配偶能讀書，然後又得不到配偶的任何幫助，所有好工作又不得其門而

17

入，他要如何去肯定生命？

「我不知道，恩尼斯。也許你說得對。我沒有想過。」但是她又忍不住加上一句。「但是我也擔心，男人會過度輕視困住女性的陷阱。」

「妳是說這個男人？坐在這裡的這一個？」

「不，我不是——這只是女性主義的反射動作。我知道你是站在我這一邊的，恩尼斯。」

「我有我自己的盲點，卡蘿琳，我很歡迎妳指點出來。但是我相信在這裡不是。我覺得妳似乎沒有考慮到，妳母親對於她自己生命規畫的責任。」

卡蘿咬著牙，沒說什麼。

「但讓我們談談妳的生日，卡蘿琳。妳知道當我們慶祝生日時，通常是快樂的場合，但是我總覺得剛好相反——生日很悲哀地提醒我們生命的流逝，慶祝生日只是想要否認這種悲哀。妳覺得我說得對嗎？妳能不能談談三十六歲的感想？妳說妳已經活了四分之三妳母親的壽命。妳是否像她一樣，被困在妳目前的生命當中，無法自拔？妳眞的永遠注定陷於不快樂的婚姻中？」

「我是被困住了，恩尼斯。你認爲我應該怎麼辦？」

恩尼斯想要看著卡蘿琳，於是把手臂放在椅背上。卡蘿琳偷偷解開她襯衫的第二個扣子，挪得更近一點，把頭靠在他的肩膀上。在這短短的片刻，恩尼斯容許他的手觸摸她的頭，輕撫她的秀髮。

啊，這個病態要開始病態了。卡蘿想，看看今天他能多病態。我希望我能忍受得了。她把頭靠得更近。恩尼斯感覺她在自己肩膀上的重量。他聞到她的清香。他往下可以看見她的乳溝。然後，突然間，他站了起來。

「卡蘿琳，我想我們最好還是回到原來的座位上。」恩尼斯坐回他的椅子。

卡蘿留在原處，眼淚似乎都快要流了下來。她問：「你爲什麼不留在躺椅上？因爲我剛才把頭靠在你的肩膀上嗎？」

「我覺得這樣我無法眞正幫助妳。我想我需要與妳保持一點距離，才能治療妳。」

卡蘿不情願地回到原來座位上，脫掉鞋子，把腿縮到身體下面。「也許我不該這麼說——這對你也許不公平——但我覺得如果我眞的很有魅力，你的感覺就會不一樣。」

「絕對不是這個問題。」恩尼斯試著保持鎭定。「事實上剛好相反；我無法與妳太靠近，就是因爲我覺得妳非常有魅力。但是如果我對妳產生遐想，我就無法當妳的心理醫生了。」

「你知道嗎，恩尼斯，我在想，我曾經告訴過你，我參加過你舉行的一次新書介紹會，大約在一個月前？」

「是的，妳說妳在當時決定要來看我。」

「嗯，在你演說前，我看到你與鄰座一位很有魅力的女人交談甚歡。」

17

恩尼斯心頭震了一下。狗屎！她看到我與南・卡琳。這真是個該死的困境！我怎麼會陷在這裡？

恩尼斯的心理醫生透明準則在此面臨最嚴重的考驗。他不用猜想馬歇爾或其他人會如何應付卡蘿琳。他已經超過了所有傳統技巧的範圍，超過了任何可接受的臨床治療，他完全要靠自己一個人——迷失在心理治療的荒野疆域中。他唯一的選擇是繼續誠實以對，根據自己的直覺進行。

「那麼……妳對此的感覺是什麼，卡蘿琳？」

「你的感覺呢，恩尼斯？」

「很難爲情。老實說，卡蘿琳，這是心理醫生的惡夢。要跟妳或任何病人談論我與女性的私人生活，實在是非常不自在的一件事——但我決心誠實對待妳，我會與妳配合。卡蘿琳，妳的感覺呢？」

「喔，什麼感覺都有。嫉妒，憤怒，不公平，不幸運。」

「妳能不能說明一下？例如憤怒或不公平？」

「不公平是因爲，只要我像她一樣——坐到你身旁，只要我有這個勇氣，找你搭訕。」

「然後呢？」

「然後一切就會不一樣了。告訴我老實話，恩尼斯，如果是我找你搭訕會怎麼樣？你會對我感興趣嗎？」

「這一切假設的問題——『要是』或『如果』——妳眞正想要問什麼，卡蘿琳？我不只一次提過，我覺得妳是個非常有吸引力的女性。我很好奇，妳是不是想聽我再說一遍？」

「我也很好奇，你是不是想用問題來逃避我的問題，恩尼斯？」

「關於我是否會回應妳的搭訕？答案是我很可能會。是的，我可能會接受。」

在沈默中，恩尼斯覺得自己彷佛是赤裸的。這番對答與他所習慣的眞是有天壤之別，他開始認眞考慮是否能繼續治療卡蘿琳。不僅是佛洛伊德，而是他這星期所讀過的所有精神分析理論學家，大概都會同意，像卡蘿琳這樣有情慾移情的病人是無法治療的，至少不是他的能力所及。

「所以，妳現在感覺如何？」他問。

「這就是我所說的不公平，恩尼斯。只要命運稍稍不一樣，你與我現在可能成爲情人，而不是心理醫生與病人。我眞心相信，一旦你成爲了我的愛人，會比當心理醫生更有幫助。我不會有很多要求，恩尼斯，只希望每周能見一、兩次——抱著我，讓我能擺脫那該死的性飢渴。」

「我瞭解，卡蘿琳，但我是妳的心理醫生，不是妳的愛人。」

「但這就是不公平。沒有事情是一定的。一切都可以改變。恩尼斯，讓我們使時間倒

17

流，回到那家書店讓命運演變。成爲我的愛人；我快要飢渴而死了。」

卡蘿說話時，慢慢滑出座椅，朝恩尼斯接近，坐在他椅子旁的地板上，把她的手放在他的膝蓋上。

恩尼斯又把他的手放在卡蘿琳的頭上。老天，我真喜歡觸摸這個女人。而她也渴望與我做愛——耶穌，我完全瞭解她的渴望。我有多少次被欲望所征服？我為她感到難過。我瞭解她說的不公平。我也為自己感到難過。我寧願當她的愛人，而不是她的心理醫生。我渴望離開這張椅子，脫光她的衣服。我渴望愛撫她的胴體。誰知道呢？如果我在書店認識她，我們也許就會成為情侶……也許她說得對——也許這樣我更能夠幫助她！但我們永遠無法得知——這是不可能嘗試的實驗。

「卡蘿琳，妳所要求的——使時間倒流，成爲妳的愛人……老實跟妳說……不是只有妳一個人有這種遐想——我也覺得很棒。我想我們都非常喜歡彼此。但是恐怕這個鐘，」恩尼斯指著他書架上不引人注意的時鐘，「無法倒退行走。」

恩尼斯說話時，又開始撫弄卡蘿琳的秀髮。她更貼近他的大腿。突然間，他抽回他的手說：「求求妳，卡蘿琳，回到妳的椅子上，我有一些非常重要的話要對妳說。」

他等待著，卡蘿吻了他的膝蓋一下，然後回到座位上。讓他發表他那小小的抗議演說吧，陪他玩下去，他必須要假裝他在抗拒。

「讓我們後退幾步，」恩尼斯說：「觀察一下剛才所發生的。我來描述我的看法。妳正深感沮喪。妳尋求我在心理治療上的幫助。我們見了面，我與妳立下了一個誓約——我誓言要幫助妳克服難關。在這種私密的關係下，妳對我產生了愛意。恐怕我在這裡也不是無辜的人：我相信我的行爲，例如擁抱妳，撫摸妳的頭髮，也火上加油。現在我很擔心。不管如何，我無法改變我的作法，利用妳對我的愛意來追求自己的快感。」

「但是，恩尼斯，你沒有弄清楚重點。我是說，成爲我的愛人也許就是對我最好的治療。五年來勞夫與我——」

「勞夫是勞夫，我是我。卡蘿琳，我們的時間到了，必須在下次診療時繼續這個討論。」恩尼斯站起來，「但是請聽我說最後一項觀察。我希望下次診療時，妳會開始探索如何利用我所能提供的幫助，而不是繼續探索我的界線。」

卡蘿與恩尼斯擁抱道別時，她說：「也請聽我的最後一項觀察，恩尼斯。你曾經說得很優美，要我別走上我母親的老路，不要逃避我的生命責任。今天，此時此地，我正在實踐你的建議——我想要使我的生命變得更好。我知道我的生命需要什麼，於是我試圖加以把握。你要我把握生命，以免未來懊悔——我正是在這麼做。」

恩尼斯想不出適合的回答。

18

馬歇爾坐在辦公室，這個小時他沒有病人，於是他就欣賞他的槭樹盆栽：九棵小小的美麗槭樹，紅色的葉子開始發芽。上個周末他才換了盆子。他小心地清理了每棵樹的樹根，然後把它們種在一個藍色的大陶盆，照著傳統的安排：分成不等的兩組，一邊六棵，一邊三棵，中間隔了一塊灰紅色的石頭，由日本進口來的。馬歇爾注意到其中一棵樹有點歪斜，再過幾個月就會阻礙到隔壁的樹。他剪了一段六吋長的銅線，小心地繞著樹幹，輕輕彎回到較直的位置。每隔幾天他會再把銅線彎一點，五、六個月後再把銅線移開。啊，他想，如果心理治療也這麼直接就好了。

平常他會讓他妻子的綠手指來修整盆栽，但是他與雪莉周末吵了一架，已經三天沒說話。最近的事端只是一件延續好幾年之久的爭執。

馬歇爾相信一切都開始於幾年前，雪莉參加了她第一次花道課程。她愛上了這項藝術，展現不尋常的才能。馬歇爾自己倒是看不出來她的天分——他對花道一無所知，而且也不想要多知道——但是無法否認她滿屋子參加比賽贏得的獎狀。

不久雪莉的整個生活都圍繞著花道運轉。她的朋友圈子全是花道同好，她與馬歐爾分享的東西越來越少。更糟的是，她事師八年之久的花道老師，鼓勵她開始練習佛教靜坐，這件事不久便佔據了她更多的時間。

三年前，馬歐爾開始擔心花道與靜坐對於他們婚姻的影響，他請求雪莉去讀臨床心理學的研究所。他希望這樣做能讓他們更親近。他也希望一旦雪莉進入了他的領域，就能夠欣賞他的專業才能。然後，他也可以介紹病人給她，能有第二份收入實在不錯。

但事情沒有如他所願。雪莉是進了研究所，但她也沒有放棄其他的興趣。現在她的研究所課程加上花道與禪修中心靜坐，使她幾乎沒有留下時間給馬歐爾。然後，三天前，她告訴他，她的博士論文將是研究用花道來治療恐慌失調症狀的有效性，這叫他大吃一驚。

「眞是再好也沒有了！」他告訴她：「這是我成爲精神分析學會會長的最好支持——一個花瓶老婆研究花道心理治療！」

他們很少交談。雪莉回家後只是睡覺——而且睡在不同的房間。好幾個月沒有性生活。現在雪莉也在廚房罷工了；每天晚上在廚房迎接馬歐爾的，只是一盆新的插花。照顧小盆栽讓馬歐爾得到了一點愉悅。愉悅……不錯，盆栽是很愉悅的消遣。但不是生活。雪莉誇大了一切，把花道變成她的生命意義。眞是不知輕重。她甚至

18

建議他把盆栽用在長期的心理治療上。白癡！馬歇爾剪掉了一些不整齊的樹葉，然後澆水。他在這段日子不是很稱心如意。不僅是與雪莉吵架；他對恩尼斯也感到很失望，恩尼斯貿然地結束了輔導課程。然後還有其他一些小事情。

首先，安卓安娜沒有前來就診。也沒打電話。很奇怪。不像她的作法。馬歇爾等了幾天，然後打電話給她，在她的留言服務上告訴她下周的就診時間，如果時間不適合，請她回電。

關於安卓安娜缺席的診療費呢？通常馬歇爾會毫不考慮地扣錢。但這個情況並不尋常。馬歇爾想了好幾天。彼得給了他一千元——讓安卓安娜可以來五次。為什麼不直接扣兩百元的費用？彼得會知道嗎？如果他知道了，他會不高興嗎？他會不會覺得馬歇爾不夠朋友，或小氣？不感激彼得的慷慨——自行車安全帽的投資、講座系列、還有勞力士錶？

但是，最好還是照平常的規矩來算錢。彼得會尊重他的專業素養，堅持自己的立場。事實上，彼得不是時常說他太低估了自己的服務價值？

最後馬歇爾決定要扣掉安卓安娜缺席的費用。這是正確的作法——他很確定。但是，他爲什麼會這麼擔心？爲什麼始終擺脫不掉一種黑暗的感覺，他會一輩子後悔這麼做？

但是有一個暴風雨正蓄勢待發，比較起來，這件事只是一朵小烏雲。那就是在精神分析學會開除賽斯・潘德的事件上，馬歇爾所扮演的角色。一位知名的專欄作家以學會的「召回」爲題材，寫了一篇諷刺的文章，預測心理醫生們很快就要在汽車修理廠營業，以接力的方式爲等待修車的客戶做心理治療。專欄作家說，心理醫生與修車工人將聯手提供五年的擔保，保證煞車與衝動控制、點火系統與自我肯定、自動潤滑與自我鬆弛的機件，轉向與情緒控制，排氣系統與內在的平衡，還有傳動軸與陽具的耐用。

這篇專欄文章「亨利・福特與西蒙・佛洛伊德同意合併」出現在紐約時報與國際先鋒報上。受到圍剿的學會會長約翰・威登立刻把一切責任推到馬歇爾身上，說他才是召回計畫的執行人。全國感到不滿的同行紛紛打電話給馬歇爾，一周來他電話接個沒完。同一天內，四個精神分析學會的會長——紐約、芝加哥、費城與波士頓——都打電話來表示他們的擔憂。

馬歇爾盡全力安撫他們，告訴他們只有一個病人回應，而他將親自以最有效的短期療法來治療這個病人，而且不會再刊登那則召回廣告。

但是他的安撫對一個人完全無用，那就是非常激動的國際精神分析協會主席蘇德蘭醫生，他帶來令人不安的消息，說有一位謝利・梅里曼先生不停地傳眞與打電話到他辦公室，宣稱他受到潘德醫生錯誤治療方式的傷害，如果沒有給予他財務上的賠償，不久他將展開法律訴訟程序。

「你們那裡到底是在搞什麼鬼？」蘇德蘭醫生問：「全國都在取笑我們。病人詢問心

18

理醫生，製藥公司、精神化學家、行爲學派的批評者，都在找我們協會的麻煩；再生回憶與植入回憶的控訴當頭。該死！精神分析學會可不需要這種事！你憑什麼刊登那則召回廣告？」

馬歇爾平靜地解釋學會所面臨的危機，以及召回的必要性。

「我很驚訝沒有人告訴你這些事情，蘇德蘭醫生，」馬歇爾又說：「一旦你瞭解整個情況，我想你會欣賞我們的邏輯。還有，我們遵照適當的程序。當天我們學會投票後，我與國際精神分析協會的祕書雷・威靈頓洽談過。」

「威靈頓？我剛才得知他要把辦公室與整個診所都搬到加州！現在我瞭解了你們南加州的古怪邏輯。這整件事都是照好萊塢的劇本在上演！」

「蘇德蘭醫生，舊金山是在北加州，距離好萊塢有四百多哩遠。我們不是在南加州。相信我，這整件事背後有北加州的邏輯撐腰。」

「北加州邏輯？狗屎！你們北加州邏輯爲什麼沒看出來，潘德醫生是個七十四歲，快要死於肺癌的老人？我知道他是個老麻煩，但他又能活多久？一年？兩年？你們那裡是精神分析保守派的溫床：只要多一點點耐心，一點點毅力，大自然就會幫你除去雜草。」

「好吧，錯誤已經造成了，」蘇德蘭醫生繼續說：「現在要面對未來的威脅：我必須立刻做個決定，我需要你的意見。這個謝利・梅里曼威脅要打官司。他表示願意接受七萬元的和解。我們的律師相信他會接受半數。當然我們擔心這會創下先例。你的看法如何？這個威脅有多眞實？七萬或七萬五千元是否能打發梅里曼先生？而且不再回來？錢能封住他的口嗎？你的梅里曼先生有多麼會保守祕密？」

馬歇爾立刻就以最有信心的語氣回答：「我的建議是什麼都別做，蘇德蘭醫生。把他交給我。你可以相信我會迅速有效地解決這件事。他的威脅只是唬人，我向你保證。錢能封住他的口嗎？絕不可能。他有很明顯的反社會性格。我們必須採取堅定的立場。」

直到當天下午，馬歇爾陪謝利走進辦公室時，他才明白自己犯下了嚴重的錯誤：他在職業生涯中首次違反了醫生與病人之間的保密原則。他與蘇德蘭醫生通電話時慌了手腳。他怎麼會說出病人反社會性格的話呢？他不應該告訴蘇德蘭任何關於梅里曼的事情。

他眞的有點驚慌。如果梅里曼先生發現這件事，他可以告馬歇爾醫療不當，也可以向國際精神分析協會要求更高的賠償。這件事已經快要變成大災難了。

只有一件事情可以做，馬歇爾想，盡快打電話給蘇德蘭醫生，承認自己的失誤——這是可以諒解的失誤，來自於忠誠上的矛盾：對國際精神分析協會或對病人的忠誠。當然蘇德蘭醫生會瞭解，不會把他所談到的病人性格告訴任何人。當然，這些作法都無法彌補他在精神分析圈內的名聲了，但馬歇爾已經顧不了自己的形象或政治前途了；現在他的目標是災情控制。

謝利走進辦公室，在玻璃雕塑前站了比平常更久的時間。

「眞喜歡這個橘紅色的碗，醫生。如果你想賣要讓我知道。我可以在每次玩牌前都摸摸它，讓我冷靜下來。」謝利跳進他的座位。「現在我好了一點。你的解析幫助了我。網球打得比較好；我的第二次發球失誤率減少很多。威利與我每天都練習三、四個小時，我覺得我們很有機會贏得下周的比賽。所以這方面很好。但其他方面還有很多問題。我想要來解決。」

「其他方面？」馬歇爾問，其實他非常瞭解其他方面是什麼。

「你知道的，我們上次談過的『破綻』。想要再試試看嗎？幫你回憶一下？十塊錢鈔票……你猜五次，我猜五次。」

「不，不。不需要。我已經瞭解了……你已經很有效地說明了。但你在快要結束時，說有了新的點子可以用在治療上。」

「絕對可以。這是我的計畫。就像上次你有破綻，使你在小遊戲上輸了四十元，嗯，我相信我在玩撲克牌時也是破綻百出。我爲什麼會露出破綻呢？因爲壓力，因爲潘德醫生的「錯誤療法」，使我在撲克牌上養成了緊張的壞習慣，就像你上周的破綻——這一定就是原因，使我在友善的牌局遊戲中輸了四萬元。」

馬歇爾開始有點擔心。儘管他決心要想盡辦法安撫這個病人，以最迅速與令人滿意的方式完成這個治療，他開始聞到眞正的危險。

「心理治療在此能派上什麼用場？」他問謝利：「我想你不是要我跟你玩撲克牌吧？

我不會賭博，更不會玩撲克。與我玩撲克對你會有什麼幫助？」

「慢著，醫生，誰說要跟你玩撲克？儘管我不否認，是曾經這麼想過。不，現在我們需要眞實的情況——你來觀察我在眞正牌局中的表現，有高額賭注與緊張氣氛——使用你的觀察技巧來發現我是怎麼露出破綻，輸掉我的錢。」

「你要我去看你打撲克牌？」馬歇爾鬆了一口氣。雖然這個要求很奇怪，但沒有像他想得那麼糟糕。現在他願意接受任何要求，只要能讓蘇德蘭醫生別找他的麻煩，同時能永遠打發謝利就好。

「開玩笑？去看我跟那些牌友玩牌？那眞是會鬧大笑話——帶了私人心理醫生來玩牌！」謝利拍了自己膝蓋，「喔，老兄……眞是的……，這會使我們變成傳奇人物，你與我——我帶了自己的醫生與教練去玩牌……我會成爲他們一輩子的笑柄。」

「我很高興你覺得很有趣，梅里曼先生。我不太明白，也許你應該告訴我，你有什麼打算？」

「只有一個辦法。你與我去職業賭場觀察我玩牌。在那裡沒人會知道我們。」

「你要我跟你去拉斯維加斯？不看我的病人？」

「喔，醫生，你又來了。今天你眞是有點緊張。我第一次看到你這樣子。誰說要去拉斯維加斯或不看病了？這事情很簡單。離這裡二十分鐘路程，在去機場的公路旁邊，有一家第一流的撲克牌屋，叫做阿喬之屋。

18

「我希望你能爲我做的——也是我對你的最後請求——就是花一個晚上你的時間。兩個或三個小時。你觀察我在牌局中的一舉一動。在每一把結束後，我會向你亮我的牌，你就會知道我在玩什麼牌。你要觀察我，當我拿到好牌時是怎麼反應，當我唬人，想要拿到一張牌湊成同花或順子，或者已經拿到手，不在乎其他牌的時候。你要觀察我的一切：我的手勢，姿態，臉部表情，眼睛，我怎麼玩弄籌碼，什麼時候抓耳朵，搔癢，摳鼻子，咳嗽，呑口水——我的一切。」

「你說這是『最後的請求』？」馬歇爾問。

「沒錯！你的工作就到此爲止。其餘都看我自己了——吸收你所教導給我的，加以研究，然後在未來加以使用。阿喬之屋後，你就沒有責任了；你已經做了心理醫生所能做的一切。」

「所以……嗯……我們能用書面正式記錄嗎？」馬歇爾開始動腦筋。只要謝利能寫一封正式的滿意書，這也許就是他的救星：他會立刻傳眞給蘇德蘭醫生。

「你是說一封由我簽名的文件，表示這次心理治療很成功？」

「就像是那樣，不需要很正式，只是你與我之間的文件，說明我成功治療了你，沒有任何殘餘的症狀。」馬歇爾說。

謝利遲疑著，他也在動腦筋。「這我可以同意，大夫……交換條件是你也要寫一封信，表達對我的進展感到滿意。這也許能幫助我彌補一些婚姻上的問題。」

「好，讓我們再整理一遍，」馬歇爾說：「我去阿喬之屋，花兩個小時觀察你打牌。然後我們交換信件，我們的治療就算是完成了。同意嗎？握手表示成交？」馬歇爾伸出手。

「也許要兩個半小時——我需要花時間讓你準備好，事後也需要一些時間，讓你來解說。」

「好，那就兩個半小時。」

兩個人握了手。

「現在，」馬歇爾問：「我們什麼時候在阿喬之屋碰面？」

「今晚八點如何？明天我要與威利去參加比賽。」

「今晚不行。我必須去教課。」

「眞糟，我很想馬上開始。能不能請個假？」

「不可能。我已經答應人家了。」

「好吧。我在一星期之後回來；下個星期五如何？八點在阿喬之屋？我與你在餐廳裡碰面？」

馬歇爾點點頭。謝利離開後，他倒進椅子裡，感覺心裡一塊大石頭落了地。眞是有意思！這是怎麼發生的？他想，身爲世上首屈一指的精神分析醫生，竟然會因爲將要與一個病人上賭場而鬆了一口氣？

18

有人敲了門，然後謝利又走進來。「忘了告訴你一件事，醫生。阿喬之屋不准人旁觀牌局。你必須與我一起玩牌。我帶了一本書給你。」

謝利遞給馬歇爾一本「德州撲克牌玩法」。

「別擔心，醫生，」謝利看到馬歇爾的驚恐表情，連忙說：「很簡單的玩法。兩張暗牌，然後五張公家的明牌。這本書解釋的很清楚。下星期我們玩牌之前，我會補充你需要知道的細節。你每手牌都不要跟——這樣只會輸掉最初下的注，沒有多少錢。」

「你是說眞的？我必須玩牌？」

「這麼辦好了，我會負擔你輸的錢。如果你得到一手超級好牌，那就賭下去，贏的錢算你的。先讀這本書，我們下次見面後，我會再多告訴你一些。這對你是筆好交易。」

馬歇爾又目送謝利離開他的辦公室。謝利臨走時又摸了橘色玻璃雕塑一把。

好交易，梅里曼先生，他想，我所謂的好交易，就是永遠不需要再看到你，以及你的好交易。

19

兩個星期以來，恩尼斯都戰戰兢兢地度過與卡蘿的診療。其中充滿了情慾的壓力，恩尼斯努力防禦他的界線，但是還是時常被卡蘿入侵。他們每星期見兩次面，但卡蘿不知道，她佔據恩尼斯的時間遠超過實際見面時間。在他們要診療的日子，恩尼斯一早起來就會充滿期待。他面對鏡子刮鬍子時會想到卡蘿琳的臉龐，於是刮得更仔細，然後灑上檸檬香味的刮鬍水。

在這些「卡蘿琳的日子」要盛裝打扮。恩尼斯把最好的褲子留給卡蘿琳，加上最筆挺的襯衫，還有最具風格的領帶。幾星期前卡蘿琳曾經想要送一條她丈夫韋恩的領帶給恩尼斯，她說韋恩已經過於病重，無法外出了，而他們的公寓空間不夠大，她必須丟掉許多他的正式服飾。結果讓卡蘿琳很不高興的是恩尼斯拒絕接受這禮物，雖然卡蘿琳花了幾乎整個小時想要說服他改變主意。但是翌日早上恩尼斯更衣時，他突然非常渴望起那條領帶。那是一條非常精緻的領帶：有精緻的日本風格圖案，樹與花朵的刺繡。恩尼斯出去想要買一條，但是找不到——顯然是獨一無二的。他有時候會想，要如何打聽出她在哪裡買的。也許她會再送他一次，那麼他可能會回答，幾年以後，治療結束後，送一條領帶就應該沒什麼問題。

卡蘿琳的日子也是穿新衣服的日子。今天要穿新背心與百貨公司周年慶所買的新褲子。他想，棕色的背心配上粉紅色的襯衫，還有褐色的褲子實在不錯。也許背心外面不用再穿外套了。他要把外套放在椅子上，只穿著襯衫、領帶與背心。恩尼斯觀看鏡中的自己。是的，很不錯，有點大膽，但他可以這麼穿。

恩尼斯很喜歡看卡蘿琳：她走進辦公室的優雅儀態，坐下來後把椅子移近的動作，交叉雙腿時褲襪摩擦的性感聲音。他熱愛當他們還沒開始談話時，彼此凝視的片刻。他最愛的還是她對他的崇拜，她描述手淫時對他的幻想——越來越露骨，越來越刺激。一個小時總是感覺不夠。當診療結束後，恩尼斯不只一次會衝到窗口，目送卡蘿琳離開的背影。最近兩次診療後，他很驚訝地發現，她大概在候診室換上了球鞋，因爲他看見她慢跑離開他的前梯，跑上了很陡的大街。

眞是個了不起的女人！老天，他的運氣眞差，沒有在書店裡認識，卻變成了醫生與病人！恩尼斯喜歡卡蘿琳的一切：她敏捷的思路與銳利的眼神，有精神的步伐與苗條的身軀，修長而有花紋的絲襪，討論情慾時的安然自在與坦白模樣——她的渴望、她的手淫、她的一夜情。

他也喜歡她的脆弱。雖然她有很強悍的外在人格（也許是律師工作所需要的），她也願意提供許多事實，邀請他進入內心痛苦的領域。例如，她畏懼把自己對男人的痛恨傳給她的女兒，早年被父親所遺棄的痛苦，對於母親的悲傷，還有陷於一個沒有感情的婚姻所帶來的絕望。

儘管恩尼斯在肉體上被卡蘿琳深深吸引，他堅決保持心理治療的觀點，時時刻刻檢討自己。就他所能判斷，他仍然能提供很優良的治療。他非常願意幫助她，總是能以專注的態度，帶引她到達重要的領悟。最近他讓她瞭解她這輩子的負面態度所帶來的後果，以及其他不同的生命選擇。

卡蘿琳在治療時都會有讓人分心的舉動——每一次都會發生，不斷地刺探恩尼斯的個人生活，或要求更多的肉體接觸——恩尼斯很有技巧與堅決地抗拒。在上次診療時也許太堅決了，卡蘿琳要求增加幾分鐘的「觸摸時間」，恩尼斯卻以存在主義式的震撼療法回應：他在一張紙上畫了一條線，把一個端點當成她的生日，另一個端點當成她的死亡時間。他把紙交給卡蘿琳，要她在這條線上做一個記號，表示目前她所在的壽命位置。然後他要她沈思幾分鐘再表達她的反應。

恩尼斯對其他病人使用過這個技巧，但從來沒有得到如此強烈的反應。卡蘿琳在這條線的四分之三處打了一個叉，沈默地凝視這張紙幾分鐘，然後說：「這麼微不足道的生命。」接著就大哭起來。恩尼斯要她多說一點，但她只能搖著頭說：「我不知道。我

19

不知道我爲什麼哭得這麼厲害。」

「我想妳知道，卡蘿琳。我想妳是爲了自己這麼多沒有活過的生命而哭。我希望，我們的治療能幫助妳開啓這部分的生命。」

這使她哭得更厲害，她再次匆匆離開辦公室，沒有擁抱道別。

恩尼斯很喜歡他們的擁抱道別，這已經成爲治療上的正式步驟，但他堅決拒絕卡蘿琳其他的觸摸要求，除了偶爾跟她一起坐在躺椅上一段時間。恩尼斯總是在幾分鐘後就結束這些躺椅時間，因爲卡蘿琳會靠得太近，或者他變得過於興奮。

但恩尼斯並沒有忽視他自己內心的警訊。他明白自己對於「卡蘿琳的日子」的興奮之情很危險。卡蘿琳也不斷入侵了他的幻想中，特別是他自己的手淫幻想。恩尼斯覺得更危險的地方是，他的幻想背景總是在他的辦公室裡。這些幻想都非常刺激：卡蘿琳坐在他面前談論著她的問題，然後他只是伸出手指勾一勾，她就自己靠過來，坐在他的大腿上，繼續說著她的問題，而他慢慢解開她的鈕釦，脫下她的胸罩，撫摸與親吻她的乳房，輕輕脫下她的褲襪，慢慢與她一起滑到地板上，輕柔地進入她體內，而她繼續像病人一樣訴說病情，兩個人在緩慢的抽送中，安靜地發出悶哼的高潮呻吟。

他的幻想既刺激，又讓他感到噁心——這些幻想冒犯了他專業服務的基礎。他非常清楚，這些情慾幻想的強烈程度，部分來自於他對卡蘿琳的絕對權力感，以及臨床治療的嚴格情境。打破性禁忌總是讓人感到很刺激：佛洛伊德在一百年前不是指出，要不是這些被禁止的行爲如此吸引人，何嘗需要什麼禁忌呢？但是對於這些幻想刺激根源的瞭解，卻完全無法削弱它們的力量與魅力。

恩尼斯知道自己需要幫助。首先，他再度去查閱關於情慾移情的專業文獻，結果找到超出預期的資料。他很高興地看到，歷代以來其他心理學家也遭遇到同樣的困境。許多心理學家達成如同恩尼斯自己的結論，心理醫生不能逃避心理治療中的情慾題材，或對這種題材採取譴責的態度，使題材轉入隱密，讓病人覺得自己的欲望很危險而具有傷害性。佛洛伊德堅持說，醫生可以從病人的情慾移情學到許多東西。在他獨特的譬喻中，他說如果沒有探索情慾的移情，就好比從靈界召喚出一個高靈，卻什麼也沒問就把它趕走。

恩尼斯也讀到，大多數與病人發生性關係的心理醫生，都宣稱他們是在給予愛。「但別把這與愛混淆在一起，」許多心理醫生寫道：「這不是愛——這只是另一種形式的性虐待。」還有讓恩尼斯感到當頭棒喝的是，許多犯了罪的心理醫生感覺，對於如此渴望性愛的病人，不與她們做愛簡直是殘忍！

還有心理醫生認爲，如果醫生自己不在潛意識裡勾搭，任何強烈的情慾移情都無法持久。一位知名的精神分析學家建議，心理醫生應該先處理好自己的愛情生活，確保自己的「本能與自戀的儲備不虞匱乏」。恩尼斯深有同感，於是他爲了平衡自己的本能儲備，與他的一位老友瑪莎恢復了交往。他們之間有一種非熱情，但很令人滿意的性關係。

心理醫生潛意識的勾搭讓恩尼斯感到困擾。他是很可能以某種隱藏的方式，對卡蘿琳表達了他的欲望——在言語上傳達一種訊息，肢體上卻傳達相反的訊息，結果使卡蘿琳也弄不清楚狀況。

還有另一位恩尼斯很欽佩的心理醫生寫道，有些自大的心理醫生會與病人發生性關係，是因爲他們對於自己的治療能力感到懷疑，內心的萬能治療者信仰發生了動搖。但這不是他的情況，恩尼斯想——不過他知道有人是這樣：希摩・塔特！希摩的自大，以爲自己是「最後的救援心理醫生」，相信自己能治好任何病人……這個理論完全說明了希摩與貝拉的情況。

恩尼斯轉向他的朋友求助，特別是保羅。已經不可能與馬歇爾談了。馬歇爾的反應完全可想而知：首先會訓誡，然後對恩尼斯脫離傳統療法而震怒，最後會堅持恩尼斯終止治療病人，重新開始接受私人精神分析。

況且，馬歇爾已經是過去式了。上周恩尼斯必須終止他的輔導診療，因爲發生了一連串很奇怪的事情。六個月前，恩尼斯接受了一名新的病人傑西，傑西之前曾經接受一位舊金山心理醫生兩年的治療，但是後來突然結束治療。恩尼斯詢問原因時，傑西說出了一件奇怪的故事。

傑西熱中慢跑，有一天他在金門公園慢跑，看見樹叢有奇怪的晃動。他探頭進去偷看，結果看見他的心理醫生的妻子與一個穿紅袍的和尚熱情地擁抱在一起。

他不知道如何是好。那個女子是他的醫生妻子沒錯。傑西有學習花道，而她是一個知名的花道老師。他曾經在花道比賽見過她兩次。

傑西應該怎麼辦？雖然他的心理醫生是個很嚴肅而冷漠的人，與傑西並沒有什麼感情，但他很能幹，很正直，而且對傑西的幫助很大，傑西很不願意說出關於他妻子的事而傷害到他。但是，懷抱著這麼大的祕密，傑西又如何能繼續接受治療？傑西只有一個選擇：藉口時間上無法配合而終止了心理治療。

傑西知道自己還需要心理治療，於是接受他身爲臨床心理學家的姊姊的建議，找上了恩尼斯。傑西是舊金山一個富有家族的後裔。他的父親非常有野心，期待他最後能加入家族的銀行事業，而傑西一直在反抗：大學沒有讀完，花了兩年時間衝浪，酗酒與吸毒。經過痛苦而失敗的五年婚姻後，他開始慢慢振作。先是住院一段時間，然後參加了藥物勒戒計畫，然後學習景觀設計，這是他自己選擇的職業，然後與馬歇爾進行兩年的心理治療，並且積極鍛鍊身體，開始慢跑。

在傑西與恩尼斯的頭半年心理治療中，他描述了爲什麼會停止之前的心理治療，但拒絕說出醫生的名字。傑西的姊姊說過許多關於心理醫生彼此閒言中傷的故事。但是，隨著時間，傑西慢慢開始信任恩尼斯，一天，他就說出了前任醫生的名字：馬歇爾・史特萊德。

19

恩尼斯大吃一驚。不會是馬歇爾・史特萊德吧！不會是他的那個堅強如頑石的輔導醫生吧！恩尼斯陷入了與傑西一樣的困境。他既不能告訴馬歇爾——因爲醫生病人之間的保密原則——也無法在知道這件事的情況下，繼續接受馬歇爾的輔導。但這件事不見得完全帶來不便，因爲恩尼斯最近一直想要下決心終止輔導，而傑西的透露提供了必要的動機。

於是，恩尼斯忐忑不安地把他的決定告訴馬歇爾。「馬歇爾，我覺得時候到了，我應該切斷臍帶了。你帶領我走了很長一段路，現在，我已經三十八歲了，我決定要離家自立了。」

恩尼斯等待馬歇爾提出激烈的質疑。他知道馬歇爾會怎麼說：他當然會堅持要分析如此草率的終止輔導。他會質疑恩尼斯的動機。至於恩尼斯薄弱的離家獨立理由，馬歇爾會立刻加以推翻。他會立刻指出，這更證明了恩尼斯幼稚的反權威情結；他甚至會暗示這種衝動的決定顯示恩尼斯缺乏自知之明，不利於進入精神分析學會的候選資格。

但是很奇怪的，馬歇爾都沒有這麼做。他似乎很疲倦而心有旁騖，很客套地回答：「是的，也許是時候了。我們將來隨時可以再開始。祝你好運，恩尼斯！」

恩尼斯聽到這些話所感覺到的不是輕鬆，而是困惑。還有失望。就算是碰到反對，也比這種漠不關心要好。

恩尼斯花了半小時閱讀一篇關於心理醫生與病人發生性關係的文章，這是保羅傳眞過來的。讀完後恩尼斯就拿起了電話。

「謝謝那篇『辦公室羅密歐與飢渴的醫生』！老天，保羅！」

「啊，看來你收到我的傳眞了。」

「很不幸，我收到了。」

「爲什麼會很不幸，恩尼斯？等一下，我去換個電話，坐上我的沙發椅。我覺得這會是很有戲劇性的談話……好……再問一次，爲什麼會很不幸？」

「因爲我的情況不是『辦公室羅密歐』。那文章談到非常寶貴的東西，幾乎無法理解。粗糙的言語會醜化任何微妙的感覺。」

「你會有這種感覺，是因爲你過於靠近而看不見眞相。你應該設法從外面看事情。恩尼斯，上次我們談過話之後，我有點擔心你。聽聽你所說的一切：『深度的誠實，愛你的病人，她渴望觸摸，你有彈性，可以給予她所需要的肉體親密』，我覺得你快要發神經了！你快要陷入非常大的麻煩。聽著，你知道我——自從我們進入這一行，我就是個非常正統的佛洛伊德派，對不對？」

恩尼斯含糊表示同意。

「但是當老前輩說：『尋找愛情總是重新的尋獲。』這句話背後的確很有道理。病人撩起了你自己內在的某種事物——來自於很久以前，很遠的地方。」

恩尼斯沒有回答。

19

「好，恩尼斯，給你一個謎題：你認識哪個女人，毫無條件地熱愛你身上的每一個細胞？猜三次！」

「喔，不要，保羅。你不是要使用那套母親的手法吧？我不否認我有一位慈愛的母親。她在我生命的頭幾年，給了我很好的開始；我發展出許多很好的基本信任——也許這就是爲什麼我這麼喜歡自我揭露。但是當我開始獨立時，她就不是一個好母親了；直到她過世，她都始終無法原諒我離開她。所以你想說什麼呢？我從小就像小鴨子一樣被印記了，因此一輩子都在尋找我的母鴨媽媽？」

「就算如此，」恩尼斯繼續說——他很熟悉他要說的話；保羅與他以前就進行過類似的討論——「我姑且接受你的部分說法，但是你這是以偏概全——我只是個仍然在尋找母親的成年人。這眞是鬼話！我與所有人都不僅如此。你的錯誤，以及整個精神分析領域的錯誤，就是忘記了當下也有眞正的關係，並非由過去所左右，存在於此時此刻，兩個靈魂的交融，由未來的命運所影響，而不是過去的幽靈。這種關係具有同仇敵愾的情誼，共同面對生命的艱苦事實。這種純粹、接納、平等、成熟的關係具有贖罪性，是能夠帶來療癒的最有效力量。」

「純粹？純粹？」保羅很瞭解恩尼斯，不會那麼容易被大話所唬到。「一種純粹的關係？如果這算純粹，我絕不會找你的碴。你是在利用這個女人洩慾，恩尼斯，看在老天的份上，承認吧！」

「每次診療結束時不帶情慾意味的擁抱——如此而已。而且我已經控制住了。沒錯，我也有幻想。我承認。但我不會讓它們離開幻想世界。」

「嗯，我打賭你的幻想與她的幻想正一起在幻想世界中打得火熱。但是請讓我安心，恩尼斯，保證沒有其他的碰觸？與她一起坐在躺椅上的時候呢？有沒有親吻？」

恩尼斯腦海中掠過他撫摸卡蘿琳秀髮的景象。但是他知道保羅也會醜化這件事。「沒有了。就是這樣。沒有其他碰觸。保羅，相信我，我對這位女人提供很好的心理治療。我能夠控制情況。」

「如果我同意你，我就不會這樣嘮叨。這個女人有地方讓我不瞭解。雖然你堅持維護了你的界線，還是日復一日地騷擾你。或者你以爲你維護了界線。我不否認你有吸引力——誰能抗拒你的小屁股？但還有別的內情：我相信你在潛意識裡鼓勵她……你想聽我的建議嗎，恩尼斯？我的建議是脫身。現在就脫身！把她轉介紹給其他女性心理醫生。同時也放棄你的開誠布公實驗！或者只限於對男性病人——至少現在如此！」

恩尼斯掛了電話後，在辦公室內踱步。他總是對保羅說實話，這次的例外使他感到孤單。爲了轉移注意力，他開始處理信件。爲了更新他的醫療不當保險，他必須塡寫一張問卷，關於他與病人之間的關係。問卷上的問題很尖銳。他有沒有碰觸病人？如果有，如何碰觸？男性女性都碰？碰觸多久？碰觸病人身體什麼部位？是否碰觸過病人胸部，臀部，或其他性感區域？恩尼斯很想把問卷撕成碎片。但是他不敢。在今天這種訴訟當道的時代，沒有任何醫生敢不買醫療失當的賬。他又拿起問卷，對於「有沒有碰觸病人？」的問題上點選「有」。對於「如何碰觸？」的問題，他寫：「只是握手。」對於其他所有問題，全都點選「沒有」。

然後恩尼斯打開卡蘿琳的檔案，準備下一次的診療。他又想起了保羅的談話。把卡蘿琳轉介紹給一個女性心理醫生？她不會去的。放棄實驗？為什麼？實驗正在進行當中。放棄對病人開誠布公？絕不！因為誠實，我才陷於這個處境，誠實最後一定也會解救我！

20

星期五下午，馬歇爾準備鎖上辦公室的門時，審視一遍他所珍愛的事物。一切都在原位：放著長頸玻璃酒杯的櫃子，玻璃雕塑「時光的金邊」。但是這些東西都無法照亮他的陰暗情緒，或撫平他喉嚨中的緊張。

他關上門時，停下來分析自己的不安。這不僅來自於三小時後，與謝利在阿喬之屋的會晤——天知道，那已經夠讓人擔心了。不，這是關於另外一件事：安卓安娜。這個星期她再次爽約了，也沒有打電話事先取消。馬歇爾很困惑。這實在說不過去：如此高雅世故的女子不應該會這樣子。馬歇爾又從彼得給他的現款當中扣除了兩百元，這次不需要考慮了。他立刻打電話給安卓安娜，留言要她立刻跟他聯絡。

也許他同意短期治療她是一項錯誤。也許她暗中對於嫁給彼得感到猶疑，又不想討論。畢竟，他是彼得的前心理醫生，彼得付錢請他，而現在他又是彼得的投資人。是的，馬歇爾越想就越覺得他犯了判斷上的錯誤。他提醒自己，這正是違反了界線的後果

20

——一個問題會導致另一個問題。

他留話給安卓安娜三天了，還是沒得到回應。馬歇爾並不習慣再打電話給病人，但是他又把門鎖打開，回到辦公室，再度撥了她的號碼。這次他聽到的是電腦告訴他，這條線路已經停用了！電話公司沒有其他的訊息。

馬歇爾開車回家時，考慮兩種極端不同的解釋。也許安卓安娜與彼得因為她父親而發生劇烈衝突，她不再想與彼得的心理醫生有任何瓜葛。或者安卓安娜受不了她父親，衝動地搭飛機到蘇黎世找彼得了——上次診療時她暗示越來越難忍受與彼得分離。

但這兩種假設都無法解釋為何安卓安娜沒有回電。不，馬歇爾越想就越確定，事情可能更嚴重。疾病？死亡？自殺？下一步很顯而易見：他必須打電話給人在蘇黎世的彼得！馬歇爾望了他分秒不差的勞力士錶一眼。六點鐘。也就是蘇黎世的凌晨三點。他必須等到他與謝利的會晤結束，然後在午夜時打電話——那將是瑞士的上午九點。

馬歇爾停車時，發現雪莉的車子不見了。就像往常一樣在晚上出去了。現在已經習以為常，馬歇爾已經弄不清楚她的行程：也許是在臨床實習，或上最後幾門臨床心理學的課程，或者教授花道，參加花道展覽，或在禪修中心靜坐。

馬歇爾打開冰箱的門。什麼都沒有。雪莉還是沒有做飯。像平常一樣，她留了一盆新的插花在廚房桌上。花盆下有張紙條寫著她會在十點以前回來。馬歇爾瞄了那盆花一眼：很簡單的形式，三朵百合花，兩朵白的，一朵紅的。其中一朵白的與一朵紅的糾纏在一起，第三朵百合則朝外伸出，危險地垂在花盆之外。

她爲什麼要留給他這些插花？有一會兒，只是很短暫的片刻，馬歇爾想到雪莉最近時常使用紅色與白色的百合花。彷彿她想要透露什麼訊息。但是他很快打消這個想法。花時間在這種謬念上，眞是讓他感到慚愧。有太多好地方可以花時間，像是煮個晚餐，爲他的襯衫縫個鈕釦，完成她的論文，儘管她的論文題目也很不實際，但要完成後才能正式收費看病。雪莉非常善於要求平權，馬歇爾想，但也善於浪費時間，只要她丈夫付帳養活她，她就會繼續延後進入擔負財務責任的成人世界。

嗯，他才知道如何利用時間。他把插花推到一旁，打開下午的報紙，計算今天的股票獲利。然後，他還是感到緊張焦躁，於是決定去運動。他拿起運動袋前往活動中心。待會在阿喬之屋，他會吃點東西。

* * *

謝利一路上吹著卡通調子，來到阿喬之屋。這一星期來收穫豐富。他打出畢生最好的網球成績，帶領威利得到加州長青組的網球雙打冠軍，還有機會進軍全國冠軍。但是除此之外，還有更多好事情。

威利在冠軍的喜悅情緒下，送給謝利一個禮物，一舉解決了謝利所有的問題。威利與謝利打完球賽後，決定在南加州多留一天玩玩賭馬。威利有一匹兩歲大的賽馬「奧馬

20

哈」參加了比賽。威利非常相信奧馬哈與牠的騎士；他已經押了大筆賭金，並鼓勵謝利也一起賭。威利先去下注，而謝利在養馬區觀看其他的馬匹。等威利回來後，謝利就去下他的注。威利欣賞著奧馬哈光滑漆黑的肌肉，發現這場比賽的熱門馬流了很多的汗——這是不好的跡象——於是他立刻衝回下注窗口，又下了五千元的注在奧馬哈身上。然後他看見謝利在二十元的窗口下注。

「怎麼回事，謝利？我們玩賽馬十年了，我從來沒看過你在一百元之外的窗口下注。現在我以我的母親，我的女兒，我的情婦之名發誓擔保這匹馬，你卻只下了二十元的注？」

「嗯……」謝利臉紅了。「節省點……你知道……爲了婚姻和諧……稍微縮減開支……就業市場不佳……當然，有很多機會，但還在等待最好的……你知道，金錢只是很小的一部分，還要知道自己是否人盡其才。老實說，威利，是諾瑪……她對我的賭博活動非常在意，而她是家中的老闆。我們上星期大吵一架。你知道，我的收入都拿來作爲家用……而她的高薪卻都是她自己的錢。你知道這些女人總是抱怨沒有事業機會，一旦她們發了，卻不太願意分擔責任。」

威利拍打他的前額。「這就是爲什麼上兩場牌局沒有看到你！狗屎，謝利，我眞是瞎了眼才沒有看出來——哇，等一下，比賽開始了！看奧馬哈！看那匹馬兒飛奔！第五號，騎士穿著黃色衣服，黃帽子；他準備待在外圍馬群中，等到四分之三圈時才開始加速！現在，牠們快到了——奧馬哈要行動了——衝啊！看牠的步伐——牠的蹄幾乎沒有觸地！你看過任何馬跑得像這樣嗎？其他的馬好像在倒退似的。牠眞是精力充沛——我告訴你，謝利，牠還可以再跑一圈。」

比賽後——奧馬哈是一賠十，威利從慶祝圈子中回來，與謝利來到俱樂部的酒吧。

「謝利，你失業多久了？」

「六個月。」

「六個月！老天，眞糟糕。瞧，我本來打算找你好好談一談，現在也許就是最好的時機。你知道我所擁有的那筆土地吧？我們已經在市議會奮鬥了兩年，想要通過把四百戶都改建成公寓大樓，我們已經快要成功了。我花了不少錢打通關節，現在我的內線消息透露，還有一個月就會通過。下一步就是去說服那裡的住家——當然我們會提供他們非常高的折扣價——然後我們就開始改建。」

「所以呢？」

「所以……底線是：我需要一名行銷經理。我知道你沒有做過房地產，但我也知道你是個絕佳的推銷員。幾年前你賣給我一艘百萬元的遊艇，你的手法是如此高明，我離開展售室時覺得你好像幫了我一個大忙。你學的很快，而且你擁有別人所無法取代的一個優點：信任。絕對的信任。我百分之一千地信任你。我與你玩了十四年的撲克牌——你還記得我們總是開玩笑說，萬一發生地震，道路封鎖，我們也還是可以打電話玩撲克？」

20

謝利點點頭。

「嗯，你知道嗎？那不是開玩笑！我眞的相信——我們也許是世界上唯一能這麼做的牌友。我信任你與其他人——眼睛閉起來打都可以。所以，爲我工作吧，謝利。狗屎，我佔用了你這麼多時間打網球，難怪你會失業。」

謝利同意爲威利工作。年薪六萬，與前一份工作一樣。佣金另外算。但不僅於此。威利爲了保障他們的牌局，必須確保謝利能夠繼續玩下去。

「你知道那艘百萬元的遊艇？我在上面度過一些好時光，但沒有價値百萬元，與我在牌局中的好時光完全不能比。如果要我兩者選擇其一，要船還是要牌局，那艘船會立刻滾蛋！我要牌局一直繼續下去，永遠不要停。而且我要告訴你老實話，我不太喜歡前兩場沒有你的牌局。狄倫取代了你的位置——他非常膽小，緊緊捏著牌不放，皇后們都哭了。他九成的牌還沒有分出勝負就蓋掉了。非常無聊的牌局。失去像你這樣的牌友，事情就不行了。所以告訴我，謝利——我發誓，這件事只有你與我知道——你需要什麼才能繼續玩下去？」

謝利解釋說四萬元的賭金讓他玩了十五年——要不是這陣子手氣背到極點，他還可以繼續玩下去。威利立刻願意提供他四萬元的貸款——爲期十年，可以續貸，而且不需要利息，諾瑪絕對查不到。

謝利有點遲疑。

「讓我們稱之爲簽約紅利好了。」威利說。

「嗯……」謝利故作矜持。

威利很瞭解，立刻想出另一個更好的方法，不至於影響他們的交情。

「等一下，有更好的建議，謝利，讓我們把你的正式年薪降低一萬元，然後才告訴諾瑪，我會先預支你四萬元——藏在海外戶頭裡——這樣只要四年，我們就扯平了。反正佣金一定會超過你的薪水。」

謝利就這樣得到了他的撲克牌賭金，與一份工作。還有一張永遠能參加牌局的門票。現在連諾瑪都無法否定他小小牌局的社交利益。眞是一天好日子，謝利想，排隊等著領取他二十元的勝利馬票。幾乎十全十美。只有一個小遺憾：要是他們的對話能早一星期發生！或早一天，或甚至在今天早上也好！我就會站在一百元馬票的隊伍中，拿著不只一張馬票。一賠十！眞是他媽的一匹好馬！

＊　＊　＊

馬歇爾提早來到阿喬之屋，看到俗麗的霓虹燈與一輛閃亮的日本敞篷小跑車放在入口處展示——守門人說這是下個月的促銷獎品。馬歇爾在濃密的香菸煙霧中往裡面走了十幾步，望望四周，然後立刻轉身回到自己車上。他的穿著太正式了，而他一點也不希望成爲衆所矚目的焦點。阿喬之屋裡面服飾最體面的玩牌人，穿著一件舊金山足球隊的外套。

馬歇爾深呼吸幾次清清肺，然後把車子開到停車場燈光比較暗的角落。確定沒有旁觀者後，他爬到後座，脫掉襯衫與領帶，打開他的運動袋，穿上運動衣。但是感覺還是不對勁，閃亮的黑皮鞋與外套還是會吸引目光，要換就換個徹底。所以他穿上籃球鞋與運動褲。兩個女人剛好停車到他的旁邊。她們下車時吹了個口哨，馬歇爾連忙遮住臉。

馬歇爾等她們離開之後，深吸最後一口新鮮空氣，然後又走入阿喬之屋。大廳被分成兩間賭博室，一間是給西方的賭客，另一間是給亞洲的賭客。西方賭室有十五張馬蹄鐵形狀的賭桌，每一張有十張賭客座位與一張中央發牌人的座位。房間三個角落都是汽水販賣機，第四個角落是一個夾娃娃機。只要花一塊錢就可以用鐵手去夾一個玩具動物。馬歇爾記得小時候曾經在大西洋賭城看過類似的機器。

十五張賭桌都玩同樣的牌戲：德州撲克牌。不同之處在於賭注的大小限制。馬歇爾走到一張賭注五元到十元的賭桌，站在一位賭客背後觀看。他讀了謝利給他的小冊子，知道牌戲的基本規則。發牌人給每個賭客兩張暗牌。然後再明著發出五張公牌攤在桌上，其中三張是一次發完，另外兩張分別發出。

每一把都下注不少錢。馬歇爾往前靠近一點，想看得更清楚些，一位灰髮的賭桌老大走過來，上下打量馬歇爾一番，特別注意到他那雙充氣式的籃球鞋。

「嗨，帥哥，」他對馬歇爾說：「你在這裡幹什麼？中場休息嗎？」

「看看而已，」馬歇爾回答：「等我的朋友到了，我們就要開始玩牌。」

「看看？你在開玩笑！你以爲可以就這樣湊上來看嗎？有沒有想過玩牌人的感覺？瞧，我們這裡也會尊重客人的感覺！貴姓大名？」

「馬歇爾。」

「好，馬歇爾，等你準備好玩牌時再來找我，我會把你的名字寫在等候名單上。現在所有桌子都客滿了。」

賭桌老大轉身離開，但是又轉身微笑說：「喂，很高興你能來，不是開玩笑，歡迎來到阿喬之屋。但是，除非你要玩牌，否則什麼都別做。先來找我。如果你想看，去那裡。」他指著玻璃窗後面的另一間賭室。「去亞洲賭室——那裡有很多活動，而且不怕人看。」

他離開後，馬歇爾聽見他對一位休息的發牌人說：「他想要看！你相信嗎？眞奇怪他沒有帶照相機！」

馬歇爾感到很難爲情，不動聲色地退回到大廳，從那裡環顧場內。坐在牌桌中央的發牌人穿著制服。每隔幾分鐘，馬歇爾會看見贏家丟一個籌碼給發牌人，發牌人在桌上清脆地敲兩下，才放進自己的口袋裡。馬歇爾知道這是一個規矩，表示要告知牌桌老大，發牌人收下的是小費，而不是賭場的賭金。當然這是古老而多餘的習慣，因爲每一桌都受到嚴密的錄影監控，任何不合常軌的行爲都逃不過日後的檢查。馬歇爾並不是個

20

多愁善感的人，但他卻很喜歡阿喬之屋在這裡對於儀式所顯露的小小尊重。

馬歇爾咳嗽幾下，試著把香菸煙霧從臉前趕開。穿著運動服來這裡是很荒謬的，因爲賭場是壞習慣的殿堂。這裡所有人看起來都很不健康。四周都是陰暗的臉孔。許多人已經連續玩了十幾個小時。每一個人都在抽菸。有幾個過重的人，身上的肥肉從椅子縫隙中擠出來。兩個骨瘦如柴的女侍走過來，用空盤子當扇子扇風；幾個玩家有小型電風扇放在面前，把煙霧吹走；還有幾個玩家一邊玩一邊吃東西——特餐是蝦子與蝦醬。這裡的服飾都很有點怪異：一個有白鬍鬚的男子穿著土耳其式的鞋子，有彎曲的鞋尖，帶著紅色的土耳其帽；還有一個穿著牛仔靴與大牛仔帽；有人穿著很舊的水手服；大多數是藍領工作階級穿著；有幾位老婦女穿著一九五〇年代的女裝，扣子一直扣到下巴。

到處都可以聽見賭博的術語。逃也逃不開。有人在談加州的六合彩；馬歇爾聽到有人描述下午一場賽馬，一匹一賠九十的大冷門最後用三隻腳贏得比賽。馬歇爾看到旁邊有一個男子把一捲鈔票交給他的女友，然後說：「記住，不管我怎麼求妳，威脅妳，咒罵妳，哭泣——妳都要叫我滾蛋，踢我的老二，使用妳的空手道也可以。但絕不能把這捲鈔票給我！這筆錢是我們的加勒比海假期。妳要趕快離開這裡，自己先坐計程車回家。」還有一個人叫工作人員播放曲棍球比賽實況。這裡有十幾架電視機，每一架都播放不同的籃球賽，前面都圍著一群賭客。這裡每個人都在賭博。

馬歇爾的勞力士錶指著七點五十五分。梅里曼先生馬上就要到了，馬歇爾決定到餐廳等他。那只是一間煙霧瀰漫的小房間，有一個很大的吧台。房間一角有一張撞球桌，圍著一群人觀看一場競爭激烈的花式撞球。

食物就像空氣一樣不健康。菜單上沒有沙拉；馬歇爾研究了很久，尋找最不毒的餐點。當馬歇爾詢問女侍是否有蒸蔬菜以及蝦子是用什麼油煮的，她只回應兩聲「嗯嗯？」最後他點了烤牛肉與萵苣番茄，但不要肉汁——這是他好幾年來第一次吃肉，但至少他知道吃下去的是什麼。

「嗨，醫生，還好嗎？嗨，席拉，」謝利蹦蹦跳跳過來，給女侍一個飛吻。「給我同樣的食物，醫生知道吃什麼才健康。別忘了肉汁。」他靠到隔壁桌，與一個賭客握手。「傑森，我有一匹好馬可以告訴你！省點錢。待會見。我要使你發財。我這裡還有一位朋友。」

這裡顯然是他的地盤，馬歇爾想。「今晚你看起來精神很好，梅里曼先生。網球賽成績不錯？」

「不能再好了！你正在與加州雙打賽冠軍之一用餐！我的確精神很好，醫生，謝謝網球賽，謝謝我的朋友們，還要謝謝你。」

「所以，梅里曼先生……」

「噓，醫生，別稱什麼梅里曼先生，要混入人群中。叫我謝利。謝利與馬歇爾，好嗎？」

20

「好，謝利。來談談今晚的主題吧？你要告訴我怎麼做。我先聲明，明天一大早我就要看病人，所以不能留太晚。記住，兩個半小時，一百五十分鐘，我就必須離開。」

「聽到了。讓我們開始吧。」

馬歇爾點點頭，把烤牛肉上的所有脂肪都切掉，上面放了番茄與萵苣，做成一個三明治，然後邊吃邊聽謝利的計畫。

「你讀了我給你的那本書嗎？」

馬歇爾又點點頭。

「好。那麼你應該知道玩法了。基本上，我要你別招惹人的注意。我不要你專心玩你自己手上的牌，事實上，我不要你玩：我要你觀察我。等一下二十元到四十元的牌桌會有空缺。我告訴你怎麼做：第一筆下注是輪流的——每一把都要有三個人出第一筆注金。一個人拿出五元，這被叫做「屁股」，屬於賭場：算是賭桌與發牌人的佣金。另一個人拿出二十元，這叫做「瞎子」。他旁邊的人叫做「雙重瞎子」，拿出十元。懂嗎？」

「這是不是說，」馬歇爾問：「拿出二十元的人可以跟牌，不需要再下注？」

「對。除非有人提高賭注。這表示你可以跟一次牌。大概會有九位賭客，所以每九手就可以跟一次。其他八手你必須蓋牌——絕不要叫第一注。我再說一次，醫生，絕不要！這表示每一把你跟三次注，總共三十五元。一輪九手大約要花二十五分鐘。所以你一個鐘頭最多只會輸七十元。除非你做出蠢事，想要自己玩一把。」

「你想在兩個鐘頭就玩完嗎？」謝利繼續說，女侍把他的烤牛肉端來了。「這樣吧，我們玩一個半鐘頭或一百分鐘，然後再討論半個鐘頭。我決定要負擔你所輸的錢——今天我覺得很慷慨——所以給你一百元。」他從皮夾中抽出一張百元大鈔。

馬歇爾接過鈔票。「讓我算算看……一百元……這樣夠嗎？」他拿出一枝筆，在餐巾上算起來。「每二十五分鐘輸三十五元，你要玩一百分鐘。這樣應該是一百四十元，對不對？」

「好啦，好啦。再給你四十元。還有，再給你兩百元——算是今晚的貸款。去買三百元的籌碼，看起來比較像樣，不會招惹注意。等我們走的時候再還我。」

謝利大口吃下他的烤牛肉，繼續說：「現在聽清楚，醫生。如果你輸掉超過一百四十元，你就要自己負擔了。因爲除非你自己開始玩，否則不可能超過一百四十元。而我不建議你這麼做——那些傢伙都是好手。大部分每星期玩三、四次——許多人靠此爲生。還有，如果你自己開始玩，你就無法觀察我了。而今天的重點就是要觀察我，對不對？」

「沒錯。」

「好，現在進入正題。我要你觀察我如何下注。今晚我會盡量唬人，所以觀察我是否露出任何破綻——你知道的，就是你在辦公室所發現的那些小動作。」

幾分鐘後，馬歇爾與謝利聽到擴音機喊出他們的名字，於是坐上了二十元到四十元的賭桌。大家都很客氣地歡迎他們。謝利向發牌人致意：「近況如何，艾爾？給我五百元的籌碼，而且照顧我的朋友，他是個新手。我想要帶壞他，需要你的幫忙才行。」

馬歇爾買了三百元的籌碼，一疊紅色的五元籌碼與一疊藍白相間的二十元籌碼。到了第二手，馬歇爾當「瞎子」——他必須賭二十元在兩張暗牌上，可以跟一次牌：公牌是三張小黑桃。馬歇爾的兩張暗牌也是黑桃——一張二，一張七——這樣五張牌就有了清一色。第四張公牌也是小黑桃。馬歇爾被自己的清一色沖昏了頭，於是違反了謝利的指示，決定繼續下注，叫了兩次四十元的注。這一把結束後，所有人都掀開自己的牌。馬歇爾掀開自己的黑桃二與黑桃七，驕傲地說：「清一色！」但是有另外三人的清一色比他還大。

謝利靠過來，盡量溫和地說：「馬歇爾，公牌當中有四張黑桃，這表示任何人只要有一張黑桃，就是清一色。就算你有六張黑桃，也不會贏過其他人的五張黑桃，而你的黑桃七一定會碰上更大的黑桃。你想爲什麼其他人都要跟著下注？一定要問自己這個問題。他們必然都有清一色！照這種速度，我估計你一個小時會輸掉九百元你自己的辛苦錢！」謝利特別強調「你自己」三個字。

其中一個賭客聽到這番話，他本來正在結算自己的籌碼，於是說：「嗯，本來想要走了……睡一點覺……但是，有人把黑桃七清一色當成大牌……還是再玩一會兒吧。」

馬歇爾滿臉通紅，發牌人安慰他說：「別被他們唬到了，馬歇爾。我覺得你很快就會抓到訣竅，然後你可以好好教訓他們一頓。」馬歇爾明白了，一個好發牌人就像一個團體心理治療師，總是能夠提供必要的安慰與支持：賭桌上的和諧代表了大筆的小費。

之後馬歇爾玩得很保守，每一把都蓋牌。有幾個人嘲笑他這麼膽小，但謝利與發牌人爲他辯護，要大家有點耐心。半個小時後，他拿到一對A，而公牌是一張A與一對J，這讓他有了三條一對。沒有多少人跟他這一把，但馬歇爾還是贏得了兩百五十元的賭金。然後馬歇爾像老鷹般觀察謝利，有時候在小筆記本上寫下一些東西。似乎沒人在意他寫筆記。除了一個瘦小的女人對他說：「記住了，大順比小三條一對還要大！嘻嘻。」

謝利算是賭桌上最活躍的下注者，看起來似乎很內行。但是當他有一手好牌時，很少人會繼續跟下去。而當他唬人時，總有一、兩個人手中拿著不起眼的牌，卻能夠打敗他。而當別人有一手好牌時，謝利卻愚蠢地一直跟下去。謝利雖然拿到的牌平均起來不算壞，但他的籌碼卻一直減少，一個半小時之後，他已經輸掉五百元籌碼。馬歇爾很快就看出了癥結。

謝利站起來，把剩下幾個籌碼丟給了發牌人當小費，然後朝餐廳走去。馬歇爾也兌換了他的籌碼，沒有留下小費，跟著謝利一起走了。

「看出什麼了嗎，醫生？有沒有破綻？」

「嗯，謝利，你知道我是個門外漢，但恐怕只有用擴音機，才能比你更能清楚露出你的牌。」

「什麼擴音機？有那麼糟嗎？」

馬歇爾點點頭。

「能舉個例子嗎？」

「好，首先，你記得你很大的那幾手牌嗎？我算出六手：四手葫蘆，一手大順，一手大同花？」

謝利津津有味地回憶著，「對，我記得每一手。眞是可愛極了。」

「嗯，」馬歇爾繼續說：「我注意到牌桌上其他有類似大牌的人，最後贏的錢都比你多很多：至少兩倍或三倍多。事實上，我甚至不應該說你拿到大牌，也許只能說好牌，因爲你從來沒有靠它們贏大錢。」

「什麼意思呢？」

「這表示當你拿到好牌時，消息就像野火一樣迅速傳開來。」

「我是怎麼漏出去的？」

「讓我說說我的幾項觀察。當你拿到好牌時，你似乎會緊捏住牌。」

「捏住？」

「對，彷彿你手中有黃金似的。還有，當你有好牌時，你在下注之前會一直望著你的籌碼。讓我看看，還有其他的……」馬歇爾讀著他的筆記。「對了，每次你拿到好牌，你會故意望向遠處，假裝你在看電視裡的籃球賽，我想你是希望其他人以為你對這手牌不感興趣。但如果你要唬人，你就會死瞪著每個人，彷彿想要用眼睛威脅別人，讓他們不敢下注。」

「你沒開玩笑，醫生？我會這樣子？我真不敢相信。我懂這一切，在書上都寫的清清楚楚。但我不知道自己這麼做。」謝利站起來，大力擁抱馬歇爾。「這才是我所謂的治療！不得了的治療！我等不及要回去再玩牌了。我要扭轉我所有的破綻。那些人會不知道怎麼死的。」

「等一下！還有更多。你想聽嗎？」

「當然。但我們要快一點。我一定要回到剛才那張賭桌，把輸掉的都贏回來。等一下，讓我先預約一下座位。」謝利跑到賭場老大那裡，對他耳語一陣，塞了一張十元鈔票給他。然後又跑回到馬歇爾旁邊。

「請繼續說，你說得很準。」

「兩件事。如果你在看你的籌碼，也許是在計算，那麼就可以確定，你一定有好牌。我想我已經說過這一個破綻。但我沒有說的是：當你唬人時，你從來都不看你的籌碼。然後還有更隱約的細節——這有關信心不足的問題……」

「說出來。不管你要說什麼，我都洗耳恭聽，醫生。讓我告訴你，現在你簡直是出口成金！」

「我覺得當你有好牌時，你會輕輕地把賭注放在桌上。而且離你很近——你的手臂不會伸開來。但是當你唬人時，你會有相反的表現——很強悍地把賭注放在桌子正中央。還有當你唬人時，雖然不是每一次，但你會一再瞄著你的暗牌，彷彿希望牌能變好。最後一件事：當其他人似乎都知道有人贏定了，你卻還是一直跟下去——我想你的注意力都放在牌上，而不是其他人身上。好了，就是這些了。」馬歇爾要撕掉那張筆記。

「別這麼做，醫生，送給我。我要把它框起來。不，我要把它護貝起來，隨身攜帶——這是我的幸運符，梅里曼財富的試金石。聽著，我要走了，這個機會一過去就不會再回來……」謝利指著他們剛離開的那張賭桌。「不能放過那群肥羊。喔，對了，差點忘了。這是我答應要給你的信。」

他拿出一封信，馬歇爾很快讀了一遍：

致相關人士：

此信證明馬歇爾・史特萊德醫生給予我優良的心理治療，我覺得自己已經完全復原，不再受潘德醫生的不當治療所影響。

謝利・梅里曼

「如何？」謝利問。

「好極了，」馬歇爾說：「現在請你寫下日期。」

謝利寫下日期，然後又很慷慨地加上一行字：

我在此放棄任何對於舊金山精神分析學會的訴訟權。

「這樣我們就扯平了。以後誰也不欠誰。你知道，醫生，我剛才在想——只是想想而已——但你可以進軍撲克牌諮商業。你眞是非常有一手。或者是我以爲你很有一手——等我回到賭桌後就知道。但讓我們將來約個時間一起吃午餐。我可以當你的經紀人。只要看看這地方——幾百個輸錢的人，每個都非常想要改進。其他賭場有更多的輸家……他們都願意付出一切。我可以在一眨眼之間就爲你找滿病人，或找滿一個演講廳的研習會——幾百個賭客，每人收幾百元，一天就有兩萬元——當然，我只收你一般的經紀人費用。考慮考慮吧。我要走了。我會再打電話給你。這是個好機會喔。」

「更好了。謝謝你，梅里曼先生。明天我會把我承諾的那封信寄給你。」

「怎麼樣？」

說完後，謝利回頭走向賭桌，口中哼著卡通音樂。

馬歇爾離開了阿喬之屋，來到停車場。現在是十一點半。半個小時後，他就要打電話給彼得了。

21

在下一次治療卡蘿琳的前一晚，恩尼斯做了一個清楚的夢。他坐在床上寫了下來：

我正在機場裡面看到卡蘿琳，她坐在一輛載客電車上。我很高興看到她，跑上前去，想要擁抱她，但她抓著她的皮包不放，擁抱起來很不舒服。

早上他思索這個夢，想起了他與保羅通電話後的體認：「誠實使我陷於這個處境，誠實最後一定也會解救我」。恩尼斯決定要進行前所未有的嘗試。他要與他的病人分享這個夢境。

在他們下一次診療時，卡蘿對於恩尼斯描述擁抱她的夢境感到很好奇。上次診療結束後，她開始懷疑自己是否對恩尼斯判斷錯誤；她已經快要放棄勾引他的希望了。而今天他卻承認他夢見她。也許這會是有趣的發展，卡蘿想。但沒有什麼信心了。她已經不覺得自己掌握了情況。以心理醫生而言，恩尼斯簡直是完全無法預測，她想；幾乎每次診療，他都會做出或說出一些讓她驚訝的事情。而幾乎每次診療，他都會讓她對自己有更進一步的瞭解。

「恩尼斯，眞是很奇怪，因爲昨晚我也夢見了你。這是不是榮格所謂的『同時性』（synchronicity）？」

「不完全是。我想榮格的『同時性』是指兩件相關的現象，一件發生在主觀世界，另一件發生在客觀的物理世界。我記得他描述有一天在解析一個病人的夢，病人夢見了古埃及的金甲蟲，然後他發現有一隻甲蟲在窗外碰撞玻璃，彷彿想要飛進房間。」

「我一直不瞭解這個觀念的重要性，」恩尼斯繼續說：「我想許多人對於生命的無常感到不安，於是希望相信有某種的宇宙關連存在。我並不太在意這種觀念。大自然的無常與無情並不會讓我感到不安。爲什麼大家如此不敢面對『巧合』？爲什麼不單純地當成巧合來看待？

「至於我們彼此夢見對方，這有什麼奇怪的？我覺得以我們的接觸頻繁度，以及關係上的親近，如果沒有夢見對方才値得奇怪。很抱歉我這麼說，卡蘿琳，聽起來一定很像在講課。但「同時性」這種觀念讓我有感而發：在佛洛伊德的教條主義與榮格的神祕主義之間的無人地帶，我總是感覺很孤單。」

「不，我不介意你談這些事情，恩尼斯。事實上，我很喜歡你這樣分享你的思想。但

21

你有一個習慣，的確很像是在演講：你總是每隔一分鐘就要稱呼我的名字。」

「我一點也不知道有這種情形。」

「你介意我告訴你嗎？」

「介意？我高興死了。這使我覺得妳開始認眞聽我的話了。」

卡蘿向前傾，輕輕握了一下恩尼斯的手。

他也回握了她一下，然後說：「但我們還有工作要做。讓我們回來談這個夢。妳能不能說說妳的感覺？」

「喔，不！這是你的夢，恩尼斯。你感覺如何？」

「沒錯。好吧，心理治療在夢中時常象徵某種旅程。所以我想機場象徵了我們的治療。我想要與妳親近，擁抱妳，但妳把妳的皮包擋在中間。」

「那麼你要如何解釋皮包，恩尼斯？我覺得有點奇怪——好像我們角色互換了。」

「完全不會，卡蘿琳，我很鼓勵這麼做；我們彼此開誠布公是最重要的。所以讓我們繼續進行。我所想到的是，佛洛伊德時常說「皮包」是女性生殖器的象徵。我說過，我不太相信佛洛伊德的論點——但我也不想全部否定。佛洛伊德有許多正確的解析，不應該忽略。幾年前，我曾經參與過一項實驗，在催眠下要求女性夢見她們喜歡的男性來到床前。許多女人都使用了皮包象徵——也就是說，夢見男性來到她們面前，把某種東西放進她們的皮包裡。」

「所以，恩尼斯，這個夢的意思是……？」

「我想這個夢的意思是，妳與我正在進行心理治療，而妳也許把情慾放在我們之間，阻止我們眞正親近。」

卡蘿沈默了幾分鐘，然後說：「還有另一種可能。更簡單直接的解析——你內心其實想與我發生肉體關係，擁抱等於是性交。畢竟，不是你在夢中主動想要擁抱嗎？」

「那麼阻礙擁抱的皮包呢？」恩尼斯問。

「就像佛洛伊德說過，一根雪茄有時候可能只是一根雪茄，那麼女性生殖器的象徵皮包，有時候也可能只是一個皮包……裝了錢的皮包？」

「我瞭解妳的意思……妳是說我像個男人一樣渴望妳，而金錢——也就是我們的職業關係——阻礙了我們。我因此而感到挫折。」

卡蘿點點頭。「對，這個解析如何？」

「的確是簡單多了，我也不否認其中的眞實性——如果我們不是以心理醫生與病人的方式認識，我會想與妳有更個人性的非職業關係——上次我們就談過。我不否認我覺得妳是個非常吸引人的女人，有很敏銳的頭腦。」

卡蘿笑容滿面。「我越來越喜歡這個夢了。」

「但是，」恩尼斯繼續說：「夢境總是很容易偏頗——我們很有理由相信我的夢反映了我們雙方的期望：我想要當妳的心理醫生，而沒有性與其他欲望的困擾，以及我想要

21

與妳交往，而沒有職業上的接觸。這是我必須處理的困境。」

恩尼斯很驚訝自己在開誠布公上的進展。他很理所當然，很不帶自我地對病人說了幾星期前絕對不敢說出的事情，而且覺得自己控制得很好。他不再覺得自己在誘惑卡蘿琳。他保持坦然，同時也提供了治療上的幫助。

「那麼關於金錢呢，恩尼斯？有時候我看見你偷看時鐘，我會認爲我對你只代表了一張支票，時鐘每過一分鐘，就又賺了一塊錢。」

「金錢對我並不重要，卡蘿琳。我賺的錢超過我能花的，我很少顧慮金錢。但我必須注意時間，就像妳接見客戶時也要注意時間。不過我從來不希望我們的時間過得太快。從來沒有。我期待見到妳，很珍惜我們在一起的時間，而且總是惋惜時間過得太快。」

卡蘿又無話可說。她眞是感到很惱怒，竟然會對恩尼斯的話感到受寵若驚，而且他看來竟然像是在說實話，而且有時候，他看來不再那麼惹人厭了。

「我在想的另一個問題是，卡蘿琳，皮包內的東西。當然如妳所說的，第一個想到的就是錢。但還有什麼其他東西，能夠阻礙我們的親近？」

「我不太瞭解你的意思，恩尼斯。」

「我的意思是，也許妳沒有眞正看清楚我的爲人，因爲被某些先入爲主的偏見阻礙了。也許妳背負了一些舊包袱——過去與男人的關係，妳的父親，哥哥，丈夫。或屬於另一個時代的期望：譬如勞夫·庫克。妳時常要我『成爲勞夫……當我的醫生情人』。其實妳是對我說：『不要當你自己，恩尼斯，去當別人。』」

卡蘿無法不承認，恩尼斯真是說對了——雖然理由並不完全正確。真奇怪，他近來變得聰明多了。

「妳作夢嗎，卡蘿琳？我想我已經分析夠了自己的夢。」

「嗯，我夢見我們一起躺在床上，穿著衣服，我們正在進行診療。我要你更有感情一點，但你很嚴肅，保持距離。然後有另一個男人走進房間——很醜陋、矮小、漆黑如炭的人——我立刻決定要勾引他。這非常容易，於是我們就在你面前做愛。我想如果你能看到我在床上是多麼行，也許你會改變主意，對我發生興趣，與我做愛。」

「妳在夢中有什麼情緒呢？」

「對你感到挫折。對那個男人感到噁心——他簡直就是邪惡。我不知道他是誰——但我其實知道。他是度瓦利。」

「誰？」

「度瓦利。你知道的，海地的獨裁者。」

「妳與度瓦利有什麼關係？對妳有什麼意義？」

「很有趣，完全沒關係。我好幾年沒聽過這個名字。我非常驚訝會夢見他。」

「以度瓦利來自由聯想一會兒，卡蘿琳。看看能想到什麼。」

「什麼都沒有。我不確定是否看過他的照片。暴君、殘酷、黑暗、淫蕩。喔，對了，

21

我想最近我讀到一篇文章，說他住在法國某處，貧窮不堪。」

「但那傢伙早就死了。」

「不，不是老頭子，而是年輕的度瓦利。人稱『小醫生』的度瓦利。我確定是小醫生。這個名字一下子就出現了。我想我告訴過你。」

「不，妳沒有，卡蘿琳，但我想這是夢境的關鍵。」

「怎麼會？」

「首先，妳再思索一下這個夢。最好能自由聯想——就像我們對我的夢的解析。」

「讓我看看。我知道我感到挫折。你與我在床上，但是卻什麼都沒做。然後這個粗野的男人進來，我與他做愛——我這麼做眞是奇怪——然後這個夢的荒謬邏輯是，我想你會因爲看到我的表現而接受我。眞沒有道理。」

「請多說一些，卡蘿琳。」

「嗯，是沒有道理。如果我與一些醜陋的男人在你面前做愛，我根本不可能會贏得你的心。更可能會讓你感到噁心厭惡。」

「這是表面上的邏輯。但我知道有辦法可以解釋這個夢。讓我們假設度瓦利不是度瓦利，而象徵了別的人或事物。」

「譬如呢？」

「想想他的名字：『小醫生』！想像這個人代表了部分的我：我內在較幼稚原始的一

面。那麼在那個夢中，妳希望與這部分的我發生關係，使比較成熟的我也會被勾引。

「妳瞧，這麼說就可以解釋這個夢——如果妳能勾引到部分的我，那麼其他的我也會很容易就範！」

卡蘿一片沈默。

「妳在想什麼，卡蘿琳？」

「聰明，恩尼斯，很聰明的解析。」卡蘿對自己說：比你想像的還聰明！

「所以，卡蘿琳，讓我總結一下，我對我們這兩個夢的解讀有類似的結論：雖然妳來見我，對我有強烈的感覺，想要碰觸擁抱我，但妳仍然不想眞正與我親近。

「這些夢的訊息很符合我對我們關係的整體感覺。幾周前我很清楚表示，我會對妳開誠布公，誠實回答妳所提出的任何問題。但是妳從來沒有眞正利用這個機會。妳說妳要我成爲妳的情人，但是，除了我在單身世界中的生活之外，妳一點也不想認識我是誰。我要一直提醒妳這一點，卡蘿琳，因爲這非常重要，非常接近問題核心。我要求妳對我坦白——爲了能這麼做，妳必須對我有足夠的瞭解與信任，妳才能完全在我面前展開。這個經驗將幫助妳成爲妳自己，以最深刻的方式，來瞭解妳未來生命中的男人。」

卡蘿保持沈默，望著她的錶。

「我知道我們的時間到了，卡蘿琳，但請多用一兩分鐘，妳有沒有進一步的補充？」

「今天不行，恩尼斯。」她說，然後站起來，匆忙離開辦公室。

22

馬歇爾午夜打給彼得．馬康度的電話並沒有什麼用處——他只聽到了三種語言的錄音，說明馬康度金融集團周末不上班，周一早上才營業。蘇黎世的接線生也查不到彼得的住處電話。這當然不令人意外。彼得時常提到黑手黨，以及富有的人必須保護隱私以策安全。這將是個漫長的周末。馬歇爾必須熬過去，等到周日午夜再打電話。

凌晨兩點，馬歇爾無法入眠，他翻尋藥箱，想找出一些藥廠給他的樣本，一些鎮定劑。這實在很不像他——他總是反對隨便吃藥，堅持受過適當精神分析的人只能透過內省與自我分析來處理心理上的不寧。但這個晚上根本不可能做自我分析：他緊張的無以復加，需要靠藥物來鎮定自己。他終於找到一些鎮定劑，吞下兩顆，不安穩的睡了一下。

隨著周末過去，馬歇爾的不安也愈增。安卓安娜到底在哪裡？彼得到底在哪裡？根本無法專心。他把最新一期的美國精神分析期刊丟到房間另一邊，對他的盆栽也引不起興趣，甚至無法計算他這周的股票獲利。他在健身房花了一個小時舉重，打了一場籃球，慢跑到公園。但沒有任何事情能使他放鬆心中的焦慮。

他假裝自己是一名病人。冷靜點！為什麼這麼焦急？讓我們坐下來分析情況。只有一件事情：安卓安娜沒有赴約就診。所以呢？投資很安全。幾天內……我算算看……三十三小時後……你就可以跟彼得通電話。你有一張瑞士信貸的擔保書。原來的股票自從你賣掉後已經下跌了百分之二；最糟糕的情況是你使用擔保書贖回投資金額，然後以更低價買回你的股票。是的，也許你沒有發現安卓安娜有一些問題，但你又不是先知；你有時候也會誤判一些事情。

很扎實的心理治療。馬歇爾想。但自己對自己這麼做就沒什麼效了。自我精神分析有其限制；佛洛伊德那麼多年來是怎麼做的？馬歇爾知道自己需要與別人分享這些焦慮。但是誰呢？不能是雪莉，最近他們已經很少交談，而他與彼得的投資是談不得的。她從一開始就反對。當馬歇爾陶醉地描述他將要如何花用賺來的七十萬元利潤時，她只是嗤之以鼻說：「我們活在不同的世界裡。」現在雪莉越來越常提到「貪婪」這個字眼。兩周前她甚至建議馬歇爾向她的佛教導師尋求指引，好克服困擾他的貪念。

況且雪莉計畫去爬山採集插花的材料。當天下午，她要出發時，她說她可能會在外過夜；她需要獨處的時間。馬歇爾想到自己可能會孤獨一個人過周末，不免有點害怕，他考慮是否該告訴雪莉，他需要她留下來。但馬歇爾．史特萊德可不會求人；那不是他的風格。況且，他的緊張是如此明顯，雪莉無疑想要逃避。

馬歇爾不耐地望著雪莉所留下的一盆插花：一根長有苔蘚的分叉杏枝，一根樹枝與桌面平行，另一根垂直向上。水平的樹枝末端有一朵孤獨的白色杏花。朝上的樹枝則有一圈薰衣草與豌豆，簇擁著兩朵百合，一朵是白色，另一朵是紅色。該死，馬歇爾想，她竟有時間做這玩意！爲什麼弄這個呢？三朵花……又是一朵紅的與兩朵白的……他研究這盆花一分鐘，搖搖頭，然後把整盆花推到桌子下面。

我還能跟誰談？我的表兄馬文？絕不！馬文有時候可以提供好建議，但現在不會管用。我無法忍受他聲音中的驕傲。找一個同事？不可能！我已經違反了我的職業界線，而我也不確定能信任誰——特別是別人都嫉妒我。只要這件事洩漏出去，我就可以永遠忘了學會會長的職位了。

我需要找個人傾吐一番。如果還能找賽斯．潘德就好了！但我已經斷絕了那層關係。也許我對賽斯不該那麼嚴厲……不，不，不，賽斯罪有應得；那樣做沒有錯。他完全是自作自受。

馬歇爾有一名病人是臨床心理學家，他時常提起他有一個支援團體，是由十名男性心理醫生所組成，每兩周聚在一起兩個小時。他的病人說這種聚會不僅有幫助，他們也時常在需要的時候相互通電話。當然，馬歇爾不贊成他的病人參加團體。若是更早，他會禁止。支持、肯定、慰藉——所有這些可憐的枴杖只能加強自憐，延遲了眞正的心理治療。但是現在，馬歇爾卻渴望能有這種團體。他想到賽斯・潘德在學會會議時所說的，關於當代社會缺乏了男性情誼。是的，這就是他所需要的，一個朋友。

在周日午夜——蘇黎世的周一上午九點——他打電話給彼得，但只聽到很令人困擾的錄音：「這裡是馬康度金融集團。馬康度先生去參加為期九天的旅遊。這段時間將不營業，但若有緊急需要請留話，馬康度先生將會設法回電。」

旅遊？這樣的公司要關門九天？馬歇爾留話請馬康度先生立即回電，事態緊急。稍後，他躺在那裡思索時，旅遊似乎沒有那麼奇怪了。顯然發生了什麼衝突，他想，也許是彼得與安卓安娜，或安卓安娜與她父親，於是彼得在一時衝動之下就決定去散散心——也許帶了安卓安娜一起去，也許沒帶。如此而已。

但是，數天過去了，彼得還是音訊全無，馬歇爾對自己的投資越來越擔心。雖然可以把錢贖回來，但這樣就再也無法從彼得的生意中獲利；因為驚慌而放棄這大好機會實在很愚蠢。這一切都因為什麼？只是因為安卓安娜沒有來就診？別傻了！

星期三的上午十一點，馬歇爾有一小時的空檔。恩尼斯的輔導時間還是空著的。他出去散步，走到上次與彼得共進午餐的太平洋俱樂部，他又往前走了一條街，然後突然轉過身，爬上了俱樂部的階梯，穿過大理石的門廊，經過一排排閃亮的黃銅信箱，進入那有玻璃圓頂的大廳。在那裡，穿梭於桃木皮沙發椅的，就是穿著禮服的領班阿米。

馬歇爾腦中浮現了阿喬之屋的景象：足球隊夾克，濃濃香菸煙霧，還有那位賭桌老

22

大，教訓他不得觀看，因爲「我們這裡也會尊重客人的感覺」。還有那些噪音：籌碼碰撞聲、撞球聲、開玩笑與大談賭經的聲音。太平洋俱樂部要安靜多了。侍者擺設銀器與水晶玻璃的聲音；會員輕聲談著股票市場，義大利皮鞋走在光滑橡木地板上的清脆聲音。

到底哪裡才是他的家？他是否有家？馬歇爾心中思索著，這不是他第一次想這個問題了。他到底屬於何處——阿喬之屋還是太平洋俱樂部？他是否要永遠飄零在兩者之間，花一輩子時間想要離開一邊，前往另一邊？要是有個精靈出現，對他命令道：現在你必須下決定；二選一，它就會成為你永遠的家。他會怎麼選擇呢？他想到了他與賽斯・潘德所做過的精神分析。我們從來沒有處理過這個問題，馬歇爾想。沒有處理過「家」，也沒有處理過「友誼」，還有如雪莉所說的，沒有處理過金錢與貪婪。他花了九百個小時到底分析了什麼玩意？

至於現在，馬歇爾假裝很自在地朝領班走過去。

「阿米，你好嗎？我是史特萊德醫生。幾個星期前，與我一起用餐的馬康度先生提起你的驚人記憶力，但我想連你大概都不會記得我吧？」

「喔，是的，我對您的記憶猶新，還有馬康泰先生……」

「馬康度。」

「是的，對不起，馬康度。唉，我的驚人注意力出洋相了。但是，我眞的記得您的朋友。雖然我們只見過一次，他留下深刻的印象。很高雅慷慨的一位紳士！」

「你是說，你們只在舊金山見過一次面。他說他在巴黎的俱樂部也見過你。」

「沒有，先生，您一定弄錯了。我雖然在巴黎的俱樂部工作過，但從來沒在那裡見過馬康度先生。」

「那麼在蘇黎世呢？」

「沒有。我很確定，以前從來沒見過那位紳士。你們倆共進午餐的那一天，是我第一次見到他。」

「那麼，嗯……你是說？……他怎麼會對你那麼熟……我的意思是……他怎麼會知道你在巴黎俱樂部待過？他有在此用餐的資格嗎？不，我的意思是，他是否在此開有帳戶？他怎麼付帳的？」

「有什麼問題嗎，先生？」

「是的，而這與你假裝熟識他有關，假裝是他的老朋友。」

阿米看來有點困惑。他瞄瞄手錶，然後望望四周。大廳沒有什麼人，很安靜。「史特萊德醫生，我在午餐前有一點時間。請讓我們坐下來好好談談。」阿米指著一個包廂，請馬歇爾進去。他讓馬歇爾坐下後，詢問是否能點根菸。深吸了一口菸後，他說：「請聽我坦白道來，先生，而且不列入記錄，您懂我的意思吧？」

馬歇爾點點頭。「當然。」

「我在高級俱樂部工作了三十年。過去十五年都是擔任領班。我見識過各種場面。沒

22

有什麼事情逃得過我眼睛。我知道，史特萊德醫生，您不熟悉這種俱樂部。請原諒我如此冒昧。」

「不，完全不會。」馬歇爾說。

「您應該要瞭解一件事，在私人俱樂部裡面，每個人總是想從別人身上得到什麼──恩惠、邀請、介紹、投資等等。爲了使過程順利些，必須對人建立起特定的印象。而我像所有領班一樣，必須在這種過程中擔任某種角色；我有義務讓一切都進行的很和諧。因此，當馬康度先生那一天稍早與我聊天，問我是否在歐洲其他俱樂部做過，我當然會很客氣地回答他的問題，告訴他我在巴黎做過十年。當他在您面前對我特別友善時，我能怎麼辦？轉身對您說，『我從來沒見過這個人』嗎？」

「當然不是，阿米。我瞭解你的意思。我只是很震驚你並不認識他。」

「但是，史特萊德醫生，你提到有點問題。希望不很嚴重。如果嚴重請告訴我。我想俱樂部也應該知道。」

「不，不。只是小事一件。我忘了他的住址，希望能找到他。」

阿米有點遲疑。他顯然不相信只是小事一件，但馬歇爾不願意多說，於是他站起來。「請在大廳裡面等我。我將盡力爲您查詢這方面的資料。」

馬歇爾坐下來，對自己的笨拙感到困窘。機會並不大，但阿米也許幫得上忙。

領班在幾分鐘後回來，交給馬歇爾一張紙，上面寫的蘇黎世地址電話與馬歇爾所知道的一樣。「櫃檯告訴我，馬康度先生是使用招待資格，因爲他是蘇黎世俱樂部的會員。如果您願意，我們可以傳眞詢問他們更多的消息。」

「請這麼做。而且如果不麻煩，請傳眞給我。這是我的名片。」

馬歇爾轉身要離去，但阿米又補充說：「您問我關於付帳的問題。我可以告訴您，但是要請保密，大夫，馬康度先生總是付現款，而且非常大手筆。他給我兩百元當午餐費用，給侍者豐厚的小費，然後要我自己留下多餘的錢。在這種事情方面，我的驚人記憶力是萬無一失的。」

「謝謝你，阿米，你很熱心相助。」馬歇爾不情願地抽出一張二十元的鈔票，塞入阿米的手中。他轉過身，然後又突然想起了什麼事。

「阿米，我能不能再請教你一個問題？上次我見到馬康度的一位朋友，一個身材高大的紳士，穿著有點誇張——好像是橘色的襯衫，紅格子外套。我忘了他的名字，但他父親曾經擔任過舊金山市長。」

「那一定是羅斯科．李察森先生。今天稍早我看到他。他如果不在圖書室，就是在遊戲室。請聽我的一個建議，大夫：如果他在下棋，絕不要跟他說話，他會很不高興。他對下棋很在乎。祝您好運，我會注意您的傳眞。您可以相信我。」阿米低頭鞠躬，等待著。

「再次謝謝你，阿米。」沒辦法，馬歇爾又抽出另一張二十元鈔票。

22

馬歇爾走進桃木鑲板的遊戲室，看見羅斯科・李察森剛好離開棋桌，朝圖書室走去，準備讀他的午報。

「啊，李察森先生，也許您還記得我，我是史特萊德醫生。幾個星期前我來這裡與朋友用餐時見過您。您也認識我的朋友彼得・馬康度。」

「啊，是的，史特萊德醫生。我記得。贊助講座系列。恭禧你。很了不起的榮譽。與我共進午餐如何？」

「不，謝謝。我今天下午還要看許多病人。但要請您幫個忙。我想要找馬康度先生，不知道您是否有他的通訊地址？」

「老天，沒有。我在那天之前從來沒見過他。很友善的老兄，但奇怪的是，我把我的投資計畫快遞給他，但快遞說無法遞送。他說他認識我嗎？」

「我想是的。但現在我也不確定。我記得他說您父親與他父親在一起打高爾夫球。」

「嗯，誰曉得？很有可能。我父親與許多知名人物打高爾夫球。還有……」他使個眼色，「與不少女人也玩過。啊，十一點半。財經時報應該來了。大家總是搶著要看，所以我最好去圖書室了。祝你好運，大夫。」

儘管與羅斯科・李察森的談話沒有什麼幫助，但給了他一個方向去進行。馬歇爾一回到辦公室，就打開馬康度檔案，抽出那張宣布馬歇爾・史特萊德系列講座的傳真。那位墨西哥大學教務長叫什麼名字？在這裡——勞烏・哥莫茲。幾分鐘之內，他就聯絡到了哥莫茲先生——幾天來終於能夠找到一個人。雖然馬歇爾的西班牙語很有限，但足以瞭解哥莫茲先生否認認識彼得．馬康度，更別說是收到一筆捐款贊助什麼史特萊德講座系列。還有，關於彼得的父親，不僅在經濟系沒有馬康度教授，整所大學都沒有。

馬歇爾跌入座椅中。他已經遭受一連串的打擊，現在必須後退一步，整理一下思緒。幾分鐘後，他的頭腦開始恢復效率，他伸手拿起紙與筆，寫下應該要做的事情。首先是取消他下午的病人。馬歇爾打電話留言給四名病人取消診療。當然他沒有說明原因。馬歇爾瞭解正確的作法是保持沈默，讓病人自己猜想原因。還有損失的收入！四個小時乘以一百七十五元，七百元的收入泡湯了——永遠也賺不回來。

馬歇爾不禁懷疑，取消下午的診療是否象徵了他生命的轉捩點。這似乎是一個非常重大的決定。在他的職業生涯中，他從來沒有取消過診療時間。事實上，他從來沒有錯過任何事情——不管是足球練習或上學。從小學開始，他就得到數不清的全勤獎。這不是說他從來沒有生命或受傷。他像其他人一樣會生病。但他夠頑強，總能撐得過去。不過若是處於驚慌狀態，誰也無法撐得過精神分析診療。

接下來要做的事：打電話給馬文。馬歇爾知道馬文會說什麼，馬文也沒有讓他失望：「現在是銀行營業時間——立刻拿那張擔保書到瑞士信貸。要他們直接把九萬元存入你的帳戶。而且要心懷感激，馬歇爾，我當初堅持你要那張擔保書。你欠我一次。還有要記住，看在老天的份上，馬歇爾，你是在治療神經病，別跟他們投資！」

22

一個小時後，馬歇爾手中拿著擔保書，朝瑞士信貸走去。在路上，他惋惜著破碎的夢想：財富、藝術收藏、寫作的餘暇，而他最惋惜的是那圈內人的世界，高級俱樂部，黃銅信箱，與尊貴的待遇。

而彼得呢？他是屬於那個世界嗎？當然他無法得到金錢利益——就算有，也是他與銀行之間的問題。但是，馬歇爾想，如果彼得這麼做不是為了錢，那麼他是為了什麼？捉弄心理醫生？他與賽斯．潘德是否有關係？或與那些想要自立門戶的心理醫生？這是否只是個惡作劇？但是，不管這是否只是遊戲，不管動機為何，我為什麼沒有早一點發現？我真是個該死的笨蛋！該死，貪婪的笨蛋！

瑞士信貸在這裡只有一個辦事處，而不是銀行，位於一棟商業大樓的第五層樓。裡面的職員接待馬歇爾，收下了他的擔保書，並保證他們有充分的權力可以處理。他說辦事處的主任正忙著別的事情，稍後會親自接待他。而且他們傳眞擔保書到蘇黎世也需要一點時間。

十分鐘後，嚴肅正經的辦事處主任請馬歇爾到他的辦公室。他察看了馬歇爾的身分證件，抄下上面的字號，然後把擔保書拿去影印。他回來後，馬歇爾問：「我要如何拿回我的錢？我的律師告訴我……」

「對不起，史特萊德醫生，請把你的律師名字與地址告訴我。」

馬歇爾把他表兄馬文的資料給了他，繼續說：「我的律師建議我要求直接存入我的銀行戶頭。」

辦事處主任沈默地坐著，看著那張擔保書。

「有什麼問題嗎？」馬歇爾問：「這不是保證隨時可以取回現金嗎？」

「這的確是一張瑞士信貸的擔保書。而這裡——」他指著上面的簽名，「是我們蘇黎世銀行所發出的，由資深副總裁溫佛瑞・福斯特所簽名。我與溫佛瑞很熟，我們倆曾經一起共事三年。不錯，史特萊德醫生，是有一個問題：這不是溫佛瑞・福斯特的簽名！蘇黎世已經從傳眞上證實，這與他的簽名一點也不像。恐怕我必須告訴您這個不好的消息：這份擔保書是僞造的！」

23

離開恩尼斯辦公室後，卡蘿在一樓化妝室換上了慢跑服與鞋子，然後開車前往濱海區。她把車停在一家素食餐廳旁——那是由舊金山禪修中心所經營的。那裡有一條小徑，順著碼頭直到兩哩外的金門大橋。那是傑西最喜歡的慢跑路線，也成爲她最喜歡的。

這段路線開始於許多小畫廊與書店的商業區，那裡還有一家美術館，一家戲院，與一個劇團。然後經過船塢，順著海灣，大膽的海鷗敢飛來戲弄慢跑者。路線經過綠草地，專門玩風箏的高手聚集於此，看不到任何簡單的三角或方形風箏，就像她與她哥哥傑布小時候放的，而是非常先進的造型，像是超人或一對女性的美腿，要不然就是高科技的金屬色三角風箏，能夠發出蜂鳴聲，同時尖銳地改變方向，朝下俯衝，又驟然停止，微妙地平衡著。接著是一片小海灘，上面有一些曬太陽的人，四周是一個超現實的美人魚沙雕，順著海邊跑過這段路，有穿著防風裝的衝浪者正在準備乘風破浪；然後是一段多石的沙灘，有幾十個石頭堆起來的即興雕塑，出自於不知名的藝術家之手；然後是一座很長的碼頭，上面擠滿了認眞不懈的亞洲釣客，似乎沒有一個釣到任何東西。最後一段路通向金門大橋的底部，那裡可以看見長髮的性感衝浪者，在冰冷的海水中載浮載沈，等待下一波的高浪來襲。

現在幾乎每天她與傑西都會慢跑，有時候沿著金門公園，有時候是較南的海灘，但濱海區這段路是他們最經常跑的路線。她現在一星期有好幾天晚上會與傑西見面。通常她下班回家後，他會到那裡準備晚餐，與雙胞胎聊天，雙胞胎也非常喜歡他。卡蘿也很喜歡傑西，但她也擔心。傑西似乎太完美了。如果他們開始親密，他發現她眞正的爲人，那會怎麼樣呢？她的內心世界可不美好。他會退卻嗎？她不信任他這麼輕鬆就進入她的家庭——使自己成爲雙胞胎的偶像。如果她發現傑西不適合，她還能有所選擇嗎？或者她會被困住，因爲孩子才最重要？

有時，傑西的工作無法脫身，卡蘿就會自己一個人慢跑一小時。她很驚訝自己如此喜歡慢跑：也許是跑完後那種輕快的感覺會持續一整天，或者是當她漸入佳境後，那種能量充沛的快感。或者只是因爲她非常在乎傑西，所以愛上了他所喜歡的一切活動。

一個人慢跑沒有與傑西慢跑那樣神奇，但也有不同的好處：有時間可以自我省思。她剛開始單獨慢跑時，會戴著隨身聽——聆聽鄉村音樂、維瓦第、日本笛子與披頭四——但最近她把隨身聽留在車內，好在慢跑時靜思。

23

花時間思考自己的生命，這對卡蘿而言是革命性的作法。她這輩子都剛好相反，用各種分心的活動來佔據時間。現在有什麼不同呢？她在小徑上邊跑邊想，每一步都驅散了幾隻海鷗。不同以往的是她的感情生活有了新氣息。以前她的內心生活單調貧乏，只有狹窄而負面的情緒：憤怒、憎惡、悔恨。大多數是朝賈斯丁而發，其餘則發在日常生活中所碰到的人。除了她的子女之外，她對於任何人都幾乎沒有好感。這方面她追隨了家族的傳統：她是她母親的女兒，也是她祖母的孫女！恩尼斯讓她明白了這一點。

如果她是如此痛恨賈斯丁，那麼她爲什麼要自囚於這樁婚姻中，把鑰匙也丟掉呢？她知道自己作出了錯誤的選擇，她剛結婚後就明白這個事實。而該死的恩尼斯迫使她承認，她像其他人一樣有選擇：她可以離開這樁婚姻，或者她可以嘗試改善婚姻。結果她顯然故意選擇都不做，卻沈溺於可悲的錯誤中。

她記得諾碼與海瑟曾經堅持說，賈斯丁的離開對她是件好事。她們說得不錯。而她很憤怒是賈斯丁而不是她自己，採取了主動。眞是愚蠢！恩尼斯曾經說，以大局看來，誰先離開誰又有什麼差別呢？他們倆結束婚姻後都比較好。她感覺近十年來從來沒有這麼好過。而賈斯丁也盡了他可憐的力量，想要當一個像樣的父親。上星期他甚至連問都沒問就同意照顧孩子們，讓她與傑西可以去度周末。

眞是荒謬，她想，那個毫無疑心的恩尼斯眞的很努力在治療她所虛構的婚姻問題——他不厭其煩地堅持要她面對生命中的問題，改善婚姻或離婚。眞是笑話；如果他能知道，他對她的作法正如他對賈斯丁的作法，只是現在他是站在她的這一邊，與她一起陰謀計畫，就像他當初幫助賈斯丁傷害她一樣！

卡蘿跑到金門大橋時，呼吸很急促。她跑到小徑的盡頭，碰了一下橋下的柵欄，沒有停下來，直接轉身跑回去。風如往常一樣從太平洋吹來，現在推動著她，她感覺跑回來這一路上都沒費勁。

卡蘿在車上吃了一顆蘋果後，開車回到法律事務所，她在那裡沖了個澡，準備見她的新客戶，這是公司的資深合夥人朱利斯介紹給她的。朱利斯正忙著在華盛頓遊說，要她好好照顧這位客戶，他的老友史特萊德醫生。

卡蘿看見她的客戶在候客室中來回踱步，顯然很緊張。她請他到辦公室，馬歇爾立刻進來，坐在椅子的邊緣，開口說：「謝謝妳今天能見我，艾斯卓小姐。我認識朱利斯好幾年了，他本來願意在下周見我，但這件事非常緊急，不能拖延。我就直說了：昨天我發現我被人騙了九萬元。妳能幫助我嗎？我有什麼選擇？」

「被騙是非常惡劣的感覺，我完全能瞭解你的著急，史特萊德醫生。讓我們從頭開始。首先，請告訴我關於你自己，任何你覺得我應該知道的，然後讓我們再回頭瞭解到底是怎麼發生的。」

「好的，但首先我必須弄清楚，我們合約的架構。」

「架構？」

23

「對不起，這是精神分析的用詞。我是說，我想要知道一些細節。妳的參與程度？收費？以及保密性？保密性對我來說極爲重要。」

前一天，當馬歇爾知道擔保書是僞造的，他驚慌失措，撥了馬文的電話號碼。但是當他聽見電話鈴響時，他突然決定不要找馬文；他需要一個更能同情他的精明律師。他掛了電話，立刻打給以前的病人朱利斯。他是舊金山最知名的律師之一。

稍後，凌晨三點鐘，馬歇爾明白自己必須盡可能不張揚這件事。他與一名前病人做生意——許多人會因此指責他。這樣已經夠糟了，而後來又被騙了錢，眞是簡直像個白癡。不論如何，越少人知道這件事越好。事實上，他也不應該打電話給朱利斯，這也是錯誤的判斷，雖然朱利斯的治療在好幾年前已經結束。所以，現在朱利斯本人沒空，反而讓他鬆了一口氣。

「我可以全程參與這件事，視你的需要而定，史特萊德醫生。我沒有出去旅行的計畫，如果你擔心的是這個。我的收費是每小時兩百五十元，有最高的保密性，就像你的職業一樣，可能還更嚴格。」

「我也要對朱利斯保密。一切都只有妳與我知道。」

「同意。你可以相信我，史特萊德醫生。現在讓我們開始吧。」

馬歇爾仍然坐在椅子邊緣，把整個故事告訴了卡蘿。他一點也不顧慮職業道德的問題，沒有漏掉任何細節。三十分鐘後他說完了，朝後坐進椅子中，雖然精疲力竭，但也鬆了一口氣。他很清楚與卡蘿分享這一切帶來了多大慰藉，她能夠體會他的感覺。

「史特萊德醫生，我很感謝你的誠實。我知道要說出這麼多痛苦的細節，實在很不容易。在我們開始之前，讓我問你一件事：我注意到你很強調這是一項投資而不是禮物，馬康度是一位以前的病人。在職業道德方面，你心中是否對自己的行爲有一點疑問？」

「我心中倒沒有。我的行爲是無可指摘的。但妳有理由質疑這一點。對其他人也許會是一個問題。我在我這一行當中，以堅持職業道德標準而出名——我曾經列名州醫學道德委員會，也是精神分析職業道德調查小組的召集人——因此我的地位很敏感；我不僅是無可指摘，而且必須要看起來也無可指摘。」

馬歇爾流了很多汗，拿出一條手帕拭汗。「請瞭解……這是事實，而不是妄想……我有對手與敵人，這些人不僅非常想要誤解我的行爲，也很樂於看到我一敗塗地。」

「所以，」卡蘿說，抬起頭來看馬歇爾。「讓我再問一次，你完全沒有任何個人疑問，關於違反醫生與病人的財務界線？」

馬歇爾停止拭汗，驚訝地看著他的律師。顯然她很清楚這一類的事情。

「嗯，不用說，回顧起來，我希望能有不同的作法。我希望對這種事情能更嚴謹一點，像我平常一樣。我希望我對他說，我絕不會與病人或前病人進行任何投資。現在，我首次瞭解，這些規矩不僅保護病人，也能保護醫生。」

「你的對手與敵人，他們是否……我是說，他們是很重要的考量嗎？」

23

「我不太確定妳的意思……嗯，是的……我眞的有敵人。而且如我說的，我非常急於……不，我應該說，我非常渴望……這件事能夠保密……對於我的職業與我的同事。所以，答案是肯定的；我要這整件事都保密。但妳爲什麼特別要問這個呢？」

「因爲，」卡蘿回答，「你對於保密的要求直接影響了我們能採取的手段——你越是希望保密，我們就越不能積極進行。稍後我會進一步說明。但我這麼問還有另外一個理由，你也許會想知道。我不願意在你面前大談心理治療，史特萊德醫生，但我必須指出職業騙徒的慣用伎倆。他會使受害者覺得自己也參與了不誠實的作法。這樣子受害者也成爲了某種共犯，因此忘記了原來的謹愼與判斷。還有，由於受害者自己覺得不太正當，他就不會向可靠的財務專家尋求建議。基於同樣的理由，受了騙之後，受害者也不願意積極起訴罪犯。」

「這個受害者絕對沒有這種問題。」馬歇爾說：「我要逮到那個混蛋，把他釘在牆上。不管花什麼代價！」

「根據你剛才所說的，可不是這麼一回事，史特萊德醫生。你說保密是最重要的。問你自己這個問題：你願不願意涉及公開的審判？」

馬歇爾沈默不語，低下頭。

「對不起，史特萊德醫生，我必須對你指出這一點。我不想要讓你喪氣。我知道你現在不需要如此。但讓我們繼續進行下去。我們必須檢視每一個細節。從你所說的一切看來，彼得．馬康度是個行家——他以前這麼幹過，他不太可能會留下什麼好線索。首先，告訴我你自己做了什麼調查。你能列出他提到過的人名嗎？」

馬歇爾回溯他與阿米、羅斯科．李察森，與墨西哥大學教務長的談話。還有他無法找到安卓安娜與彼得。他給卡蘿看太平洋俱樂部寄給他的傳眞，那是從蘇黎世俱樂部傳來的，表示從來沒聽過彼得．馬康度這個人。

「有沒有可能，」馬歇爾問道：「用那張墨西哥大學的傳眞當成犯罪證據？」

「啊，那張所謂的墨西哥大學傳眞！」卡蘿回答：「大概是他自己傳來的。」

「那麼也許我們能找出他所使用的傳眞機。或者指紋？或詢問那名賣他勞力士手錶的店員？或調查航空公司的記錄？或護照的出入境管制？」

「這要看他是否眞的有出入歐洲。你只知道他所告訴你的，史特萊德醫生，那是他希望你知道的。想一想：這裡沒有任何獨立的線索，而且他用現金付帳。毫無疑問，這人是個眞正的行家。我們當然應該通知聯邦調查局——銀行想必已經這麼做了。他們必須要呈報國際性的詐欺事件。這裡有個電話號碼，只要找任何當職的探員都可以。我可以幫你打這個電話，但這只會增加你的法律費用。」

「你所問的問題，」卡蘿繼續說：「大部分是屬於調查性的，而不是法律性的，最好能找一個私家偵探來幫助你。我可以介紹一個很好的，如果你願意接受，但我的建議是，小心點，別花費太多金錢與你的精神在上面，因爲可能還是白忙一場。我看過太多

23

類似的案子。這種罪犯很少被逮到。就算被逮到了，大概也不會剩下什麼錢。」

「他們最後會怎麼樣？」

「基本上他們會自我毀滅。你的馬康度先生遲早會害到自己——冒太多的危險，也許騙錯了對象，結果發現自己死在垃圾堆中。」

「也許他已經開始自我毀滅了。看看他所冒的危險，竟然挑上心理醫生。我承認他騙到了我，但他還是挑選了一位善於觀察人類行為的專家——能夠輕易發現欺騙。」

「不，史特萊德醫生，我不同意。我的經驗告訴我事實剛好相反。我不能多談我的經驗，但我有證據顯示，心理醫生也許是最容易受騙的人。我的意思是，畢竟心理醫生總是習慣病人說實話——他們付錢給醫生來聆聽他們的故事。我覺得心理醫生很好騙——你可能不是第一個受害者。誰知道？欺騙心理醫生也許是他的慣用作案模式。」

「這表示他有模式可尋。艾斯卓小姐，我是需要妳介紹私家偵探。我曾經打過大學足球；我知道如何追逐對手，撲倒敵人。我實在嚥不下這口氣。我什麼都做不了，看不了病人，睡不著覺。我腦中現在只有兩個念頭：第一是把他撕成碎片，第二是拿回我的九萬元。我非常無法接受損失那麼多錢。」

「好的，讓我們這樣進行。史特萊德醫生，請告訴我關於你的財務狀況：收入、負債、投資、存款——一切都告訴我。」

馬歇爾說出了他的完整財務狀況，卡蘿迅速做著筆記。

馬歇爾說完後，指著卡蘿的筆記說：「現在妳可以瞭解，艾斯卓小姐，我不是個有錢人。妳可以瞭解損失九萬元對我是多麼嚴重。這是我所遇到最糟糕的一件事。當我想到我花了那麼多月時間，爲了多塞進一個病人，每天早上六點就起床，研究與交易股票，每天打電話給財務顧問，還有……還有……我不知道如何才能從這件事恢復過來。這會在我身上，與我家人身上留下永遠的傷痕。」

卡蘿研究她的筆記，放下來，以安慰的口吻說：「現在讓我幫你釐清一下情況。首先，你要瞭解這不是九萬元的損失。憑著僞造的銀行擔保書，你的會計可以把這當成一筆虧損，報稅時與你過去一年的收入相抵銷，況且，每年還有三千元虧損可以抵銷正常收入，達十年之久。如此一來，我們就使你的虧損大幅降低到五萬元以下。

「其次，也是我今天所要說的最後一點——因爲我還有客戶——從你的財務狀況判斷，我看不出什麼好擔心的。你非常能夠賺錢養家，也是個成功的投資人。事實上，這筆虧損不會對你的物質生活造成任何改變！」

「妳不瞭解——我兒子的教育，我的藝術品——」

「下一次再談吧，史特萊德醫生。我必須停止了。」

「下一次是什麼時候？妳明天有時間嗎？我不知道要如何熬過接下來這幾天。」

「好的，明天三點鐘可以嗎？」

「不可以也會可以！我會取消一切安排。如果妳更瞭解我，艾斯卓醫生——」

23

「艾斯卓小姐，不過謝謝你把我升級了。」

「艾斯卓小姐……我要說的是，如果妳更瞭解我，妳就會知道這件事嚴重地讓我取消了看診。昨天是我二十年來第一次這麼做。」

「我將會盡可能空出時間來給你。但是我們也要盡量省錢。我覺得對你說這些話有點尷尬，但你現在最需要的是找一位親密的朋友吐露一番，或者找一位心理醫生。你被困在痛苦的觀點之中，現在需要聽聽其他人的觀點。你的妻子能幫助你嗎？」

「我的妻子住在另一個世界裡——花道的世界。」

「什麼地方？對不起——我沒聽懂。」

「花道——日本的插花藝術，她沈迷其中，還有禪修。我幾乎看不到她。」

「喔，喔……我明白了……什麼？喔，對，花道……我聽說過……日本插花藝術。我瞭解了。你說——她迷失在那個世界裡？不常在家？……這一定讓你很難受。你孤單一個人……而你現在需要她，眞是糟糕。」

卡蘿的反應讓馬歐爾有點驚訝，也受到感動。這不像一個律師說的話。他與卡蘿沈默地坐著一會兒，最後是馬歐爾不得不開口：「妳說妳還有一個客戶？」

還是一片沈默。

「艾斯卓小姐，妳說——」

「對不起，史特萊德醫生，」卡蘿站起來說：「我剛才想到別的事情上了。我們明天再見面。努力撐下去。我站在你這一邊。」

24

馬歇爾離去後，卡蘿坐著發楞幾分鐘。花道！日本插花藝術！毫無疑問，她的客戶史特萊德醫生就是傑西以前的心理醫生。傑西不時會提起他這位前醫生——總是以非常肯定的語氣，強調他的正直、專注與幫助。傑西起先逃避卡蘿的問題，不願意談到他爲什麼要找恩尼斯，但當他們的關係變得越來越密切之後，他告訴她，在一個四月天，他在樹叢裡很震驚地看到他的醫生妻子與一位穿著紅袍的和尚擁抱在一起。

但傑西堅持要尊重前醫生的隱私，沒有說出他的姓名。不過這絕對沒有錯，卡蘿想：他的前醫生一定就是馬歇爾．史特萊德。有多少心理醫生的妻子是花道專家，而且又是佛教徒？

卡蘿等不及要見傑西；她已經很久沒有體會到這種興奮的心情，想與朋友分享某件事。她想像傑西難以置信的表情，他柔和的聲音說：「不！我不相信！眞糟糕——九萬元！妳可以相信我，他眞是辛辛苦苦賺來這些錢。而且全世界那麼多律師，他竟然找上

24

妳！」她想像他津津有味地聆聽。她會盡量誇張細節，讓這個故事聽起來非常夠勁。

但她立刻打斷自己的念頭，她明白自己不能告訴傑西。關於馬歇爾．史特萊德的事，我一個字都不能提，她想。我甚至不能說我見過他。我必須遵守職業保密規矩。

可是她非常渴望告訴他。也許將來有一天可以。但現在她必須遵守那看似無謂的職業行爲準則。而且必須很高興她能夠幫助傑西的前任心理醫生。這不容易。卡蘿從來沒見過一個她喜歡的心理醫生。她尤其不喜歡這一個史特萊德醫生：他太愛抱怨，把自己看得太嚴肅，還要強調自己打過足球的大男人形象。就算他暫時因爲這次欺騙而收斂了一點，卡蘿仍然能感覺到他的自大。不難想像他會有敵人。

但是傑西得到史特萊德醫生很多幫助，所以就算是給傑西的禮物，卡蘿承諾自己要盡可能幫助這位客戶。她喜歡給傑西禮物，但是這樣一個祕密禮物——連傑西都不能知道她做的好事——這將會很難受。

保密一向是她所擅長的。卡蘿是操縱人性的高手，尤其在法律工作上更是狡猾。沒有律師願意與她打官司；她以手段陰險狠毒而著名。欺騙對她而言輕而易舉，而她很少區分職業生活與私人生活。但是過去這幾個星期，她開始對自己的奸詐有點厭倦。與傑西坦誠相對讓她感到非常清新。每次她看到傑西，都會想要嘗試新的冒險。經過只有幾個星期，她對傑西所透露的事情遠超過她對任何男人。當然，除了恩尼斯！

他們倆都很少談起恩尼斯。卡蘿建議最好不要談自己的心理治療，或把彼此交往的事情告訴恩尼斯。剛開始時，她想使傑西也討厭恩尼斯，但她很快就放棄這個計畫——很明顯的，傑西從心理治療上獲益良多，而且非常喜歡恩尼斯。當然，卡蘿沒有透露自己的邪惡計畫，或她對恩尼斯的感覺。

「恩尼斯眞是個非常傑出的心理醫生。」有一天傑西在診療結束後說：「他是如此誠實與有人性。」傑西繼續描述那一天的診療。「今天恩尼斯眞的抓住了一件重要的事情。他告訴我，每當他與我靠近，每當我們變得更親近，我就會不由自主地後退，或說一些嘲笑同性戀的笑話，或開始一些轉移焦點的理性討論。

「他說得很對，卡蘿，我與男人時常這樣子，特別是與我父親。但更驚人的是，他自己接著承認，他對於男性間的親密也感到很不自在，他會配合我的逃避，跟我一起開玩笑，或加入理性的討論。

「對一個心理醫生而言，這眞是很難得一見的誠實，」傑西說：「特別是經過這麼多年接受冷漠嚴肅的心理醫生治療。更令人驚奇的是他能夠保持這種誠實，不會放鬆。」

卡蘿有點驚訝恩尼斯對傑西也是這麼開誠布公，她幾乎有點失望，這不只是屬於他們之間的狀況。她很奇怪地感覺好像受了騙。但恩尼斯從未說過他對其他病人有不一樣的作法。她越來越開始懷疑，自己是否錯怪了恩尼斯，恩尼斯的誠實並不只是爲了勾引女人上床。

事實上，卡蘿對於恩尼斯的整個計畫都開始瓦解了。遲早傑西會在診療時提到她，

24

然後恩尼斯就會知道眞相。她所計畫的目標：抹黑恩尼斯，使他丟掉飯碗，破壞他與賈斯丁的關係，都已經沒有什麼意義了。現在賈斯丁已經無關緊要，勞夫．庫克與史威辛也再度成爲歷史。對恩尼斯的任何傷害，必然會造成傑西的痛苦，最後也會回到她自己身上。憤怒與報復的怒火推動卡蘿走到目前的地步，現在沒有這股怒火，她感覺迷失了。最近她越來越時常思索自己的動機，她對自己的行爲感到越來越困惑。

儘管如此，她還是進行下去，彷彿有自動駕駛般，繼續勾引恩尼斯。幾次診療之前，他們擁抱道別時，她緊緊貼住恩尼斯的身體。他立刻全身僵硬，尖銳地說：「卡蘿琳，顯然妳還是希望我成爲妳的愛人，就像勞夫．庫克一樣。但現在妳應該放棄這個念頭了。就算太陽從西邊出來，我也絕不會與妳發生關係，或與我的任何病人發生關係！」

恩尼斯立刻後悔自己這麼激烈，在下一次診療時特別提起。

「我很抱歉上次口氣那麼強烈，卡蘿琳。我不常像那樣失控，但妳的堅持很奇怪，很強烈，而且我覺得很自我毀滅。我覺得我們能夠好好一起合作，我知道我能夠幫助妳——但我不瞭解爲什麼妳總是要破壞我們的合作。」

卡蘿回答說她需要他，她再次提到勞夫．庫克，但連她自己聽起來都覺得很虛假，而恩尼斯的回答十分果斷：「我知道這是老話重提，但只要妳繼續試探我的界線，我們就要一再重複。首先，我相信如果我成爲妳的愛人，最後一定對妳有害——我知道妳有不一樣的想法，我試了一切方法想說服妳。妳不相信我眞心關切妳。所以今天我要試試不同的作法。我將從我自己的自私觀點來談我們的關係，怎麼樣對我才最有利。

「最重要的是，我要避免做出任何日後會讓我痛苦的事情。我知道任何肉體關係最後的結果是什麼：我會感覺自己很爛，也許好幾年，也許一輩子。我不要這樣對自己。這還沒有觸及到法律上的危險。我可能會失去我的執照，我努力了很久才到達目前的位置，我愛我的工作，我絕不願意傷害到我的事業。現在應該輪到妳來問問自己，爲什麼妳要對我如此。」

「你錯了，不會有法律上的危險。」卡蘿反駁道：「因爲除非有人提出控告，才會涉及法律，而我永遠不會這麼做。我要你成爲我的愛人。我絕不會傷害你。」

「我知道妳是這樣感覺。至少現在如此。但每一年總是會有好幾百件這類的案子，而且沒有例外，每一件案子中的病人都曾經有妳目前的感覺。所以我要很坦白，也很自私地說：我這麼做是爲了顧及我自己的利益！」

卡蘿沒有回答。

「大概就是這樣了，卡蘿琳，我已經劃清楚界線了。妳必須下個決定。回家去，好好想想我所說的。相信我，我絕不會與妳發生肉體關係——我是非常認眞的——然後妳要決定是否願意繼續接受治療。」

他們在嚴肅的氣氛下道別。沒有擁抱。這次恩尼斯一點也不後悔。

卡蘿在恩尼斯的候客室裡換上慢跑鞋。她打開皮包，讀了她所寫的一些筆記：

24

要我叫他恩尼斯，打電話到他家裡，說我各方面都很迷人，與我一起坐在躺椅上，邀請我詢問關於他的私人生活，撫摸我的頭髮，說如果在別處認識，他想成爲我的愛人……

她想到了傑西，現在應該在約好的慢跑地點等待她了。眞該死。她撕掉筆記，開始慢跑。

25

馬歇爾去找了卡蘿介紹的私家偵探巴特·湯瑪斯，剛開始時頗令人振奮。他看來就像個標準的私家偵探：粗獷的臉，皺兮兮的衣服，不整齊的牙齒，穿著球鞋，身材略胖——也許喝太多酒，盯梢時吃太多速食。他的舉止直接而強悍，思路清楚而自制。他的辦公室要爬四層樓梯，裡面一應俱全：有一張老舊的綠色皮沙發，光禿禿的木頭地板，與一張刮痕累累的書桌，一根桌腳下還墊著磚頭以維持平衡。

馬歇爾喜歡爬這四層樓梯——過去幾天他的情緒過於激動，無法打籃球或慢跑，他很想念運動。而且，剛開始時，他也蠻喜歡與這位直截了當的偵探談話。

巴特·湯瑪斯完全同意卡蘿的說法。聽完馬歇爾描述整件事——包括詛咒自己的愚蠢，惋惜損失金額的龐大，以及恐懼大眾的知情。他說：「你的律師說得一點也不錯，她很少判斷錯誤。我與她合作了好幾年。那個傢伙是個行家。我告訴你我喜歡的地方：那個關於波士頓外科醫生的故事，要求你治療他的罪惡感……嘿，眞是很夠力的伎倆！

還有花了三千五百元買勞力士來堵你的口——聰明，非常聰明！業餘的會買一支假錶給你。還有帶你去太平洋俱樂部——眞棒！他逮到了你的弱點。於是你只好乖乖聽命。眞是俐落。還好他的胃口沒有更大。但讓我們看看我們掌握了什麼。他有沒有提到其他人的名字？當初他是怎麼找上你的？」

「他說安卓安娜的一位朋友介紹了我。」馬歇爾回答：「沒有提到任何名字。」

「你有他與他未婚妻的電話號碼？我從那裡開始好了。還有他在蘇黎世的電話號碼。他必須提供身分證明，才能申請電話，所以我們今天先查這個。但不要抱太大希望——也許都是假的。他怎麼來的？有開車嗎？」

「不知道他怎麼來我辦公室。租車嗎？計程車？我們離開太平洋俱樂部時，他走路到他的旅館——只有幾條街距離。追蹤墨西哥大學的那張傳眞如何？」

「傳眞完全沒有用。但還是給我看看——他一定是自己在電腦上弄了一個大學標誌，然後自己傳眞給自己，或要他的女友傳眞。我會去追查他們的名字，看看會不會在國家犯罪資料中心的電腦上查到什麼。我認識一個人，給一點錢就會讓我們進入犯罪資料中心的電腦。可以試試看，但不要抱太大希望，這傢伙一定是用假名。他大概每年幹個三、四回——也許只找心理醫生下手。我以前從來沒聽過這種犯案手法，但我會去查查看。也許他會去找更有錢的人下手——譬如外科醫生——但就算是你這種小案子，他每年也會賺個四、五十萬元。想想看眞不錯，還不用納稅！這傢伙很行；他會跑得很遠！

我需要先收五百元才能開始調查。」

馬歇爾寫了一張支票，還要了一張收據。

「好的，醫生，我們開始幹活吧。我會立刻著手進行。今天下午五、六點再回來，看看有什麼進展。」

＊　＊　＊

當天下午馬歇爾回來後，只聽到毫無進展的消息。安卓安娜用被竊的駕駛執照與信用卡申請電話。彼得用現金付一切旅館的費用，並使用僞造美國運通卡當抵押證件。傳眞是當地的。蘇黎世的電話也是使用同一張運通卡申請的。

「沒有線索，」巴特說：「零！這傢伙很圓滑，不得不佩服他。」

「我知道了。你很欣賞這傢伙。我很高興你們這麼惺惺相惜，」馬歇爾說：「但別忘了我才是你的客戶，我要逮到這傢伙！」

「你要逮到他？只有一件事情可以做——我在詐欺組有朋友。讓我去跟他吃個午餐。我們可以看看有沒有類似的案子，其他的心理醫生受到同樣待遇——有錢而充滿感激的病人，堅持要報答對他有恩的醫生，勞力士錶，講座系列，海外投資，還有過去報答不成的罪惡感。這種手法實在太高明了，以前一定曾經用過。」

「你想要怎麼做都可以。」

25

「但有一個條件：你必須與我一起去提出訴訟——這案子是屬於舊金山詐欺組的範圍；你是在城市裡被騙的。但你必須使用你的名字，這樣就無法不讓新聞媒體知道——你必須要有心理準備——你知道報紙會怎麼處理這種新聞的。」

馬歇爾用手抱著頭呻吟。「這比被騙還要糟糕——我會身敗名裂！報紙會提到我接受病人的勞力士錶？我怎麼會這麼笨！怎麼會這麼笨！」

「是你的錢被騙，由你來決定。但如果你要限制我的辦案，我也就無法幫助你。」

「那支該死的勞力士錶使我損失九萬元！笨！笨！笨！」

「放輕鬆點，醫生。詐欺組也不見得能查到他……他很可能已經出國了。來吧，坐穩一點，讓我告訴你一個故事。」巴特點燃一根香菸，把火柴丟到地上。

「幾年前我到紐約出差，順便看看我女兒，她剛生下我第一個孫兒。天氣很好，秋高氣爽，我走在街上，想著應該要買個什麼禮物——孩子們都常笑我很小氣。然後我看見自己出現在街上的一台電視螢幕中——有個混混正在叫賣全新的小型新力攝錄機，一台只要一百五十元。工作時我常用到這種攝錄機——大約價值六百元。我跟他殺到七十五元，他叫一個小孩去拿貨，五分鐘後一輛舊車開到街角，後座有十幾個新力攝錄機的盒子。開車的人左顧右盼，告訴我這些機器都是貨車上掉下來的老套故事。顯然都是偷的。但我這樣的小氣鬼怎麼會放過這種機會？我給他們七十五元，他們立刻開溜了，我拿著攝錄機的盒子走回旅館。然後我開始胡思亂想。當時我是一件銀行詐欺案的調查員，絕對不能觸法。我覺得好像有人在跟蹤我。回到旅館後，我更是確信有人陷害了我。我不敢把這台贓物留在我房間裡。我把它鎖在一個皮箱中，然後寄放在旅館樓下的保管箱中。第二天我拿著皮箱到我女兒的住處，打開了這個嶄新的新力攝錄機盒子，發現裡面是一塊磚頭！

「所以，醫生，對自己輕鬆點。連專家也有遭殃的時候。你不能夠永遠這樣子戰戰兢兢地過日子，覺得朋友都要欺騙你。有時候你的運氣不好，碰上了酒醉駕車，只能自認倒楣。抱歉，醫生。今天晚上七點我有工作。我會把帳單寄給你，你的五百元大概夠付了。」

馬歇爾抬起頭來。他首次眞正明白自己被騙了九萬元。「就這樣嗎？這就是我花了五百元買到的服務嗎？你的攝錄機與磚頭的小故事？」

「聽著，你被騙得一乾二淨，你來這裡卻沒有任何線索，什麼都沒有……你要我幫助你——我與我的手下花了價值五百元的時間。我不是沒有警告你。但你不能限制我的辦案，然後抱怨說你白花了五百元。我知道你很火。誰不會？但你要讓我能盡全力來辦案，否則你最好忘了這件事。」

馬歇爾沈默不語。

「你想要聽我的忠告嗎？時間已經到了，我不會爲這個多收費用了。我的忠告是：向那筆錢吻別吧。就當成是生命中的一大教訓。」

25

「好吧，巴特，」馬歇爾走出辦公室，轉頭說：「我不會那麼容易放棄的。那個騙子找錯對象了。」

「醫生，」巴特從樓上叫道，馬歇爾正在走下樓梯。「如果你想要當獨行俠——勸你還是不要！那傢伙比你聰明多了！」

「去你的！」馬歇爾喃喃說，走到了大街上。

＊　＊　＊

馬歇爾走了很長一段路回家，仔細衡量他的選擇。當晚他開始展開行動。首先他申請了另一個電話，有保密的號碼與留言服務。接下來他傳眞了一則廣告，刊登在下一期的心理治療新聞期刊上，這份刊物每周都會寄到全國每一個心理醫生手中：

警告：你是否正在短期治療這樣的病人（白種男性，富有，迷人，四十來歲，身材中等）？處理關於子女與未婚妻，財產的分配與婚前協定的問題？該病人願意提供極佳的投資機會、禮物、贊助講座等等？你可能面臨極大的危險。請電：415-555-1751。完全保密。

26

馬歇爾在晚上尤其難熬。現在他只有靠大量鎮定劑才睡得著。白天則不停地被關於彼得·馬康度的回憶所啃噬。有時候他會想從回憶中搜尋新的線索，有時候他沈浸於復仇的幻想中，躲在樹林裡偷襲彼得，把他揍得不省人事；有時候他只是痛斥自己的愚蠢，想像彼得與安卓安娜揮舞著手，開著九萬元的新保時捷跑車揚長而去。

工作也很困難。儘管加倍喝咖啡，鎮定劑的效果到中午才會消退，馬歇爾必須使出最大的努力，才能撐過看診時間。他一再想像打破自己的角色，把眞實的感覺發洩在治療時間中。「別抱怨了！」他想要說：「你一個鐘頭睡不著覺——還敢自稱失眠？我半個晚上都他媽的沒睡！」或者是「所以你在十年後，在雜貨店裡見到前任女友，於是你又感覺到了那種渴望，那種畏懼？什麼了不起！讓我告訴你眞正的痛苦是什麼！」

儘管如此，馬歇爾還是撐下去，很自豪他沒有屈服，知道其他心理醫生如果承受像他一樣的壓力，一定早就請病假了。他提醒自己一定要處變不驚，莊敬自強。於是他就

26

日復一日地咬緊牙關，忍受下去。

只有兩件事讓馬歐爾繼續撐下去。首先是對於復仇的欲望；他每天檢查好幾遍他的留言服務，希望能從他的廣告得到回應，希望能出現某個線索，引導他找到彼得・馬康度。第二是他與他律師的會談。每次與卡蘿會見前的一、兩個小時，馬歐爾幾乎什麼都做不了，他會把時間全用在預演他的談話，他想像他會說什麼。有時候，當他想起卡蘿，他眼中會充滿感激的淚水。每次當他離開她的辦公室時，他的負擔似乎就輕了一些。他沒有分析這種強烈的感情是什麼——他根本不在乎。不久，每周一次會面已嫌不足，他要每周會面兩次，或三次，甚至每天一次。

馬歐爾的需求讓卡蘿不勝負荷。她很快就用光了身為律師所能提供的一切，不知道要如何處理馬歐爾的壓力。最後她決定最好的作法是勸他找一個心理醫生。但馬歐爾打死也不願意。

「我不能去見心理醫生，就像不能公開這個案子一樣。我有太多敵人了。」

「你認為心理醫生無法遵守保密規定？」

「不，這不只是保密規定的問題——而是勝任與否的問題，」馬歐爾回答：「妳要考慮到，任何能夠幫助我的人，都必須接受過精神分析的訓練。」

「你是說，」卡蘿打岔：「其他的心理治療都沒有用，只有精神分析才行幫助你？」

「艾斯卓小姐……我們能不能互稱名字？艾斯卓小姐與史特萊德醫生聽起來太正式

了，我們的談話已經超過這種正式的關係。」

卡蘿點頭表示同意，也想起了傑西所說的，傑西對於前任心理醫生唯一不喜歡的地方，就是他的嚴肅正式：傑西曾經建議直稱名字，結果被他嗤之以鼻，堅持要冠以醫生的頭銜……

「卡蘿……不錯，好多了……請老實說——妳能想像我求助於一個另類心理治療師嗎？什麼前世今生的專家，或什麼在黑板上畫出父母，成人與孩童分類的老師，或什麼年輕的認知治療師想要糾正我的錯誤思考習慣？」

「好吧，就假設只有精神分析師能夠幫助你，請繼續說明你的理由：爲什麼這會成爲問題？」

「嗯，我認識這地區所有的精神分析師，我不認爲有人能夠對我保持中立的心態。我過於成功，過於有野心。每個人都知道我將要成爲舊金山精神分析學會的會長，我也準備進入全國性的領導階層。」

「所以，這是關於嫉妒與競爭的問題？」

「當然。哪一個精神分析師能對我保持中立的心理治療態度？我去看的任何精神分析師都會偷偷對我的厄運感到幸災樂禍。如果換成我是他們，我大概也會如此。每個人都樂於看到國王駕崩。我如果接受治療，消息一定會傳開——一個月內所有人都會知道。」

「怎麼會？」

26

「沒辦法掩飾的。精神分析師的辦公室都聚在一起。有人會看見我在候客室候診。」

「所以呢？接受心理治療是一種恥辱嗎？我聽說過有非常令人敬佩而仍願意改善自己的心理醫生。」

「在我的同事當中，屬於我的年齡與階層，這會被視爲一種弱點——會傷害我的政治生命。而且別忘了，我一向對行爲失當的心理醫生非常反感：我甚至在學會中一手策畫了懲戒與開除我自己的精神分析師。妳在報紙上讀過有關賽斯・潘德的事件嗎？」

「心理治療召回嗎？當然聽過！」卡蘿說：「誰不會錯過那條新聞？那是你搞的？」

「我是主要的執行者。坦白說，我可以算是拯救了學會的聲譽——這是很長而且必須保密的故事，我不能明說。重點是：如果有人知道我接受了病人的勞力士錶，將來我怎能再批判行爲不當的心理醫生？我將被迫永遠保持沈默，完全喪失政治上的力量。」

卡蘿知道馬歇爾的論點有地方出了嚴重的錯誤，但她不知道如何加以挑戰。也許他對於心理醫生的不信任很接近她自己的不信任。她嘗試另一種方式。

「馬歇爾，你說只有一個受過精神分析訓練的心理醫生才能幫助你。那麼你與我要怎麼辦？我是完全的外行！你怎麼會認爲我能幫助你？」

「我不知道如何幫助——我只知道妳能幫助我。現在我沒有力氣去思索爲什麼。也許妳只需要陪我一起坐在這裡就好了。只要讓我自己來處理。」

「但這種安排還是讓我感到不自在，」卡蘿搖著頭說：「這很不專業；甚至也許不合職業道德。你花錢去看一個沒有專業技能滿足你所需的人。而且還要花不少錢——畢竟，我的收費比心理醫生還高。」

「不，我已經都想過了。這怎麼會是不道德？妳的客戶有這種需要，因爲這對他有幫助。我可以爲此寫一張證明書。而且如果妳考慮到納稅，這就不會那麼貴了。以我的收入而言，較低的醫療花費是無法扣除的，但是法律花費可以扣除。卡蘿，妳的收費可以百分之百算入減免額。其實妳比心理醫生便宜——但我不是因此才來看妳！眞正的原因是，只有妳能幫助我。」

於是卡蘿被說服繼續會見馬歇爾。她毫無困難看出馬歇爾的問題——他一項一項地吐露出來。就像其他許多優秀的律師一樣，卡蘿非常自豪自己的一手好字，與詳細的記錄，她的筆記本上很快就寫了一連串的項目：爲何馬歇爾如此難以向人求援？爲何有這麼多敵人？爲何如此自大？對其他心理醫生如此苛責？他非常善於批評，任何人都不放過，包括他的妻子、巴特·湯瑪斯、阿米、賽斯·潘德、他的同事，或他的學生。

卡蘿忍不住提出一個關於恩尼斯·拉許的問題。她藉口說有一位朋友正在考慮是否要接受他的治療，想要徵詢馬歇爾的意見。

「嗯——請記住，這一切都要保密，卡蘿——他不是我心目中的首要人選。恩尼斯是個很聰明體貼的年輕人，在藥物研究上很有造詣。他在那方面是頂尖人才。毫無疑問。但是以心理醫生而言……嗯……我只能說他還在成長，還沒有成熟。主要問題是，他沒

26

有接受正規的精神分析訓練，除了與我做過有限的輔導。我想他也還沒準備好接受適當的精神分析訓練：他過於無紀律，不恭敬，反權威。更糟的是，他對自己的狂放不羈感到很得意，以『創新』或『實驗』的字眼爲藉口。」

無紀律！不恭敬！反權威！這些指控使恩尼斯在卡蘿心目中的份量又增加了一些。

卡蘿的清單上，跟在不信任與自大之後，就是馬歇爾的羞愧。非常深的羞愧。也許自大與羞愧是一體的兩面，卡蘿想。要是馬歇爾對其他人不是那麼苛責，他對自己也不會這麼嚴厲。或者是反其道而行？如果他對自己輕鬆些，或許他會比較包容他人？眞有趣，她想起這正是恩尼斯對她的描述。

事實上，她在馬歇爾的很多方面都認出了自己。例如，他的憤怒——猛烈而堅決的復仇火焰——讓她想起了賈斯丁離開時，她與海瑟及諾瑪相聚的那一晚。她是否眞的考慮要請殺手？或用鐵撬痛打賈斯丁一頓？她是否眞的毀掉了賈斯丁的電腦檔案，他的衣物，與他的收藏品？現在這一切都彷彿不是眞的。好像是發生在數千年前。賈斯丁的臉孔已經消逝在遙遠的記憶中。

她怎麼會改變這麼劇烈？她很好奇。也許是與傑西的邂逅。或者是逃脫了婚姻的束縛？然後她想起了恩尼斯……儘管她有那麼多的計謀，難道恩尼斯還是設法擠進了一些眞正的心理治療？

她嘗試與馬歇爾討論他不必要的憤怒，指出其中的自毀成分。但沒有用。有時候她很希望能把自己新發展出來的耐心轉移一點給馬歇爾。有時候她會失去耐心，想要對他大吼一頓。「忘了這件事吧！」她想這麼說：「難道你看不出來，你的愚蠢憤怒與自傲會使你失去一切嗎？你的平靜、你的睡眠、你的工作、你的婚姻、你的友誼！忘了這件事吧！」但是這些作法都不會有幫助。她很清楚記得，幾個星期前她自己的報仇衝動，所以她可以體諒馬歇爾的憤怒。但是她不知道如何幫助他忘記這件事。

她清單上還有一些項目——例如馬歇爾對金錢與地位的執迷——則是她所不解的。她個人沒有這方面的問題。不過她能瞭解這些問題的重要性：馬歇爾就是因爲貪婪與野心，才會陷於如此的處境。

還有他的妻子呢？卡蘿很耐心地等待馬歇爾開始談她。但幾乎都沒有，除了提到雪莉去參加了爲期三周的避靜會。卡蘿詢問他們的婚姻狀況，馬歇爾也只是回答說他們的興趣不一樣，他們早已經分道揚鑣了。

卡蘿在慢跑時，或處理其他客戶的案子時，或躺在床上時，都會想起馬歇爾。這麼多問題，這麼少答案。馬歇爾感覺到她的不自在，安慰她說，光是幫助他組織與討論這些問題，就足以安撫他的痛苦了。但卡蘿知道這並不足夠。她需要幫助；她需要找一個顧問。誰呢？一天，她心中想到了答案：她知道該找誰了。

27

在恩尼斯的候客室中，卡蘿決定要把這個小時的診療時間完全用在徵詢意見上，好用來幫助馬歇爾。她寫下需要指導的項目，盤算著要如何告訴恩尼斯。她知道自己必須小心行事：馬歇爾與恩尼斯很熟識，她必須嚴密隱藏馬歇爾的身分。這難不倒卡蘿；剛好相反，她在隱匿與欺瞞的國度中如魚得水。

但是恩尼斯有不同的盤算。她一走進辦公室，他就搶先發難。

「卡蘿琳，我覺得上次診療還沒結束。我們正在處理非常重要的事情就中斷了。」

「你在說什麼？」

「我覺得我們正在更嚴格地檢視我們的關係，然後妳開始變得激動。後來妳幾乎是奪門而逃。妳能不能談談，當妳回家時是什麼感覺？」

恩尼斯就像其他心理醫生一樣，幾乎總是等待病人先開口。如果他打破這個規矩，搶先引導話題，那就是因爲上次診療還有議題懸而未決。他很早就從馬歇爾那裡學到，療程若是能從前一次延續到下一次，治療往往就越有效。

「激動？不，」卡蘿搖搖頭，「我不這麼認為。我不太記得上次的情況了。況且，恩尼斯，今天是今天，我要與你談談別的事。我需要一些建議，關於我的一位客戶。」

「等一下，卡蘿琳，讓我們先談談這個問題。我覺得很重要，必須談一談。」

到底這是誰的心理治療？卡蘿在心中嘀咕。但她點點頭，等待恩尼斯說下去。

「妳記不記得，卡蘿琳，我們第一次診療時，我告訴妳，我們最重要的就是保持誠實的關係？我承諾要對妳開誠布公。但事實上，我並沒有做到。現在應該澄清一下，我要先談談我們關係中的情慾壓力所帶給我的困擾。」

「你想說什麼？」卡蘿感到有點擔心；恩尼斯的口氣很不尋常。

「嗯，看看發生了什麼事。從第一次診療開始，我們花了許多時間在談論妳對我的性興趣。我成為妳的性幻想重心。妳一再要求我成為妳的心理醫生愛人。然後還有每次結束時的擁抱，妳想要吻我，妳想要與我一起坐在躺椅上等等。」

「是的，這些我都知道。但你說到困擾。」

「不錯，非常困擾——而且是多重的困擾。首先是性的亢奮。」

「你因為我感到亢奮而困擾？」

「不，而是我。妳一直都很挑逗，卡蘿琳，而既然今天的重點是誠實，我就要誠實告訴妳，這些挑逗讓我很困擾的感到亢奮。我以前告訴過妳，我覺得妳非常具有吸引力；

27

身爲一個男人，我很難不被妳挑逗。妳也進入了我的幻想。每次診療妳之前好幾個小時，我就開始想到妳，我甚至花時間思索要穿什麼衣服來見妳。這我必須承認。

「現在，我們的治療顯然不能這樣繼續下去。我不但沒有幫助妳解決這些……要怎麼說呢？這些不實際的幻想，反而助紂爲虐，鼓勵妳去幻想。我喜歡擁抱妳，撫摸妳的頭髮，與妳一起坐在躺椅上。我相信妳也知道我喜歡。妳在搖頭，卡蘿琳，但我相信我在火上加油。我雖然一直在口頭上拒絕，其實心裡一直偷偷同意妳的作法。這對妳的治療沒有一點幫助。」

「我沒有聽見你表示過同意，恩尼斯。」

「也許不是在意識上，但我感覺到這些情緒，我確信妳也感覺到了，而且受到鼓勵。當兩個人的關係很親近時，一定會在各方面都產生溝通，就算不是很明顯，也是屬於非口語或潛意識的溝通。」

「我不太相信這種說法，恩尼斯。」

「我確定我說得對。稍後我們會再討論這件事。但我要妳瞭解我的重點：妳對我的情慾感覺並無助於心理治療，加上我自己的虛榮與性方面的興趣，我必須承認我助長了這些情感。對妳而言，我不是一個很好的心理醫生。」

「不，不，」卡蘿用力搖著頭。「這都不是你的錯……」

「不，卡蘿琳，讓我說完……我還有話要告訴妳……在我見到妳之前，我自己作了一個決定，要對下一位新病人採取完全開誠布公的方式。我現在仍然覺得傳統心理治療的問題是，醫生與病人之間的關係並不眞誠。我是如此深信這個想法，不得不離開我所敬仰的一位精神分析輔導醫生。而且因爲這個理由，最近我決定不再繼續追求正式的精神分析訓練。」

「我不太懂這對我們的心理治療有什麼關係。」

「嗯，這表示我對妳的治療是實驗性的。也許這樣說都有點誇張，因爲過去幾年來，我已經開始嘗試對病人不那麼正式，表現比較多情感。但對妳，這造成了奇怪的矛盾：我決定要進行完全誠實的實驗，結果卻從來沒有告訴妳這個實驗。現在，我檢討我們目前的處境，我認爲這種態度是沒有幫助的。如果想幫助妳在治療上進步，我必須創造出眞實的誠實關係，而我沒有做到。」

「我不認爲這是你的錯——或你的態度有問題。」

「我自己也不確定哪裡出了問題。但顯然是有問題。我覺得我們之間有非常深的鴻溝。我從妳身上感覺到強烈的懷疑與不信任，但也會突然變成強烈的感情與愛意。我總是會感到困惑，因爲大多數時間我無法從妳身上感受到溫暖與好感。當然，我所說的這一切，妳應該自己都知道。」

卡蘿低著頭，不發一言。

「所以，我開始擔憂我的作法不正確。在這裡，也許誠實不是上策，也許妳接受傳統

27

心理醫生治療會比較好，能建立比較正式的醫生病人關係，能保持明確的治療與私人關係界線。卡蘿琳，這就是我想要告訴妳的。妳有什麼想要回應的？」

卡蘿兩次想要開口說話，但說不出來。最後她說：「我搞糊塗了，說不出來——不知道該說什麼。」

「嗯，我猜得到妳想說什麼。聽到了我剛才的話，妳大概覺得還是換個心理醫生比較好——這個實驗應該結束了。我會同意妳的想法，支持妳的決定，很樂意介紹另一個心理醫生。妳也許會認爲我以實驗來收費是不適當的。如果妳這麼想，我們可以考慮退還妳的費用。」

實驗的結束——聽起來很好聽，卡蘿想。也是擺脫這整個麻煩的最好退路。是的，應該要離開了，應該要停止這一切謊言。把恩尼斯還給傑西與賈斯丁。也許你說得對，恩尼斯，也許我們應該停止心理治療了。

這是她應該要說的；但是，她發現自己卻說出完全不同的話。

「不，大錯特錯了。不，恩尼斯，不是你的治療方式有問題。我不喜歡你因爲我而改變你的方法……這讓我很難過。你當然不能因爲一個病人就做出這種結論。誰知道？也許還太早。也許這是最適合我的治療方式。給我一點時間。我喜歡你的誠實。你的誠實沒有傷害我。也許還非常有幫助。至於退費的事，絕不可以——而且身爲律師，我要建議你將來也不可以這樣做。這會使你容易吃上官司。」

「至於眞相？」卡蘿繼續說：「你要知道眞相？眞相是你幫助了我。比你所想像的更多。不，我越想就越不希望停止治療。我也不要去看其他人。也許我們正面臨困難的階段。也許我在潛意識裡考驗你。我想我是的。很嚴格地考驗你。」

「我的成績如何？」

「我想你及格了。不，還要更好……你得到了第一名。」

「那是關於什麼的考驗？」

「嗯……我不太確定……讓我想一想。嗯，我只知道部分，但我們能不能下次再談，恩尼斯？今天我有一件事必須跟你談。」

「好吧，但我們是否沒有瓜葛了吧？」

「越來越沒有瓜葛了。」

「讓我們談妳的事情吧。妳說是關於一個客戶。」

卡蘿描述了她與馬歇爾的情況，只說他是一名心理醫生，小心不談他的身分，並提醒恩尼斯，她與客戶也有保密的規定，所以不要詢問這方面的問題。

恩尼斯不很合作。他不願意把卡蘿琳的心理治療時間變成職業諮商，提出了一連串的反對：她這樣做是在抗拒自己的治療；她沒有好好利用她的時間與金錢；她的客戶應該去找心理醫生，而不是律師。

卡蘿答辯了每一項反對。金錢不是問題——她沒有浪費金錢，她向客戶收的費用比

27

恩尼斯還高。至於她的客戶應該找心理醫生——嗯，他就是不肯這麼做，她基於保密無法進一步說明。她也不是在逃避自己的問題——她很願意增加恩尼斯的診療時間作爲彌補。而且由於她客戶的問題幾乎就是她自己的寫照，她等於是在間接治療自己的問題。她最有力的論點是，她以純粹利他的態度來爲客戶服務，也就是遵循恩尼斯的建議，打破了由她母親與祖母所傳下來的自私偏執循環。

「妳說服我了，卡蘿琳。妳眞是個可畏的對手。如果將來我必須要打官司，我一定要妳來代表我。告訴我關於妳客戶的事吧。」

恩尼斯是個很有經驗的諮商者，他仔細聆聽卡蘿描述在馬歇爾身上看到的問題：憤怒、自大、孤獨、執迷於金錢與地位、對生命其他事物都喪失興趣，包括他的婚姻。

「我所注意到的是，」恩尼斯說：「他已經失去了所有的客觀。他被這些事情與情緒所困住，他認同於這些事情。我們需要幫助他後退幾步。我們需要讓他從更遠的觀點來看自己，甚至採取宇宙性的觀點。這正是我對妳嘗試的作法，卡蘿琳，每當我要妳去思索妳的生命事件，就是爲了達到這個目標。妳的客戶變成了那些事件——他忘記了更廣大的自我，那些事件只是生命中的小小摩擦而已。更糟糕的是，妳的客戶以爲目前的悲慘處境將是他永遠的寫照——永遠固定住了。當然，這是沮喪的明顯徵兆——悲哀與悲觀的合併。」

「我們要如何打破呢？」

「有很多作法。例如，根據妳所說的，他很明顯非常重視成就與效率。現在他一定感覺非常無助，而且對這種無助非常恐懼。他也許沒有想到他有選擇權力，這些選擇讓他有改變的力量。必須讓他瞭解，他的困境並不是既定的命運，而是他自己選擇的結果——例如，他選擇重視金錢。一旦他能瞭解，他才是自己情況的主宰，他就能瞭解他自己有力量拯救自己：他的選擇使他陷於此境；他的選擇也能使他自由。」

「或者，」恩尼斯繼續說：「他也許忽略了目前這種壓力的演變過程——壓力有一個開始點，也必然會終結。妳也許可以回顧過去他曾經如此憤怒與受壓力的情況，幫助他回憶這種痛苦如何消逝——目前的痛苦在將來也必然會變成褪色的回憶。」

「好，很好，恩尼斯。」卡蘿忙著寫筆記。「還有呢？」

「嗯，妳說他是一個心理醫生。在此是可以利用的。當我治療心理醫生時，我發現可以利用他們的專才來幫助他們。讓他們離開自己的處境，從更遙遠的觀點來看自己。」

「那要怎麼做呢？」

「一個簡單的方法是要他們想像有一個病人，帶著與他們相同的問題走進他們的辦公室。他要如何對待這個病人？問他：『你對這個病人有什麼感覺？你要如何幫助他？』」

恩尼斯等待卡蘿翻頁，繼續寫筆記。

「要有心理準備，他可能會對這種作法感到惱怒；通常當心理醫生陷於痛苦時，他們就像其他人一樣：他們希望被照顧，而不用當自己的醫生。但妳要堅持……這是正確的作法，很好的技巧。在這一行裡，這就是所謂的『嚴格的愛』。」

「我並不善於『嚴格的愛』，」恩尼斯繼續說：「我以前的輔導醫生時常告訴我，我習慣追求病人立即的感恩，而不重視更重要的療效。我想——不，我確定——他說得對。他在這方面對我非常有幫助。」

「還有自大？」卡蘿問：「我的客戶自大、愛表現與愛競爭，他沒有一個朋友。」

「通常最好反向來處理：他的愛表現也許只是爲了掩飾充滿懷疑與羞愧的自我。自大而有野心的人通常感覺自己必須成就驚人，才能不落於人後。所以我不會想要處理他的愛表現與自大。我會專注於他的自責與自卑上——」

「等一下。」卡蘿舉起手要他慢一點，她努力寫筆記。等她寫完後，恩尼斯問：「還有什麼？」

「他對於金錢的執迷，」卡蘿說：「還有一心想成爲圈內份子。還有他的孤獨與狹窄。好像他的妻子與家人都與他生命無關。」

「嗯，妳要知道，沒人喜歡被騙，但我對妳客戶的激烈反應感到很驚訝：如此的痛苦與恐懼……彷彿他的生命受到威脅，彷彿沒有錢，他就是個廢物。我會想要知道這種個人印象的來源——我要強調這是一種『印象』。他什麼時候創造這種印象？是誰引導他的？我會想要知道他父母對於金錢的態度。這很重要，因爲從妳所說的，正是他對於地位的執迷害了他——聽起來那個騙子非常聰明，抓住了這個弱點來誘捕他。」

「這是一種矛盾，」恩尼斯繼續說：「妳的客戶——我差點說成妳的病人——覺得他的損失也就是他的失敗。但是如果妳能正確引導他，這次受騙也許會成為他的救星。也許是他這輩子遇到最好的一件事！」

「我要怎麼做才能讓他這樣？」

「我會要他深入檢視自己，看看他的內在核心是否相信，他的存在意義就是為了累積金錢。有時候我會要這類的病人想像未來——想像他們死去之後，參加他們的喪禮——甚至想像他們的墓碑，要他們想出一個墓誌銘。要是妳的客戶的墓誌銘是他的銀行戶頭存款數目，他會作何感想？他希望自己一輩子只是如此而已嗎？」

「很可怕的練習，」卡蘿說：「讓我想起你曾經要我去做的生命線條練習。也許我也應該試試看……但不是今天……關於我的客戶的問題還沒有問完。告訴我，恩尼斯，你要如何處理他的婚姻生活？我聽說他妻子可能有外遇。」

「同樣的策略。我會問他，他要如何治療這樣的病人，對世上最親密的伴侶都漠不關心。要他想像沒有妻子的生活。還有他的性自我呢？到哪裡去了？什麼時候消失的？他難道不感覺奇怪，他更想要瞭解他的病人，而不是他的妻子？妳說他妻子也是心理醫生，但是他嘲笑她的訓練與作法？我會直接質問他的這種態度，以最嚴厲的方式質問，他這種偏見的根據是什麼？我確定他沒有什麼真正的根據。

「還有呢？至於他的無能工作——如果情況繼續下去，那麼也許暫停工作一、兩個月對他會有好處，對他的病人也有好處。也許最好與妻子一起出遊。也許他們能找婚姻諮商師，嘗試一些聆聽的練習。我想最好的一件事，是他能容許妻子來幫助他，就算他還是瞧不起她的方式。」

「最後一個問題——」

「今天不行了，卡蘿琳，我們時間到了……我的點子也用光了。但讓我們用最後一分鐘來回顧今天的療程。告訴我，今天交談之後，妳的感覺是什麼？關於我們的關係？今天我要聽實話。我已經對妳開誠布公了。妳也要對我如此。」

「我知道你做到了。我也想開誠布公……但我不知道怎麼說……我感覺變得清醒了，或變得謙遜了……或者該說是，受到照顧，還有受到信任！你的誠實使我更難隱瞞。」

「隱瞞什麼？」

「看看時鐘！我們超過時間了。下一次吧！」卡蘿站起來準備離開。

在門口有一段尷尬的時間。他們還沒有想出新的道別方式。

「星期四再見。」恩尼斯說，伸出手來準備握手。

「我還沒有準備好握手，」卡蘿說：「壞習慣很難革除。讓我們慢慢來。來一個父女般的擁抱如何？」

「叔姪般的擁抱可以嗎？」恩尼斯作了妥協。

28

這是漫長的一天。馬歇爾走在回家的路上，陷於思緒中。今天看了九個病人。九乘以一百七十五等於一千五百七十五。要多久才能賺回九萬元？五百個診療小時。整整六十天工作時間。超過十二周。十二周的辛苦血汗錢，全送給了那該死的彼得·馬康度！更別提這段時間的多餘開銷：辦公室租金、會員費用、保險、醫療執照。還有頭兩周取消看診的損失。還有那私家偵探吃掉的五百元。還有上周銀行股票的飆漲，他原來的股票已經上漲了百分之四！還有看律師的費用！卡蘿這筆錢花的值得！馬歇爾想，雖然她不瞭解一個男子漢絕不能就此罷休。我將要逮到那個混蛋，就算要花我一輩子時間也在所不惜！

馬歇爾匆匆回到家裡，就像平常一樣，把皮箱丟在門廊，衝到他新裝的電話旁檢查留言。有啦！有栽種必有收穫！他的留言服務有一個信息。

「嗨，我在期刊上看到你的廣告——呃，不是廣告，而是你的警告。我是紐約的一名

28

心理醫生，想要更瞭解你所描述的病人。聽起來很像是我正在治療的一個人。請打電話給我，212-555-7082，很晚都可以。」

馬歇爾撥了這個電話號碼，聽到了一聲「喂」，老天有眼，希望這聲「喂」能帶領他找到彼得。「是的，」馬歇爾回答：「我聽到了你的留言。你說你正在治療某個很像我描述的病人。你能不能說說他的模樣？」

「請等一下，」對方說：「別那麼快。你是誰？在我告訴你任何事之前，我需要知道你是誰。」

「我是舊金山的一名心理醫生與精神分析師。你呢？」

「我是在曼哈頓開業的心理醫生。我需要更瞭解你刊登的廣告。你在上面提到了『危險』。」

「我的確是說危險。這個人是個騙子，如果你在治療他，你就有危險了。我的廣告描述是不是很像你的病人？」

「基於職業保密規定，我不能隨意與陌生人談論我的病人。」

「相信我，別管規定了——這是緊急事件。」馬歇爾說。

「我寧願先聽你說說你所知道的。」

「沒問題，」馬歇爾說：「大約四十歲，長相斯文，留著小鬍子，使用彼得・馬康度的名字——」

「彼得・馬康度！」對方打岔，「那就是我病人的名字！」

「眞是不可思議！」馬歇爾坐入椅子中驚呼：「竟然還用同樣的名字！眞是沒想到。同名同姓？好吧，我與這個傢伙進行了八小時的短期治療。典型的富豪問題：家人財產分配不均，大家都想要分一杯羹，慷慨的幾近病態，老婆酗酒。你也是聽到同樣的故事嗎？」馬歇爾說。

「是啊，他也說他送老婆去戒酒中心，」馬歇爾繼續說：「然後我見了他與他未婚妻……不錯，高而優雅的女子，叫安卓安娜……她也使用同樣姓名？……對，不錯，想要婚前協議……聽起來就像同樣的腳本。你都知道了……治療得很成功，想要報答我，抱怨我收費收得太低，在墨西哥大學贊助講座——

「哦，布宜諾斯艾利斯？很高興聽到他終於有點變化。他提到他的新投資計畫嗎？腳踏車安全帽工廠？

「不錯——畢生難得的機會——絕對擔保任何損失。你顯然也聽到了同樣的道德難題？他如何提供了不好的投資意見給拯救他父親的手術醫生？後來他如何懊惱自責？無法承擔這種罪惡感？他絕不讓這種情況再度發生？

「不錯……心臟外科醫生……他也花了一整個小時與我談論這個問題。有一位偵探很喜歡這種伎倆，讚不絕口。

「所以，你現在陷入多深？有沒有給他投資的支票？

28

「下星期在騎師俱樂部吃午餐——然後他就要去蘇黎世？聽起來很老套了。好，你剛好看到我的廣告。接下來的結局將很悲慘。他送給我一支勞力士錶，當然我拒絕接受，我想他也會對你如法炮製。然後他會要你治療安卓安娜，事先給你很慷慨的費用。你也許會看到她一、兩次，然後——噗——她就不見了。兩個人都會從地球表面消失無蹤。

「我給了他九萬元。相信我，我可負擔不起。你呢？你準備投資多少？

「是嗎，只投資四萬元？我瞭解，我的妻子也是一樣。想要買金幣藏在床底。不過這次她倒是猜對了。我很驚訝他沒有想要更多錢。

「喔，他願意借給你四萬元，不收利息，讓你在接下來幾周多籌點錢？這倒是新點子。」

「你的警告眞是讓我感激不盡，」對方說：「剛好來得及。」

「是啊——剛好來得及。別客氣。很高興能幫助另一位同事。眞希望當初有人也這樣警告我。

「等一下，慢著，別掛電話。我非常高興能讓你不受騙。但我刊登警告的用意……不僅於此。那個混蛋是個罪犯，應該要被阻止。他還會去找下一個心理醫生下手。我們必須把他除掉。

「美國心理治療協會？嗯，我同意，找協會的律師來處理是一個辦法。但我們沒有時間。這傢伙只會出現一下子，然後就會消失。我請了私家偵探調查，相信我，彼得·馬康度一旦躲起來，就找不到了。你有沒有任何機會，或任何線索，能查出他的眞實身分？永久性的住址？甚至護照？信用卡？銀行戶頭？

「是嗎，用現金付一切？對我也是如此。汽車牌照呢？

「好極了——看你能不能抄到牌照——太好了。所以你是這樣認識他的？他在你的度假小屋附近租了房子，讓你坐他的新積架跑車？我知道他是用誰的錢買的。對，對，記下牌照，或經銷商的名字。我們應該可以捉到他。

「我完全同意。你應該請個私家偵探——或一個刑事案件律師。我所洽談的所有人都不停強調，這傢伙是個行家。我們需要專家的幫助……

「對，最好讓偵探去收集情報，而不是你。如果馬康度看到你在他屋子或車子附近探頭探腦，他會走人。

「費用？我的偵探一天收費五百元——我的律師一個小時收費兩百五。紐約恐怕會索價更高。

「我不懂，」馬歐爾說，「爲什麼要我付費？」

「我並沒有什麼利益可得。我們是同舟共濟——所有人都向我保證，我一毛錢也拿不回來，就算馬康度落網，他也不會有資產，而且會有一連串訴訟等著他。相信我——我的動機與你一樣：公理正義，以及保護其他同事……報復？嗯，是有一點點，這我承認。好吧，這樣如何？你的一切費用，我出一半。記住，這都可以用來扣稅。」

28

經過一番討價還價，馬歇爾說：「六成四成？這我可以接受。所以我們達成協議嗎？下一步就是去找偵探。請你的律師推薦一個。然後請偵探幫我們想個辦法捉住他。我有一個建議：馬康度會主動提供你一張擔保——要他提出一張銀行的擔保書；他會以假簽名僞造一張。然後我們就可以以銀行欺詐逮到他——這是較嚴重的罪行。可以讓聯邦調查局來捉他……不，我不是說找聯邦調查局。也不要找警察。我坦白告訴你；我很怕不良的新聞報導，這是違反了病人與醫生的界線——投資前病人是一個錯誤。我應該盡全力來追捕他。但是，你沒有我這種困境。你還沒有投資，而你的投資只是爲了能逮捕馬康度。」

「你不確定是否要涉及？」馬歇爾開始來回踱步。他知道自己很可能會失去這個寶貴的機會，所以說話小心翼翼的。

「你這是什麼意思？你已經參與了！如果你後來又聽說有其他心理醫生被騙，你會作何感想？也許會是你的朋友，而你原來可以阻止他的？而如果他們知道你曾經被騙，卻保持沈默，又會作何感想？我們不是都要我們的病人明白這個道理嗎？任何行爲都需要承擔後果？

「什麼，你還要想一想？我們沒有時間了。拜託你……我連你的名字都不知道。

「是的，你也不知道我的名字。我們的處境相同——都很擔心曝光。我們需要彼此坦白。我叫馬歇爾．史特萊德——我在舊金山開業，在羅徹斯特的舊金山精神分析學會訓練心理醫生。你呢？

「亞瑟．藍道——聽起來有點耳熟——華盛頓的聖伊利莎白醫院？不認識那裡的人。所以你是專攻心理醫藥學？

「我也開始做短期的心理治療，還有婚姻諮商……但是，請回到我們原來的主題上，藍道醫生，你已經沒時間考慮了——你願不願意參與這件事？

「開玩笑？我當然願意去紐約。我絕不要錯過。我不能來一整個星期，因爲我的時間都排滿了。但是當時機成熟時，我會過去的。等你找到了私家偵探就通知我——我要全程參與。你從家裡打電話嗎？什麼電話最方便找到你？」

馬歇爾寫下對方的幾個電話號碼——家裡的，辦公室的，還有度假小屋的。「好，我會在這個時候打電話到你家裡。打到辦公室對我也不太方便。」

他掛了電話後，感到一股鬆弛、喜悅與勝利的感覺。彼得坐牢了。彼得輸了。安卓安娜也成爲獄中的小鳥。那輛新積架跑車停在他的車庫中。終於可以報仇了！誰還敢欺負馬歇爾．史特萊德！

接著他拿出美國心理學家通訊錄，翻到亞瑟．藍道的那一頁——長相很端正，朝後梳的金髮，四十二歲，在聖伊利莎白醫院受訓，有兩個孩子。辦公室電話號碼沒錯。眞是感謝老天賜給他藍道醫生。

但是真是個小氣鬼，馬歇爾想。如果有人幫我省下四萬元，我絕不會在找偵探上斤斤計較。不過，從他的觀點來看，他為什麼要出錢？他又沒有被騙。彼得有付他費用。他為什麼要花錢去捉一個沒有害他的人？

馬歇爾開始想到彼得。他爲什麼要用同樣的名字？也許馬康度開始自我毀滅了。大家都知道這種罪犯遲早會害人害己。或者他以爲這個史特萊德實在太笨，不值得換一個假名？哼，等著瞧！

28

馬歇爾一旦開始推動，亞瑟的行動就很迅速。第二天晚上，他已經請了一個偵探，這個偵探比巴特管用多了。他建議監視馬康度二十四小時（每小時七十五美元）。他抄下了牌照號碼，開始追查。如果情況許可，他也可以進入馬康度的車內蒐集指紋或其他線索。但是偵探告訴亞瑟．藍道，除非馬康度在紐約州犯了罪，否則絕不能逮捕他。因此他建議他們進行誘捕的計畫，仔細記錄一切對話，並且立刻聯絡紐約警察局的詐欺組。

翌日晚上，馬歇爾聽到更多進展。亞瑟聯絡到曼哈頓警局的詐欺組，找到一位丹尼爾．科林斯警探，他在半年前遇到過類似手法的案子，因此對馬康度很感興趣。他要亞瑟戴上竊聽器，照原來計畫與馬康度在騎師俱樂部共進午餐，然後把支票交給他，並取得僞造的銀行擔保書。詐欺組將監視整個過程，在適當時間出面當場逮捕馬康度。

但紐約警局要求更有力的證據，才能展開如此大規模的行動。馬歇爾必須配合警局，他必須飛到紐約，向詐欺組正式控告彼得，並親自指認他。馬歇爾想到新聞曝光就有點害怕，但是獵物已經快要到手，他考慮自己的處境。不錯，他的名字也許會登上紐約的一些小報，但有多少可能會傳回舊金山？

至於勞力士錶，什麼勞力士錶？馬歇爾大聲自言自語，彷彿在事先演練。喔，馬康度在治療結束時送的那支錶？後來我拒絕接受，還給了安卓安娜？他一邊說，一邊把錶脫下來，放在衣櫃的抽屜裡。誰能懷疑他？誰會相信馬康度？只有他妻子與馬文知道勞力士錶。雪莉一定會保持沈默。馬歇爾曾經幫馬文守住了那麼多疑神疑鬼的祕密，他也不需要擔心馬文。

馬歇爾與亞瑟每晚都會通二十分鐘電話。這對馬歇爾眞是一大解脫，終於有了一個眞正的心腹，也許最後還可以成爲朋友。亞瑟還介紹了他的一個病人給馬歇爾，一名IBM的軟體工程師準備要遷移到舊金山這裡。

他們有一個地方談不攏，那就是要給彼得的投資金額。亞瑟與彼得計畫在四天後吃午餐。彼得同意提供一張銀行擔保書，亞瑟會準備好四萬元的銀行本票。但亞瑟要馬歇爾出那四萬元，說他剛買下了度假小屋，沒有多餘現款。他唯一的辦法就是向他妻子借錢，因爲他妻子的母親剛留下一筆遺產。但是他妻子的家人是紐約市的望族，對於社交形象非常重視，因此施壓要求亞瑟不得淌這個渾水。

馬歇爾對於這種態度感到非常不公平。他與亞瑟討價還價一番，對於這位膽怯的心腹失去了所有的敬意。最後馬歇爾爲了防止亞瑟屈服於他妻子的壓力，再度同意了六四攤分。亞瑟需要向銀行購買一張本票。馬歇爾同意在他與彼得共進午餐前，親自拿給他

28

或電匯給他二萬四千元。亞瑟很不情願地同意補足其餘一萬六千元。

翌日晚上，馬歇爾回到家中，發現一通電話留言，來自於紐約曼哈頓警局詐欺組的丹尼爾．科林斯警探。馬歇爾回電時猶疑了片刻。警局不耐煩的接線生要他明天早上再打，因爲科林斯警探下班了，而馬歇爾的電話並不緊急。

馬歇爾第二天早上七點要看診。他在五點起床打電話到紐約。警局接線生說：「我會通知他，祝您愉快。」然後重重掛了他的電話。十分鐘後，電話響了。

「馬歇爾．史特萊德先生嗎？」

「史特萊德醫生。」

「喔，對不起，史特萊德醫生。我是科林斯警探，紐約詐欺組。這裡還有另外一名醫生——亞瑟．藍道醫生——說你與我們想抓的一個罪犯有點不愉快的過節。他自稱彼得．馬康度。」

「非常不愉快的過節。偷了我九萬元。」

「有其他人跟你一樣，對這位馬康度非常不滿。告訴我所有細節，我要錄音下來，可以吧？」

馬歇爾花了十五分鐘描述他的被騙經過。

「喔，老兄，你是說，你就那樣給了他九萬元？」

「如果你不瞭解心理治療的複雜內情，你就無法瞭解這種事情。」

「是嗎？好吧，我不是醫生，但我可以告訴你，我絕不會這樣把錢交給別人。九萬元不是個小數目。」

「我說過，我有銀行擔保書。我的律師也檢查過。做生意就是要這樣子。擔保書保證銀行會付錢。」

「就是等他遠走高飛後，你拿著到處詢問的那張擔保書？」

「聽著，警探，我在受審嗎？你以爲我很高興被騙嗎？」

「好，朋友，保持冷靜，我們就會沒事。我們會讓你很高興的。下周三當他在吃午餐時，我們就會逮捕他。但如果要能定罪，我們需要你來紐約指認他，在他被逮捕的十二個小時之內——換句話說，在下周三午夜之前就會搞定。你同意嗎？」

「我絕不會錯過。」

「好，老兄，許多人要靠你了。還有一件事——你還保留那張僞造的擔保書與銀行本票的收據嗎？」

「是的，你要我帶來嗎？」

「對，來的時候帶著原物，但我現在就要看看，所以你能傳眞過來嗎？二一二五五五三四八九，寫上我的名字——丹尼爾．科林斯警探。還有一件事，我想我不需要提醒你——絕對不要跑到那個餐廳。這樣會把鳥兒嚇跑，大家都會很不爽。到警察局等我，或安排與你的朋友一起過來。告訴我你們的安排。還有問題嗎？」

「一件事。這件事安全嗎？藍道醫生給他的支票有一大半的錢是我出的。」

「你出的？我以爲是他的錢。」

「我們六四分。我出了二萬四千元。」

「安全？我們會有兩個人就在鄰桌吃飯，另外三個監視整個情況。夠安全了。但我不會這麼做。」

「爲什麼？」

「總是會發生意外——地震、火災、三個警員全都心臟病發作——我也不知道，反正總是會有意外。安全嗎？夠安全了。但是，我自己還是不會這麼做。不過我不是個醫生。」

＊　＊　＊

馬歇爾覺得生活又變得有趣了。他重新開始慢跑，打籃球。他取消了與卡蘿的會晤，因爲他不太願意承認他在追捕彼得。她採取了完全相反的態度：要求他接受損失，並釋放他的怒氣。馬歇爾想，在心理治療給予建議上，這是很好的一堂課：如果病人不聽從建議，他們就不會再回來了。

他每晚都跟亞瑟．藍道打電話。與彼得聚餐的日子越來越近，亞瑟也越來越緊張。

「馬歇爾，我妻子相信我會因爲這件事而名譽掃地。這件事會上報。我的病人會讀到。想想看這對我名譽的影響，我會被嘲笑，或被指控與病人牟利。」

「但這正是重點：你沒有與病人牟利。你是在協助警察逮捕罪犯。這對你的名譽有益無害。」

「報紙不會這麼容易放手。想一想，你知道他們喜愛醜聞——尤其是心理醫生的醜聞。我越來越覺得，我生命中不需要這件事。我的工作很順利，擁有我想要的一切。」

「如果你沒有看到我的警告，亞瑟，你就會被這傢伙騙了四萬元。如果我們不阻止他，還會有人繼續受害。」

「你不需要我——你可以自己去抓他，我指認就好。我正在哥倫比亞大學申請一個教職……就算一點點的醜聞都不行——」

「聽著，亞瑟，我有一個主意讓你可以保護自己：寫一封詳細的信解釋你的情況與計畫，寄給紐約的心理治療界人士。現在就寫，在馬康度還沒有被逮捕之前。如果有必要，你也可以把這封信寄給哥倫比亞大學或新聞界。這會提供你絕對的保障。」

「我如果寫這樣一封信，馬歇爾，就一定會提到你——你的廣告，你與馬康度的過節。這樣你受得了嗎？你也很不願意被公開。」

馬歇爾是很怕進一步的曝光，但知道他沒有選擇。反正也沒有什麼影響——他與科林斯警探的電話錄音已經使他與馬康度的過節成爲公共記錄了。

「如果你必須這麼做，亞瑟，你就做。我沒什麼好怕的。心理治療界只會感激我們。」

然後還有一個問題，關於戴竊聽器讓警察能監控情況。亞瑟越來越感到擔憂。

「馬歇爾，一定還有別的辦法。不能小看這件事——我讓自己置身於險境。馬康度非常聰明有經驗，騙不過他的。你能不能與科林斯警探談談？老實說，你覺得他比馬康度高明嗎？假如馬康度在我們談話時發現了竊聽器？」

「怎麼會呢？」

「他會識破的。你知道他的——他總是比我們快了十步。」

「這次不會了。警察會在你們的鄰桌，亞瑟。而且別忘了這種罪犯的自大，覺得沒人能逮到他。」

「這種罪犯也難以預料。你能保證彼得不會失去控制，拔出槍來？」

「亞瑟，這不是他的手法……完全不合乎我們對他的瞭解。你很安全。記住，你是在一家高級餐廳裡，周圍有警察保護。你可以做得到。一定要成功。」

馬歇爾有很糟糕的預感，亞瑟會在最後關頭臨陣脫逃，於是每一晚都費盡口舌來增強亞瑟的勇氣。他也把這情況告訴科林斯警探，科林斯也幫助他安撫亞瑟。

最後亞瑟總算沒有令人失望，克服了他的恐懼，甚至可以算是鎮定地等待赴約。馬歇爾在周二上午把錢匯過去，當晚亞瑟在電話上證實收到了錢，然後馬歇爾搭了半夜的飛機前往紐約。

飛機延遲了兩個小時才抵達。等他到了警察局準備與亞瑟及科林斯警探碰面時，已經是下午三點了。櫃檯人員說科林斯警探正在偵訊某人，要他在走廊上的舊沙發上等待。馬歇爾以前從來沒來過警察局，很感興趣地看著警察們帶著一臉晦色的嫌犯進進出出，川流不息。但他有點頭昏——因爲過於興奮，他在飛機上睡不著——不久他就開始打盹。

三十分鐘後，櫃檯人員輕輕把他搖醒，帶他來到二樓的一個房間，那裡有一位孔武有力的黑人警探坐在桌前寫東西。真是個大傢伙，馬歇爾想，職業足球員的架勢，與我想像中完全一樣。

但是其他事情就與他的想像完全不一樣。當馬歇爾報上自己名字後，科林斯警探的反應是很奇怪的客套。馬歇爾突然警覺，顯然這位警探根本不知道自己是誰。是的，他是丹尼爾．科林斯警探。沒有，他從來沒打過電話給馬歇爾。沒有，他從來沒聽過亞瑟．藍道醫生或彼得．馬康度這號人物。他也沒聽過騎師俱樂部餐廳的誘捕計畫。他甚至沒聽說過騎師俱樂部。

馬歇爾腦袋裡面的爆炸聲震耳欲聾，比數周前發現銀行擔保書是僞造的那一次爆炸還要大聲。他頭重腳輕，跌入警探爲他準備的椅子裡。

「輕鬆點，老兄。輕鬆點。把頭低下來也許會好一點。」科林斯警探站起來，拿了一杯水回來。「告訴我發生了什麼事。但我想我大概知道。」

28

馬歇爾暈眩地說出整個故事。彼得，百元大鈔，安卓安娜，太平洋俱樂部，自行車安全帽，心理治療周刊廣告，亞瑟·藍道的來電，六四分攤，私家偵探，積架轎車，二萬四千元電匯，詐欺組——整個大災難的一切細節。

科林斯警探搖著頭聆聽馬歇爾。「老兄，眞是聰明。這我知道。喂，你看起來不是很好。你需要躺下來嗎？」

馬歇爾搖搖頭，用手抱著腦袋，科林斯說：「你可以談話嗎？」

「洗手間，快！」

科林斯警探帶他到廁所，然後回辦公室等他。馬歇爾嘔吐到馬桶裡，漱了口，洗洗臉，梳好頭髮。他慢慢走回到科林斯的辦公室。

「好一點嗎？」

馬歇爾點點頭。「我現在可以談話了。」

「只要聽我說一分鐘。讓我來解釋你碰上了什麼。」科林斯警探說：「這是所謂『回頭再咬一口』的伎倆。很有名。我常聽說過，但從來沒有見過。我在詐欺組訓練學校知道的。需要高明的手法才能成功。騙子尋找特定的受害者：聰明、自傲……然後，一旦找到後，他就咬他們兩次……第一次利用貪婪來引誘他們上鉤……第二次則利用報復心。眞是高明的手法。從來沒見過。要非常冷酷才行，因爲會出差錯的地方太多了。例如，只要你稍稍起疑，去查詢眞正的曼哈頓警局電話號碼，整件事就穿幫了。老兄，眞是要冷酷。重量級的行家。」

「沒指望了，嗯？」馬歇爾低聲說。

「把那些電話號碼給我，我去查查看。我盡力而為。但你想聽實話嗎？……沒指望了。」

「眞的那個藍道醫生呢？」

「大概出國度假去了。馬康度竊入了他的電話留言服務。這沒什麼困難的。」

「調查其他那些人呢？」馬歇爾問。

「什麼其他人？沒有其他人。他的女友也許就是警局接線生。他一定裝扮成為其他人。這些騙子都是演員。一個人就可以假裝所有人的聲音。而這傢伙是行家。現在鐵定已經跑了。」

馬歇爾跌跌撞撞走下樓，由科林斯警探攙扶著，他謝絕了搭乘警車前往機場，自己在街上攔了一輛計程車，前往機場搭上了下一班到舊金山的飛機，茫茫地駕車返家，取消了他下一周的所有看診，然後爬上了床。

29

「錢、錢、錢，我們能不能談點別的，卡蘿？讓我告訴妳關於我父親的一個故事，這能徹底解答妳對於我與錢的所有問題。我還是嬰兒時的故事，但後來一輩子都聽個沒完——這故事成爲我們家族中的傳奇。」馬歇爾慢慢脫掉他的運動夾克，卡蘿伸手想要爲他掛起來，但他只是把衣服丟在椅子旁邊的地上。

「他有一間很小的雜貨店，六尺乘以六尺見方。我們靠這個店維生。有一天，一個客人進來說要買雙工作手套。我父親指著後門說，他必須去後面儲藏室拿貨，可能要花一、兩分鐘時間。嗯，根本沒有儲藏室。後門通往一條巷子。我父親跑下巷子，到兩條街外的市場，以一毛二買了一雙手套，然後跑回來，以一毛五賣給那位客人。」

馬歇爾抽出手帕，用力擤擤鼻子，然後毫不害躁地擦拭兩頰的淚水。從紐約回來之後，他就放棄了任何掩飾的企圖，幾乎每次與卡蘿見面時都會哭。卡蘿沈默地坐著，對馬歇爾的淚水表示敬意，她試著回想上一次看見男人哭泣是什麼時候。她哥哥傑布拒絕哭泣，儘管他曾經被身邊所有人凌虐：父親，母親，學校流氓——有時候就是爲了要把他弄哭。

馬歇爾把臉埋在手帕裡。卡蘿伸手捏捏他的手。「這淚水是爲你父親而流嗎？他還活著嗎？」

「他死得很早，永遠被那雜貨店困住了。要跑太多路。太多三分錢的交易。每當我想到賺錢、虧錢或浪費錢，我就會看見我父親穿著骯髒的圍裙，在巷子裡奔跑，風吹在臉上，頭髮飛揚，喘著氣，像拿著儀杖一樣高舉著一雙一毛二的手套。」

「你自己呢，馬歇爾，你在這畫面裡扮演什麼角色？」

「這畫面是我熱愛金錢的搖籃。可以算是塑造我生命的重要事件。」

「它塑造了後來你對於金錢的態度？」卡蘿問：「換句話說，要賺足夠的錢，否則你父親的屍骨將繼續在巷子裡奔跑不休？」

馬歇爾吃了一驚。他望著卡蘿，心中油然生起一股敬意。她的合身服飾襯托著明豔的臉龐，使他對於自己不修邊幅的外表與皺巴巴的衣服感到有點不自在。「妳這段話……讓我無言以對。我需要想一想。」

然後是漫長的沈默。卡蘿試探道：「現在你在想什麼？」

「想那扇後門。手套的故事不僅是關於金錢；也是關於後門。」

「你父親小店的後門？」

29

「是的。還有那個藉口，說那扇門通往一個儲藏室而不是巷子——那是我整個生命的寫照。我假裝我還有其他的房間；但是我內心深處很明白，我沒有其他儲藏室，沒有貨品。我只能走後門與巷子。」

「啊，太平洋俱樂部。」卡蘿說。

「不錯。妳可以想像那種意義，我終於能夠堂堂走進大門。馬康度使用了無可抗拒的誘惑：圈內人的地位。我每天都治療有錢的病人。我們很親近，分享不爲人知的祕密，他們都少不了我。但是我知道我的地位。我知道如果不是因爲我的職業，如果我在其他場合認識他們，他們絕不會理睬我。我就像是來自窮苦人家的教士，必須聆聽貴族的告解。但是太平洋俱樂部——那是成功的象徵。從小雜貨店登上大理石的階梯，敲打銅製的門環，大步走進裡面有紅絲絨的房間。這是我一輩子的奮鬥目標。」

「但是裡面坐著馬康度——他比你父親店裡的任何客人都要邪惡。」

馬歇爾點點頭。「事實上，我還蠻喜歡光顧我父親店裡的客人。妳記不記得我告訴過妳，幾星期前有一個病人設法讓我去一家賭場？我從來沒到過那麼低級的場所。但是，老實說，我喜歡那裡。不需要裝模作樣——我在那裡比在太平洋俱樂部更自在。我屬於那種地方。就好像我父親小雜貨店裡的客人。但我厭惡自己喜歡它；我不想要沈淪到那種地步——早期生命經驗對人的影響眞是可怕。我可以追求更好的事物。我一輩子都在告訴自己：『我會擺脫雜貨店的灰塵；我會力爭上游。』」

「我的祖父出生在義大利，」卡蘿說，「我不太記得他，除了他教我下西洋棋，每次我們下完一盤，我們把棋子都收起來時，他總是會這麼說：『妳瞧，卡蘿，下棋就像生命：當棋局結束時，所有的棋子——卒子、國王、皇后——全都要回到同一個盒子裡。』「這也值得你好好深思，馬歇爾。卒子、國王、皇后到頭來都要回到同一個盒子。明天再見。」

馬歇爾從紐約回來之後，每天都與卡蘿見面。頭兩次她必須到他家中，然後他掙扎前往她的辦公室；現在，一周之後，他開始慢慢脫離沮喪，努力試圖瞭解自己在這整件事所扮演的角色。卡蘿的同事注意到她每天與馬歇爾的會談，不止一次詢問原委。但卡蘿只回答：「很複雜的案子。不能多說——必須保密。」

同時卡蘿也繼續從恩尼斯那裡得到諮商。她使用他的觀察與建議，得到不錯的結果：幾乎每一項建議都收到效果。

一天，馬歇爾似乎在鑽牛角尖，她決定試試恩尼斯的墓碑練習。

「馬歇爾，你一輩子都在追求物質上的成功，賺錢以及用錢累積物質——你的地位與你的藝術收藏——金錢似乎界定了你的生命意義。你希望這是你的最後寫照，一生的最後總結嗎？告訴我，你有沒有想過，你希望你的墓誌銘是什麼？難道是這些字眼嗎？攀迎附會，累積物質，追求金錢？」

一滴汗水流進馬歇爾的眼角，他用力眨眨眼。「這個問題很難回答，卡蘿。」

29

「你不是希望我問困難問題嗎？遷就我一下——花幾分鐘時間想一想，說出你的任何想法。」

「我首先想到的是那個紐約警探對我說的話——我很自傲，因貪婪而盲目，然後又陷入復仇的陷阱。」

「這是你所希望的墓誌銘嗎？」

「這正是我所不希望的！我最害怕的！但也許正是我的報應——也許我一輩子都在刻寫這段墓誌銘。」

「你不想要這段墓誌銘？」卡蘿說，看看手錶，「那麼你未來的方向很清楚：你一定要改變你的生活。我們今天的時間到了，馬歇爾。」

馬歇爾點點頭，從地板拿起夾克，慢慢穿上，準備離去。「我突然感到一陣寒意……那個墓誌銘的問題很震撼。妳要很小心這種重量級的問題，卡蘿。妳知道它讓我想起誰嗎？記不記得妳曾經問過我的那個心理醫生？恩尼斯．拉許——以前接受我輔導的心理醫生。這就是他會問的問題。我總是勸阻他不要問這種問題。他稱之爲存在主義式的震撼療法。」

卡蘿已經準備要起身，但她忍不住內心的好奇。「你覺得這是不好的療法嗎？你對拉許的批評相當嚴格。」

「不，對我而言，這不是不好的療法。剛好相反，這是非常棒的療法。很好的一記警鐘。至於恩尼斯・拉許——我對他不應該那麼嚴苛。我想要收回我對他的一些批評。」

「你爲什麼對他那麼嚴格？」

「因爲我的自傲。這正是我們一周來所談的：我無法忍受他，我深信我的作法才是唯一正確的。我不是個好的輔導醫生。我無法教學相長。我無法從任何人身上學習到東西。」

「所以恩尼斯・拉許到底好不好？」卡蘿問。

「恩尼斯沒有問題。不，比沒有問題還要好多了。事實上，他是個極佳的心理醫生。我常常開他玩笑，說他需要吃那麼胖，因爲他爲病人付出太多了——過度參與，讓自己被病人吸乾。但如果我必須去看一個心理醫生，我會選擇一個願意過度付出自己的醫生。如果我無法很快脫離目前這個處境，而必須把我的病人介紹給別人，我會考慮介紹給恩尼斯。」

馬歇爾站起來。「多謝妳今天爲我回顧了過去，卡蘿。」

＊　＊　＊

這段日子以來，卡蘿都沒有提到馬歇爾的婚姻狀況。也許她感到遲疑，因爲她自己的婚姻乏善可陳。終於有一天，馬歇爾不斷提到卡蘿是他在世界上唯一能坦誠相對的人，她就趁機問他爲什麼不跟妻子談談。馬歇爾的反應很清楚顯示，他並沒有把紐約的

29

騙局告訴雪莉，也沒有讓她知道他的精神狀況，或他需要幫助。

馬歇爾說他不願意告訴雪莉，是因爲他不想要打斷她爲期一個月的避靜。卡蘿知道這只是個藉口：馬歇爾的行爲多半是出於冷漠與羞愧，而不是體貼考量。馬歇爾承認自己很少想到雪莉。他過於沈溺於自己的情緒，他與雪莉現在是生活在兩個不同的世界。卡蘿靠著恩尼斯的建議，堅持追問下去。

「馬歇爾，告訴我，如果你的一名病人輕易地否定了與他結婚二十四年的妻子，你會怎麼辦？」

正如恩尼斯所預料的，馬歇爾閃躲了這個問題。

「在妳的辦公室裡，我不需要成爲一個心理醫生。請妳不要這麼善變，幾天前妳還在質問我爲什麼不接受幫助，現在妳又要我在這裡扮演起心理醫生了。」

「但是，馬歇爾，難道我們不應該使用一切可用的手段嗎？包括你自己所專長的知識與技巧？」

「我付錢請妳來運用妳的專長。我對自我分析不感興趣。」

「你把我當成專家，可是你卻排斥我的專業建議，讓你來運用自己的專長。」

「詭辯。」

卡蘿再次利用恩尼斯的話語。

「難道你只想要被照顧嗎？難道你的眞正目標不是獨立自主嗎？學習照顧自己？成爲

你自己的父親與母親？」

馬歇爾搖著頭，很驚訝卡蘿的力量。他沒有選擇，只好問自己這個重要的問題。

「好吧，好吧。主要的問題是，我與雪莉之間的愛情怎麼了？畢竟，我們從中學就是好朋友與情人。所以事情是怎麼惡化的？」

馬歇爾試著回答自己的問題。「事情在幾年前開始惡化。大約在我們的孩子進入青春期時，雪莉開始焦躁不安。很常見的現象。她一再表示，對於我如此專注於工作，她感覺不完滿。我以為最理想的解答就是讓她成為一名心理醫生，與我一起工作。但是我的計畫卻收到反效果。她在研究所裡越來越排斥精神分析。她選擇了我最看不起的治療方式：另類性靈療法，特別是那些根據東方冥想的方式。我相信她是故意這樣做的。」

「繼續說下去，」卡蘿鼓勵他，「想出我應該問的其他重要問題。」

馬歇爾不情願地舉出一些問題：「為什麼雪莉如此不情願向我學習精神分析的療法？為什麼她故意反對我？她去避靜的地方只有三個小時的車程——我想我可以開車去那裡，把我的感覺告訴她，要她談一談她所選擇的心理治療學派。」

「就算如此，這也不是我想要聽到的問題。這些都是她的問題。」卡蘿說：「你自己的問題呢？」

馬歇爾點點頭，似乎同意卡蘿的作法很正確。

「為什麼我很少與她談她的興趣？為什麼我根本不試圖去瞭解她？」

29

「換言之，」卡蘿問：「為什麼你對病人的興趣遠超過你的妻子？」

馬歇爾又點點頭。「妳也許可以這麼說。」

「也許？」卡蘿問。

「妳當然可以這麼說。」馬歇爾認輸了。

「還有其他你可以問的問題嗎？」

「我會問一些關於性的問題。我會問病人的性自我發生了什麼事。至於病人的妻子，我會問病人是否希望這種惡劣的情況永遠繼續下去。如果不希望，那麼他為什麼不嘗試婚姻諮商？他希望離婚嗎？或者只是為了逞一口氣，要等他妻子來發作？」

「很好，馬歇爾。現在能不能找出一些答案？」

答案泉湧而出。馬歇爾承認他對於雪莉的情緒很類似他對於恩尼斯，兩個人都因為否定了他的職業信仰而傷害了他。是的，他的確感覺受傷與背叛。他也的確在等待被安慰，等待某種抱歉與懺悔。

馬歇爾說出這些話之後，立刻搖著頭說：「這是我的心與受傷的自我在說話。我的理性有不同的答案。」

「什麼答案？」

「我不應該把學生對於自主的追求當成是個人攻擊。雪莉必須能夠自由發展她自己的興趣，恩尼斯也是如此。」

「也必須自由脫離你的控制？」卡蘿問。

「不錯。我記得我的精神分析師告訴我，我把生命當成一場足球賽。強悍的推擠、阻擋、向前衝，以意志來壓倒對手。雪莉對我的感覺一定是如此。但是她不只是排斥精神分析，光是那樣我還可以忍受，我無法忍受的是她選擇了心理治療中最膚淺虛假的一面，那些愚蠢至極的新時代思潮療法。顯然她是故意公開嘲弄我。」

「所以，只因爲她選擇了不同的領域，你就認爲她在嘲弄你。於是你也嘲弄她。」

「我的嘲弄不是報復；而是就事論事。你能想像用插花來治療病人嗎？眞是難以說明這種想法的荒唐。老實告訴我，卡蘿——這到底荒不荒唐？」

「我想我無法回答你，馬歇爾。我對此所知不多，但我的男友也學習花道。他學了很多年，他說他從花道獲益甚多。」

「獲益什麼？」

「他這些年來曾經接受很多心理治療，包括精神分析，他說都很有幫助，但他從花道得到的幫助並不下於心理治療。」

「妳還是沒說明是怎麼幫助的。」

「他說花道提供了逃避焦慮的管道——一種安寧的避難所。花道使他感覺精神集中，帶來一種和諧與平衡。讓我想一想……他是怎麼說的？喔，對——花道幫助他表達他的創造力與美感。你太輕易否定這門藝術了，馬歇爾。別忘了，花道是一種流傳久遠的藝

29

術，可以回溯到好幾百年以前，有成千上萬人在學習。你對花道瞭解多少？」

「可是用花道來心理治療？老天！」

「我聽說過詩意療法，音樂療法，舞蹈療法，藝術療法，冥想療法，按摩療法。你自己也說過，這幾周來整理你的盆栽，使你的精神免於崩潰。難道花道療法對某些病人不會有效嗎？」卡蘿問。

「我想這正是雪莉的論文想要探討的。」

「她有什麼結論嗎？」

馬歇爾搖搖頭，沒有說話。

「我想這表示你從來沒問過她？」卡蘿說。

馬歇爾幾乎覺察不到地點點頭。他拿下眼鏡，望向別處，他感到羞愧時總會這麼做。

「所以你覺得雪莉嘲弄你，而雪莉覺得……？」卡蘿示意馬歇爾回答。

一片沈默。

「她覺得……？」卡蘿又問一次，用手圍著耳朵傾聽。

「受到鄙視與否定。」馬歇爾的聲音幾乎聽不見。

很長的沈默。馬歇爾終於說：「好吧，卡蘿，我懂了。妳說得很清楚。我有些話要告訴她。現在要怎麼辦？」

「我覺得你自己知道答案。一個已經有答案的問題就不是問題了。看來你很清楚要怎麼辦。」

「清楚？清楚？妳也許很清楚。妳覺得是什麼？告訴我，我需要妳的幫助。」

卡蘿保持沈默。

「告訴我該怎麼做！」馬歇爾又問一次。

「對於一個裝傻的病人，你該說什麼？」

「該死，卡蘿，不要假裝心理醫生了，告訴我該怎麼做。」

「你對這種話會有何反應？」

「該死！」馬歇爾說，用手抱著頭，前後搖晃。「我創造了一個該死的怪物。眞是的，眞是的，卡蘿，我眞是該死！」

卡蘿堅持不讓步，就像恩尼斯所建議的。「你又在抗拒了。這是很寶貴的時間。向前走，馬歇爾，你會對病人怎麼說？」

「我會如我往常的作法：我會解析他的行爲。我會告訴他，他過於渴望屈服於權威，所以拒絕傾聽自己的智慧。」

「所以你知道該怎麼辦？」

馬歇爾認輸地點點頭。

「也知道什麼時候該去做？」

29

還是點點頭。

卡蘿看看手錶，站起來。「現在是兩點五十分整，馬歇爾。我們的時間到了。今天很有收穫。等你從避靜中心回來後再打電話給我。」

＊　＊　＊

凌晨兩點，在廉恩的屋子裡，謝利哼著卡通調子，又贏了一桌的賭金。他的牌運不僅好轉——整晚都是清一色，葫蘆，與順子——而且因爲他小心地扭轉了馬歇爾所發現的每一個破綻，其他賭客全被他搞糊塗了，他已經贏了很多錢。

「我實在猜不出來謝利有葫蘆，」威利嘟噥著，「我會賭一千元說他沒有。」

「你的確賭了一千元說他沒有，」廉恩提醒他，「看看那堆籌碼——桌子都快倒了。喂，謝利，你在哪裡？還在後面嗎？我都快要看不見你了。」

威利伸手掏出皮夾，他說：「上兩把牌你完全唬住了我，這一把你又把我騙了進去；到底是怎麼回事，謝利？你去上課了嗎？」

謝利把他的一堆籌碼拉近，抬起頭來笑著說：「對，對，去上了課——你說對了。我的心理醫生，一個貨眞價實的精神分析師，指點了我幾手。他每星期都會扛著他的躺椅去阿喬之屋開業。」

＊　＊　＊

「所以，」卡蘿說，「昨晚的夢中，你與我一起坐在床邊，我們一起脫掉骯髒的鞋襪，面對面坐著，我們的腳相碰觸。」

「這個夢的感覺是什麼？」恩尼斯問。

「很正面。讓人精神高昂。但有點可怕。」

「妳與我坐在一起碰觸腳丫子。這個夢說了什麼？讓妳的心思漫遊。想像妳與我坐在一起，思考心理治療方面。」

「當我想到心理治療時，我會想到我的客戶。他已經出城了。」

「還有……」恩尼斯鼓勵她。

「嗯，我一直躲在我的客戶身後。現在我應該出來了，開始正視我自己。」

「還有呢……讓妳的意念自由飛翔，卡蘿琳。」

「我覺得好像才剛開始……很好的建議……你知道的，你提供非常好的建議給我的客戶……好的不得了……看到他的改善使我有點嫉妒……我也渴望能夠改善自己……我需要……我需要告訴你關於傑西，最近我們時常見面——當我想要與他親近時，就會有問題……很難相信會有好事發生在我身上……漸漸開始信任你……通過所有的考驗……但也很可怕——不知道爲什麼……不，我知道……但還說不出來。」

29

「也許這個夢爲妳說了出來，卡蘿琳，看看妳與我在夢裡做了什麼事。」

「我不懂——我們的腳跟互相碰觸，所以呢？」

「腳跟碰腳跟（sole）。我想這個夢是表達了靈魂（soul）袒裎相見的渴望。這不是腳跟相碰觸，而是靈魂相碰觸。」

「喔，眞可愛，是靈魂而非腳跟。恩尼斯，你眞是不會放過任何機會。靈魂相碰觸——是的，感覺很正確。不錯，這個夢境就是這個意思。現在是時候了。一個新的開始。這裡的金科玉律就是誠實，對不對？」

恩尼斯點點頭。「沒有比誠實更爲重要的了。」

「我所說的一切都可以被接受，對不對？只要是誠實的，一切都可以成立？」

「當然。」

「那麼我必須要招供一件事。」卡蘿說。

恩尼斯點點頭。

「你準備好了嗎，恩尼斯？」

恩尼斯又點點頭。

「你確定嗎，恩尼斯？」

恩尼斯若有瞭悟地露出微笑。也有一點得意——他一直懷疑卡蘿琳隱藏某些重要的事情。他拿起筆記本，朝後舒適地坐進椅子裡，然後說：「永遠準備好迎接眞相。」

張老師文化智慧的書目

一、現代心理叢書

中國人的追尋系列		定價	備註
J11	鹿港阿媽與施振榮——施陳秀蓮的故事	200元	
J14	為者常成，行者常至——李鍾桂的生涯故事	200元	

二、生活叢書

生活技巧系列		定價	備註
A1	讀書與考試	160元	
A9	怡然自得——30種心理調適妙方	130元	
A10	快意人生——50種心理治療須知	120元	
A11	貼心父母——30帖親子相處妙方	120元	
A12	生活裡的貼心話	150元	
A13	讀書會專業手冊	250元	
A14	創意領先——如何激發個人與組織創造力	250元	
A15	大腦體操——完全大腦開發手冊	120元	

愛．性．婚姻系列		定價	備註
E1	生命與心理結合——家庭生活與性教育	150元	
E2	永遠的浪漫愛	220元	
E6	從心理學看女人	110元	
E9	告訴他性是什麼——0～15歲的性教育	150元	
E10	外遇的分析與處置	140元	
E11	金賽性學報告	780元	精裝
E12	金賽性學報告．親密關係篇	220元	平裝
E13	金賽性學報告．身心發展篇	220元	平裝
E14	金賽性學報告．衛生保健篇	220元	平裝
E18	春蝶再生——女性二度成年的新發現	180元	
E29	偷看——解讀台灣情色文化	180元	
E30	台灣情色報告	180元	
E31	中年男人的魅力——流暢．健康．性歡愉	200元	
E34	愛情功夫	200元	
E35	性心情——治療與解放的新性學報告	220元	
E36	外遇——情感出軌的真實告白	280元	
E37	我痛！——走出婚姻暴力的陰影	220元	
E38	愛情學分 ALL Pass	180元	
E39	我的愛人是男人——男同志的成長故事	180元	

親子系列		定價	備註
P1	孩子只有一個童年	100元	
P2	幫助孩子跨越心理障礙	90元	
P3	孩子的心，父母的愛	110元	
P4	孩子的快樂天堂	100元	
P6	阿牛與我	150元	
P7	這一家	180元	
P8	做溫暖的父母	180元	
P9	天下無不是的孩子	180元	
P10	校長爸爸天才囝	180元	
P11	烤媽出招	180元	
P12	尋找田園小學——創造兒童教育的魅力	220元	
P13	不是兒戲——鄧志浩談兒童戲劇	220元	
P14	我的女兒予力——一個唐氏症家庭	250元	
P15	的生活紀實	200元	
P16	跟狐狸說對不起	200元	
P17	7-ELEVEN奶爸	200元	
P18	父母成長地圖	200元	
P19	做孩子的親密知己	200元	
P20	親子逍遙遊台灣	200元	
P21	孩子的心，我懂	220元	

青少年系列		定價	備註
Z1	心中的自畫像——如何認識自我	120元	
Z2	悸動的青春——如何與人交往	120元	
Z3	葫蘆裡的愛——如何與家人溝通	120元	
Z4	輕鬆過關——有效的學習方法	120元	
Z5	孩子，你在想什麼——親子溝通的藝術	120元	
Z6	青少年的激盪	150元	
Z8	貼心話——我說．我聽．我表達	120元	
Z9	少年不憂鬱——新新人類的成長之路	180元	
Z10	想追好男孩——青春族的情感世界	180元	
Z11	上青少年家——青少年完全酷ㄅㄧㄤˋ手冊	150元	

贏家系列		定價	備註
SM2	規劃孩子的學習生涯——3～12歲的全方位親職教育	2000元	

三、輔導叢書		定價	備註
C3	助人技巧系列	150元	增訂版
C4	助人歷程與技巧	250元	
C5	問題解決諮商模式	150元	增訂版
	校園反性騷擾行動手冊		

團體輔導系列		定價	備註
M2	團體領導者訓練實務	200元	修訂本
M3	如何進行團體諮商	200元	
M6	小團體領導指南	100元	
M7	團體輔導工作概論	250元	
M8	大團體動力——理念、結構與現象之探討	180元	

教育輔導系列		定價	備註
N1	學校輔導工作	250元	
N2	青少年問題與對策	250元	
N3	人際關係的新天地	120元	
N4	散播愛的種子	250元	
N7	心理治療與衛生（上）	300元	平裝
N8	心理治療與衛生（下）	300元	平裝
N9	心理治療與衛生（典藏版）	680元	精裝
N10	班級輔導活動設計指引	130元	
N11	心靈舞台——心理劇的本土經驗	230元	
N12	新家庭如何塑造人	280元	
N13	教室裡的春天——教室管理的科學與藝術	280元	增訂版
N14	短期心理諮商	250元	
N15	習慣心理學——寫在晤談椅上四十年之後	380元	
N16	與心共舞——舞蹈治療的理論與實務	220元	
N17	自我與人際溝通	220元	
N18	人際溝通分析——TA治療的理論與實務	350元	
N19	心理治療實戰錄	320元	
N20	諮商實務的挑戰——處理特殊個案的倫理問題	300元	
N21	習慣心理學（歷史篇）	420元	
N22	客體關係理論與心理劇	400元	
N23	薩提爾的家族治療模式	380元	
N24	焦點解決短期心理諮商	200元	
N25	邁向成熟——青年的自我成長與生涯規劃	220元	
N26	兒童遊戲治療	250元	修訂版
N27	臨床督導工作的理論與實務	400元	
N28	10倍速療法——短期心理治療實戰錄	200元	
N29	人際溝通分析練習法	420元	
N30	兒少性侵害全方位防治與輔導手冊	260元	
N31	心理治療入門	360元	
N32	TA的諮商歷程與技術	280元	
N33	敘事治療—解構並重寫生命的故事	420元	
N34	志工實務手冊	450元	
N35	家庭暴力者輔導手冊	280元	
N36	遊戲治療101	450元	

學術研究系列		定價	備註
L1	由實務取向到社會實踐	220元	
L2	學生發展——學生事務工作的理論與實踐	280元	
L3	我國「諮商、輔導人員專業形象」之調查研究	600元	非賣品
L4	五年制商業專科學校學生生涯成熟度與學校適應之相關研究		非賣品
L5	志願工作機構之人力資源管理策略對志願工作者組織承諾影響之研究—以救國團為例	250元	非賣品
L6	中山先生民族主義對中國現代化影響之研究		非賣品

四、生命哲學叢書

心理推理系列		定價	備註
T1	熱鍋上的家庭——一個家庭治療的心路歷程	350元	
T2	人在家庭	130元	
T3	心靈魔法師——心理治療案例解析	150元	
T4	走出生命的幽谷	90元	
T5	心理的迷惘與突破	130元	
T6	兒童遊戲治療	160元	
T7	由演戲到領悟——心理演劇方法之實際應用	200元	
T8	心靈之旅八十天——短期分析式心理治療	160元	
T9	桃源二村	250元	
T10	前世今生——生命輪迴的前世療法	180元	
T11	家庭會傷人——自我重生的新契機	220元	
T12	你是做夢大師——孵夢・解夢・活用夢	250元	
T13	生命輪迴——超越時空的前世療法	180元	
T14	生命不死——精神科醫師的前世治療報告	200元	
T15	桃色夢境——性夢解析與自我成長	280元	
T16	你在做什麼？—成功改變自我、婚姻、親情的真實故事	380元	
T17	黑色夢境——惡夢處理手冊	280元	

T18	榮格自傳——回憶、夢、省思	400元	
T19	家庭祕密——重返家園的新契機	280元	
T20	跨越前世今生——陳勝英醫師的催眠治療報告	200元	
T21	脆弱的關係——從玫瑰戰爭到親密永久的婚姻	320元	
T22	家庭舞蹈Ⅰ——從家庭治療剖析婚姻關係	220元	
T23	家庭舞蹈Ⅱ——從家庭治療探討家人互動	220元	
T24	穿越迷幻森林	320元	
T25	回家：結構派大師說家庭治療的故事	400元	
T26	絕非虛構——心理醫師的驚悚之愛	350元	
T27	當尼采哭泣：心理治療小說	420元	
T28	診療椅上的謊言——心理治療小說	420元	

心靈拓展系列		定價	備註
D9	馴服心靈——飛越思考迷障	180元	
D10	以生命為心——愛生哲學與理想村	160元	
D11	成功之旅——人生的允諾與挑戰	180元	
D12	生命夢屋	180元	
D13	情話色語	200元	
D14	自得其樂的性格	250元	
D16	清貧思想	200元	
D17	神奇百憂解——改變性格的好幫手	320元	
D18	身心桃花源——當洋醫生遇見赤腳仙	420元	
D19	觀山觀雲觀生死	200元	
D22	生命中的戒指與蠟燭——創造豐富的生活儀式	380元	
D23	物情物語	180元	
D24	找尋空間的女人	180元	
D25	變——問題的形成與解決	220元	
D26	鐵約翰——一本關於男性啟蒙的書	300元	
D27	西藏生死書	350元	
D28	巫士唐望的世界	320元	
D31	完全算命手冊	180元	
D34	性．演化．達爾文——人是道德的動物？	400元	
D36	生命史學	200元	
D37	生死無盡	200元	
D38	西藏生死書（精裝本）	300元	
D39	巫士唐望的教誨	300元	
D40	心靈神醫	220元	
D41	打開情緒Window	220元	
D42	憂鬱的醫生，想飛	200元	
D43	照見清淨心	180元	
D44	恩寵與勇氣	380元	

D45	解離的真實——與巫士唐望的對話	300元	
D46	杜鵑窩的春天——精神疾病照顧手冊	320元	
D47	超越心靈地圖	300元	
D48	真誠共識——等待重生的新契機	380元	
D49	邪惡心理學——真實面對謊言的本質	300元	
D50	生命教育——與孩子一同迎向人生挑戰	240元	
D51	四十女兒心	180元	
D52	鮮活信仰——卡特的心靈回憶錄	250元	
D53	空，大自在的微笑——空性禪修次第	200元	
D54	誰來下手？	220元	
D55	假如我死時，你不在我身旁	280元	
D56	不知道我不知道	180元	
D57	如何好好生氣——憤怒模式工作手冊	250元	
D58	因為，你聽見了我	220元	
D59	當醫生遇見 Siki	240元	
D60	戰士旅行者—巫士唐望的最終指引	300元	
D61	靈性復興—科學與宗教的整合道路	320元	
D62	我的生命成長樹—內外和好的練習本	270元	
D63	Erikson老年研究報告	400元	
D64	難以置信—科學家探尋神祕信息場	240元	
D65	重畫生命線—創傷治療工作手冊	400元	
D66	家屋，自我的一面鏡子	400元	
D67	你可以更靠近我—教孩子怎樣看待生命與死亡	280元	
D68	快樂的十日課—從憂鬱到快樂的十個步驟（上）	250元	
D69	快樂的十日課—從憂鬱到快樂的十個步驟（下）	250元	

心靈清流系列		定價	備註
R1	生命果真如此輕易	140元	
R2	這會是一季美好的冬	140元	
R3	老實做人	140元	
R4	回首生機	140元	
R5	但願無悔	140元	
R6	感應之情	140元	
R8	一畦青草地	140元	
R9	貼近每一顆溫柔的心	140元	
R11	二更山寺木魚聲	140元	
R12	離家為了一個夢	130元	
R13	眼前都是有緣人	130元	
R14	溫馨故事	140元	
R15	每天的新太陽	140元	
R16	開悟心燈	140元	

R17	我不能死，因為我還沒有找到遺囑	200元	
R18	天天好心情	200元	
R19	最後一季的蟬音	200元	
R20	時時樂清貧——我的清貧生活	160元	
R21	處處簡樸心——名人談清貧	160元	
R22	找回快樂的心	200元	
R23	心靈真情書	180元	
R24	印地安之歌	180元	
R25	不小心，我撿到了天堂	250元	
R26	我在雪地上跳舞	230元	

人與自然系列		定價	備註
NB1	傾聽自然	200元	
NB2	看！岩石在說話	200元	
NB3	共享自然的喜悅	180元	
NB4	與孩子分享自然	180元	
NB5	探索大地之心	180元	
NB6	細說生命華采——愛默森的自然文選	160元	
NB7	學做自然的孩子——國家公園之父繆爾如何觀察自然	180元	
NB8	國家公園之父：蠻荒的繆爾	240元	

文化顯影系列		定價	備註
K1	台灣田野影像	240元	
K2	台灣綠色傳奇	240元	
K3	燃燒憂鬱	240元	
K4	久久酒一次	240元	
K5	天堂樂園——電影・文學・人生	180元	
K11	棒球新樂園	180元	
K13	性與死	220元	
K14	異議筆記——台灣文化情境	180元	

心靈美學系列		定價	備註
Y5	心情國度	140元	
Y6	人生是福	140元	
Y7	讓我擁抱你	140元	
Y9	阿保的童話	110元	
Y10	小鎮人家	110元	
Y11	十月的笛	110元	
Y12	森林小語	110元	
Y13	蘋果樹	110元	
Y14	疼惜自己	100元	
Y15	玩得寫意	100元	
Y16	彼此疼惜	100元	
Y17	老神在哉	100元	
Y18	和上蒼說話	100元	
Y19	心中的精靈	100元	
Y23	與人接觸	110元	
Y24	心的面貌	110元	
Y25	沈思靈想	100元	
Y26	尊重自己	100元	
Y27	寬恕樂陶陶	100元	
Y28	簡樸活得好	100元	
Y29	善待此一身	100元	
Y30	自在女人心	100元	
Y31	接納心歡喜	100元	
Y32	喜樂好心情	100元	
Y35	樹香——人與自然的對話	140元	
Y36	舞蝶——人與自然的對話	140元	
Y37	享受寧靜——雅肯靜坐心理學	160元	
Y38	噗噗熊的無為自在	160元	
Y39	小小豬的謙弱哲學	200元	
Y40	噗噗熊的減肥秘笈	160元	
Y41	噗噗熊的逍遙遊	160元	
Y42	老灰驢的幽默自處	160元	
Y44	當下最美好	150元	
Y46	祝你聖誕快樂	180元	
Y47	祝你生日快樂	150元	
Y48	祝你天天快樂	150元	
Y49	給我親愛朋友	150元	
Y50	當所愛遠逝	150元	
Y51	讓憤怒野一回	150元	
Y52	給壓力一個出口	150元	
Y53	勇敢向前行	150元	
Y54	好好過日子	150元	
Y55	活出真性情	150元	
Y56	寶貝你的學生	150元	
Y57	給工作中的你	150元	
Y58	給我親愛家人	150元	

Y59	給獨一無二的你	150元	
Y60	記得照顧自己	150元	
Y61	祝你早日康復	150元	
Y62	親親我的寶貝	150元	
Y63	親親我的媽咪	150元	
Y64	阿保的童話（修訂版）	140元	
Y65	小鎮人家（修訂版）	140元	
Y66	十月的笛（修訂版）	140元	
Y67	森林小語（修訂版）	140元	
Y68	蘋果樹（修訂版）	140元	
Y69	森林的童話	160元	
Y70	會哭的男人很可愛	150元	
Y71	跟沮喪說 bye bye	150元	
Y72	葛葉的訊息	160元	
Y73	夏日的魔法	160元	
Y74	幸福的滋味	200元	
Y75	別讓自己白白受苦	150元	
Y76	平安在我心	150元	
Y77	時時心感恩	150元	
Y78	離開祕密花園	150元	
Y79	走進萬花筒	150元	
Y80	因為愛，我和你	180元	
Y81	因為愛，我和自己	180元	

智慧文選系列		定價	備註
X1	飛躍青春——邁向21世紀	50元	
X2	疼惜的心——做個有溫度的人	50元	
X3	生命視野——十個生涯故事	50元	
X4	飛躍青春——學習．成長．奉獻	50元	
X5	前瞻．創意．務實	50元	
X6	迎接人生挑戰．開創智慧新機	50元	
X7	尊重生命．關懷大地	50元	
X8	發揮生命潛能．開拓活動空間	50元	
X9	追求卓越．共創未來	50元	
X10	終身學習．持續成長．無私奉獻	50元	
X11	攜手同心建家園．超越精進跨世紀	50元	

五、有聲專輯（演講卡帶）

愛心與智慧系列		定價	主講者
F13	生命的微笑——禪與人生	180元	鄭石岩
F14	清心與隨緣——談如何活得更自在	180元	傅佩榮
F15	緣與命——談自我實現的人生	180元	黃光國
F16	擁抱生命——談快樂人生	180元	鄭武俊
F17	前世今生的對話	180元	林治平 楊惠南
F18	生命輪迴的奧祕	180元	高大恩 陳達誠
F19	不死的生命——我如何走上前世治療這條路	180元	陳勝英
F20	催眠與潛意識——從精神分析到前世催眠	180元	陳勝英

性．愛趨勢系列		定價	主講者
F21	21世紀性愛大趨勢——現代人必備的性知識	180元	馮榕等
F22	談心談性話愛情——夫妻必備的性知識	180元	簡春安
F23	單身貴族雙人床——未婚男女必備的性知識	180元	李 昂
F24	你儂我儂化作做愛——年輕人必備的性知識	180元	施寄青
F25	尊重愛性——談性教育的意義	180元	晏涵文
F26	身體情語——談兩性必備的性知識	180元	江漢聲
F27	性愛迷思——談如何跨越性障礙	180元	馮 榕
F28	永遠浪漫——談愛情的悲歡辯證	180元	曾昭旭
F29	情色對話——談女人的性愛發展史	180元	何春蕤
F30	兩性解析——談工業社會的婚姻	180元	邱 彰
F31	獻身神話——談「以身相許」的愛情迷思	180元	馬健君
F32	愛情私語——談女人的性覺醒	180元	李元貞
F33	婚姻終結——談旗鼓相當的婚姻伴侶	180元	施寄青
F34	男人的性革命——男人氣概的新定義	180元	余德慧
F35	女人的性革命——女性主義的性解放	180元	何春蕤
F36	君子好逑——談一場成功的戀愛	180元	曾昭旭
F37	自在女人心——單身女人也逍遙	180元	馬健君
F38	傾聽性語——性觀念與自我成長	180元	馮 榕 鄭玉英
F39	性愛風情——現代女性的性觀念	180元	汪漢聲 林蕙瑛
F40	性愛革命——當代女性與性治療	180元	文榮光 王瑞琪

世紀家變系列		定價	主講者
F41	家在變動——重新認識我們的家	180元	吳就君
F42	家在求救——照亮家庭的黑暗角落	180元	陳若璋
F43	家會傷人——自我重生的新契機	180元	鄭玉英
F44	家有可為——幸福家庭與良好的溝通習慣	180元	柯永河

耕一畝溫柔的心田系列		定價	主講者
F51	點一盞溫柔的心燈	180元	曾昭旭
F52	給一份溫馨的祝福	180元	何進財
F53	換一劑溫柔的藥方	180元	鄭石岩
F54	給一世溫情的對待	180元	阮大年
F55	耕一畝溫柔的心田	180元	傅佩榮
F56	彈一曲和諧的樂音	180元	蔡培村

OK父母系列		定價	主講者
F61	做孩子的學習良伴	180元	小　野
F62	建立孩子正常的學習態度	180元	洪有義
F63	讓孩子成為學習贏家	180元	廖清碧

有聲閱讀系列		定價	主講者
FA1	催眠之旅	150元	陳勝英
FA2	西藏生死書有聲書	450元	丁乃竺 孔維勤主述
FA3	時間管理贏家——有效的時間管理	250元	李鍾桂
FA4	快樂生活贏家——快樂生活之道	250元	鄭武俊
FA5	心靈真情書之真情念歌	250元	莊胡新浩
FA6	人際關係贏家——新人際關係論	250元	邱　彰
FA7	親子溝通贏家——如何做好親子溝通	250元	鍾思嘉
FA8	創造卓越的EQ——情緒管理與調適	250元	王浩威
FA9	閱讀的美好經驗——找回智慧的心	250元	詹宏志
FA10	生命觀照	250元	索甲仁波切
FA11	臨終關懷	250元	索甲仁波切
FA12	打開家庭祕密的黑盒子	250元	鄭玉英
FA13	如何激發孩子的潛能	250元	游乾桂

錄影帶系列		定價	拍攝
VT1	西藏生死書49天生死之旅（上）	1600元	日本
	前往清淨的國度（下）		NHK

掌握生命契機．發揚生命光輝		定價	主講者
F101	彩繪生命的藍圖——談生涯規劃	180元	李鍾桂
F102	突破生命的限制——談自我成長與自我發展	180元	鄭武俊
F103	拓展生命的互動——談人際溝通	180元	洪有義
F104	迎接生命的戀曲——談兩性交往的藝術	180元	曾昭旭
F105	永結生命的情緣——談夫妻相處之道	180元	簡春安
F106	享受生命的親密——談成熟的性愛觀念	180元	洪小喬
F107	孕育生命的幼苗——談有效的親子溝通	180元	曾漢榮
F108	珍惜生命的時光——談有效的時間管理	180元	黃英忠
F109	發揮生命的潛能——談工作意義與工作適應	180元	莊聰正
F110	輕彈生命的旋律——談壓力管理	180元	藍三印
F111	共創生命的秩序——談民主社會的正確觀念	180元	林洋港

把心找回來系列		定價	主講者
F112	找回喜悅的心——快樂簡樸的祕訣	180元	周神助
F113	找回簡樸的心——單純簡樸的喜樂	180元	鄭石岩
F114	找回自然的心——社區與學校的自然觀察	180元	劉克襄
F115	找回自省的心——與心對話	180元	龔鵬程
F116	找回坦誠的心——坦誠少欲心自清	180元	李鍾桂
F117	找回平凡的心——平凡中創意無限	180元	吳伯雄
F118	找回快樂的心——留個位子給快樂	180元	陳月霞 陳玉峰
F119	找回美感的心——琉璃美術裡的人生	180元	張　毅
F120	找回真實的心——從禪定修持中找回真實心	180元	心定法師
F121	找回智慧的心——讀書的心與方向	180元	詹宏志
F122	找回無欲的心——人到無求品自高	180元	曾昭旭
F123	找回成長的心——生命處處是綠洲	180元	陶曉清
F124	找回領悟的心——覺醒的智慧	180元	陳履安
F125	找回珍惜的心——運用時間的藝術	180元	柴松林
F126	找回清貧的心——生活簡單．生命自然	180元	鄧志浩
F127	找回舞動的心——生命故事．心靈之舞	180元	林秀偉

・此書目之定價若有錯誤，應以版權頁之價格為準。
・讀者服務專線：（02）2930-0620　傳真：（02）2930-0627

國家圖書館出版品預行編目資料

診療椅上的謊言：心理治療小說／歐文・亞隆
（Irvin D. Yalom）著；魯宓譯.－－初版. －－臺北
市：張老師
, 2000〔民89〕
面；　公分. －－（心理推理系列；T28）
譯自：Lying on the Couch: A Novel
ISBN　957-693-464-8（平裝）

874.57　　　　89017104

心理推理系列 T28

診療椅上的謊言：心理治療小說

Lying on the Couch: A Novel

作　　者→歐文・亞隆（Irvin D. Yalom）
譯　　者→魯宓
特約編輯→曾蘭蕙
封面設計→李東記
發 行 人→李鍾桂
總 經 理→金克剛
出 版 者→張老師文化事業股份有限公司 Living Psychology Publishers
郵撥帳號：18395080
10647台北市大安區羅斯福路三段325號地下一樓
電話：(02)2369-7959　傳真：(02)2363-7110
E-mail：service@lppc.com.tw
讀者服務：23141台北縣新店市中正路538巷5號2樓
電話：(02)2218-8811　傳真：(02)2218-0805
E-mail：sales@lppc.com.tw
網址：http://www.lppc.com.tw（讀家心聞）

登 記 證→局版北市業字第1514號
初版1刷→2000年12月
初版11刷→2010年 3 月
ISBN→978-957-693-464-3
定　　價→420元

法律顧問→林廷隆律師
排版、製版→龍虎電腦排版股份有限公司
印刷、裝訂→永光彩色印刷股份有限公司

廣 告 回 函
北區郵政管理局登記證
北台字第1809號
免 貼 郵 資

106 台北市大安區羅斯福路三段325號地下一樓

張老師文化公司　　收

【張老師文化之友】

地址：□□□　市(縣)　鄉/鎮/市/區　路/街　段　弄　號　樓/室

電話：(O)　(H)　傳真：

請填妥本表寄回，就可加入【張老師文化之友】，並透過email得到張老師文化最快的訊息：

姓名：________ 性別：□男 □女 Email(請填寫工整)：________

職業：□1.軍 □2.公 □3.教 □4.工、商 □5.服務業 □6.醫療、社工 □7.學生 □8.其他：________

1.您所購買的書名：________ 書籍代碼：________

2.您從何處得知本書消息？□1.書店 □2.報紙 □3.雜誌 □4.電視 □5.廣播 □6.網站 □7.DM、海報 □8.電子報 ________ □9.張老師文化email告知 □10.朋友 □11.其他：________

3.您最常使用的購書方式：□1.書店 □2.劃撥 □3.信用卡 □4.網路 □5.其他：________

4.您對本書：□1.非常滿意 □2.滿意 □3.普通 □4.不滿意（原因是 □1內容不符期待 □2.文筆不佳 □3.版面、圖片、字體不佳 □4.其他 ________

5.您對本書的感想或建議：________

◎讀家徵文：歡迎上網分享您的心得感想(或email到service@lppc.com.tw)，字數不限，還有好禮相送！